A
PERFUMISTA
de PARIS

ALKA JOSHI

A PERFUMISTA *de* PARIS

Tradução
Cecília Camargo Bartalotti

1ª edição
Rio de Janeiro-RJ / São Paulo-SP, 2023

VERUS
EDITORA

Título original
The Perfumist of Paris

ISBN: 978-65-5924-182-8

Copyright © 2023 Alka Joshi, 2023
Edição publicada mediante acordo com Harlequin Enterprises ULC.
Todos os direitos reservados, incluindo o direito de reproduzir em todo ou em parte, em qualquer meio ou forma.

Esta é uma obra de ficção. Nomes, personagens, lugares e acontecimentos são fruto da imaginação da autora ou usados de forma ficcional. Qualquer semelhança com pessoas reais, vivas ou mortas, estabelecimentos comerciais, eventos ou locais é coincidência.

Tradução © Verus Editora, 2023
Direitos reservados em língua portuguesa, no Brasil, por Verus Editora. Nenhuma parte desta obra pode ser reproduzida ou transmitida por qualquer forma e/ou quaisquer meios (eletrônico ou mecânico, incluindo fotocópia e gravação) ou arquivada em qualquer sistema ou banco de dados sem permissão escrita da editora.

Verus Editora Ltda.
Rua Argentina, 171, São Cristóvão, Rio de Janeiro/RJ, 20921-380
www.veruseditora.com.br

CIP-BRASIL. CATALOGAÇÃO NA FONTE
SINDICATO NACIONAL DOS EDITORES DE LIVROS, RJ

J72p

Joshi, Alka
    A perfumista de Paris / Alka Joshi ; tradução Cecília Camargo Bartalotti. - 1. ed. - Rio de Janeiro : Verus, 2023.

    Tradução de: The perfumist of Paris
    ISBN 978-65-5924-182-8

    1. Romance indiano. I. Bartalotti, Cecília Camargo. II. Título.

23-85183
    CDD: 828.99353
    CDU: 82-31(540)

Meri Gleice Rodrigues de Souza - Bibliotecária - CRB-7/6439

Revisado conforme o novo acordo ortográfico.

Seja um leitor preferencial Record.
Cadastre-se no site www.record.com.br e receba informações sobre nossos lançamentos e nossas promoções.

Atendimento e venda direta ao leitor:
sac@record.com.br

*Para meus irmãos, Madhup e Piyush Joshi, que me convenceram
a ir mais longe do que eu poderia ter sonhado.*

*E para todos que pensam que não podem:
Vocês podem.*

O aroma é um mago poderoso que nos transporta por milhares de quilômetros e por todos os anos que vivemos.
— Helen Keller

A beleza da fragrância é que ela fala ao seu coração e, com sorte, ao de outra pessoa.
— Elizabeth Taylor

Personagens

Em Paris

Radha Fontaine: trinta e dois anos, mãe de Asha e Shanti; assistente de laboratório na House of Yves, fabricante de perfumes finos em Paris

Pierre Fontaine: quarenta e dois anos, marido de Radha; pai de Asha e Shanti; arquiteto, trabalha no Centro Pompidou em Paris

Florence Fontaine: sessenta e sete anos, mãe de Pierre; de uma próspera família parisiense; participa de vários conselhos de administração e comitês

Shanti Fontaine: nove anos, filha de Radha e Pierre

Asha Fontaine: quase sete anos, filha de Radha e Pierre

Mathilde: trinta e dois anos, a amiga mais antiga de Radha da Auckland House School; solteira; de uma família parisiense rica

Delphine Silberman: sessenta anos, mestre perfumista na House of Yves

Celeste: secretária de Delphine

Michel LeGrand: assistente de laboratório sênior de Delphine na House of Yves

Ferdie (Ferdinand): assistente de laboratório de Delphine na House of Yves

Yves du Bois: proprietário da House of Yves, fabricante de perfumes finos

Agnes: mãe de Mathilde; ex-hippie que perambulou pela Índia até a demência forçá-la a voltar a Paris

Antoine: falecido pai de Agnes / avô de Mathilde; ex-proprietário de uma *parfumerie* exclusiva em Paris

Em Agra

Hazi e Nasreen: cinquenta e cinco e cinquenta e quatro anos, irmãs e proprietárias de uma *kotha*, uma renomada casa de prazer

Sr. Metha: proprietário de uma fábrica de *attar* indiana

Hari Shastri: cinquenta e um anos, ex-marido de Lakshmi; aos dezessete anos, casou-se com Lakshmi, mas ela abandonou o casamento dois anos depois; agora, Hari tem uma fábrica de incensos em Agra

Binu: adolescente, ajudante de cozinha na casa de prazer de Hazi e Nasreen

Em Jaipur

Kanta Agarwal: quarenta e cinco anos, esposa de Manu Agarwal; mãe adotiva de Niki, filho biológico de Radha

Manu Agarwal: quarenta e cinco anos, marido de Kanta; pai adotivo de Niki; diretor de manutenção no Palácio de Jaipur

Niki Agarwal: dezessete anos, filho adotivo de Kanta e Manu; filho biológico de Radha

Baju: velho criado familiar de Kanta e Manu

Sassuji: sogra de Kanta; ao se dirigir diretamente à sogra, uma mulher a chamaria pelo nome respeitoso *Saasuji*

Munchi: velho da pequena aldeia de Ajar que ensinou Lakshmi a desenhar e Radha a preparar tintas

Em Shimla

Lakshmi Kumar: quarenta e nove anos, irmã mais velha de Radha; diretora da Horta Medicinal Lady Reading em Shimla; trabalha em meio período com seu marido, o dr. Jay Kumar, na Clínica Comunitária de Shimla

Malik: vinte e sete anos, ex-ajudante de Lakshmi em seu trabalho com henna em Jaipur; agora administra a Horta Medicinal em Shimla

Jay Kumar: sessenta e um anos, marido de Lakshmi; médico no Hospital Lady Bradley em Shimla; ex-colega de faculdade de Samir Singh em Oxford

Nimmi: vinte e nove anos, casada com Malik; mãe de Chullu e Rekha (de um casamento anterior); mora como família estendida na casa de Lakshmi e Jay

Madho Singh: periquito falante dado como presente a Malik dezenove anos atrás pela marani Indira de Jaipur

Nos Estados Unidos

Parvati Singh: cinquenta e quatro anos, esposa de Samir Singh; mãe de Ravi e Govind Singh; prima distante da família real de Jaipur; anteriormente uma dama da sociedade de Jaipur

Samir Singh: sessenta e um anos, marido de Parvati Singh e pai de Ravi e Govind Singh; antes um renomado arquiteto em Jaipur de uma família rajapute de casta elevada; agora dirige uma bem-sucedida firma imobiliária em Los Angeles

Ravi Singh: trinta e seis anos, filho de Parvati e Samir Singh; casado com Sheela Sharma; pai de duas filhas; trabalha na firma imobiliária da família em Los Angeles

Sheela Singh: trinta e quatro anos, casada com Ravi Singh; mãe de duas filhas; mora em Los Angeles na casa dos sogros

Prólogo

— Imagine correr no meio de um campo de lavandas com seus amigos. Brincar de esconde-esconde entre trepadeiras de jasmim. — Antoine fechou os olhos. — Seu amigo roça uma folha de grama em seu nariz e, só pelo cheiro, você sabe que é da fazenda mais abaixo na colina, e não da fazenda de cima. Imagine colher um tomate na horta da sua mãe só para inalar o perfume marcante. — Ele suspirou. — Foi assim a minha infância em Grasse.

Eu não precisava imaginar. A fragrância delicada da flor de henna me recebia no caminho para a margem do rio da aldeia onde eu lavava roupa. Minha boca salivava com o aroma de melões cantaloupe maduros com que Prem se deliciava enquanto seus bois moíam trigo e milho para fazer farinha. E, no momento antes de oferecer ao Senhor Ganesh o meu bem mais precioso — a pintura em folha de *peepal** de Radha e Krishna que Munchi-*ji*** tinha feito para mim —, aspirei profundamente o incenso de sândalo enquanto unia as mãos em oração pedindo boa sorte.

Como Antoine, minhas lembranças eram ricas em aromas. Assim como meus segredos.

---

* *Peepal:* tipo de árvore com folhas largas e planas usada como tela para pintura a óleo.
** A adição de "ji" ao nome de uma pessoa (por exemplo, Gahesh-*ji*, Gandhi-*ji*) demonstra respeito e reverência.

PARTE UM

Europeus costumavam trocar ouro por cravos cultivados no sul da Índia e espalhavam a especiaria no piso das casas para absorver o odor dos pés.

Paris
2 de setembro de 1974

Atendo no primeiro toque; eu sei que é ela. Ela sempre telefona no aniversário dele. Não para me lembrar do dia em que ele veio ao mundo, mas para eu saber que não estou sozinha em minhas recordações.

— Jiji? — Mantenho a voz baixa. Não quero acordar Pierre e as meninas.

— *Kaisi ho, choti behen?* — diz minha irmã. Escuto o sorriso em sua voz e respondo com outro. É uma delícia ouvir o hindi delicado de Lakshmi aqui em meu apartamento em Paris, a mais de seis mil quilômetros de distância. Sempre a chamei de *Jiji, irmã mais velha*, mas ela nem sempre me chamou de *choti behen*.* Era Malik que me tratava por *irmãzinha* quando eu o conheci em Jaipur dezoito anos atrás, e ele nem tinha uma relação de sangue com Jiji e comigo. Era apenas o aprendiz dela. Minha irmã começou a me chamar de *choti behen* mais tarde, depois que tudo em Jaipur virou de cabeça para baixo, forçando-nos a estabelecer um novo lar em Shimla.

Hoje, minha irmã vai falar a respeito de qualquer assunto, exceto sobre a razão de ela estar telefonando. É o único jeito que ela encontrou de ter certeza

---

* *Choti behen:* irmãzinha.

de que vou me levantar da cama nesta data específica, de impedir que eu afunde na escuridão a cada 2 de setembro, o dia em que meu filho, Niki, nasceu.

Ela deu início à tradição um ano depois que fui separada dele, em 1957. Eu tinha apenas catorze anos. Jiji chegou à minha escola interna trazendo uma cesta de piquenique e uma autorização da diretora para que eu me ausentasse das aulas. Havíamos nos mudado recentemente de Jaipur para Shimla e eu ainda estava me acostumando ao novo lar. Acho que Malik foi o único de nós que se adaptou com facilidade às temperaturas mais baixas e ao ar mais rarefeito dos Himalaias, mas eu o via menos agora que ele estava envolvido nas atividades de sua própria escola, a Bishop Cotton.

Eu estava na aula de história quando Jiji apareceu na porta e me chamou com um aceno e um sorriso. Assim que saí da sala, ela me disse:

— Está um dia tão lindo, Radha. Que tal sairmos para caminhar?

Olhei para meu casaco e saia de lã, meus sapatos duros de couro, me perguntando o que teria passado pela cabeça dela. Ela riu e me disse que eu poderia trocar pelas roupas que usava no acampamento na natureza que nossa professora de educação física fazia todos os meses. Eu tinha acordado com um peso no peito e senti vontade de dizer não, mas uma olhada para seu rosto animado deixou claro para mim que eu não poderia recusar. Ela havia preparado minhas comidas favoritas para o piquenique. *Makki ki roti** gotejando *ghee*. *Palak paneer*** tão cremoso que eu sempre tinha que repetir. *Korma* de legumes.*** E *chole*, o curry de grão-de-bico com muito coentro fresco.

Nesse dia, fomos caminhar por Jakhu Hill. Contei a ela que odiava matemática, mas adorava o velho e doce professor. Que minha colega de quarto, Mathilde, assobiava enquanto dormia. Jiji me contou que Madho Singh, o periquito falante de Malik, estava começando a aprender palavras em punjabi. Ela passara a levá-lo à Clínica Comunitária para distrair os pacientes enquanto eles esperavam para ser atendidos por ela e pelo dr. Jay.

— As pessoas das montanhas ensinaram a ele as palavras que usam para juntar as ovelhas, e ele agora começou a usar as mesmas palavras para reunir os pacientes na sala de espera!

---

* *Makki ki roti:* um tipo de pão achatado feito de milho.
** *Palak paneer:* prato à base de espinafre e queijo indiano.
*** *Korma* de legumes: prato à base de carne ou legumes braseado em iogurte.

Ela riu e isso me fez sentir mais leve. Sempre amei a risada dela. É como os sinos do templo que os frequentadores tocam para receber bênçãos de Bhagwan.

Quando chegamos ao templo no alto da trilha, paramos para comer e observar os macacos brincando nas árvores. Alguns dos macacos mais ousados vinham olhar para nosso almoço a poucos passos de distância. Comecei a contar a ela uma história sobre a peça de Shakespeare que estávamos ensaiando depois da aula e subitamente parei, lembrando das peças que Ravi e eu ensaiávamos juntos, o prelúdio de nossas relações íntimas. Quando eu congelei, ela percebeu que era hora de mudar a conversa para um terreno menos perigoso e fez naturalmente a transição para quantas vezes ela havia ganhado do dr. Jay no gamão.

— Eu deixo Jay achar que está ganhando, até ele perceber que não está. — Lakshmi sorriu.

Eu gostava do dr. Kumar (Malik e eu o chamávamos de dr. Jay), o médico que cuidou de mim em Shimla quando eu estava grávida de Niki. Eu fui a primeira a perceber que ele não tirava os olhos de Lakshmi, mas ela dizia que não era nada, que eles eram só bons amigos. E agora ele e minha irmã já estão casados faz dez anos! Ele foi bom para ela, melhor que seu ex-marido. Ensinou-a a cavalgar. No começo ela ficava apavorada de estar tão longe do chão (no fundo, acho que ela tinha medo de não estar no controle), mas agora não pode imaginar a vida sem seu cavalo favorito, Chandra.

Estou tão perdida em lembranças dos nítidos aromas dos pinheiros de Shimla, do feno fresco que Chandra adora, do cheiro de loção pós-barba de limão e de antisséptico que emana do casaco do dr. Jay que não escuto a pergunta de Lakshmi. Ela a repete. Minha irmã sabe como exercitar a paciência infinita — ela precisou disso muitas vezes com aquelas damas da sociedade de Jaipur cujos corpos passava horas decorando com pasta de henna.

Olho para o relógio na parede da sala de estar.

— Bom, daqui a uma hora tenho que acordar as meninas e fazer o café da manhã delas. — Vou até a janela da varanda e abro a cortina. Está nublado, mas um pouco mais quente que ontem. Lá embaixo, um ciclomotor passa entre os carros estacionados em nossa rua. Um senhor idoso, com chaves tilintando na mão, abre a porta de sua loja a poucos metros da entrada de nosso prédio. — Talvez eu ande um pouco com as meninas antes de entrarmos no metrô.

— A babá não vai levá-las para a escola?

Saio da janela e explico a Jiji que tivemos que dispensar a babá de repente e a tarefa de levar as meninas para a Escola Internacional ficou para mim.

— O que aconteceu?

Ainda bem que Jiji não pode ver o rubor subindo por minhas faces. É constrangedor admitir que Shanti, minha filha de nove anos, bateu no braço da babá, e Yasmin fez o que teria feito com um de seus próprios filhos na Argélia: deu um tapa em Shanti. Enquanto explico, sinto agulhadas de culpa na pele sensível de meu ventre. Que tipo de mãe cria uma filha que ataca os outros? Eu não ensinei a ela o que é certo e o que é errado? Será que a estou negligenciando, preferindo a comodidade do trabalho a criar uma menina que tem apresentado desafios com os quais não sei bem como lidar? Não é isso que Pierre anda insinuando? Quase posso ouvi-lo dizer: "É isso que acontece quando a mãe põe o trabalho acima da família". Ponho a mão na testa. Ah, por que ele demitiu Yasmin antes de falar comigo? Eu nem tive chance de entender o que aconteceu e agora meu marido espera que eu encontre alguém para substituí-la. Por que sou eu que tenho que achar a solução para um problema que não criei?

Minha irmã pergunta como vai indo meu trabalho. Esse é um terreno mais seguro. Meu desconforto dá lugar ao entusiasmo.

— Estou trabalhando em uma fórmula para Delphine, que ela acha que vai ser a fragrância favorita da próxima estação. Já cheguei na terceira fase dos testes. É impressionante como ela simplesmente sabe quando tirar um pouquinho de um ingrediente e acrescentar só uma gotinha de outro para tornar a fragrância um sucesso, Jiji.

Eu poderia falar de fragrâncias para sempre. Quando estou preparando uma fórmula, as horas passam sem eu nem sequer lembrar de olhar em volta, relaxar o pescoço ou sair do laboratório para um copo d'água e uma conversa com Celeste, a secretária de Delphine. É Celeste que sempre me lembra de que está na hora de pegar as meninas na escola quando estou trocando de babá. E, quando tenho alguém cuidando das crianças, Celeste me pergunta como quem não quer nada o que eu vou fazer para o jantar, me lembrando de que preciso parar de trabalhar e ir para casa a tempo de preparar a comida delas. Nos dias em que Pierre cozinha, é com prazer que fico uma hora a mais antes de encerrar o dia de trabalho. O laboratório é tranquilo. E silencioso. E os cheiros — mel, cravo-da-índia, vetiver, jasmim, cedro, mirra, gardênia, almíscar — são companheiros tão agradáveis. Eles não exigem nada de mim a não ser a liberdade de envolver outro mundo com sua essência. Minha irmã entende. Ela me disse uma vez que, quando deslizava um palito de bambu mergulhado em henna pela palma, coxa ou barriga de uma cliente para desenhar um figo turco ou uma folha *boteh* ou um bebê dormindo, tudo desaparecia: tempo, responsabilidades, preocupações.

O aniversário de minha filha Asha está chegando. Ela vai fazer sete anos, mas sei que Jiji não vai tocar nesse assunto. Hoje minha irmã não fará nenhuma menção a aniversários, bebês ou gravidez, porque ela sabe que esses temas vão inflamar minhas lembranças machucadas. Lakshmi sabe o quanto me esforcei para bloquear a existência de meu primogênito, o bebê que tive que entregar para adoção. Eu mal havia terminado a oitava série quando Jiji me explicou por que meus seios estavam doloridos, por que eu me sentia vagamente enjoada. Eu queria contar a boa notícia para Ravi: nós íamos ter um bebê! Tinha tanta certeza de que ele ia se casar comigo quando descobrisse que seria pai. Mas, antes que eu pudesse lhe contar, seus pais o mandaram às pressas para a Inglaterra para concluir o ensino médio lá. Não o vi mais desde então. Será que ele sabia que tivemos um filho? Ou que o nome de nosso bebê é Nikhil?

Eu queria tanto ficar com meu bebê, mas Jiji disse que eu precisava terminar a escola. Com treze anos, eu era nova demais para ser mãe. Que alívio senti quando os amigos mais próximos de minha irmã, Kanta e Manu, concordaram em criar o bebê como se fosse deles e me convidaram para ser sua babá, sua *ayah*. Eles tinham os recursos, o desejo e um quarto de bebê vazio. Eu poderia estar com Niki o dia inteiro, embalá-lo, cantar para ele dormir, beijar os dedos gordinhos de seus pés, fingir que ele era só meu. Levei quatro meses para perceber que estava causando mais mal do que bem, ferindo Kanta e Manu ao querer que Niki amasse apenas a mim.

Quando me separei de meu filho, pensava nele todas as horas de todos os dias. O cachinho de cabelo de um lado do rosto que não assentava de jeito nenhum. O umbigo protuberante. A avidez com que seus dedinhos roliços agarravam a mamadeira que eu não deveria lhe dar. Como perdeu seu próprio bebê, Kanta se sentia feliz de amamentar Niki com seu leite. E isso me deixava com ciúme — e furiosa. Por que ela podia amamentar meu bebê e fingir que era dela? Eu sabia que era melhor para ele aceitá-la como sua nova mãe, mas mesmo assim. Eu a odiava por isso.

Eu sabia que, enquanto continuasse na casa de Kanta, iria impedir Niki de amar a mulher que queria criá-lo e que tinha condições de cuidar dele no longo prazo. Lakshmi via isso também, mas deixou a decisão para mim. Então eu fiz a única escolha possível. Eu o deixei. E tentei ao máximo fingir que ele nunca existiu. Se eu pudesse me convencer de que as horas que Ravi Singh e eu passamos ensaiando Shakespeare — nossos corpos enroscados um no outro como Otelo e Desdêmona, devorando um ao outro até a exaustão — haviam sido um sonho, com certeza poderia me convencer de que nosso bebê tinha sido um sonho também.

E funcionou. Em todos os dias, exceto 2 de setembro.

Desde que fui embora de Jaipur, Kanta me envia envelopes tão grossos que eu sei o que eles contêm sem precisar abri-los: fotos de Niki, bebê, criança, menino. Devolvo cada um deles, fechado, sabendo que o passado não pode me tocar, não pode cortar meu coração, não pode me deixar sangrando.

Na última vez que vi Jiji em Shimla, ela me mostrou um envelope parecido endereçado a ela. Reconheci o papel azul, a caligrafia elegante de Kanta — letras como *g* e *y* fazendo curvas graciosas — e balancei a cabeça.

— Quando você estiver pronta, nós podemos ver as fotos juntas — disse Jiji.

Mas eu sabia que nunca estaria.

Hoje vou atravessar o décimo sétimo aniversário de Niki em um torpor, como sempre faço. Sei que amanhã será melhor. Amanhã vou conseguir fazer o que não pude hoje. Vou vedar essa lembrança de meu primeiro filho tão firmemente como se estivesse prendendo a tampa de um *tiffin* de metal com o meu almoço, para garantir que nem uma gota do *masala dal** possa vazar.

---

* *Masala dal:* lentilhas cozidas em tempero picante.

Ingrediente encontrado em quase todos os perfumes ocidentais, o óleo extraído das raízes do capim vetiver é amadeirado, esfumaçado, terroso — perfeito para fragrâncias masculinas.

Paris
Outubro de 1974

Balanço a fitinha de papel sob o nariz. Misturei a fórmula três vezes, mas sei que alguma coisa não está certa. Examino o briefing novamente. O cliente solicitou uma fragrância que seja terrosa, mas fresca e leve, como a camada média de folhas de uma floresta, não sua vegetação rasteira úmida. Na amostra que misturei oito horas atrás, o cheiro pungente de madeira em decomposição permanece. Delphine não vai gostar.

Olho para o relógio de parede do outro lado do laboratório de fragrâncias. Dez para as duas. Delphine vai chegar precisamente às duas horas. Ela é sempre pontual. É a única mestre perfumista na House of Yves que insiste em visitar seus assistentes no laboratório de fragrâncias para conferir o que eles estão fazendo; os outros dois mestres perfumistas pedem que seus assistentes levem as amostras até a sala deles. Em nosso pequeno laboratório, mais de três mil cheiros se misturam para criar uma fragrância, e eu acho que é disso que ela gosta tanto. Cada vez que entra no laboratório, eu a vejo fechar os olhos por um instante. Imagino que esteja testando a si própria, tentando identificar cada um dos aromas, antes de se aproximar de um de nós. Depois de cinco anos trabalhando no laboratório, o dilúvio de cheiros não é mais do que um ruído de fundo para mim. Sempre estou focada apenas na fórmula que preparo no momento.

Diretamente à minha frente, Michel está organizando uma bandeja de fragrâncias que ele preparou para outro dos projetos de Delphine. Seu posto de trabalho é imaculado; é como se ele estivesse sempre pronto para uma inspeção. Tem quarenta e poucos anos, uma década mais velho do que eu, e é o assistente de laboratório mais antigo. Delphine se aproxima dele primeiro. O principal trabalho de Michel é expandir as fragrâncias que foram aprovadas pelos clientes em *eau de parfum, eau de toilette, eau de cologne* e *eau fraîche*.

Ferdie, cujo nome na verdade é Ferdinand, trabalha à minha direita. Sua área de trabalho é desorganizada e cheia de material espalhado, algo que noto que Delphine observa, mas nunca comenta. Pela parede de vidro que separa nosso laboratório da mesa da recepção, eu o vejo contando uma história para a secretária de Delphine; Ferdie é um excelente contador de histórias. Celeste começa a rir antes mesmo de ele terminar. Seu telefone toca e ela o enxota de lá, ainda rindo.

A área de trabalho de cada um de nós parece um órgão de igreja. À nossa frente há três camadas de frascos de essências em um semicírculo, quase três centenas deles, deixando na mesa apenas espaço suficiente para uma pequena balança, uma bandeja de pipetas, um pote com fitas olfativas — cada uma com a largura de um lápis — e um caderno em que registramos nossos testes. Organizei meu órgão de perfumes de acordo com as famílias olfativas. Primeiro, os florais atalcados, narcóticos: flor de laranjeira, rosa damascena, lavanda, lírio-do-vale. A camada seguinte de frascos contém fragrâncias frutais doces e suculentas, como limão-siciliano, bergamota, manga. Há um grupo de aromas verdes ásperos — agulhas de pinheiro e alecrim entre eles — e, claro, a constante e intensa família de fragrâncias gourmand, como chocolate, baunilha e cravo-da-índia. As madeiras terrosas ocupam a fileira superior: vetiver, sândalo, jacarandá, cedro, entre outras.

No laboratório, cada um de nós recebe briefings de projetos. O briefing descreve o que o cliente — seja uma importante marca de perfumes, um designer de moda ou uma empresa de produtos de beleza — quer criar. Para cada projeto, Delphine, a mestre perfumista de nosso laboratório, elabora várias fórmulas potenciais com base em seu conhecimento de milhares de fragrâncias. Ela pode usar desde dez até cinquenta ingredientes em suas criações. É nosso trabalho como assistentes de laboratório produzir suas fórmulas, usando pipetas para medir com exatidão cada ingrediente na balança e misturá-los com uma pequena quantidade de álcool. Se o ingrediente for um sólido, como almíscar, âmbar cinza (que, surpreendentemente, é um subproduto digestivo de cachalotes!), ou uma resina escura e condimentada, como olíbano ou mirra, precisamos triturá-lo ou prensá-lo para obter um pó fino antes de adicioná-lo à mistura. Se um óleo essencial como rosa ou funcho estiver armazenado no refrigerador para estender sua vida útil, é preciso aquecê-lo até a temperatura ambiente antes de usá-lo. Depois de termos misturado a fórmula de Delphine, mergulhamos as fitas olfativas do tamanho de um lápis em nossa amostra e cheiramos para conferir se criamos o que ela especificou. Isso requer experiência, tempo e a habilidade inata de discernir aromas. Levei cinco anos, e ainda estou aprendendo.

Pela décima vez, leio a fórmula em que estou trabalhando para ver se deixei passar alguma coisa. Será que a preferência por perfumes amadeirados de minha chefe a levou a prescrever uma densidade de vetiver mais alta do que a fragrância precisa? Verifico a balança uma vez mais para garantir que esteja calibrada corretamente. Até mesmo uma diferença minúscula na medição de um ingrediente bruto pode alterar a fragrância. Mordo o lábio. Será que devo entregar a fórmula como Delphine a criou? Ou devo experimentar uma fórmula ligeiramente diferente que talvez atenda às expectativas do cliente? Nunca questionei as fórmulas de Delphine, e, sendo a assistente de laboratório com menos experiência aqui, não tenho o direito de fazer isso agora.

Dou uma olhada para Michel, o gerente de nosso laboratório. Quando Yves du Bois atraiu Delphine de outra casa de fragrâncias de Paris, ele lhe prometeu um laboratório dedicado com seus próprios assistentes: Michel, que ela trouxe consigo do trabalho anterior, e Ferdie, que por acaso é sobrinho de Yves.

Michel tem um diploma em química. Ele trabalha com Delphine há nove anos. Nos cinco anos desde que comecei a trabalhar aqui, ele manteve distância, só falando comigo quando necessário. Ele mal me olha nos olhos quando se dirige a mim. Muitas vezes já me perguntei se ele é ressentido. Eu só tinha completado um ano de química quando Delphine me contratou e começou a me treinar como assistente de laboratório júnior. Sou uma mulher indiana de trinta e dois anos, e não francesa como todos os outros funcionários da empresa. A maioria deles nunca esteve na Índia nem expressou nenhum desejo de ir para lá. Para eles, eu sou uma anomalia, uma esquisitice, e não necessariamente positiva.

Ferdie é alguns anos mais novo que eu. Ele também tem diploma em química, mas duvido que se tornar um mestre perfumista seja a paixão de sua vida. Ele só trabalha as horas obrigatórias e tira tantas licenças por doença quanto é permitido, mas é um contraste bem-vindo com a seriedade de Michel. Ferdie está sempre de bom humor. Ele pareceu feliz quando entrei para o laboratório. Michel não ri das piadas de Ferdie. Eu rio. Ferdie adora cantar, assobiar e dançar. Quando fica nervoso (o que acontece toda vez que Delphine agenda uma visita ao laboratório), ele assobia uma das músicas disco de que gosta tanto. Hoje ele está assobiando "Lady Marmalade". Para as fragrâncias que mistura em sua mesa, ele pergunta: *Voulez-vous coucher avec moi ce soir?*

Michel pigarreia, lembrando a Ferdie que o laboratório não é lugar para frivolidades. Com um olhar de culpa para Michel, Ferdie murmura *Désolé*, mas então olha para mim do outro lado da sala. Ele sorri e dá uma piscadinha. Retribuo seu sorriso. Ele é inofensivo. Às vezes, quando almoçamos juntos, ele me mostra seus passos de dança mais recentes e me conta sobre sua nova paixonite. Na semana passada era Sergio. Uma semana antes, Miguel.

— Radha?

Eu me assusto e quase derrubo o frasco aberto de óleo de vetiver, que custa mais que eu ganho em uma semana. Viro-me e vejo Celeste parada logo acima de meu ombro direito, apertando as mãos. Ela tem cabelo castanho-claro, muito liso, pouco abaixo dos ombros. Hoje está usando um vestido de malha marrom de manga comprida que não favorece muito o seu corpo ossudo.

— *Zut alors*, Celeste! Quantas vezes tenho que pedir para não chegar como um fantasma atrás de mim quando estou trabalhando?

A moça fica muito vermelha até a raiz do cabelo.

— Mas é a segunda vez que ele telefona. É o Pierre. — Ela se aproxima de meu ouvido e sussurra. — É sobre a Shanti.

Meu coração desaba para o estômago. As mãos começam a suar. O que foi agora? De minhas duas meninas, Shanti é a que quase nunca aceita minha autoridade de mãe, sempre questionando *por que* e *quem disse* e *por que você que tem que me dizer o que fazer?* Quando ela era pequena e eu escolhia um vestido amarelo, ela insistia em usar um azul que não estava no guarda-roupa. Ela recusava o *kheer** — que todas as crianças indianas comem, porque o arroz doce

---

* *Kheer:* sobremesa de arroz cozido em leite ou creme de leite.

é macio nas gengivas quando os dentes estão nascendo — e insistia em comer Nutella, sempre Nutella. Ontem mesmo eu estava acompanhando sua prova de vocabulário em inglês (ela está em uma escola internacional). Apesar de minhas repetidas correções, ela continuava escrevendo *friend* como *f-r-e-n-d*. Eu sei que ela sabe escrever do jeito certo, é uma menina inteligente. Estou convencida de que ela me contraria só para me irritar. Será que eu era assim com minha irmã? Uma lembrança fugaz flutua pela minha consciência: resistir às tentativas de Lakshmi de me explicar sobre o funcionamento do mundo, a testa franzida de Jiji, seus lábios apertados.

Eu viro de costas para Celeste e murmuro:
— *Merci. J'arrive.*

Em momentos como este, eu me vejo procurando a correntinha no bolso do meu jaleco. Nela há um pingente, um pequeno frasco, cheio de um aroma particular, algo que criei só para mim. Abro a tampa e inalo profundamente. Em segundos, meus batimentos cardíacos desaceleram. Respiro de novo e deixo a tranquilidade me envolver. Fecho o recipiente e coloco-o de novo no bolso do avental. A correntinha está sempre comigo; nunca sei quando vou precisar. Mas não me arrisco a usá-la no pescoço; Pierre pode me perguntar o que é.

Afasto a cadeira da mesa e enxugo as mãos úmidas no avental. Michel dá uma olhada para mim, depois para o relógio na parede. Faço um aceno com a cabeça para indicar a ele que voltarei logo. Ele retorna ao trabalho.

Celeste está em sua mesa outra vez, datilografando uma carta. Ela é a recepcionista do departamento e se encarrega dos telefonemas, da correspondência e da agenda de Delphine e de receber os clientes. Celeste é boa em seu trabalho, confiável e doce. Eu me sinto mal por ter sido brusca com ela. Ela tem a minha idade, mas é muito mais tímida do que deveria ser, e isso me irrita. Em meus momentos mais mal-humorados, principalmente depois de lidar com Shanti, sinto uma vontade irresistível de gritar *buu* e ver Celeste dar um pulo de susto. Por sua natureza nervosa, ela é o contraste perfeito para Delphine; Celeste precisa de uma mão forte para dirigi-la, e Delphine está sempre pronta para isso.

Eu me aproximo da mesa de Celeste, pego o telefone cinza que fica em uma das extremidades e pressiono o botão piscante. Se algum de nós tem que fazer uma ligação pessoal, este é o telefone que devemos usar. Como resultado, Celeste sabe de tudo que acontece em nossa vida. Mas que escolha ela tem? Até onde eu sei, ela guarda para si mesma nossos assuntos pessoais. Nunca perguntei a ela, mas talvez ela preferisse não ter que ouvir minhas conversas com

Pierre, ou Ferdie rindo com os amigos que o chamam para um drinque depois do trabalho.

Viro de lado para ter um pouco de privacidade.

— *Chérie?* — Mantenho a voz baixa e calma.

A voz nervosa de Pierre vem à minha orelha.

— Você não recebeu meu primeiro recado?

Olho rapidamente para Celeste, em gratidão. Vou convidá-la para almoçar amanhã, para compensar meu mau humor de alguns minutos atrás.

— *Qu'est qu'il ya?* — pergunto a Pierre.

— Ligaram da escola de Shanti. Ela empurrou uma menina, empurrou mesmo! E saiu correndo da sala. Eles a encontraram perto das fontes do Trocadero outra vez. Ela só tem nove anos, pelo amor de Deus! O que Shanti está pensando, saindo por aí sozinha?

Hai Ram! Eu bem que gostaria de saber. No último ano, Shanti tem agredido outras crianças, se recusado a responder às perguntas da professora e até fugido da aula para brincar com os barquinhos no Jardin du Luxembourg. Ela nunca dá explicações. Simplesmente franze a testa, aperta a boca e vai para o quarto que divide com a irmã. Se ao menos houvesse alguém para me ensinar a ser uma mãe perfeita. Se eu pudesse perguntar à minha melhor amiga, Mathilde, ou à minha irmã Lakshmi, mas nenhuma delas tem filhos. Digo a mim mesma para não entrar em pânico; pelo menos Shanti está em segurança — desta vez.

Massageio as duas linhas de expressão que se aprofundaram em minha testa nos últimos anos.

— O que você quer que eu faça? — pergunto a Pierre.

— A escola quer que ela vá para casa. Você pode ir buscá-la?

Abro a boca para perguntar por que Yasmin não vai, e então me lembro que Pierre a mandou embora. Se eu ainda estivesse morando na Índia, talvez eu mesma tivesse dado um tapa em Shanti por mau comportamento, como Yasmin fez, como Maa fazia tão naturalmente sempre que eu queimava o arroz ou demorava demais pegando água no poço dos agricultores. Tentei ser uma mãe mais amorosa e doce para minhas meninas. Mas falhei com Shanti.

Pelo canto do olho, vejo Delphine caminhando em direção à porta do laboratório. Minha mente volta para a fragrância que eu estava misturando. E se eu usasse uma das notas mais suaves contendo vetiver, em vez do intenso óleo essencial puro? Será que isso resolveria o problema com a fórmula de Delphine?

— Pierre, eu não posso sair do trabalho agora. Delphine...

As palavras dele são um silvo enfurecido.

— Sempre Delphine! Você acha que o meu trabalho é menos importante? Você brinca com perfumes, pelo amor de Deus. Eu projeto prédios para as pessoas morarem!

Fecho os olhos e balanço a cabeça.

— *Mais...* — Quando os abro outra vez, vejo Delphine olhando firmemente para mim pelas portas de vidro do laboratório. Eu a deixei esperando.

— *Écoute, chérie.* Por favor, cuide disso só esta vez! Eu explico à noite. — Desligo, mas deixo a mão sobre o telefone, como que pedindo desculpa ao meu marido.

Celeste me oferece um sorriso solidário, que me dá vontade de lhe confidenciar como tem sido horrível em minha casa nesse último ano. Minhas longas horas no trabalho. O comportamento de Shanti. As trocas constantes de babás. Eu me afasto da mesa de Celeste e abro a porta do laboratório.

Delphine gosta que nós três estejamos presentes em suas visitas ao laboratório e que participemos da avaliação de cada projeto. Nós cheiramos as fitas olfativas na mesa de Michel e conversamos sobre quais amostras estão funcionando, quais não estão e por quê. Delphine sugere modificações nas fórmulas para aproximá-las mais do briefing do cliente. Fico atenta a cada palavra dela, admirada com seu conhecimento, a crença absoluta em sua própria avaliação.

Em seguida, ela conclui que o projeto de Ferdie, que está atrasado (em desenvolvimento já há seis meses), está pronto para uma segunda apresentação ao designer de moda que o encomendou. Delphine diz a Ferdie:

— *On se vend comme des pains!*

Atualmente, cada vez mais designers renomados estão solicitando fragrâncias personalizadas para aumentar o valor de suas marcas de roupas. Fragrâncias são um grande negócio; mesmo que a coleção de moda da estação seja um fracasso, o perfume da marca vai manter o negócio à tona. Eu adoraria estar presente na reunião com o cliente para ver a reação do designer e como Delphine lida com ela. Até o momento não fui convidada para nenhuma reunião com clientes.

Agora, Delphine se vira para mim e ergue as sobrancelhas. Não faço menção de retornar à minha área de trabalho. Minhas mãos estão suadas de novo e eu as deslizo pelas laterais do avental.

— *Désolée, madame*. Eu não terminei ainda. — Rezo para minha voz não estar tremendo.

Delphine Silberman inclina a cabeça e levanta as sobrancelhas finas. Como sempre, ela está bem-arrumada. O cabelo escuro encaracolado, com reflexos castanhos mais claros, é cortado curto na nuca, ao contrário do cabelo mais longo preferido pelas mulheres francesas. Eu apostaria que seu cabelereiro é especialista em *balayage à coton* para dar ao cabelo dela esse reflexo dourado de sol no inverno. A maquiagem é quase imperceptível, exceto pelo batom cor-de-rosa que sempre delineia seus lábios finos. Hoje ela está usando um conjunto de tweed Chanel em vermelho, branco e bordô. Uma vez ela comentou comigo como era agradecida a Coco Chanel por tornar fácil para as mulheres se vestir de manhã com o mínimo de esforço. Os sapatos de salto Gucci combinam com o conjunto.

Delphine ainda está olhando para mim, esperando uma explicação.

Dizer que desconfio de que há algo errado na fórmula dela na frente de Michel e Ferdie seria imprudente. Eu me controlo para não deslizar as mãos pelo avental outra vez. Não digo nada.

Ela assente.

— Vá falar comigo antes de ir embora. — Ela oferece um sorriso agradável para Michel e Ferdie. — *Bien fait*. — O rosto de Ferdie enrubesce de alívio; Delphine não costuma elogiá-lo.

Seu sorriso desaparece quando ela se volta para mim. Eu a decepcionei.

Em minha estação de trabalho, seleciono os frascos de que preciso para amenizar a intensidade do vetiver, um aroma tão conhecido para mim quanto minha própria pele. Na Índia, Jiji e eu nos refrescávamos com leques umedecidos feitos de *khus*, a palavra hindi para capim vetiver, durante o calor escaldante dos verões de Jaipur. As damas da sociedade cujas mãos Jiji decorava com henna contratavam criados para borrifar água continuamente em grandes telas de *khus* sobre portas e janelas, que liberavam a fragrância amadeirada e fresca do vetiver nos aposentos. Lembro quando Antoine, meu primeiro patrão em Paris, me disse que a primeira fragrância feminina a usar vetiver foi o Chanel Nº 5, em 1921, e os indianos usam e exportam o capim aromático para o mundo há milhares de anos!

Nunca soube de Michel ter questionado uma das fórmulas de Delphine (talvez ele só faça isso em particular), mas sinto que, se uma assistente pretende contestar o trabalho de sua mestre perfumista, ela precisa ser capaz de fundamentar suas alegações. Misturo a fórmula de novo, desta vez reduzindo o vetiver e adicionando uma pitadinha de baunilha. Registro minhas medições. Sigo o mesmo processo com algumas outras combinações de aromas que simulam o cheiro amadeirado. Experimento musgo de carvalho. Depois líquen. Retiro completamente o óleo de vetiver.

Quatro horas passam voando. Esfrego os olhos. Dou uma olhada para a mesa de Celeste pela janela do laboratório. A máquina de escrever está coberta. Ela já foi embora. Mal percebi quando Ferdie saiu. Michel murmurou *bonsoir* quando passou pela minha mesa no caminho para a porta. Aqui estou eu, a única mãe no grupo, ainda trabalhando, negligenciando minhas filhas e meu marido. Uma pontada de culpa sobe pela minha espinha: *Você obrigou Pierre a lidar com Shanti!* Mas, nesse instante, outra voz — de onde ela vem? — reverbera pelo meu cérebro: *Pierre nunca teve que sair do trabalho para pegar as meninas. Sou sempre eu. Será que ele não poderia fazer isso às vezes?* Lakshmi me disse que, quando ela e Jay discutem por causa de tarefas domésticas, o provérbio que os orienta é: *Se ambas somos rainhas, quem vai pendurar a roupa?* Eu sorrio, respiro fundo, sinto-me um pouco mais calma. Vou agradecer a Pierre quando chegar em casa. Tenho certeza de que vai ficar tudo bem.

Yves du Bois, o fundador da House of Yves, aparece de repente na porta do laboratório. Ele é um homem atraente de sessenta e poucos anos e cabelo grisalho. Acho que ele prefere usar ternos de três peças para poder deixar a corrente do relógio vitoriano balançando do bolso do colete. Em deferência ao estilo da época atual, no entanto, ele usa o cabelo comprido até a altura do colarinho. Imagino que isso o deixe mais *au courant*. Ouvi outros funcionários especularem se ele teria alguma coisa com Delphine; eles se dão muito bem, almoçam juntos com frequência. Mas nunca vimos nenhuma evidência disso. Quanto a mim, duvido até mesmo que ele saiba o meu nome. Mal falei cinco palavras com ele em todos estes anos em que estou aqui. Ele geralmente conversa apenas com seus três mestres perfumistas.

— Ferdinand está por aqui? — ele pergunta.

— Ele já foi embora.

Ele digere essa informação com algumas piscadas. Depois confere o relógio de pulso.

— Achei que fôssemos nos encontrar para jantar hoje. — Ele fica ali parado por mais um momento. — Hélène vai ficar chateada. — Eu sei que esse é o nome da esposa dele. O próprio Yves parece bem desapontado. — *Alors... bonsoir.* — Ele tamborila os nós dos dedos na moldura da porta e desaparece.

Ferdie deve ter se esquecido do jantar com os tios. Não é surpresa; Ferdie tem uma agenda social movimentada. Lembro da vez em que ele prometeu levar todos nós para comemorar o aniversário de Celeste e, em vez disso, foi se encontrar com seu novo amigo Christophe. Celeste ficou tão arrasada que Michel e eu a levamos ao seu bistrô favorito. Não sei se Ferdie pediu desculpa a Celeste; ele nunca nos disse nada a respeito.

Assim que Yves vai embora, eu volto ao trabalho. Mas as preocupações com minha filha mais velha agora inundam meus pensamentos. Shanti foi uma bebê difícil, e ficou mais difícil ainda quando o nascimento de Asha, poucos anos depois, desviou minha atenção dela. Pierre tentava compensar levando Shanti a passeios especiais enquanto eu cuidava da bebê Asha, mas Shanti queria o meu tempo mais que o dele. Será que ignorei minha filha mais velha em favor de sua irmã menor e mais fácil de lidar? Dizem que *uma consciência culpada é um inimigo ativo*. A batalha está sempre acesa dentro de mim.

Como eu era na idade de Shanti? Eu me lembro de me irritar com os insultos das mulheres da aldeia quando passava por elas no caminho para o poço dos agricultores; eu não tinha autorização para usar o poço da aldeia nem para conversar com ninguém de lá exceto o velho Munchi, ele próprio um pária, com sua perna coxa. Foi mesmo por minha culpa que meu pai, antes um professor brilhante, começou a beber? Ou que minha mãe ficou cega? Ou que minha irmã mais velha fugiu do casamento? Uma menininha pode causar toda essa calamidade? Claro que não. Mas nós moramos em Paris, não em uma aldeia indiana, e Pierre e eu somos pais dedicados. Shanti não tem motivo algum para agir assim.

O telefone toca na mesa de Celeste e eu me pergunto se é Pierre. Ele adivinhou que eu estava pensando nele? Saio do laboratório e atendo.

— Trabalhando até tarde de novo? — É Mathilde, minha amiga mais antiga, com quem dividi um quarto por quatro anos na Auckland House School em Shimla. O cigarro deixou sua voz mais grossa ao longo dos anos, dando-lhe um jeito rouco e lânguido.

— Não, estou tomando vinho e comendo ostras — respondo.

— Encantador. *La Reine* me convidou para jantar com sua família, então eu imaginei que você ainda estivesse no trabalho. — Mathilde chama a mãe de Pierre, Florence, de *La Reine*, porque todos os pedidos que saem da boca de minha sogra parecem uma ordem da rainha. Já fizemos piada sobre as tentativas indisfarçadas de Florence de empurrar Pierre para Mathilde quando não estou por perto. Eu não me surpreenderia se ela sugerisse que Pierre tivesse um caso com minha melhor amiga. Mathilde é Catherine Deneuve de franja loira, e aquele espaço entre os dois dentes da frente só parece torná-la mais atraente para os homens. Exceto pelos cigarros incessantes, minha *saas* a adora. Eu me pergunto se seria porque Mathilde não trabalha fora de casa como eu. Mas o fato é que ela não precisa; Mathilde tem uma herança, o que Florence nunca leva em conta. Em vez disso, quando Mathilde está em nosso apartamento, Florence pergunta para *ela* onde está a espátula ou se as meninas estão fazendo exercício suficiente nos fins de semana — como se Mathilde fosse a esposa de Pierre, não eu. Desconfio que ela faça isso de propósito para me irritar.

— Florence está cozinhando no meu apartamento? — pergunto.

— *Exato*. — Escuto Mathilde exalar uma nuvem de fumaça de cigarro.

Zut! Em vez de ir buscar Shanti e Asha na escola, Pierre deve ter jogado a tarefa para a mãe, a única parente que temos aqui em Paris. Pierre é filho único; seu pai, Philippe, largou a família quando Pierre tinha oito anos. Meu marido acha que Philippe mora na Espanha agora, mas não tem certeza. Florence é católica convicta; ela nunca aceitou um divórcio. No ano passado, quando Delphine passou a exigir mais do meu tempo, tivemos ocasionalmente que contar com Florence para ajudar com as meninas, algo que não gosto de fazer. Ela é rápida para disparar farpas disfarçadas com o objetivo de me fazer sentir que sou uma mãe ruim por trabalhar fora. Às vezes me pergunto se a resistência de Pierre ao meu trabalho não é incitada pelas ideias de Florence do que as mulheres devem e não devem fazer para ter bons modos sociais.

Relaxo o pescoço e solto um suspiro.

— Obrigada pelo aviso, *chérie*. Você vai jantar lá, então?

— *Non*. Tenho compromisso. — Quase sinto o tabaco de seu cigarro Tigra pelo telefone quando ela inala. — Vou me encontrar com Jean-Luc às oito no La Petite Chaise.

Eu rio. Mathilde tem uma fila de pretendentes que deixaria Cleópatra no chinelo. Toda vez que almoçamos juntas, ela me diverte com histórias dos homens que não corresponderam às suas expectativas. Mas acho que esse pode ser o mesmo Jean-Luc com quem ela vem saindo há três meses — um tempo considerável para ela.

— E sua mãe? Quem vai ficar com ela esta noite? — pergunto à minha amiga.

Alguns anos atrás, Mathilde recebeu um telefonema de uma mulher uns quarteirões abaixo de seu prédio avisando que sua mãe, Agnes, estava procurando a filha, mas não conseguia lembrar o endereço. Aquilo era estranho, porque a mãe vinha constantemente visitá-la sem avisar. Uma vez ela entrou sem bater no quarto onde Mathilde estava entretendo um homem — na cama. Mathilde ficou sem saber onde enfiar a cara, mas a mãe disse apenas, como se nada houvesse, que seu caviar havia acabado, será que Mathilde tinha um pouco para emprestar? Várias visitas ao médico levaram ao diagnóstico de que Agnes estava começando a perder a memória. Ficou evidente que Mathilde precisaria trazer a mãe para morar com ela. Agora, Mathilde só se encontra com homens no apartamento deles ou em hotéis e contrata uma enfermeira para sua mãe duas noites por semana.

— Basira já está aqui. Ela é a favorita de *maman*. Elas vão ver *Les Shadoks* juntas.
— O desenho animado?
— *Maman* adora. Ele é... opa, tenho que me vestir! — Ela deve ter acabado de reparar na hora. — *À tout à l'heure, ma petite puce!* — Ela desliga. O apelido de Mathilde para mim desde o dia em que nos conhecemos na escola interna é *pulguinha*.

Mathilde foi a razão de eu ter conhecido Pierre. Em nosso último ano na Auckland, muitas vezes deixávamos de lado a tradição dominical da escola de escrever cartas para a família e caminhávamos até o cemitério das freiras católicas no bosque de cedros. Não tínhamos necessidade de escrever para a família. Lakshmi e Jay moravam a poucos quilômetros dali e eu os via com frequência. A mãe de Mathilde estava sempre seguindo um guru diferente para Varanasi ou Cooch Behar ou Kerla, por isso nunca tinha um endereço fixo.

Um domingo, estávamos sentadas de pernas cruzadas na frente de um túmulo que Mathilde tinha escolhido, fumando os Gauloises que seus primos lhe enviavam pelo correio. O cheiro de musgo, de terra fresca, de lápides antigas, era reconfortante. Salamandras nos espiavam de trás de pedras antes de escapar pelo chão. Uma perdiz solitária gritava entre os grilos escondidos no mato.

Solenemente, Mathilde fez o sinal da cruz e começou:
— Irmã Marie, nós lhe agradecemos por seu serviço e fumamos este cigarro em sua honra. Você, que talvez nunca tenha provado tabaco em seus próprios lábios, adoraria a onda de prazer que vem com a primeira tragada. Talvez você tenha tomado uns goles de vinho do cálice de domingo, mas teve a gentileza de deixar o suficiente para os outros fiéis. Você foi rígida com seus pupilos, mas

rezava por eles em seu tempo livre. Não que você tivesse muito, com toda a atividade de polir os candelabros, prostrar-se diante de Jesus e comer pão seco em silêncio com as outras freiras. Ainda assim, nós a saudamos e saudamos a sua vida. Amém.

Ela queria que eu também dissesse alguma coisa, mas eu não acreditava em falar com os mortos, então disse apenas:

— *Jai hind.* — *Vida longa para a Índia.*

Um som abafado fez com que nos virássemos. Um rapaz de vinte e poucos anos estava tentando conter o riso, uma das mãos pressionada no peito. Quando ele nos viu olhando, fez o sinal da cruz. Um católico.

— *Désolé* — disse ele. — Era parente de vocês?

Mathilde revirou os olhos.

Ele se aproximou.

— Posso compartilhar um de seus sagrados Gauloises? Gostaria de prestar o meu respeito à Irmã Marie também.

Isso nos fez rir. Ele nos disse que seu nome era Pierre Fontaine e que estava trabalhando no projeto de Le Corbusier para a cidade de Chandigarh, a três horas de trem dali. Gostava de ir para Shimla nos fins de semana de vez em quando para escapar do calor e dos ventos fortes da cidade ideal do primeiro-ministro Nehru.

Tanto Pierre como Mathilde eram de Paris. Eles começaram a conversar em francês. Eu estava acostumada com a atenção que o cabelo loiro de minha amiga, os lábios pintados de rosa-claro e o rímel preto (*à la* sua ídola Sophia Loren) sempre chamavam. Mas, a certa altura, Pierre sorriu para mim e disse:

— Seus olhos são incríveis. Tão lindos.

Meus olhos verde-azulados eram uma fonte de curiosidade para muitos. Um dos meus pais era britânico? Eu era anglo-indiana? Quase doze anos haviam se passado desde a independência da Índia e eu não queria ser associada a britânicos ou anglo-indianos. Enrubesci e desviei o olhar. Mas seus profundos olhos cor de âmbar, os lábios da mesma cor que a pele rosada, o jeito como seu cabelo castanho-claro caía para um lado da testa larga — isso estava fixado em meu cérebro como se eu tivesse acabado de tirar uma fotografia dele.

No dia seguinte, ele telefonou para a escola e pediu para falar comigo. Não com Mathilde, mas comigo.

Eu me apaixonei.

Agora, bocejo e olho para o relógio de parede acima da mesa de Michel. É quase hora do jantar. Finalmente estou pronta para apresentar meus resultados a Delphine. Preferiria esperar até amanhã, dar tempo para as fragrâncias amadurecerem, mas não tenho esse luxo. Tiro a correntinha do bolso e inalo profundamente do frasco de vidro. Calma de novo, junto as fitas olfativas de minhas várias experiências em uma bandeja de inox. Rotulei cada amostra com os ingredientes em meu próprio sistema de codificação. Saio do laboratório e vou para a sala de Delphine no fim do corredor. Bato na porta.

— *Entrez.*

O escritório dela é um estudo de modernismo da década de 60. As paredes são revestidas de nogueira do chão ao teto. Ela está sentada em uma cadeira Eames de base giratória de alumínio atrás de uma elegante mesa de nogueira que parece flutuar sobre o chão; as pernas são quase invisíveis. Em seu lado da mesa há gavetas longas, que abrem com um toque do dedo, deixando o centro — e suas belas pernas — exposto. O tampo da mesa é de mármore de Carrara branco. Junto à parede atrás dela há uma estante de livros Charlotte Perriand em tons amarelo, tijolo e bege. À esquerda da sala fica o antigo órgão de perfumes que ela ganhou de seu mentor e ainda usa até hoje. Na parede em frente há uma pintura abstrata em azul, mostarda e preto que ela uma vez me contou que era um Joan Miró; não há outros quadros ou fotografias na sala. O tapete industrial é amarelo vivo.

Eu chutaria que Delphine tem sessenta e poucos anos. Ela é a única mulher mestre perfumista que já conheci, e é provavelmente por isso que os assistentes de laboratório e as secretárias na House of Yves dizem seu nome com reverência.

Ela levanta brevemente os olhos e me vê. Bate as cinzas de seu Gitane no grande cinzeiro triangular e termina uma carta que estava escrevendo à mão. Quando acaba, ela se recosta na cadeira e faz um sinal para eu me aproximar. Como de hábito, o cinzeiro está cheio de filtros de cigarro com marcas de batom e a sala envolta em uma névoa de fumaça. Quando clientes vêm visitar, eles são conduzidos a uma sala separada, pintada de branco com uma mesa de conferência Saarinen com tampo de quartzo, cadeiras Tulipa brancas e um tapete branco. Nenhum sinal de fumaça de cigarro em parte alguma.

No começo, o hábito de Delphine de fumar um cigarro atrás do outro tinha me chocado. Isso não alteraria o seu olfato?, perguntei a Antoine. Ele disse que mestres perfumistas, *Les Nez*, não só tinham um talento inato como também haviam memorizado milhares de milhares de aromas do jeito que um músico memoriza notas, acordes e melodias. É algo que exercitam constantemente. Antoine disse que Delphine era a *Le Nez* mais extraordinária que ele conhecia — apesar de seu vício em cigarros.

Coloco minha bandeja na mesa de Delphine, mas continuo de pé com as mãos apertadas.

— Não faça isso — ela diz, calmamente.

Eu me movo para pegar a bandeja de volta.

— Deixe a bandeja. Não aperte as mãos. Fica parecendo que você tem algo a esconder ou que vai começar a rezar. — Ela dá um longo trago em seu cigarro, apertando os olhos contra a fumaça.

Ah. Largo a bandeja outra vez.

O canto de sua boca se ergue em um pequeno sorriso.

— Você vai ficar aí de pé acima de mim ou vai se sentar?

Eu me sento apressada em uma das cadeiras de couro acolchoado na frente da mesa.

— Assim está melhor. — Ela bate o cigarro no cinzeiro outra vez. — Agora me conte o que está errado com a minha fórmula.

Minha boca se abre. Será que eu tinha sido tão óbvia na reunião anterior?

Ela acena para minha bandeja, me incentivando a continuar.

Engulo em seco.

— *Alors*. Eu misturei a fórmula seis vezes. Em todas as vezes, o vetiver dominava toda a mistura. — Pigarreio. — Talvez eu tenha entendido mal o briefing, mas...

Ela me assusta rolando de repente a cadeira para a frente até sua barriga ficar pressionada contra a mesa e aponta o cigarro para mim.

— Nunca. Jamais. Se desculpe. Diga o que você acha.

Sinto as faces queimando. Minhas axilas estão úmidas.

— *D'accord*. O briefing pede um aroma que seja leve como o ar, mas a sua... a fórmula é muito mais densa. — Eu termino rápido essa última frase antes de perder a coragem. Meu coração está batendo como se eu tivesse acabado de correr um quilômetro a toda velocidade. — Tenho certeza de que eles vão pedir para refazermos.

— Por que você acha que isso está acontecendo?

— O óleo de vetiver... está desequilibrando a fórmula.

Ela apaga o cigarro, soltando a fumaça pela boca. Décadas como uma fumante inveterada fizeram uma centena de linhas finas se projetarem das laterais de seus lábios.

— Agora respire. E me mostre o que você fez.

Uma vez mais, eu me surpreendo por ela saber que eu apresentaria alternativas. Descrevo o processo que segui, explicando os ingredientes que troquei, e ofereço a ela as tiras olfativas.

Delphine se demora em cada combinação, balançando as tiras de papel na frente do nariz. Ela franze a testa, depois repete o processo. Põe os cotovelos sobre a mesa e apoia o queixo elegante nas mãos unidas. Suas narinas se movem conforme passam pelas dez novas ofertas que criei.

— Deixe isso comigo.

Eu vou para a porta, mas dou uma olhada para ela antes de fechar. Ela está acendendo outro Gitane.

São quase nove horas quando saio pelas escadas do Métro e me dirijo ao nosso apartamento a dois quarteirões de distância. Quero ver minhas filhas antes que elas durmam, dar um beijo de boa-noite em suas faces macias, passar os dedos no cabelo delas, mas o medo que sinto de confrontar Pierre, por ter deixado para ele a tarefa de lidar com Shanti, é como um peso em meu peito. Eu adorava voltar para casa e para Pierre. Nos primeiros anos de nosso casamento, antes de eu engravidar de Shanti e quando eu tinha começado a trabalhar no Antoine's, mal podia esperar para abraçá-lo quando ele chegava em casa e sentir seu cheiro peculiar, tão exótico para mim, uma combinação de tabaco Gauloise, limão ácido, alecrim fresco e uma nota de vetiver (ele usava Eau Sauvage da Dior, mas eu não conhecia as fragrâncias na época). Nossas roupas caíam pelo chão antes de chegarmos ao sofá ou à cama. Às vezes adormecíamos depois do sexo e acordávamos horas depois, famintos pelo jantar. Quando foi que tudo isso mudou?

Moramos no coração de Paris, em Saint-Germain-des-Prés, o sexto *arrondissement*, em um apartamento que Pierre herdou de sua avó rica. Herdamos inclusive sua mobília Le Corbusier, toda em aço tubular e couro preto. Estamos a três quarteirões do Café de Flore, onde escritores como Jean-Paul Sartre e Simone de Beauvoir (que eu tinha lido na Auckland) escreveram suas obras seminais e onde poetas e escritores ainda se misturam com os parisienses chiques e famosos para um café. A *grand-mère* de Pierre muitas vezes participava das conversas e comprava drinques para pessoas criativas e famintas que frequentavam o café.

A porta de nosso prédio projetado por Haussmann fica aberta até as dez da noite. Aceno para a zeladora, Jeanne, que mora no térreo, logo à esquerda da entrada. Quando ela não está varrendo a entrada ou os degraus, fica sempre de olho em estranhos da janela de seu apartamento. Meus passos ecoam pela escadaria de pedra antiquada enquanto eu subo para o terceiro andar (como na Índia, o primeiro andar na França é o nível acima do térreo). Em cada andar, ao passar por outro apartamento, pego fragmentos de conversas abafadas dos Blanchet, o cheiro de cebolas assadas que vem da cozinha de madame Reynaud, uma melodia solitária ao piano do apartamento diretamente abaixo do nosso (Georges é melancólico por natureza). A chave de minha porta da frente faz um clique distintivo e satisfatório. No hall, o piso quente de madeira de lei range sob meus pés. Reconheço os cheiros de alho, peixe, manteiga, Gauloises e o perfume de Florence, Miss Dior, uma mistura floral que ela vem usando, ao que parece, a vida inteira. Sua bolsa e lenço Dior estão sobre o console estreito.

Fecho os olhos. Tudo que eu quero fazer é abraçar minhas filhas, tomar um banho e dormir, mas jantar e *La Reine* me esperam.

Eu me demoro pendurando o casaco e tirando os sapatos (ainda insisto no costume indiano de deixá-los no hall antes de entrar em casa, uma prática que Florence considera incivilizada). Coloco-os ao lado do par de sapatos vermelhos de Shanti, que Florence insistiu em comprar para ela em seu nono aniversário na Pom d'Api, a mais recente butique de sapatos infantis no mercado. Como Kanta em Jaipur, Florence tem dinheiro para gastar com crianças. Niki estava melhor com Kanta porque ela e Manu tinham os recursos para criá-lo. Isso significa que eu poderia perder minhas filhas para Florence como perdi Niki para Kanta? Fecho os olhos e me apoio na parede. A tontura passa rápido.

Nosso apartamento é grande para os padrões de Paris — cerca de oitenta metros quadrados —, com pé-direito alto e janelas de parede inteira que o inundam de luz durante o dia e o fazem parecer maior. É grande para os meus padrões também, tendo crescido em uma casinha de menos de dez metros quadrados em uma aldeia minúscula na Índia, antes de dividir o alojamento apertado com Lakshmi em Jaipur e, por fim, compartilhar um quarto estreito com Mathilde na Auckland House School em Shimla. Às vezes eu me maravilho ao pensar como minha vida é diferente hoje. Em Ajar, eu dormia no chão de terra dura em vez de um colchão de penas. Tinha que tirar água de um poço e esquentá-la sobre um fogareiro de barro. Aqui, viro uma torneira e água quente aparece como por magia. Depois de treze anos, eu me acostumei a esses confortos cotidianos.

Minha sogra vem da cozinha, um avental amarrado na cintura e um prato vazio na mão, os saltos batendo no piso de madeira. Os cantos de sua boca pintada de batom estão voltados para baixo. Florence tem as sobrancelhas perpetuamente levantadas, do jeito como as de Delphine ficam quando ela está insatisfeita. Sorrisos são raros em Florence. Já sei que ela se irritou por eu não ter gritado *bonsoir* quando entrei no apartamento.

Ela está esfregando o prato vigorosamente com um pano de prato, luvas de borracha amarelas preservando suas unhas pintadas.

— Pierre me pediu para pegar Shanti na escola. Tive que cancelar minha reunião na Beaux-Arts. — Florence está em vários conselhos de administração, entre eles o da famosa escola de artes, a École des Beaux-Arts. — Dei bacalhau salteado e uma salada para as meninas. — Eu escuto o que ela deixa subentendido: *Crianças francesas precisam de comida melhor do que a que você costuma lhes dar, Radha*. Florence não gosta de comida indiana; ela acha que os temperos prejudicam o sistema digestivo delicado de suas netas.

Engulo minha irritação com a reprimenda implícita.

— Deixe que eu termino. — Não agradeço a ela por ter vindo.

A mão de Florence para de se mover sobre o prato. Suas narinas se alargam (ela tem as narinas mais impressionantes que já vi). Ela aperta os lábios como se estivesse querendo falar mais. Mas dá meia-volta abruptamente e desaparece na cozinha. Eu a escuto bater o prato na pia e tirar as luvas. Ela está desamarrando o avental nas costas quando retorna. Coloca o avental amarfanhado em minhas mãos. Percebo que não me movi do hall e dou um passo para o lado quando ela pega sua bolsa na mesinha lateral. Ela não beija minhas faces como faz com Pierre. Antes de sair e fechar a porta, diz:

— Se quiser que eu encontre uma babá, é só me dizer...

— *Non, merci.* Mathilde me disse que conhece uma pessoa — eu minto. Se eu deixar para Florence, a babá será uma matrona francesa que se apossará de minhas filhas e de minha casa. Em meus momentos de desespero, quase tenho vontade de implorar para Florence fazer isso, mas o bom senso geralmente prevalece quando percebo como minha sogra poderia me afastar completamente de Pierre e das meninas.

A meia taça de vinho branco de Pierre está sobre a mesa de jantar. *Kind of Blue* de Miles Davis, um dos discos favoritos dele, toca docemente na vitrola. Isso me faz lembrar que Pierre vai levar todos nós, incluindo Florence, ao Festival d'Automne daqui a algumas semanas para que também possamos apreciar os grandes nomes do jazz. A porta do quarto das meninas está parcialmente aberta, formando um tênue triângulo de luz no chão. Ouço a voz de Pierre, grave e relaxante.

Eu me encosto na parede à direita da porta e escuto seu murmúrio ritmado contando a história.

— O barco tem as velas muito brancas. É um dia tão bonito. E o ar tem um cheiro tão fresco, tão limpo. O vento é calmo e move o barco lentamente, suavemente, pela água. Você é o barco. Você está deslizando pelas águas tranquilas. *Doucement, doucement.* Você está flutuando pela água, deixando o vento te mover primeiro para um lado, depois para o outro. Você está relaxada. Muito relaxada.

E silêncio. Shanti deve ter adormecido. Desde que era bebê, Shanti tinha crises de birra que podiam durar horas, chorando e gritando, o rosto vermelho e molhado, socando todos às cegas com seus punhos pequeninos. Estendia os braços para mim, mas depois me empurrava quando eu chegava perto. Ela ficava esgotada, precisando de uma soneca, mas recusava qualquer tentativa minha de confortá-la. Eu tentava afastar o pensamento da mente, mas ele voltava sempre: será que Shanti era meu castigo por ter abandonado o bebê Niki?

Uma tarde, eu estava tão exausta e desesperada por uma solução para os gritos de Shanti que telefonei para Jiji em Shimla, sem me importar com o preço da ligação internacional. Ela me contou que costumava me acalmar para dormir com a cantiga de ninar que nosso pai sempre cantava para nós: *Rundo Rani, burri sayani. Peethi tunda, tunda pani. Lakin kurthi hai manmani. Pequena rainha, se acha tão grande. Só bebe água fria, fria. Mas faz tantas travessuras.* Então eu tentei. Na primeira vez que a cantei para Shanti durante um de seus acessos, ela se irritou comigo. Aí eu me lembrei que Lakshmi recomendava banhos com água salgada para suas damas como uma maneira de liberar ansiedades e toxinas. Preparei um banho com água morna e sal enquanto Shanti berrava e entrei nele junto com ela. Isso a surpreendeu. Ela parou de gritar e franziu a testa, como a perguntar o que estava acontecendo.

Fixei meus olhos nos dela enquanto cantava a cantiga de ninar, tentei alcançar aquela parte bem no fundo dela que era eu, a eu difícil que havia respondido ao canto de Jiji, e ao canto de meu pai antes dela. Shanti observou meu rosto atentamente. Ela ficou me olhando por tanto tempo que comecei a acrescentar partes novas à letra da música, inventando conforme cantava. Dez minutos depois, as pálpebras dela começaram a baixar. Eu a tirei do banho, enrolei-a em um *rajai* e me sentei com ela na cadeira de balanço até ela dormir. Isso funcionou por dois anos, até Asha nascer. Shanti não se acalmava mais com a cantiga de ninar ou com banhos de água com sal. Foi quando Pierre lhe pediu para imaginar que ela era um barco a vela ou um balão de ar quente ou um passarinho, para que ela estivesse no controle de como se movia pelo seu ambiente. Deu certo. Gradualmente, ela adormecia. Eu tive receio de que essas sessões pudessem deixar minha filha mais nova acordada, mas Asha sucumbia a seus sonhos depois de apenas alguns minutos ouvindo Pierre.

Pierre tem uma voz bonita e melodiosa. Ele sempre lia *Notre-Dame de Paris* para mim na cama no começo de nosso relacionamento. Uma escolha peculiar, mas teve um papel importante em nosso namoro. Nosso primeiro encontro tinha sido uma caminhada pelo Ridge, em Shimla. Ele parou para admirar a arquitetura gótica da Christ Church e elogiar os arcos em ogiva, os vitrais desenhados pelo pai de Rudyard Kipling, as abóbadas de nervuras.

— Mas não é nem de perto tão grandiosa quanto a Catedral de Notre-Dame em Paris. Você já a viu? — ele perguntou.

Quando ele se virou para mim, percebi que estivera olhando fixamente para ele. Mas, em seu lugar, estava vendo Ravi exaltando as virtudes da grande arquitetura — quando eu tinha treze anos e Ravi, dezessete. Sem pensar em onde estávamos ou se alguém estava olhando (demonstrações públicas de afeto podiam ser comuns na França, mas não eram vistas com bons olhos na Índia), eu me ergui na ponta dos pés e beijei Pierre. Eu estava beijando Pierre ou a lembrança de Ravi?

Sem se afastar, Pierre roçou os lábios nos meus enquanto dizia:

— Notre-Dame deve ter deixado uma impressão bem forte em você.

Eu estava ofegante.

— Nós lemos *O corcunda de Notre-Dame* de Victor Hugo, a versão em inglês, na aula de literatura, depois vimos o filme americano de 1939. Quando terminou, eu não conseguia parar de chorar. Tinha me apaixonado pelo Quasimodo.

Pierre me beijou com mais força. Eu não queria que ele parasse.

Cinco meses depois, quando voltou a Shimla, Pierre me pediu em casamento. Em vez de um anel de noivado, ele me presenteou com uma edição antiga do romance de Victor Hugo.

Agora, ouço a porta do quarto das meninas se fechando e percebo que quase adormeci encostada na parede. Quando abro os olhos, Pierre está na minha frente, mas com o rosto na sombra; não consigo ler sua expressão, porém a rigidez de seus ombros me diz que ele está bravo.

Ele me contorna e vai para a cozinha. Eu o sigo. A cozinha tem tamanho suficiente para uma única pessoa, então espero na entrada.

— Está com fome? — Ele desenrola o pano do prato que Florence deixou para mim: o bacalhau e uma salada de vagens e pimentão. Pierre e eu costumamos nos revezar na cozinha. Ele é bom com omeletes, peixe e saladas. Eu faço *subjis** e *chappatis*** indianos. Felizmente, as meninas gostam tanto da cozinha indiana como da francesa.

Ao ver a comida, minha boca saliva e o estômago ronca. Até ir para a escola interna, eu nunca tinha comido carne ou peixe. A dieta de alguns estudantes de Auckland — eles vinham do mundo inteiro — incluía carne na escola três vezes por semana e a diretora permitia que houvesse uma opção vegetariana e uma não vegetariana para o jantar. Eu prefiro a comida vegetariana, mas me acostumei a gostar ocasionalmente de pratos com peixe e ovos.

— Você também vai comer? — pergunto.

Ele leva meu prato para a mesa de jantar e o coloca no lugar onde costumo me sentar.

— Já comi com *maman* e as meninas. — Ele se serve mais vinho. Há uma taça vazia na mesa à minha espera e ele a enche. Agora, ele se senta. Eu também.

Não sei se brigamos como outros casais. Mas nós temos um padrão. Iniciamos educadamente. Depois, um de nós começa a se exaltar. O outro escuta, até que a impaciência, ou a irritação, ou a exaustão acaba levando a melhor e a discussão se encerra. Durante uma semana depois disso, nós nos concentramos nas meninas. Gradualmente, a intensidade de nosso desentendimento vai se amenizando e nós voltamos a onde estávamos antes, sem ter resolvido nada, mas conseguimos ser agradáveis um com o outro de novo.

Espero Pierre começar; ele precisa desabafar. Desde que comecei a trabalhar na House of Yves cinco anos atrás, tenho precisado dele para ajudar com as meninas, com a limpeza e as compras, e sei que isso o confunde e incomoda. Ele pode se julgar um homem francês esclarecido, mas foi criado para acreditar que homens e mulheres têm papéis distintos e separados. Ainda não se adaptou ao fato de que eu também tenho uma carreira em tempo integral, não apenas um emprego de meio período.

---

* *Subji:* qualquer tipo de prato de legumes ou verduras com curry.
** *Chappati:* pão achatado feito com farinha de trigo integral.

Mastigo meu peixe. Está frio e a manteiga endureceu. Tomo um gole de vinho (levei anos para me acostumar ao paladar do vinho branco seco e ainda só finjo gostar porque Pierre gosta). Pierre acende seu cigarro, gira o vinho na taça.

— Nós não temos visto muito você ultimamente — ele começa.

Como explicar a ele que, desde que Delphine me contratou, não é ela que está pedindo para eu provar meu valor. Sou eu que estou me esforçando para mostrar a ela que sou digna de sua confiança — e investimento. Nem todas as pessoas com um ano de química e quatro anos trabalhando em uma *parfumerie* butique (como eu fiz no Antoine's) conseguem um emprego em um laboratório de fragrâncias. Alguns anos atrás, uma nova escola de perfumes foi estabelecida em Paris em que apenas estudantes com dois anos de química são aceitos e formados para, no futuro, se tornarem mestres perfumistas — um processo que leva uma década. Essa escola especializada nunca me concederia acesso sem as credenciais em química. Mas eu conheci Delphine por intermédio do avô de Mathilde, Antoine. Os dois eram grandes amigos, por isso, quando ele me recomendou, ela prestou atenção.

Nos meus primeiros anos na House of Yves, eu ficava depois do horário de trabalho para memorizar os milhares de aromas no laboratório. Dia após dia, eu me testava. Tornou-se uma obsessão. Eu podia — eu *ia* — identificá-los com o meu nariz. Uma gota de gálbano me levava à margem do rio em Ajar onde eu lavava roupa. Lavanda me fazia pensar na primeira vez que vi Jiji em Jaipur; suas mãos tinham o perfume do óleo que ela usava no corpo das senhoras da sociedade.

Quando Michel e Ferdie tiravam férias ou licença por doença, eu me oferecia para cobrir o trabalho deles. Perdia a noção do tempo no laboratório, do jeito como perdia a noção do tempo quando triturava a pasta de henna de Jiji até ficar com uma textura acetinada; eu experimentava diferentes ingredientes, como óleo de gerânio, água de rosas e pasta de sândalo, até a textura e o cheiro estarem perfeitos e Jiji declarar que aquela henna era melhor do que qualquer coisa que ela já tivesse produzido. Quando era pequena em Ajar, eu ajudava o velho Munchi a coletar folhas de mangueira ou urina de vaca ou suco de limão para misturar com suas tintas até ele ficar satisfeito com a intensidade da cor. Era fascinante para mim ver uma mistura de ingredientes sem relação um com o outro produzir algo tão deslumbrante, tão atraente, tão inebriante.

Minhas horas no laboratório de fragrâncias eram ainda mais doces pela nova identidade que me proporcionavam. O velho Munchi tinha ficado meu amigo na aldeia quando ninguém mais se aproximava de mim, antes de eu conhecer Lakshmi como minha irmã, quando eu era conhecida como Menina do Mau Agouro. As fofoqueiras falavam abertamente sobre meu nascimento ter coincidido com a deserção do casamento pela minha irmã, e sobre meu pai, antes professor de escola, ter se afogado e minha mãe ter ficado cega. Havia aqueles que afirmavam que a culpa era minha pelos gafanhotos que comiam as plantações ou a seca que persistia por três anos ou o bezerro que nascia sem a cauda — tudo porque Lakshmi nos havia envergonhado ao abandonar o marido. Toda a minha vida eu tinha ouvido rumores sobre essa irmã infame; ela se vestia com roupas de homem! Não, ela havia fugido com uma trupe de dançarinos! Não, ela se tornara uma prostituta, alguns declaravam. Quando essas imagens obscenas oprimiam meu coração tão forte que doía, eu escapava para o casebre de Munchi-*ji* na periferia da aldeia. Lá, eu passava horas ajudando-o a preparar as folhas de *peepal* de que ele precisava para suas pinturas em miniatura de Krishna e a da leiteira Radha, minha xará — pinturas tão perfeitas que eu conseguia ver os pontinhos minúsculos no sári da leiteira e cada dedo da mão de Krishna em sua flauta. Misturar tintas era meu santuário. Por fim, depois que Maa e Pitaji morreram, encontrei Lakshmi em Jaipur, ganhando a vida como pintora de henna — não dançarina ou prostituta ou qualquer das outras coisas que diziam. Descobri que ela só queria ter a própria vida, da qual ela pudesse ter o controle. Ela me acolheu sem dizer nada.

Agora, Pierre interrompe meus pensamentos.

— Eu achei que ia ser diferente conosco, Radha. Todo mundo está tendo problemas... — Ele para.

Espeto uma ervilha, mastigo lentamente, espero. Eu sei o que está por vir.

— Muriel deixou Guy dizendo que ele é um capitalista irresponsável. Ele é banqueiro há quinze anos e ela só notou isso agora? Ele deveria mudar o que faz só por causa de um punhado de protestos de estudantes... estudantes que não trabalharam um só dia em toda a sua vida?

A Radha mais nova teria discutido com ele — *quando foi que eu a perdi?* Eu teria dito que era mais do que um punhado de protestos de estudantes. Seis anos atrás, quase meio milhão de manifestantes questionaram o sistema e suas regras, fazendo o presidente De Gaulle fugir da França em segredo. Mas eu não quero deixar que minha irritação me domine, então não digo nada.

— Bertrand e Marie Laure estão brigando porque ele não quer deixar que ela trabalhe fora de casa. Eles têm três filhos. Por que ela quer fazer isso?

Meus olhos começam a tremer. Ele está, na verdade, falando de nós. Eu tenho duas filhas e me atrevo a querer mais da minha vida? É a mesma discussão que temos já há alguns anos.

Ele balança a cabeça.

— Você sente que eu não te respeito o suficiente? Eu não estou deixando você fazer o que quer? Primeiro você foi trabalhar para Antoine sem me contar. Tudo bem, você queria alguma coisa para fazer. Aí você engravidou de Shanti e eu achei que fosse ficar em casa para cuidar dela, mas você começou a levá-la junto para o trabalho...

Depois que vim para Paris com Pierre, fiquei entediada em casa, então Mathilde convenceu seu avô a me contratar por algumas horas por dia para ajudar em sua *parfumerie*. Eu sabia que Pierre se orgulhava de ser capaz de me sustentar; então, a princípio, não quis contar a ele. Só que, quando comecei no Antoine's, eu me vi em um mundo que me era familiar, de novo na companhia dos cheiros da natureza, cada um dos quais tinha uma identidade separada, mas, ao serem misturados em diferentes combinações, produziam uma experiência sublime.

Essência de esteva misturada com musgo de carvalho e patchouli criava um aroma doce e fresco — como a fragrância do parque em Shimla onde Pierre e eu costumávamos fazer piqueniques. Lima-da-pérsia misturada com menta e manga me fazia lembrar de minhas tardes favoritas com Mathilde no *pani-walla* em Shimla. Uma combinação de flor de laranjeira, cedro e sálvia me trazia à imaginação Lakshmi circulando entre as plantas da Horta Medicinal, vestida em seu sári cor de pêssego. No Antoine's, os cheiros da minha Índia me rodeavam. Só então percebi como sentia falta dessas fragrâncias que conjuravam lembranças queridas de minha juventude, de minha casa. Eu fui fisgada.

Comecei a fazer perguntas a Antoine. De onde vinham os ingredientes brutos dessas fragrâncias? Os aromas mudavam com o tempo? Como eles evocavam sentimentos de alegria, nostalgia e romance nas pessoas que os usavam — assim como faziam comigo? E, quando Antoine me contou quantos perfumes não seriam possíveis sem os óleos essenciais que vinham da Índia, eu entendi por que me sentia tão à vontade naquele lugar. Depois de alguns meses, juntei coragem para contar a Pierre sobre meu trabalho na *parfumerie*, mas falei como se fosse só algo que eu estava fazendo para me manter ocupada até chegar nosso primeiro filho.

Agora, baixo o garfo no prato com mais força do que pretendia.

— Pierre, Antoine me pedia para levar Shanti quando ela era bebê. Ele me queria na loja. Eu era boa com os clientes. Lembra como ela chorava? Mas, com ele, Shanti sempre ficava quieta. — Eu me abstenho de dizer que Shanti era uma bebê difícil que eu não conseguia satisfazer. A loja de Antoine ficava a apenas dois quarteirões de nosso apartamento, no Boulevard Saint-Germain. Ele adorava carregá-la no colo, mostrá-la às pessoas, caminhar com ela no carrinho de bebê até o Jardin du Luxembourg, talvez porque ele não tinha netos. E ela ficava fascinada com sua barba branca, os óculos pretos, o pequeno chapéu que ele usava. Se não fosse Antoine, eu talvez tivesse ficado louca, de tão exausta que estava pela insônia e por minha incapacidade de acalmar o choro interminável de Shanti.

Pierre levanta as mãos, rendendo-se.

— *Et bien*. Mas aí você começou a estudar química ao mesmo tempo. Era... era como se você estivesse procurando uma fuga. De ser mãe!

— Mas Shanti já tinha idade suficiente para ir para a *école maternelle*. Lembra? E então eu fiquei grávida de Asha. Já foi lucro eu ter conseguido cursar um ano de química antes de Asha nascer.

Minha voz se elevou. Por que eu preciso me defender? Por acaso eu pergunto a Pierre por que ele decidiu ser arquiteto? Por que ele quer trabalhar em Paris quando poderia trabalhar na Índia? Ele estava ajudando os arquitetos indianos a projetar os prédios de Le Corbusier em Chandigarh quando o conheci. Se Pierre resolvesse trabalhar em Chandigarh outra vez, eu poderia estar perto das pessoas de quem me sentia mais próxima: Jiji e o dr. Jay, Malik e Nimmi. E as meninas poderiam crescer com os filhos de Malik.

Mas nós nunca conversamos de fato sobre isso. Ficou simplesmente subentendido que eu iria para Paris com Pierre depois que me formasse na Auckland House School. Outro emprego esperava por ele lá. E eu me vi embarcando na aventura. Mas não tinha refletido sobre como passaria meus dias enquanto Pierre estava no trabalho. Então, fiquei aliviada quando Mathilde voltou a Paris e me apresentou a Antoine. Ela nunca havia tido mais do que um interesse casual por *parfumerie*, e seu avô ficou muito feliz por ter alguém que compartilhava sua paixão. Ele começou a me ensinar tudo que sabia e isso abriu um mundo todo novo. Ele vinha de Grasse, uma terra de fabricantes de fragrâncias e perfumistas. Cresceu cercado de fragrâncias, como eu, embora diferentes. Começou como vendedor em uma farmácia e fez amizade com os vendedores de perfumes que apareciam para demonstrar seus mais novos produtos. Por fim, estabeleceu sua *parfumerie* butique em Paris, oferecendo exclusividade a alguns poucos criadores de fragrâncias, como a House of Yves.

Antoine sempre dizia:

— Se você gosta de pessoas, Radha, vai se sair bem neste ramo. Tudo se resume a descobrir o que os clientes querem. Pergunte e eles vão lhe dizer. É fácil.

Claro que nunca foi tão fácil para mim conhecer pessoas novas, especialmente aqui no centro de Paris, onde a cor de minha pele me marcava como alguém de fora. Mas, depois que me familiarizei com os produtos da loja e fiquei mais fluente em francês, podia conversar com os clientes interminavelmente sobre eles. Com turistas, eu conversava em inglês com facilidade, um idioma que intimidava Antoine. Quando Antoine quis tirar férias, eu assumi a loja, depois fiz o relatório de todas as idas e vindas dos clientes quando ele retornou.

Por que Pierre não conseguia enxergar que eu precisava de Antoine como precisava de um pai? Meu pai preferia uma garrafa de *sharab** à minha companhia e morreu antes de meu décimo terceiro aniversário. E Shanti e Asha não precisavam de um avô substituto, esse homem que passou tanto tempo com elas em seus primeiros anos? Depois que comecei a trabalhar na House of Yves, continuei a levá-las para ver Antoine, que elas chamavam de *grand-pére*. Quando ele morreu, quatro anos atrás, Shanti ficou inconsolável, e eu me senti como se tivesse perdido meu pai outra vez.

Pierre se vira para o outro lado na cadeira. Ele tamborila na mesa com os dedos que estão segurando o cigarro. Eu já tinha decidido não ficar brava, mas quebro minha promessa. Afasto de mim o jantar pela metade e aperto as mãos embaixo da mesa para impedi-las de tremer. Mantenho a voz baixa; não quero acordar as meninas.

— O que você espera de mim, Pierre? Que eu largue meu trabalho? Que eu fique o dia inteiro em casa esperando por você e pelas meninas? — Eu amo minhas filhas, mas, se tivesse que ficar em casa o dia todo, ia sufocar.

Pierre bate na mesa com o dedo indicador.

— Eu ganho o suficiente para nós todos. Você não precisa trabalhar! Nós nem temos que pagar aluguel como as outras pessoas.

Claro. A avó dele era a dona deste apartamento. Ele vem de uma família de dinheiro. Sua mãe mora em Neuilly-sur-Seine em uma casa que é um mausoléu. Pierre preferiria que eu ficasse aqui, preparando um jantar quente, com

---

* *Sharab:* bebida alcoólica.

minhas meninas banhadas e alimentadas. Será que ele sempre quis que eu fosse mãe em tempo integral ou essa ideia surgiu com a chegada de duas crianças? Eu mesma também não acreditei por um tempo que ter filhos e cuidar deles era tudo de que eu precisava na vida? Depois encontrei Jiji e entendi o que era criar algo maior do que si mesma. Algo que não era tão fácil quanto fazer bebês, mas vinha de um anseio mais profundo. Transformar ideias esparsas em algo concreto. Ideias em que ninguém havia pensado ainda. Eu *sabia* que podia fazer isso com fragrâncias.

Pierre se inclina para mim, o vinho forte em seu hálito.

— E, seja como for, boa parte do que você ganha vai para pagar as babás, de quem nós não precisaríamos se você não trabalhasse!

Engulo a raiva. Se as próximas palavras que saírem de sua boca forem a sugestão de que deveríamos deixar sua mãe cuidar de nossas filhas, vou jogar este prato de comida nele. Tenho tanto que poderia dizer. *Ele permitir que eu faça o que quero é o mesmo que eu tomar minhas próprias decisões? Por que as meninas são totalmente minha responsabilidade? Ele não é o pai? Quando foi que renunciei ao meu direito de decidir o que fazer com a minha vida?*

Mas me sinto esgotada. Não tenho energia para começar, então mantenho a boca fechada. Em vez de discutir, levanto e pego meu prato e a taça. Pierre olha para mim. A taça dele está vazia. Eu a pego também.

— Prometo encontrar outra babá amanhã. — Vou para a cozinha lavar a louça que falta.

Pierre e eu fazemos as pazes na cama. Um beijo no ombro quer dizer *desculpe*. Um nas costas significa *senti sua falta*. Um no pescoço, logo abaixo da orelha, é *eu preciso de você*. A viagem da lateral do seio até o quadril é reservada para *eu nem sempre consigo encontrar as palavras para dizer o que você significa para mim*. Um beijo circular em volta do umbigo quer dizer: *nós vamos encontrar o caminho de volta um para o outro*. A área logo acima do púbis, e abaixo, diz *amo você, você inteira*. Quando nossos lábios se encontram, estou ardendo em brasas, com urgência de perdoar e esquecer. E meus beijos dizem: *sim e sim e sim e mais e mais e mais*.

Se dependesse da minha sogra, as meninas estariam em uma escola particular católica. Mas eu quero que elas aprendam mais do que apenas a língua francesa. Meu inglês é melhor que o de Pierre, e eu quero que minhas filhas o falem fluentemente, para poderem ir a qualquer lugar no mundo e trabalhar onde quiserem. Também quero que minhas meninas conheçam crianças de várias culturas, para não se sentirem isoladas por serem metade indianas e metade francesas. Essa é outra grande vantagem da Escola Internacional. Na escola católica que Florence preferia que elas frequentassem, elas encontrariam basicamente colegas franceses.

Na manhã seguinte, Pierre tem uma reunião importante sobre o Centro Pompidou. Tantos arquitetos estão trabalhando no complexo de seis andares que promete ser uma meca das artes. Pierre sempre fala sobre seu trabalho durante o jantar, mas só escuto com metade de minha atenção. Aquilo me dá uma sensação incômoda por razões que não posso contar a ele. Não gosto de pensar em meu primeiro amor fracassado, mas é difícil esquecer quando meu próprio marido está projetando prédios como eu imaginei que Ravi faria um dia. Ravi sempre soube que seu destino seria assumir a firma de arquitetura do pai. Quando encontrei Malik em Shimla cinco anos atrás, ele confirmou que Ravi tinha seguido o caminho que fora traçado para ele desde o nascimento. Ele até se casou com a garota que seus pais, Parvati e Samir Singh, escolheram.

Depois que Pierre sai para o trabalho, confiro a hora. Tenho tempo suficiente para perguntar a Shanti o que aconteceu na escola ontem. Corto duas fatias grossas de uma baguete e espalho uma camada generosa de Nutella em cada uma. Coloco fatias de banana apenas no pedaço de Shanti. Asha não gosta de misturar Nutella com banana. Sento-me à mesa ao lado de Shanti com meu chai. (A cada poucos meses Jiji me manda uma caixa de cardamomo, cravo-da-índia, canela e pimenta em grãos para o chá.)

— Shanti, pode me contar por que você bateu na babá Yasmin?

Shanti dá uma mordida tão grande em seu pão que fica impossível responder. Asha nos observa, balançando as pernas embaixo da cadeira. Eu peço para ela parar. Quando Shanti pega o pão outra vez, coloco a mão gentilmente sobre seu braço para impedi-la de dar outra mordida.

— Shanti?

Asha fala:

— A babá Yasmin disse para ela sair do sol, senão ia ficar escura que nem você.

— Linguaruda! — Shanti belisca o braço de Asha, que dá um grito.

— Shanti! — Faço-a pedir desculpas a Asha, que aperta os olhos para a irmã. Mas isso me deixa triste. Minha vontade é pegar Shanti no colo e lhe dizer que sinto muito por ela ter achado necessário me defender.

Ser discriminada pela cor da minha pele não é nada de novo. Quando eu estava na Escola para Meninas da Marani, em Jaipur, uma das garotas mais populares, Sheela Sharma, aproveitava todas as oportunidades para sussurrar *Kala kaloota baingan loota* em meu ouvido. *Você é escura como uma berinjela.*

Na Índia, quanto mais clara a garota, melhores são as suas perspectivas para um bom casamento. Eu tenho mais da cor de meu falecido pai. Lakshmi tem mais da pele mais clara de nossa mãe. Embora o tom de pele de Shanti esteja em um ponto intermediário entre Pierre e eu, ainda é um pouquinho mais escura que a de Asha. Por causa de meus olhos verde-azulados, algumas pessoas em Paris acham que minha pele morena é resultado de férias em algum local ensolarado. Imagino que isso seja compreensível; eu poderia ter ascendência latina como muitos franceses, talvez com um pouco mais de italiano em meu sangue. E eu tomo o cuidado de usar vestidos, calças e um estilo de cabelo como os da garota-símbolo Jane Birkin para parecer mais francesa. Mesmo assim, há alguns que pressupõem que eu devo ser uma das recém-chegadas imigrantes indianas da ex-colônia francesa de Pondicherry. No Métro, tento ignorar os olhares que parecem me advertir a não roubar empregos franceses ou me aproveitar de seus generosos serviços sociais. A segunda olhada dos proprietários em butiques me lembra de manter as mãos livres de sacolas em que eu poderia ser acusada de estar enfiando mercadoria que não paguei.

Será que Shanti passa pela mesma situação? Com seu francês fluente, achei que minhas filhas estariam protegidas do tipo de julgamento que geralmente é dirigido a mim. Saber que fui a causa de seu comportamento agressivo com outras pessoas é como um soco em meu estômago. Eu me sinto mal por ter uma criança difícil e depois descobrir que ela só estava tentando *me* proteger de comentários indelicados!

Olho para o lindo rosto *café au lait* de minha filha, livre de manchas, livre das linhas que vêm com anos de desgostos, preocupações, doenças e traições. Arrumo alguns fios de cabelo soltos atrás de sua orelha (ela insiste em pentear o cabelo sozinha de manhã, mas ainda não dominou bem a arte do rabo de cavalo).

— Vem aqui comigo.

Ela me segue até o grande e antigo globo terrestre na estante da sala de estar. Aponto a Índia no globo.

— Você sabe que foi aqui que eu nasci, *n'est-ce pas?*

Ela coça o nariz e faz que sim com a cabeça.

Eu viro o globo e aponto para a França.

— Seu pai é daqui, bem mais ao norte. — Asha nos seguiu para a sala. Eu faço um gesto para ela se aproximar e a posiciono ao lado do globo. — Asha é o sol, e o sol é muito quente.

Asha ri e começa a girar.

Aponto para o equador.

— Está vendo como os indianos vivem muito mais perto do sol que os franceses? É por isso que nós temos uma coisa especial na nossa pele que nos protege de queimaduras, e isso deixa nossa pele mais escura. Vocês duas têm sorte, porque têm um pouco desse ingrediente especial em sua pele. Assim como o Senhor Ganesh tem força sobre-humana dentro de seu corpo. — Criei as meninas lendo *Os contos de Krishna* e fábulas de deuses hindus, que eram minhas histórias favoritas quando eu era criança.

Minhas filhas examinam as mãos, virando-as de um lado para o outro com ar de espanto. Shanti franze a testa.

— Mas eu não moro na Índia. Por que não tenho a mesma cor que o papai?

— Porque o papai e eu fizemos vocês juntos, então vocês têm um pouco de cada um de nós. *Ça va?*

Uma linha fina se forma entre suas sobrancelhas. Ela está tentando entender.

— Se alguém disser alguma coisa para vocês como a Yasmin disse, venham me contar. Mas não batam. Não é assim que devemos fazer.

Minhas filhas se entreolham.

— Shanti, e a menina que você empurrou na escola ontem? Foi pela mesma razão ou foi outra coisa?

Asha, ainda brincando de ser o sol, dá um soquinho na barriga de Shanti e faz um chiado de fritura. A risada delas reverbera por todo o apartamento, enquanto Shanti começa a correr atrás de Asha. Olho para o relógio na parede. Não recebi uma resposta de Shanti, mas preciso levá-las à escola e ir para o trabalho, então deixo passar.

Michel já está no laboratório quando chego. Eu o cumprimento com um *bonjour*, visto o avental e me dirijo ao meu local de trabalho. A bandeja de aromas que apresentei para Delphine ontem está sobre a minha mesa com um bilhete na caligrafia dela: "Refine No. 4 e 6. Reunião meio-dia. *Bien fait*".

Meu coração dá pulos no peito. Os joelhos começam a tremer. Eu me apoio na mesa e me sento para me acalmar. Ela gostou de minhas sugestões para a fragrância! Delphine não faz elogios à toa, e todos nós esperamos pelos *bien fait* dela com a respiração suspensa. Em muitos sentidos, eu busco a aprovação dela tão desesperadamente quanto buscava a de Lakshmi — talvez ainda mais. A bênção de Jiji era, de certa forma, a ser esperada, porque tínhamos o mesmo sangue, mas Delphine não me deve nada. Devo estar sorrindo muito, porque nesse momento Ferdie entra no laboratório e diz:

— Parece que você acabou de ganhar o Tour de France!

Ele larga sua mochila, corre até mim, me puxa da cadeira e me gira no ar. Estou rindo, até perceber a expressão de Michel. Seus lábios estão apertados em uma linha reta, como a diretora da Auckland House School fazia quando ríamos durante a reunião da manhã.

— *Arrête!* — Empurro Ferdie delicadamente. Mas ainda estou sorrindo.

— *Alors?* — Ele quer saber por que estou tão feliz.

Balanço a cabeça como se não fosse nada e torno a me sentar. Quero começar a refinar as fórmulas. Ferdie sacode o dedo com ar brincalhão e vai para o seu lugar de trabalho.

Começo lendo o briefing outra vez, para me concentrar no que o cliente quer. Uma das primeiras coisas que Delphine me ensinou é a sempre voltar ao ponto de partida. Fecho os olhos e mergulho as fitas olfativas nos frascos com os rótulos *4* e *6*. Mas... espere... esses não são os mesmos aromas que criei ontem. Abro os olhos e cheiro outra vez. De novo, há mais vetiver neles — o mesmo ingrediente que tentei amenizar. Os aromas de fato precisam de um tempo para amadurecer (Antoine costumava dizer: *Como as fragrâncias, o ratatouille tem um sabor melhor no dia seguinte*), mas a diferença não seria tão perceptível assim. Olho em volta. Michel está procurando alguma coisa na unidade de refrigeração. Ferdie está medindo uma fórmula.

Saio do laboratório e me aproximo de Celeste.

— Alguém além de você esteve na minha mesa de trabalho?

Celeste me encara de olhos arregalados. Hoje ela está usando sombra azul que cobre da área dos cílios até a sobrancelha. Ela levanta os ombros.

— Quando eu cheguei aqui, Michel já estava no laboratório. Ele é sempre o primeiro a entrar. E, claro, Delphine chegou antes de mim. — Ela olhou para a esquerda e para a direita antes de sussurrar: — Acho que ela nem dorme!

Eu me viro para voltar ao laboratório, mas Celeste me chama.

— Ah, Radha. Delphine gostaria que você se encontrasse com ela hoje às cinco da tarde no Jeu de Paume.

Franzo a testa.

— O museu não fecha às cinco?

Celeste responde com um ar reverente:

— Madame tem amigos em altas posições.

Por que Delphine ia querer que eu fosse a um museu com ela? Agradeço a Celeste e volto à minha área de trabalho.

Olhando para a bandeja de amostras arruinadas, fico constrangida por ter desconfiado das pessoas que trabalham comigo. Meu conhecimento insuficiente de química deve ser o culpado. De que outra maneira os aromas teriam mudado de um dia para o outro? Estremeço diante da ideia de ter que contar a Delphine que minhas habilidades não são o que deveriam ser. Um ano de química não foi suficiente — eu devia ter completado o curso de dois anos. Mas Asha nasceu antes do segundo ano, e, com duas crianças pequenas, tive que interromper meus estudos.

Forço a atenção de volta para as amostras. Bom, eu sempre posso recriá-las; sou cuidadosa ao registrar as tentativas. Abro a gaveta onde guardo meu caderno. Ele não está lá. Puxo-a mais e procuro dentro. Será que pus em outra gaveta? Abro outra, depois outra. Ele desapareceu! Meu coração está acelerado, as mãos úmidas. Como eu poderia decepcionar Delphine agora?

Ferdie se aproxima de minha mesa com meu caderno vermelho na mão.

— Radha, isto é seu?

Olho para ele. Está com uma calça boca de sino nova de veludo cotelê e blusa preta justa de gola alta. Seus olhos castanhos são inocentes. Quando ele vê minha expressão, fica alarmado.

— Está tudo certo? Uns minutos atrás você estava *à la tête*. — De repente, ele se inclina e sussurra: — Você está grávida?

Estou tão aliviada por nem estar grávida nem ter perdido o caderno que solto uma risada nervosa.

— Onde você o encontrou?

Ele põe as mãos nos bolsos do avental e indica o canto da sala com a cabeça.

— No chão... ali.

Como ele teria ido parar no canto da sala? Eu não teria notado se tivesse caído de minha mão? Sorrio para Ferdie.

— *Merci*.

— Agora você realmente me deve uma dança. Vou a uma boate na sexta-feira com meus amigos. Até as mães têm o direito de se divertir, *non*?

Eu lhe lanço um olhar que diz *quando a vaca criar asas*. Nós rimos.

Uma vez eu realmente fui com ele a uma casa noturna. Avisei Pierre com antecedência que era um evento do trabalho e perguntei se ele poderia olhar as crianças. O lugar estava abarrotado de homens e mulheres da minha idade e mais novos, espremidos naquele pequeno retângulo. O chão era iluminado de baixo com luzes piscantes vermelhas, brancas e azuis. Ferdie pegou nossas bebidas. Ele dançava muito bem e, embora fosse tudo novo para mim, não me saí nada mal. Mas, depois de vinte minutos, ele desapareceu. Eu não conhecia mais ninguém ali e me senti uma idiota de pé na pista de dança, sendo empurrada por todo mundo, então fui me encostar na parede. Estava quente ali dentro, os corpos de uma centena de pessoas exalando suor, sexo e Pernod. Depois de esperar meia hora, eu já estava quase decidida a ir embora quando ouvi chamarem meu nome.

— Radha! Este é Silvano. — Ferdie estava com o braço na cintura de um homem magro de pele marrom e dentes muito brancos, usando calça branca justa de boca larga e uma camisa de listras agarrada ao corpo. A camisa era tão fina que eu via seus mamilos.

Apertei a mão do rapaz.

Ferdie olhou para seu novo parceiro de dança com afeto.

— Eu achei que ele estaria aqui. Na semana passada ele me deixou plantado, não é, seu malandrinho?

Silvano beijou o rosto de Ferdie e o puxou de volta para a pista. Eu os deixei à vontade. Só no Métro, no caminho de volta para casa, me ocorreu que Ferdie havia me usado como desculpa para encontrar Silvano. *Pas grave*, pensei, todo mundo merece a felicidade. Mas nunca mais aceitei nenhum convite dele.

Com alívio, abro meu caderno para examinar os resultados dos testes mais recentes e começar a trabalhar.

Estou alguns minutos atrasada para o Jeu de Paume. Pulei o almoço para terminar de refinar as amostras que Delphine pediu, depois saí mais cedo para pegar as meninas na escola e levá-las para casa de Métro. (Uma vez mais, não tive tempo de pesquisar uma babá.) Asha queria parar no Jardin du Luxembourg para ver os patos, mas eu as apressei para irmos embora. Shanti segurou minha mão com força, como se tivesse medo de que eu fosse sair voando. Dei um iogurte para elas e fiquei esperando ansiosamente Mathilde assumir meu lugar até que Pierre chegasse em casa. Ela não tinha ninguém para ficar com Agnes esta noite, então trouxe a mãe junto.

Caminhei tão rápido quanto meus pés permitiram os sete quarteirões de minha casa até o museu. (Os franceses nunca correm — Pierre muitas vezes comentou como é desagradável ver os americanos correndo pela margem do Sena.) Os parisienses andam depressa e com objetivo, e eu adotei esse hábito.

Invejei os ciclomotores que passavam por mim no Boulevard Saint-Germain. Virei à direita na Rue de Bellechasse, passei pela antiga estação ferroviária Beaux-Arts, que dizem que será transformada em museu. Atravessei o Sena, entrei no Jardin des Tuileries e, finalmente, cheguei ao Jeu de Paume.

Os últimos visitantes do museu estão saindo do prédio. Um segurança na entrada pede minha identidade antes de me dar passagem. Delphine está esperando do lado de dentro.

Eu murmuro um rouco *Désolée, madame*, me esforçando para não ofegar. Preciso de água, mas não me atrevo a pedir.

Sem dizer nada, Delphine se vira. Eu a sigo. O museu é pequeno. Um único prédio longo e retangular. Cheira a pedra, ferro, bronze e óleo de linhaça. Há uma sutil nota de topo dos últimos corpos que estavam saindo quando entrei. Construído originalmente para jogos de tênis em quadra coberta, o prédio é tão bonito por dentro quanto por fora. Três andares de janelas de vidro e ferro permitem que a luz natural inunde o interior. Lembro de vir aqui com minha sogra treze anos atrás, quando cheguei a Paris e Pierre pediu que ela me levasse aos museus. Ele achou que isso poderia ajudar a nos aproximar. Li no folheto do Jeu de Paume que muitos dos quadros haviam pertencido originalmente a famílias judias, mas nunca tinham sido devolvidos a seus legítimos donos. Florence não gostou quando li isso em voz alta para ela, e nossas saídas juntas foram abruptamente interrompidas.

Agora, os saltos dos sapatos de Delphine avançam em seu clique-claque pelo chão de pedra enquanto passamos por quadros de Monet, Degas e Cézanne, parando, por fim, na frente de uma grande pintura de uma mulher nua reclinada sobre um divã. A plaquinha ao lado do quadro diz *Olympia, 1863. Óleo sobre tela. Édouard Manet*. Lembro dela em minha malsucedida visita com Florence anos atrás.

— Estamos aqui a trabalho para um novo projeto de fragrância — diz Delphine. — Vou explicar depois que você me disser o que está vendo.

— No quadro?

— Sim. O que ele lhe diz?

Não tenho ideia do que ela espera que eu fale, mas não quero errar. Olho para a pintura desesperadamente de um canto ao outro. O que será que eu deveria notar? O que isto tem a ver com fragrâncias? Ou com a House of Yves?

Como continuo em silêncio, Delphine diz:

— Não tenha pressa. — Escuto o eco de seus saltos se afastando de mim.

Chego mais perto do quadro. A jovem representada ali parece ter uns vinte anos, nua exceto por uma das mãos cobrindo sua área pélvica — ou será que foi o artista que a colocou ali por pudor? Reconheço os sapatinhos bege acetinados sem calcanhar de Olympia; são como os que as damas de Jaipur usam para combinar com seus sáris de cetim e seda. Os sapatos são bordados e forrados de veludo, exatamente do jeito que os nobres ricos da Índia os teriam usado séculos atrás. E esse xale bordado em que Olympia está deitada? Acho que Jiji tem um assim. O brilho do tecido e as franjas me dizem que ele é feito de cetim. Mas Olympia não parece indiana. Olho para a data do quadro outra vez: 1863. Talvez um comerciante francês, holandês, português ou britânico tenha trazido o xale de suas viagens e dado a ela. Ou será que era um acessório de estúdio que o pintor — Manet — usava com frequência? À direita de Olympia há uma criada negra oferecendo um grande buquê para sua patroa. Um presente de um admirador? É difícil identificar as flores, porque as pinceladas são impressionistas, deliberadamente vagas. Identifico uma dália, peônias e talvez violetas? E aquilo é uma orquídea?

Olho em volta à procura de Delphine, ainda incerta do que estamos fazendo aqui. Minha chefe está parada diante de um quadro de ninfeias de Monet, conversando baixinho com o guarda do museu que ficou esperando para trancar o local depois que nós sairmos. Ela põe a mão no braço dele. Está sorrindo! O que Delphine teria a dizer para um guarda de museu? Nesse instante, ela olha para mim e eu me viro depressa de volta para Olympia, contrita, lembrando a mim mesma de minha tarefa.

Olympia me olha friamente, me avaliando da mesma maneira que eu a avalio. Ela é atraente, mas não bela. Seu cabelo arruivado está preso modestamente na nuca e adornado com um... hibisco? Os brincos são pingentes simples, como a estreita gargantilha de veludo em seu pescoço. O bracelete de ouro com uma pedra de ônix é bem mais elaborado. Ela não usa maquiagem. A mulher no quadro não pede nada de mim. Ela não está constrangida por sua nudez, nem ressentida por eu estar vestida.

Estou olhando para uma esposa cujo amante acabou de deixar sua cama, alguém que ela não lamenta ter ido embora? Ou uma mulher acostumada a entreter homens? Se for este último caso, por que ela não está ostentando seu talento para despertar paixões, cativando-nos com sua competência sexual? O olhar de Olympia parece dizer: *Eu sei quem eu sou. Não me importa o que você pensa*. Lembro-me de uma expressão francesa — *Ça m'est égal* — e acho que é isso que Olympia está dizendo. Eu me pergunto se ela seria amante do pintor. Nesse caso, por que o olhar dela é tão desprovido de sexo?

Quem é você, Olympia? Por que você está nesse quadro? Se ela fosse real, sinto que Olympia responderia a todas as minhas perguntas sem reserva, com franqueza e integralmente. Ou será que ela responderia às perguntas com enigmas? Se eu perguntasse *Foi o artista que pintou sua mão aí ou foi você que decidiu se cobrir?*, ela talvez respondesse *O que* você *acha?* Toda a postura dessa mulher transmite uma irritante indiferença. Quero que ela me conte alguma coisa, qualquer coisa, sobre si mesma, que me dê algum sinal.

— Ela é cativante, não é?

Dou um pulo com a interrupção. Estive tão concentrada tentando trazer Olympia à vida que me esqueci de onde estou. Vejo Delphine ao meu lado em sua bela jaqueta de caxemira de gola rolê e saia combinando, um colar de pérolas de duas voltas no pescoço, os braços cruzados. Ela veste o cheiro de seus cigarros e de sua fragrância pessoal de mimosa e limão como se fosse um manto (nunca compartilhou sua fórmula particular com ninguém).

O olhar de Olympia me atrai de volta. Então noto a tristeza em seus olhos.

— Ela é incompreendida — digo. Não sei o que me faz dizer isso, mas estou convencida de que seja verdade. Se Jiji estivesse aqui comigo, nós conversaríamos sobre os remédios herbais que minha irmã poderia usar para dissipar a melancolia de Olympia. Limões açucarados? Um doce feito de leite e misturado com cardamomo e cravo-da-índia? Talvez uma aplicação de henna em suas pequenas mãos e pés que a fizesse curvar os lábios em um sorriso disfarçado?

Eu suspiro.

— Ela inspiraria um *parfum* incrível.

Quando Delphine se vira para mim, é com um de seus raros sorrisos travessos, aqueles que ela reserva para coisas que considera realmente adoráveis.

Ela pega meu braço.

— Eu queria que você dissesse isso.

Quando saímos do Jeu de Paume, Delphine explica que está com um novo cliente, que deseja permanecer incógnito por enquanto, mas quer que a House of Yves crie uma fragrância que capte a essência de Olympia. O cliente se identifica com Olympia, acha-a inesquecível.

Desde que pus os olhos no quadro, aromas estiveram rodopiando pela minha mente. Notas de fundo escuras. Notas de corpo pungentes. Mas também notas de topo alegres. Afinal, seu corpo é o único objeto que brilha em um quadro escuro. E quanto ao buquê de flores? Isso revela narcisismo em sua personalidade ou é meramente um artifício, um capricho do artista, destinado a confundir o observador?

Mesmo quando nos sentamos para um chá no Ladurée na Rue Royale (Delphine não bebe café, só chá) e ela acende seu Gitane, texturas e cores estão flutuando pela minha visão, como acontecia quando eu preparava a pasta de henna de Jiji ou as tintas de Munchi-*ji*. Meus dedos estão irrequietos. Mal posso esperar para voltar ao laboratório e explorar todas as possibilidades de aromas que estão dançando pelo meu cérebro. Forço-me a prestar atenção no que Delphine está dizendo.

— Acho que está na hora de você assumir a liderança em um projeto. Michel pode ajudar a transformar as fórmulas que você criar em colônias e *eau fraîche*. — Ela bate as cinzas do cigarro na xícara, ao não ver um cinzeiro na mesa. — *Ça va?* Radha?

Eu pisco rapidamente. Ela acabou mesmo de dizer que eu seria a assistente líder no projeto Olympia? Todas aquelas longas horas extras de trabalho e jantares perdidos em casa, todas as horas gastas memorizando aromas e misturando e medindo as fórmulas de outra pessoa — tudo isso tinha valido a pena! Ela acha que eu sou capaz de criar minhas próprias fórmulas agora, em vez de apenas misturar as dela! Lembro de Antoine me dizendo que eu poderia me tornar perfumista em menos tempo do que Delphine. Espere só até eu contar para Pierre! Talvez a gente dê risada de toda as brigas por causa do meu trabalho, como a que tivemos ontem à noite. Será que ele finalmente vai reconhecer que o meu trabalho pode ter o mesmo valor que o dele? Quanto tempo depois disso eu vou conseguir usar o manto de mestre perfumista, como Delphine? Estou pondo o carro tão na frente dos bois! *Hai Bhagwan,*[*] sou só uma assistente de laboratório. Mas espere: como Michel vai reagir à notícia? Ele não vem

---

[*] *Hai Bhagwan!:* Meu Deus!

esperando para se tornar perfumista aprendiz? Não vai querer trabalhar sob a minha direção...

Delphine estala os dedos.

— Radha!

Eu me assusto, como se ela fosse uma hipnotizadora acabando de me trazer de volta de um transe.

— Espero que você não faça isso toda vez que for encarregada de um projeto grande. — O canto de sua boca se ergue em um sorriso. Ela pega o batom dentro da bolsa e faz um sinal para a garçonete. — A conta, *s'il vous plaît*.

Faz doze anos que o avô de Mathilde me falou pela primeira vez de Delphine Silberman e sua notória reputação como mestre perfumista. A butique de Antoine tinha um contrato de muito tempo com a House of Yves para vender suas fragrâncias. Sempre que Delphine passava pela *parfumerie*, eles saíam para o almoço e, imagino, uma sessão de fofocas sobre o setor e sobre como as fragrâncias da House of Yves estavam vendendo em comparação com a concorrência.

Então, um dia, ela chegou acompanhada de uma mulher elegante e perguntou a Antoine se eu poderia ajudá-la.

Eu me aproximei e me dirigi à mulher mais jovem.

— *Bien sûr, madame*, a senhora prefere uma fragrância para o dia, para a noite ou apenas para ocasiões especiais?

Antoine tinha ficado surpreso por eu sempre fazer essa pergunta aos clientes antes de indagar que perfumes eles preferiam. Eu lhe disse que as pessoas às vezes pedem um perfume famoso que talvez não seja a fragrância apropriada para elas. Ao descobrir primeiro se os clientes queriam usá-lo por prazer (o dia todo), para sedução (apenas à noite) ou porque isso era esperado deles (ocasiões especiais), eu podia passar a perguntas sobre os aromas que eles preferiam e, então, recomendar alguns (três no máximo) para eles experimentarem.

A amiga de Delphine parecia ter uns trinta e poucos anos. Seu cabelo castanho estava muito bem preso para trás em um rabo de cavalo impecável. Sua pele era da mesma cor que a de Asha. Eu não via seus olhos, porque ela estava de óculos escuros Chanel. Era verão e ela usava um vestido curto de linho sem mangas que se ajustava a seu corpo bem proporcionado. Os músculos dos braços e das panturrilhas eram definidos, como se ela jogasse regularmente tênis ou squash, ou talvez praticasse natação. Mantinha uma postura ereta, os ombros para trás.

Ela deu uma risadinha.

— Eu só uso perfume à noite. Nós temos muitos momentos de diversão.
— Ela falava um belo francês, mas percebi que não era a sua língua nativa. O sotaque parecia com o meu. Ela podia ser indiana.

— A senhora usa perfume na cama?

Ela pareceu surpresa.

— Sim, é claro.

Sorri. Desde o momento em que essa mulher entrou, desconfiei de que ela se mantivesse em boa forma para o marido, que talvez tivesse o hábito de olhar para outras mulheres. Ela usava perfume à noite para lembrar a ele que estava lá. Procurava um aroma que estimulasse o romance. Mas nada excessivo. Sua pele era saudável, o estilo, minimalista, os saltos dos sapatos de uma altura confortável.

Pedi a ela:

— Descreva o cheiro da sua mãe.

Para mim, os cheiros sempre acionavam a memória, e minhas lembranças mais antigas eram do cheiro de Maa. Qualquer mulher que deixasse um aroma de limão atrás de si sempre me lembrava de Maa; ela adorava *nimbu pani** e arrancava limões de todas as árvores por que passava. Eu usava condicionador de cabelo com óleo de coco toda semana (faço o mesmo com o cabelo de Shanti e Asha) porque me fazia lembrar de como era bom, quando criança, ter minha mãe perto de mim, seus dedos massageando delicadamente minha cabeça. Claro que tudo isso foi antes de minha mãe começar a usar amargura e lamento como fragrâncias cotidianas.

À minha pergunta, a amiga de Delphine tirou os óculos de sol. Seus olhos escuros estavam delineados com uma camada espessa de *kohl*,** o que lhe dava uma expressão distante. Ela olhou para cima e para a esquerda; estava se lembrando. Permaneci em silêncio.

— Minha mãe mastigava salsa depois das refeições. Ela adorava se banhar em água perfumada com flores de laranjeira. — Uma pausa. — Lembro dela de pé ao lado do fogão, fervendo leite. Conhece esse cheiro? É de conforto. Como se seu corpo estivesse todo aquecido. Quando fazia arroz-doce, ela despejava um pouco de leite quente em um copo e acrescentava açúcar. Antes de dar para

---

* *Nimbu pani:* água com limão adoçada.
** *Kohl:* o mesmo que *kajal*, um delineador de olhos preto.

mim, ela soprava para esfriar o leite. — Seu sorriso era pura alegria. — Amêndoas. Lembro de minha mãe sempre com cheiro de amêndoas.

Eu me perguntei se ela poderia ser libanesa, ou talvez turca. Ou seria afegã? Os cheiros de que ela gostava não eram tão diferentes dos da minha Índia. Mas a família dela talvez usasse mel nas sobremesas, comesse mais carne e bebesse café em vez de chá. O que eu havia aprendido trabalhando com Antoine, cujos pais tinham vindo do Marrocos, é que muito da preferência por cheiros das pessoas vinha de sua herança, tão parte delas quanto a cor da pele.

Depois de uns quarenta e cinco minutos, a amiga de Delphine saiu da loja satisfeita com sua compra: essências de bergamota, cravo, lavanda, raiz de íris, almíscar, âmbar e cedro emanando à sua passagem. Era uma das criações de Delphine, mas não foi por isso que eu a recomendei. Antes de sair com ela, Delphine se virou e me deu o primeiro de seus sorrisos faiscantes.

Uma semana depois, recebi um convite para almoçar com Delphine. Quando o mostrei a Antoine, ele disse:

— *Bien sûr.* Você vai.

Duas semanas mais tarde, eu estava trabalhando na House of Yves como a terceira assistente de laboratório de Delphine. Um mês depois disso, Antoine me contou que estava morrendo.

Depois que Delphine sai do Ladurée, compro uma caixa de macarons de framboesa (os preferidos de Shanti), limão (os preferidos de Asha) e baunilha (os preferidos de Pierre) para comemorar minha primeira responsabilidade de criar uma fragrância sozinha. Lembro de quando Pierre recebeu sua primeira promoção importante e nós festejamos com uma garrafa de Veuve Clicquot, mas não tenho tempo de parar em mais nenhum lugar hoje. São quase sete horas e já estou atrasada para fazer o jantar.

Quando abro a porta de casa, sou recebida pelo som de risadas e o cheiro de açafrão, alho, cominho e cebolas. Do hall, vejo que a mesa de jantar está cheia de gente.

— *Maman!* — Asha grita com alegria e corre para mim, me abraçando com força pelos quadris e quase derrubando a caixa do Ladurée de minha mão.

Então Mathilde aparece no hall com os braços abertos e me envolve em um abraço, me beijando nas duas faces.

— *Ma petite puce!* — Ela me ajuda a tirar o casaco e pega a caixa de minhas mãos. — Macarons! *Genial!*

Ela segura meu braço e me conduz pelo corredor até a mesa.

— Estamos comemorando! Você disse que era sua noite de cozinhar comida indiana, então eu fui à Passage Brady e pedi os pratos favoritos de todos no Pondicherry. — No meu ouvido, ela sussurra: — Talvez eu tenha que dormir com monsieur Ponnoussamy um dia desses por todos os favores que ele me fez! — Ela ri alegremente.

Chère Mathilde! Ela se lembrou que era minha vez de cozinhar e me poupou o trabalho! Mas como ficou sabendo do meu novo projeto?

Eu sorrio com entusiasmo.

— Sim, o quadro de Manet... — Começo a lhe contar sobre o projeto Olympia, mas, quando chegamos à mesa da sala de jantar, Shanti sai correndo da cadeira para beijar meu rosto. Pierre está na cabeceira da mesa, seu lugar de costume, reabastecendo de vinho a taça de sua mãe. Ele se levanta, beija meu rosto e me entrega minha taça. Florence se ocupa de servir a todos com água mineral da garrafa. A mãe de Mathilde, Agnes, está pedindo vinho a Pierre, mas ele sabe que ela não pode. Beijo o rosto de Agnes e ela me dá um sorriso vago, como quem diz: *Nós nos conhecemos?*

— Vamos lá, Pierre! Radha ainda não sabe — diz Mathilde, e sorri para mim.

Eu achei que estivéssemos comemorando a *minha* novidade. Pierre tem novidades também?

— *Chéri*, o que é? — pergunto ao meu marido.

As linhas em torno de seus olhos estão apertadas, apesar de seus lábios se curvarem em um sorriso.

— Uma promoção. Ficarei encarregado de quinze pessoas em vez de seis. Parece que eu tenho mesmo o perfil para gerência, afinal.

Sei que o sonho de Pierre sempre foi projetar os próprios prédios em vez de gerenciar projetos para uma grande empresa, como vem fazendo nos últimos nove anos. Uma promoção com certeza significa mais dinheiro, porém isso fará Pierre mais feliz? Seus olhos me dizem que não, não fará. Será que o empurrei para aceitar essa posição por causa de minha insistência em trabalhar? Ele está tentando me dizer que nunca vai haver nenhuma necessidade de eu ganhar minha própria renda. *Ah, se ao menos eu já fosse uma mestre perfumista!* Poderia ganhar o dobro do que Pierre ganha e tirar essa carga dos ombros dele. Quero ajudá-lo a estabelecer sua própria firma de arquitetura. Eu adoraria vê-lo mais feliz, fazendo o que ama. Mas não podemos ter essa conversa com todo mundo em volta, então levanto minha taça, tomo um gole e peço para ele nos contar qual vai ser sua função nesse novo cargo.

Ele dá de ombros.

— Mais do mesmo. — Ele não quer falar sobre isso. — Agora, que tal comermos o que mademoiselle Mathilde trouxe para nós?

Mathilde tira a tampa de cada uma das fumegantes tigelas de inox que Jiji nos mandou da Índia como presente de casamento. Ela deve ter transferido as comidas dos recipientes do restaurante para os meus. Anuncia cada prato com se ela mesmo os tivesse preparado: *baingan bharta*,* suculento *rogan josh*,** *biryani**** com castanhas-de-caju e uvas-passas, *korma* de frango cremoso, *saag paneer*,† *puri*†† e *aloo parantha*.††† Olho para Mathilde, a linda Mathilde, minha amiga mais antiga, que adora comemorar os sucessos de todos. Estou repleta de gratidão e digo isso a ela. Ela me lança um beijo.

Percebo que ainda estou de pé, as notícias sobre o projeto Olympia morrendo em minha garganta.

— *Maman, ici* — Asha determina, e bate na cadeira ao seu lado. Acho que ela vai crescer mandona. Desde que aprendeu a andar, em vez de carregar sua boneca Bella como um bebê, ela sempre a levou de um lado para o outro pelos cabelos, como um homem das cavernas.

— Asha, essa cadeira é minha! — Shanti, cujo rabo de cavalo Florence estava arrumando, escapa do alcance da avó para reivindicar seu lugar. Florence começa a repreender Shanti, mas eu abraço minha filha por trás, me inclino e sussurro em seu ouvido:

— Que tal você perguntar a Mathilde se pode ficar na cadeira dela, para sentar do meu lado também?

Ela olha ansiosamente para Mathilde, que diz:

— Como quiser, *chérie*! Assim eu posso me sentar ao lado de Pierre e roubar seu *papadum*.‡

---

* *Baingan bharta:* curry de berinjela cozida com alho e tomate.
** *Rogan josh:* prato de cordeiro com curry.
*** *Biryani:* arroz temperado com especiarias e cozido com legumes, nozes e açafrão, podendo conter peixe ou carne.
† *Saag paneer:* legumes cozidos com verduras e queijo indiano.
†† *Puri:* pão redondo frito.
††† *Aloo parantha:* pão integral achatado com recheio de batatas e especiarias.
‡ *Papadum:* aperitivo leve e crocante feito de grão-de-bico e assado na chapa.

— Só se eu puder roubar sua *samosa*,* *voleuse*! — Pierre brinca, e começa a passar os pratos.

Eu me sento em meu lugar entre as meninas e sirvo creme de espinafre e *paneer* para elas.

— Agora que estamos todos sentados, conte para nós sobre seu chá com Delphine — pede Mathilde.

Eu teria preferido contar para Pierre quando estivéssemos sozinhos. Dou uma olhada para ele. Ele não está sorrindo. Mas mal posso conter minha animação. Conto a eles sobre o quadro de Manet e minha posição de liderança no projeto da nova fragrância.

Mathilde dá um gritinho de prazer e bate palmas.

— *Félicitations! À ta santé aussi, ma puce!* Logo você vai ter o seu nome em um frasco de *parfum*! — Ela levanta sua taça. Agnes dá um sorriso hesitante, sem saber ao certo o que estamos comemorando. As meninas batem palmas. O entusiasmo de Mathilde é contagiante, então elas sabem que a ocasião é importante. Pierre pôs só um pouquinho de vinho na água delas, o suficiente para dar uma leve cor rosada, e elas estendem os copos no ar.

Estou com medo de olhar para Pierre outra vez. Quando o faço, a expressão dele é de perplexidade. Pierre e sua mãe são os últimos a levantar suas taças.

— À mulher que pode fazer tudo! — exclama Mathilde.

Florence olha para mim.

— Tudo menos contratar uma babá.

Olho com ar culpado para Pierre, que está enchendo sua taça outra vez, evitando deliberadamente os meus olhos. Sua expressão é séria.

Florence não deixa barato.

— Mathilde não sabia que você estava procurando uma.

Minha *saas* pegou minha mentira. Mantenho um sorriso fixo no rosto.

— *Non?* — Olho para Mathilde, que ergue os ombros e revira os olhos.

A mãe de Pierre balança a cabeça.

— Pierre, você sabe que sempre pode me chamar...

Agnes diz:

— Mathilde tem uma boa babá. — Ela olha para a filha. — Como é o nome dela mesmo, *chérie*?

Mathilde fica vermelha, constrangida.

---

* *Samosa:* salgado frito, com frequência recheado de batata, condimentos e ervilhas.

— Não tenho babá desde os oito anos, *maman*.

— Ah, é? — Agnes franze a testa. — Eu devo estar pensando na babá da minha filha. — Mathilde é filha única. Lanço um olhar solidário para ela; sua mãe está ficando mais confusa a cada dia.

Mathilde está determinada a se divertir. Ela ergue a taça outra vez e incentiva as meninas a fazerem o mesmo.

— Às babás!

As meninas riem, os adultos também. É difícil para mim engolir a comida. Uma promoção para Pierre significa mais viagens a trabalho. Ele estará menos em casa agora. Onde eu fico nisso? Olho para Florence, que está explicando para Agnes como ela faz crepes. Ouço as meninas me contarem sobre o calendário do advento que Florence vai lhes dar este ano.

Nessa noite, depois que Mathilde, Agnes e Florence vão embora e eu ponho as meninas para dormir, deito na cama e me viro para Pierre para conversar com ele sobre a carreira dele e a minha e que rumo queremos tomar, mas ele já está ressonando. Durante o jantar, notei que ele abriu duas garrafas de vinho. Ele e Mathilde beberam quase toda a segunda. Mathilde aguenta a bebida; Pierre não.

Estou começando a aceitar o que esperava que não fosse verdade: meu casamento tem limites, meu marido não está feliz e meu momento de triunfo não é compartilhado.

O óleo cítrico usado em fragrâncias vem da névoa que
arde em nossos olhos quando descascamos a fruta,
não do sumo da fruta.

Paris
Novembro de 1974

— Se ela pudesse falar — diz uma voz atrás de mim.
Eu me viro da *Olympia* de Manet e vejo um *gardien de musée* do Jeu de Paume coxeando em minha direção.
— Ela era pintora também — o guarda me diz, com um sorriso.
Há semanas venho alternando meu trabalho entre o laboratório, a *bibliothèque* e o *musée*. Quero saber tanto quanto possível sobre o pintor, Manet, e sua musa, e ambos me fascinam cada vez mais conforme os dias passam. Chego ao museu o mais cedo possível, antes que os turistas inundem as galerias. Hoje estou de pé bem na frente de Olympia, levantando uma das mãos para cobrir o lado direito de seu rosto. Fiz o mesmo com o lado esquerdo alguns minutos atrás. No hinduísmo, os lados esquerdo e direito do corpo carregam significados diferentes. O lado esquerdo é o feminino, o direito é o masculino. O esquerdo é temporal e terreno, o direito é puro e sagrado.
Eu não tinha percebido que o guarda estava me observando.
— *Bonjour.* — Olho para seu crachá. Este não é o mesmo guarda com quem Delphine estava conversando quando me trouxe aqui para ver Olympia três semanas atrás?
Ele percebe meu olhar e faz uma pequena reverência.

— Gérard. Não há muitas pessoas que vêm olhar tantas vezes para o mesmo quadro como a senhora, *madame*. — Ele é mais baixo que eu, talvez só um pouco acima de um metro e meio de altura, e magro. Tem a barba rente e bem aparada e o cabelo crespo grisalho. Seus sapatos são muito reluzentes. Os olhos cintilam de prazer.

Eu sorrio.

— O senhor tem me observado?

— Eu a observo. Victorine Meurent. — Gérard indica Olympia com a cabeça. — Cem anos atrás, ela era a modelo favorita de muitos pintores impressionistas. Fazia isso para comprar comida e material de pintura.

— E ela era prostituta? — Estou apenas repetindo o que pesquisei.

Ele faz uma careta.

— *Pah!* Essa é a *menace* que espalham sobre ela. Não acredite nisso. — Ele me examina. — Eu também sou pintor. O tanto que a vida obriga a gente a fazer pelo próximo tubo de tinta azul ou um pedaço novo de tela para pintar! — Seus olhos cintilam de novo. — Eu já fiz coisas de que não me orgulho muito. — Nesse momento, noto tinta em volta das cutículas de sua mão esquerda. Quando ele me vê olhando, esconde as mãos nas costas. — O mais provável é que os outros pintores impressionistas sentissem despeito. Manet com certeza sentia. Ela começou a expor no Paris Salon anos antes que o trabalho dele fosse aceito.

Sinto os pelos arrepiarem em meu braço e me viro para Olympia outra vez. *Será que Manet não a enxergava? Ele se ressentia do talento dela?* Tampo o lado direito de seu rosto com minha mão. Depois o esquerdo. Eu vejo agora. O esquerdo reconhecia o que Manet fazia com ela. O direito *sentia* o que ele tinha feito. Traição. Havia tristeza aqui. Resignação.

— Uma mulher pobre fazendo o que esses outros artistas tinham o dinheiro e os meios para fazer — disse Gérard. — *Eles* não precisavam posar como modelos. Ela precisava.

— Manet vinha de uma família de posses?

O guarda do museu confirma com a cabeça.

— Assim como Monet. Cézanne. Pissarro. Sisley.

Estendo a mão para o guarda.

— Eu sou Radha.

Ele me oferece a mão esquerda. Então reparo que a mão direita é uma garra e o braço direito pende em um ângulo estranho.

— O senhor conhece a minha *chef*, Delphine Silberman? Eu os vi conversando outro dia.

Gérard sorri e assente.

— Velhos amigos. Nós frequentamos a mesma sinagoga. Madame Delphine patrocina muitos museus, inclusive este.

Agora eu procuro Gérard toda vez que venho ao Jeu de Paume. Ele me conta sobre os últimos vinte anos de Victorine, quando ela viveu com uma companheira mulher. Ela chegou aos oitenta e poucos anos, o que não era muito comum em sua época. Sempre quero saber mais. É como se eu desejasse me enfiar dentro do quadro, me deitar no divã como se estivesse posando para a pintura, sentindo a desolação de Victorine, sua carreira frustrada, os invejosos condenando seu talento.

Em meu primeiro almoço com Delphine, cinco anos atrás, minha chefe disse:

— Quando você sente o cheiro de seu amante, está consumindo a essência dele. Você quer absorver alguma parte dele. É isso que eu crio. Fragrâncias que fazem as pessoas quererem consumir uma parte daqueles que as usam. — Ela levantou sua xícara de chá e fez um gesto com ela em minha direção. — Você vai me ajudar a fazer isso. — Delphine tinha certeza de que eu ia aceitar sua oferta de emprego. Antoine também.

Quando voltei ao trabalho naquela tarde, Antoine olhou para mim e declarou:

— Diga que sim.

Meus olhos se encheram de lágrimas. Ele queria que eu fosse embora? Ele não ia sentir falta das minhas filhas?

— Mas... eu não quero ir. Eu adoro trabalhar aqui.

Antoine se aproximou de mim e pôs as mãos em meus ombros.

— A maioria das pessoas trabalha por dez anos para se tornar mestre perfumista. Delphine fez isso em sete. Aprenda com ela, e eu acho que você será capaz de fazer em cinco.

— Mas eu nunca nem sequer falei que queria ser perfumista.

— Você não precisava falar. — As rugas em torno de seus olhos se apertaram em um sorriso que me fez ter vontade de abraçá-lo. E eu o abracei.

Meu braço dói de se esticar para os frascos de magnólia, laranja-azeda, canela, pera, baunilha, âmbar cinza e violeta em meu órgão de perfumes. Minha mão está com cãibra de anotar centenas de possíveis fórmulas neste último mês.

Quando comecei a trabalhar na House of Yves, Delphine deixou impresso em minha cabeça que, quando uma perfumista começa a criar uma fragrância, ela precisa esquecer seus gostos pessoais e partir do zero. Até mesmo os melhores criadores de fragrâncias podem ficar apegados a determinadas paletas e limitar a si próprios sem perceber. Ainda não tive a oportunidade de desenvolver preferências. Mas já venho experimentando e criando aromas por conta própria há um tempo. Em meu segundo ano na House of Yves, cheguei muito cedo de manhã para testar uma fórmula que tinha criado. Estava usando uma pipeta para medir um óleo essencial quando, de repente, meu nariz foi tomado pela fumaça de um Gitane. Eu congelei, as mãos no ar, sem saber se Delphine poderia identificar que eu estava preparando uma fórmula pessoal, não uma que ela havia especificado.

Não ousei olhar para ela, mas senti seu olhar percorrendo os frascos em minha mesa. Ela não se moveu. Imaginei que tivesse um sexto sentido que lhe permitia pegar assistentes de laboratório que estivessem criando as próprias fragrâncias. Depois de um longo momento, ela falou:

— Diga a Michel que preciso vê-lo quando ele chegar. — Julguei ter detectado um sorriso em sua voz. Então ouvi o som de seus saltos e o abrir e fechar da porta do laboratório. Quando o cheiro de cigarro se dissipou, soltei o ar. Ela nunca mencionou esse incidente; nem eu. Naquele dia, terminei de criar minha primeira fragrância, a que uso em um frasco pendurado em uma corrente dourada. A que carrego no bolso por toda parte.

O briefing criativo que recebi é vago: *Desenvolver uma fragrância para Olympia*. Começo com uma paleta ampla. Sei que Olympia precisa de notas de leite e luminosas; a pele dela praticamente reluz na pintura. E quanto à sua nudez explícita? Ela pede notas animálicas, como o Jicky da Guerlain — almíscar e âmbar cinza? E que tal moléculas pesadas como olíbano e mirra? Ignoro as notas verdes como eucalipto, sálvia e cedro; Olympia é uma criação de espaço fechado, não de ar livre. Em vez disso, olhando para seu xale bordado e os chinelinhos de cetim, procuro os aromas da minha Índia: cardamomo, canela, gengibre, patchouli. Maa não ficaria surpresa de saber que folhas de patchouli, que ela punha nas dobras de seu melhor sári para evitar que insetos roessem a seda, tinham se tornado um ingrediente tão apreciado em perfumes franceses?

Lembrar de Maa me faz pensar: será que ela e Pitaji ficariam satisfeitos ao ver como Jiji e eu chegamos longe de nossa aldeia poeirenta? Pitaji teria parado de beber se pudesse saber o que o futuro reservava para suas filhas? Minha respiração fica rasa. Meu pai sempre dizia: *A casa de um homem queima para que outro possa se aquecer.* Talvez a luta de Pitaji pela independência da Índia não tenha sido em vão, se resultou em futuros melhores para minha irmã, minhas filhas e eu.

Percebo que estou sentada sem me mover há vários minutos, com a mão sobre o coração. Olho em volta. Michel está ocupado em sua mesa, preparando fórmulas de Delphine. À minha direita, pela parede de vidro, vejo Ferdie conversando ao telefone na mesa de Celeste. Deve ser uma ligação pessoal. Ferdie está franzindo a testa e gesticulando furiosamente com um braço. Um namorado cancelando o encontro desta noite? Não ouço o que ele está dizendo, mas sei que Celeste ouve. Os dedos dela estão ocupados na máquina de escrever, mas ela parece preocupada. Fica lançando olhares furtivos para Ferdie, cujo rosto está ficando vermelho.

Relaxo o pescoço. Estou tentada a visitar Gérard no museu de novo — encontro tanta paz na presença dele —, mas me controlo. Preciso me concentrar. Delphine quer ver algum progresso e virá ao laboratório mais tarde conferir meu trabalho. Há uma maneira que encontrei de voltar ao prumo: recito os aromas de meu órgão de perfumes em ordem alfabética sem olhar para eles. Quando chego ao óleo de cravo-da-índia, sorrio pensando em Jiji. É o óleo calmante com que ela massageava as mãos de suas senhoras depois que a pasta de henna secava e descascava. Bastavam uma ou duas gotas para pacificar uma cliente ansiosa, assim como um único cravo em meu chai matinal é suficiente para me acordar com suavidade. Minha irmã também me pedia para adicionar ingredientes cheirosos aos petiscos que fazíamos para cada cliente — raspas de limão nos *pakoras** ou coco no *burfi*** —, ingredientes que incitavam desejo, acalmavam nervos à flor da pele ou revigoravam a força interior. Por causa de Jiji, não consigo mais pensar em um aroma sem pensar também no efeito que ele exercerá em quem usá-lo.

Alors... e se eu começasse com notas de topo frescas de flor de laranjeira, lavanda e bergamota? Esses serão os primeiros aromas que o usuário vai discernir, mas notas de topo só duram pelos primeiros quinze minutos. Para as notas de corpo, posso ver Olympia com tuberosa, pimenta-rosa e cardamomo, esses aromas inebriantes que seduzem e nos atraem para a órbita do usuário. Sândalo,

---

* *Pakora:* salgado frito, com frequência recheado com um legume, como cebola ou batata.
** *Burfi:* doce feito de leite, que pode conter castanha-de-caju, cardamomo ou nozes.

uma molécula grande e pesada, é a nota de fundo de quase todos os perfumes, como será da fragrância de Olympia. Vai durar todo o dia e toda a noite. Será que a nudez faiscante da modelo estaria pedindo baunilha, sua indiferença âmbar e seu sexo patchouli? E que tal gengibre, para seu olhar impassível? No entanto, mesmo enquanto imagino essas combinações em minha cabeça, sei que um ingrediente importante está faltando. Líquido. Sua natureza fluida e adaptável. Não é isso que fez Victorine tão fácil de ser traída? Sua feminilidade indulgente? Sua vulnerabilidade nua? Onde está essa umidade? Que aroma eu poderia adicionar para trazer essa característica ao primeiro plano?

— Vamos ver o que você tem para nós, Radha.

Levanto os olhos. Delphine está ao meu lado. Michel está de pé logo atrás dela. Ferdie desliga o telefone de Celeste e volta para o laboratório para se juntar a nós; seu rosto ainda está vermelho. Hoje meu trabalho é o único a ser avaliado. Preparo rapidamente as fitas olfativas das três variações com mais potencial até aqui. Todos cheiram, agitando as fitas sob o nariz. Eu observo suas reações, ansiosa.

Michel pega o briefing em minha mesa e dá uma olhada. Ele cheira as fitas outra vez. Seus olhos azuis encontram os meus com um discreto pedido de desculpa. Os óculos cintilam sob as luzes fluorescentes quando ele balança a cabeça quase imperceptivelmente para Delphine, que estava esperando sua reação. Ela se vira para Ferdie, que observava a reação de Michel como para receber uma dica do técnico de laboratório mais sênior. Ferdie força um sorriso e me cumprimenta com a cabeça, como para dizer *boa tentativa*. Mas ele parece pouco atento, provavelmente ainda afetado por seu telefonema.

— Continue tentando — diz Delphine, antes de se virar e sair do laboratório.

Procuro não demonstrar como me sinto derrotada. Minha primeira tarefa de criação de uma fragrância e já estou falhando. Eu não deveria ter produzido pelo menos uma opção que Delphine considerasse promissora? Imagino se Delphine se arrepende de ter atribuído o projeto a mim. Michel não teria feito um trabalho melhor, com sua formação em química?

Quero continuar trabalhando, mas estou brava comigo mesma por não me sentir nem um pouco mais próxima de descobrir a essência de Olympia. E meu nariz está cansado. Antoine me dizia que mestres perfumistas nunca param de treinar o nariz; eles estão constantemente aprendendo novos cheiros. Sempre é mais fácil fazer isso na primeira parte do dia; no fim do dia, minha mente está repleta demais de fragrâncias. Penduro o avental, coloco meu caderno na bolsa e me despeço de Michel e Ferdie. Sem uma babá, preciso sair do trabalho mais cedo do que gostaria para pegar as meninas na escola.

Como eu havia imaginado, Pierre vai viajar mais em seu novo cargo. Tentei perguntar a ele como se sente com o aumento de suas responsabilidades administrativas, o que vai reduzir seu tempo desenhando projetos, mas ele sempre está de saída ou cansado demais para falar sobre o assunto. Agora, ele está em Nice por dois dias a trabalho. Mal falou comigo desde que fiz o anúncio sobre o projeto Olympia. Estivemos nos concentrando nas meninas, e ele andou ocupado preparando-se para sua apresentação. Fico constrangida de admitir que me sinto aliviada toda vez que ele evita nossa conversa, porque tenho medo de que isso só leve a uma nova briga.

As meninas e eu fazemos o jantar juntas. Mostro a elas como deixar as sementes de cominho fritarem no óleo antes de acrescentar a cebola. Depois que a cebola fica bem dourada, peço a Shanti para acrescentar duas colheres de chá de açafrão, duas de cominho em pó e duas de sal, uma colher de chá de *garam masala* e uma de pimenta-do-reino, os quatro dentes de alho que triturei, uma xícara de coentro fresco e uma pitadinha bem pequena de pimenta-chili em pó. Asha come comida apimentada, mas Shanti não. Asha mexe a mistura de temperos e cebola. Escorro a água dos gordos grãos-de-bico, que deixei de molho durante a noite, antes de acrescentá-los à frigideira. Peço para Shanti mexer o curry, baixo o fogo e cubro a frigideira. Quando o arroz acaba de cozinhar, despejo o *chole* com curry fumegante por cima, pego os picles de manga apimentado para Asha e para mim, fatias de um tomate fresco, e estamos prontas para comer. Shanti nos conta sobre a aventura de *Tintin* que ela vai representar com seus colegas na escola amanhã. Ela está louca para nos mostrar, mas eu a faço terminar o jantar primeiro. Shanti é uma atriz empolgada, e Asha e eu rimos de seus gestos teatrais e batemos muitas palmas no fim.

Limpo a cozinha e ponho as meninas na cama. Estou me sentindo nostálgica de casa, então leio para elas do livro *Os contos de Krishna*, desejando que Jiji estivesse aqui. Não nos falamos desde que ela me ligou no começo de setembro. E faz meses que não lhe escrevo uma carta; parece que nunca tenho tempo. Minha irmã é uma escritora prolixa; eu não. Mas adoro ler suas histórias sobre Malik, Nimmi e as crianças e queria que Shanti e Asha pudessem crescer com eles. Embora não sejamos parentes por sangue, falo de Rekha e Chullu como primos de minhas filhas. Malik é como um irmão para mim desde que eu o conheci (já faz mesmo quase vinte anos?), por isso penso nos filhos dele como meus sobrinhos.

Depois de apagar a luz no quarto de Shanti e Asha, faço uma xícara de chai para mim e pego meu caderno na bolsa. Com um suspiro, leio as fórmulas que criei hoje. Jiji saberia exatamente o que sugerir para o ingrediente que eu sei que está faltando, mas não consigo identificar. Olho para o relógio. Ligações internacionais têm um preço exorbitante. Mas é quase meia-noite e as tarifas agora são mais baixas. Devem ser quatro e meia da manhã na Índia. Sei que todos na casa vão estar dormindo, menos Jiji, que costuma acordar cedo para ler.

Ela atende no primeiro toque.

— Radha?

Eu sorrio. Ela sempre parece saber quando vou ligar.

— *Namaste*, Jiji.

— *Theek hai?** Shanti e Asha estão bem? Pierre?

— Estou bem — respondo. — Todos estão. — Não quero falar com Jiji sobre a tensão entre Pierre e eu. — Tenho novidades. Recebi minha primeira tarefa de criação de uma fragrância!

— *Shabash*,** Radha! — Sua reação entusiástica rivaliza com a de Mathilde. O orgulho que sinto é como um cobertor quentinho. Tendo administrado sozinha um negócio bem-sucedido como pintora de henna, Lakshmi entende a satisfação que uma mulher sente quando é reconhecida e valorizada pelas habilidades que se esforçou para desenvolver. Gostaria que meu marido tivesse reagido do mesmo jeito. Mas deixo de lado minha frustração e me concentro no que quero perguntar a ela sobre o ingrediente que falta em minha fórmula.

Quando explico o projeto Olympia, ela mal pode conter o entusiasmo.

— As cortesãs de Agra saberiam exatamente como ajudar você!

— Cortesãs? Ahn... dançarinas?

— *Arré!* Elas são bem mais refinadas que isso. Sabem como criar qualquer estado de espírito que você quiser com aromas. Passaram a vida aperfeiçoando essa arte. Mas não vão falar com você pelo telefone. Você terá que ir até elas.

— Em Agra?

— *Hahn*. Quando você pode vir?

Solto um suspiro.

---

* *Theek hai?*: Tudo bem?
** *Shabash*: Muito bem!

— Jiji, eu sou só uma assistente de laboratório que recebeu seu primeiro projeto de fragrância. Seria demais pedir a Delphine para gastar todo esse dinheiro comigo.

Escuto um sorriso na voz dela... e um desafio.

— Pitaji costumava dizer: *Quem não sobe também não cai.*

Jamais consegui resistir a um desafio. Não sei como Pierre vai reagir, mas vale a pena uma conversa. Além disso, pôr alguma distância entre mim e a desaprovação de Pierre seria um alívio bem-vindo. E talvez minhas preocupações com uma possível sabotagem no laboratório signifiquem que estou pondo muita pressão sobre mim mesma no trabalho. Afastar-me só pode ajudar.

Delphine está em seu órgão de perfumes quando lhe falo sobre minha ideia no dia seguinte. Ela leva alguns instantes para se concentrar em meu pedido.

— Você quer ir para a Índia?

— *Oui.* — Enfio as mãos nos bolsos para não me sentir tentada a enxugá-las no avental. Tento fazer minha voz soar mais autoconfiante do que eu me sinto. — Vou poder pesquisar ingredientes que acho que não existem aqui. Há tantos aromas que eu me lembro da Índia e que não são usados na perfumaria francesa. E as fragrâncias orientais que ficaram populares nos últimos anos só tocaram a superfície do que eu acredito que podemos criar. Estou convencida de que Olympia precisa de algo úmido, fluido. Mas não consigo encontrar isso em nossa biblioteca de aromas.

Delphine tenta disfarçar um sorriso. Eu disse alguma coisa engraçada?

— Sabe por que eu contratei você, Radha?

Eu me surpreendo com a pergunta.

— Porque Antoine me recomendou?

— Porque você vive no meio de cheiros há mais tempo do que eu. Lembra que eu lhe perguntei quais eram suas lembranças mais antigas? Eu ainda me lembro do que você respondeu. O cheiro da casinha de barro onde sua mãe deu à luz, o hálito de trigo dela, o sári em que ela ficou deitada por uma semana e o incenso que a parteira acendeu. Radha, você nasceu de fragrâncias. Está em seu sangue, ossos, cabelo, respiração. Você ingere fragrâncias em sua comida. Você as veste de dentro para fora. Você as entende de uma maneira que Michel, com seu diploma de química, e Ferdinand, com sua riqueza familiar, nunca vão entender. Você está trabalhando com Olympia porque é a única pessoa que pode criar um aroma totalmente único para ela. — Ela se vira de novo para seu órgão, pega um frasco e retoma o trabalho.

Estou atordoada demais com suas palavras para me mover. Ela acabou de dizer que eu serei uma perfumista melhor que Michel ou Ferdie, que estão aqui há mais tempo? Ela acabou de aprovar minha viagem para a Índia? A House of Yves vai pagar por isso ou ela está esperando que eu pague? *Hai Ram*, se eu tiver que pagar, será que Pierre vai concordar em me deixar ir?

Como se tivesse ouvido minhas perguntas, ela diz, concentrada na pipeta em sua mão e no pequeno frasco de álcool à sua frente:

— *Bon voyage.* Celeste vai cuidar dos detalhes.

Concordo com a cabeça, embora ela não esteja olhando para mim, e saio de seu escritório.

Estou me preparando para ir embora quando Celeste deixa um envelope sobre minha mesa. Olho para ela. Suas faces estão rosadas e ela parece prestes a explodir, como se mal pudesse conter um segredo. Ela se inclina perto de minha orelha e sussurra:

— Sua passagem para a Índia.

Michel levanta a cabeça abruptamente de sua mesa. Será que ele ouviu as palavras ou só a animação na voz dela?

Celeste me dá um sorriso radiante.

— Você vai na terça-feira que vem e volta na sexta. Tire fotos!

Terça-feira é daqui a quatro dias.

O trem de Pierre chegou de Nice à tarde. Ele me ligou no trabalho e se ofereceu para ir buscar as meninas na escola, assim eu não teria que ir. Isso me dá tempo de caminhar para casa em vez de pegar o Métro depois do fim do expediente. Preciso pensar em como me aproximar de Pierre e dar a notícia a ele.

Como contar a meu marido que vou para a Índia em uma viagem de pesquisa daqui a apenas quatro dias? Quem vai cuidar das meninas? Ah, por que eu ainda não contratei outra babá? Porque não tive tempo de procurar direito! Não posso confiar o cuidado de minhas filhas a qualquer uma. Talvez ainda dê para entrevistar algumas candidatas neste fim de semana e encontrar uma adequada.

E se eu pedisse para Mathilde ficar com elas? *Por quase uma semana?* Como eu posso ao menos pensar em fazer isso? Mathilde já está sobrecarregada com a mãe. Antes ela podia pegar um avião num impulso para Londres, ou Chipre, ou aonde quer que sua paixão mais recente a levasse, mas tem andado relativamente presa em casa desde que a mãe começou a exigir cada vez mais do seu tempo.

Vou ter que pedir a Florence para ajudar. Ela provavelmente vai querer levar as meninas para sua casa em Neuilly. Não pode ser tão ruim assim, não é? Florence tem seus problemas comigo, mas ela ama as netas. Sempre se mostra disponível quando precisamos dela — mesmo fazendo questão de me informar que teve que cancelar uma reunião do conselho de uma das organizações de artes que ela apoia. No aniversário das meninas, ela sempre planeja um passeio especial. O Palácio de Versalhes no aniversário de sete anos de Shanti. Subir as escadas da Catedral de Notre-Dame para mostrar a uma Asha de cinco anos o que as gárgulas veem de seu poleiro. Nos seis anos de cada uma, Florence as levou ao Musée Jacquemart-André, depois para tomar um *chocolat chaud* no café instalado na antiga sala de jantar da mansão.

No entanto, toda vez que deixo as meninas sob os cuidados de minha sogra, tenho receio de que ela se aposse de minhas filhas e as transforme, consuma e faça delas menininhas católicas francesas que não reconhecerei mais. Uma voz em minha cabeça grita uma advertência: *Você já perdeu um filho! Não pode deixar isso acontecer outra vez!* Florence tem o dinheiro, os meios e o tempo para gastar com Shanti e Asha. Mas e se ela as voltar contra mim, contra a Índia? Não posso deixar isso acontecer! Quero que minhas meninas conheçam sua história. Quero que elas conheçam a Índia. Quero levá-las a Shimla de novo para brincar com seus primos e conhecer melhor seus tios. Florence nunca as levaria à Índia. Ela acha que meu país natal é quente e sujo, repugnante até. Como posso confiar minhas meninas a essa pessoa?

A caminhada para casa leva mais de uma hora, mas ainda hesito na entrada de nosso prédio, fora da vista da zeladora. Embora eu esteja usando um casaco quente nesta noite fria de novembro, minhas axilas estão molhadas e sinto a testa quente. É como se meu coração fosse explodir no peito. Respiro fundo repetidamente para tentar baixar a pulsação. Ainda não estou pronta. Retorno à esquina da Rue de Sèvres com o Boulevard Saint-Germain. Minha mente segue por outra rota. Essa será minha primeira viagem a trabalho. Quando Pierre se ausenta em uma viagem de trabalho, como aconteceu esta semana, fica subentendido que devo compreender e me adaptar. Ele faz um anúncio, não um pedido de compreensão ou de autorização. Enquanto ele está fora, tenho que garantir que as meninas tenham um jantar saudável, façam seu dever de casa, tomem ar fresco e se exercitem, e me contem sobre o seu dia. Claro que isso é o que eu quero que elas façam também. Agora elas inclusive já têm idade suficiente para fazer muitas dessas coisas sozinhas; na semana passada, Shanti juntou suas roupas e me perguntou como a máquina de lavar funciona. Se ao menos Pierre pudesse fazer o mesmo! Mas como pedir a ele para assumir tarefas que ele acha que não cabem a um marido? Penso nas mulheres que eu conheço que trabalham fora: Lakshmi, Delphine, Celeste. Como elas equilibram o trabalho e a casa? Com um sobressalto, eu me dou conta de que nenhuma delas tem filhos! Então, a quem posso me voltar?

Lentamente, refaço meus passos de volta ao prédio.

Penso na avó de Pierre, mãe de Florence, uma mulher que não conheci, mas adoraria ter conhecido. Suas viagens pelo mundo estão presentes por todo o nosso apartamento. O berimbau que ela trouxe de Recife, no Brasil, encontra-se na estante da sala de estar; uma foto dela no Quênia com sua amiga Beryl Markham, ao lado do monoplano monomotor de Markham, está pendurada no corredor; uma miniatura rajastani de uma cena da realeza, presente da marani de Udaipur, enfeita o hall de entrada. Pierre me contou que foram suas histórias vibrantes da Índia que o inspiraram a ir trabalhar em Chandigarh. O desenho em preto e branco que ele fez do Tribunal Superior de Punjab e Haryana em Chandigarh ficou tão bonito que eu mandei emoldurar; está agora pendurado na sala de estar. Considerando o amor de sua avó por viagens, talvez Pierre fique entusiasmado com a oportunidade que essa viagem à Índia me proporcionará. Seria maravilhoso se eu pudesse levar toda a família comigo, ou pelo menos as meninas, mas está tão em cima da hora, e será uma viagem tão curta para tudo que eu tenho que fazer. Além disso, com a promoção recente de Pierre, é improvável que ele possa se ausentar do trabalho agora, de qualquer forma.

Vejo-me na frente de meu prédio outra vez. Olho para o terceiro andar. As luzes estão acesas. As meninas devem estar fazendo a lição de casa e contando a Pierre sobre seu dia. Devem estar prontas para jantar.

Respiro fundo e entro.

O apartamento está iluminado com uma luz suave. Nina Simone canta "Ne me quitte pas" na vitrola. O aroma agradável de frango embebido em alecrim e *herbes de Provence*, uma das especialidades de Pierre, me faz salivar. A esta hora, logo antes do jantar, as meninas devem estar no quarto.

Penduro o casaco no hall de entrada e tiro os sapatos. Caminho de meias até a cozinha e paro na porta. Pierre está de costas para mim, refogando o frango. A gordura escaldante borbulha quando ele vira uma coxa. Seu amor por cozinhar é uma das coisas que adorei nele desde o começo. Ele me ensinou a fazer um suflê de queijo francês, um *tagine** marroquino e um ceviche peruano — receitas que foi recolhendo em viagens com sua *grand-mère*. Penso nessas aulas de culinária nesta mesma cozinha, Pierre grudado nas minhas costas, seus braços se estendendo em torno do meu corpo para misturar molho em uma vasilha, parando para mordiscar minha orelha, eu rindo. Olho para suas costas esguias. Ele está usando o suéter de caxemira azul-celeste que lhe dei de presente de aniversário. De repente, sinto uma onda de amor por ele. Por que eu estava tão cheia de medo de falar com o homem que me deixou nas nuvens treze anos atrás?

Docemente, eu o abraço por trás e beijo-o entre os ombros. Ele enrijece o corpo — eu o surpreendi — mas relaxa rapidamente em meus braços. Ficamos assim, sem nos mover, por um minuto, até que Pierre diz:

— Preciso virar o frango. — Mas ele inclina o pescoço para que eu possa alcançá-lo e beijá-lo nos lábios.

— Vou dizer oi para as crianças — falo.

Shanti levanta de um pulo da mesa que divide com Asha.

— *Maman, regardes!* — Ela levanta um desenho que fez para a escola. É uma réplica à sua mão de nove anos da pintura da realeza rajastani que está pendurada no hall, a que pertencia à avó de Pierre.

Eu a beijo em ambas as faces e dou a volta na mesa para beijar Asha também.

— *Genial, ma chou-chou!* Qual era a tarefa?

— Era para a gente levar alguma coisa importante para nós. — Shanti aperta melhor o elástico em seu rabo de cavalo.

Isso me surpreende.

— E por que essa pintura é importante para você?

— Porque... — ela estala os lábios, um novo hábito que pegou — você explicou para mim e para a Asha sobre a Índia.

Meus olhos se enchem de lágrimas. Abraço Shanti com tanta força que a levanto do chão. Às vezes, como mãe, eu não tenho ideia se as meninas entendem de fato o que eu explico. Sinto uma enorme vontade de lhes contar sobre a minha viagem.

— Venham, quero lhes mostrar uma coisa.

Vou com elas até o globo na sala de estar.

---

* *Tagine:* prato à base de legumes, geralmente com carne, cozido lentamente em temperaturas baixas.

— Adivinhem para onde a *maman* vai na semana que vem? — Viro o globo até a Índia estar no centro e aponto para Agra.

Os olhos âmbar de Asha se arregalam.

— *Inde?*

Confirmo com a cabeça.

— Nós vamos também? — pergunta Shanti.

— Não desta vez, *chérie*. É para o meu trabalho.

— Você vai trazer um elefante para nós? — quer saber Asha.

— Que ideia boba! — exclama Shanti. — A *maman* só pode trazer coisas que dá para pôr na mala.

Minha filha mais nova gira o globo.

— Pode ser um elefante bem pequeno?

Shanti vira os olhos. Eu escondo um sorriso. A minha menina... só nove anos e acha que já conhece o mundo. Eu as abraço com força. Há tão pouco ali para segurar, mas seus corpos são quentes e macios e os cabelos cheiram a óleo de coco. E elas são minhas.

Asha se desvencilha dos meus braços.

— O que você vai fazer lá?

— Vou procurar uns aromas incríveis.

Asha faz beicinho.

— Você não precisa ir *lá* longe para procurar isso. Os meninos na escola são fedidos. E o escorregador de metal no parquinho tem um cheiro estranho.

Shanti fica pensativa.

— É verdade, *maman*. O giz também tem cheiro. Você já percebeu? — Ela olha para Asha. — Mas madame LaCroix cheira bem, não é?

Asha concorda.

— Tem cheiro de borboleta.

— Sua *maman* também cheira bem. — É Pierre. Eu não o ouvi entrar na sala. Ele está parado logo atrás de mim. Põe as mãos em meus quadris e beija meu pescoço. Todos os nervos de meu corpo se acendem. Ele não me toca assim há semanas. Quero pegá-lo e trazer seus lábios mais para baixo, em minha nuca, sobre o ombro, a frente do pescoço...

Ainda segurando meus quadris, Pierre sorri para as meninas.

— Hora de lavar as mãos para jantar.

As meninas correm para o banheiro, Asha tentando chegar à pia antes de Shanti. Pierre me vira de frente para poder me beijar direito. Sua língua é quente e molhada. Provo o gosto das *herbes* e do vinho branco. Ele está excitado. Sinto-me umedecer entre as pernas.

— É por causa do meu frango ou será que eu sou irresistível? — ele pergunta.

— Ah, sem dúvida o frango — murmuro.

Shanti grita do banheiro.

— *Maman*, acabou o sabonete!

Eu suspiro. Pierre abaixa os braços. Eu saio para atender minhas filhas.

As meninas estão na cama agora. Pierre e eu estamos na sala, tentando manter a voz baixa, uma garrafa de vinho na mesinha de café entre nós. Um disco gira na vitrola — Dinah Washington cantando "What a Difference a Day Makes". O cheiro agradável de nosso jantar permanece no ar.

Durante o jantar, Asha deixou escapar que queria ir para a Índia comigo para afagar bebês elefantes. Pierre, que estava prestes a tomar um gole de vinho, olhou para mim com um sorriso incerto.

— Nós não temos nenhum plano de ir para a Índia por enquanto.

— *Nós* não. Mas a *maman* vai — minha filha mais nova explicou pacientemente. — Ela mostrou no globo pra nós. Ela vai trazer cheiros.

Quando meu marido franziu a testa para mim, meu coração acelerou. Eu me demorei mastigando o frango, tentando acalmar meus batimentos. Shanti, que pareceu sentir a desaprovação do pai, olhou de um para outro, depois beliscou o braço de Asha.

— São só quatro dias. Para... Olympia. Pesquisa para o meu novo projeto. — Eu quase disse *para Delphine*, o que eu sabia que incitaria de imediato o descontentamento dele. — Nós podemos conversar sobre isso depois do jantar. — Olhei para as meninas, evitando os olhos apertados de Pierre, o modo como ele pousou o garfo no prato com determinação. — Eu prometo trazer alguma coisa para vocês duas — falei para Shanti e Asha. — Algo bem menor que um elefante. O que vocês acham que eu devo trazer para o papai?

As meninas passaram o resto do jantar oferecendo sugestões, dando-me um pequeno respiro antes da conversa com Pierre.

Agora, estamos sentados com a mesinha de café e o vinho entre nós.

— Isso caiu como uma surpresa e tanto — diz Pierre.

Estamos sozinhos. É tarde. Estou cansada.

— Uma surpresa boa ou uma surpresa ruim?

Pierre aperta os lábios.

— Uma surpresa de que você põe seu trabalho na frente de sua família, das meninas... e de mim, Radha. — Ele toma um gole do vinho.

Minha cabeça parece estar pegando fogo.

— Como você pode dizer isso, Pierre? Eu fui a principal responsável por cuidar delas, da casa e levá-las e buscá-las nos lugares na maior parte do tempo. Eu cuido de todas as necessidades delas. Ajudo nas tarefas da escola quando elas precisam. Ajudo-as a entender o que é importante e o que não é. Você viu o desenho que Shanti fez do Rajastão? Ela contou a você que a estão perturbando por ser mais escura que as outras meninas?

Eu percebo pela confusão em seu rosto que ele não sabe nada sobre o desenho ou sobre o problema na escola.

— E você? — pergunto. — Você está ocupado trabalhando e viajando por causa do novo cargo. Acabou de voltar de uma viagem de dois dias. *Você* não põe seu trabalho em primeiro lugar?

Ele recua a cabeça, com cara de que não está acreditando no que acabou de ouvir.

— Isso é diferente!

— Diferente como? — Minha voz está mais alta agora e minhas mãos estão tremendo. Eu respiro fundo. — Por que é diferente?

— Foi *você* que me disse que queria filhos. Lembra? Você queria ser mãe.

— Eu queria. Eu quero. Eu *sou* mãe. Isso não mudou.

Ele me olha, incrédulo.

— Quantas vezes no último ano você foi buscá-las na escola? Quantas vezes vai trabalhar no fim de semana? Você assume mais trabalho do que Delphine lhe dá! Você faz o trabalho de Michel e de Ferdinand quando eles estão de férias.

Ele tem razão. Mas o que isso tem a ver com o fato de eu ser uma boa mãe para minhas filhas? Massageio a testa e peço que Bhagwan me dê paciência, porque o que eu realmente tenho vontade de fazer agora é gritar: *Tudo isso é tão injusto! Por que existe um conjunto de regras para Pierre e outro conjunto de regras diferente para mim? Preciso me acalmar.*

— *Chéri*, eu quero ser tão boa no meu trabalho como você é no seu. Você sabe que isso exige um tempo extra, um esforço extra. Eu contrato babás para ajudar quando estou sobrecarregada. As meninas estão indo bem...

— As meninas *não* estão indo bem. — O sussurro de Pierre é tão alto que poderia acordar as meninas. Ele aponta um dedo para a porta fechada do quarto delas. — Shanti está batendo em outras crianças e se livrando de babás cada vez que você contrata uma. Você parece não perceber o que está acontecendo em sua própria família.

— Ela está passando por algum problema. Nós conversamos. — Lembro da conversa com as meninas sobre a cor de nossa pele. Shanti não estava sendo difícil, como Pierre e eu tínhamos pensado; ela só estava protegendo a mim, a nós como família. Sempre vamos nos destacar por sermos diferentes de outras famílias francesas.

Eu abrando meu tom.

— Não vai ser sempre assim, Pierre. Vai chegar um momento em que eu não vou precisar me esforçar tanto para provar meu valor.

— Não vai acabar por aí. Você vai dedicar mais e mais energia para chegar ao nível seguinte, e depois ao próximo. Como uma *Américaine*!

Os franceses sempre tiveram pena dos americanos por suas longas horas de trabalho e férias mínimas.

Aperto os dentes. A raiva que vem crescendo dentro de mim ameaça explodir.

— O que seria errado nisso, Pierre? Você não está subindo os degraus também? Se eu começar a ganhar mais, podemos tirar mais férias em família no exterior. As meninas podem fazer faculdade em outro país se quiserem.

Meu marido me fuzila com o olhar. Fui longe demais. É como se eu estivesse dizendo que não confio nele para ser o provedor de nossa família. Mas não é isso que quero dizer. Fecho os olhos. Sinto que estou perdendo o rumo do argumento. Não estávamos falando da minha primeira viagem a trabalho? Por que isso não é motivo de comemoração? Por que eu tenho que defender o orgulho que sinto de meu trabalho, de mim, de minha capacidade de também contribuir para o sustento da família?

Pierre bate um dedo na mesinha de café.

— Eu não quero que elas vão para outro país, nem para outra cidade. Eu fui para a escola interna quando tinha oito anos. Não quero isso para minhas filhas. Quero uma mãe em período integral para elas, uma vida normal. — Ele termina seu vinho e torna a encher a taça. — Quero que você fique mais em casa.

— Mas para que me manter em casa sem fazer nada enquanto elas estão na escola? — Embora eu não esteja gritando, minha voz goteja desdém.

— Você pode trabalhar meio período.

— *Meio período*? O que eu faço não é um trabalho de meio período. É uma carreira! E eu sou boa nela. Tenho sorte de ter encontrado algo que eu amo fazer e quero continuar fazendo. E continuar melhorando. Isso não me faz menos mãe ou esposa. — Sei que minha raiva não está ajudando. Meu controle dessa conversa está escapando de mim, mas não sei como virá-la de novo em meu favor. — Qual é o problema de *você* compartilhar as responsabilidades quando é a minha vez de fazer uma viagem de trabalho?

— Eu já faço muito para ajudar, Radha. Eu cozinho várias vezes por semana.

— E eu trabalho. E cozinho. E limpo a casa e lavo a roupa. Eu contrato e supervisiono as babás. Eu acompanho os deveres de casa das meninas. E faço as matrículas delas na escola e em outras atividades. Pago as contas em dia e providencio a caixinha de Natal para a zeladora. E levo as meninas ao médico. E planejo o que fazer nos fins de semana.

Pierre levanta as mãos.

— Você fala como se isso fosse uma competição, Radha.

Mas é o que parece, Pierre, penso, com o coração batendo forte. Quero dizer a ele que as mulheres avançaram em outras partes do mundo. O perfume mais vendido no mercado no momento é Charlie. Ele é americano. É sobre mulheres autoconfiantes e ativas, que usam terninho, trabalham em um escritório, carregam pastas executivas. E talvez até belisquem a *fesse* de um homem em vez do contrário. Mas, se eu falar de perfume ou dos Estados Unidos, ele vai revirar os olhos.

Esse é o ponto em nossas discussões sobre o meu trabalho em que eu geralmente paro. É como se Pierre não quisesse entender. Ele nem chega a tentar. De que adianta eu insistir em meu argumento? Em vez disso, eu me levanto e pego minha taça de vinho.

— Vou ligar para a sua mãe e ver se ela pode levar as meninas enquanto eu estiver fora. São poucos dias, e ela está mesmo mais perto da escola. Só vou viajar na terça-feira. E estarei de volta na sexta à noite. Ela vai adorar e você não vai ter que sair do trabalho mais cedo para pegá-las na escola.

Depois disso, meu telefonema seguinte será para Lakshmi, para avisá-la de que vou mesmo para Agra, como ela sugeriu. E para perguntar se ela pode ir comigo e me apresentar para as cortesãs e para os segredos dos aromas que fazem seus clientes sempre quererem voltar.

❧ ❦

As meninas passam meio período na escola aos sábados, então eu as acompanho de Métro e decido trabalhar algumas horas até elas saírem. A House of Yves fica a apenas vinte minutos a pé da escola delas na Avenue Victor-Hugo. Tenho negligenciado as outras fórmulas que preciso preparar para Delphine; criar a fragrância de Olympia não é minha única responsabilidade. E prefiro ficar fora do caminho de Pierre por um tempo. Ontem à noite, ele veio dormir muito depois de mim. Quando estendi a mão para tocá-lo, ele estava bem na pontinha de seu lado da cama. Esta manhã, encontrei a garrafa de vinho vazia na mesinha de café. Eu não tinha nem terminado minha primeira taça.

As árvores que se alinham de ambos os lados da Avenue Victor-Hugo perderam a maior parte das folhas, mas ainda é uma caminhada agradável passando pelos cafés, pelas lojas e pelos elegantes prédios de Haussmann. Apesar do frio, os parisienses estão em fila para suas baguetes recém-saídas do forno. O açougueiro também está fazendo bons negócios. Paris tem mais pombas do que eu jamais vi na Índia, e elas circulam pelas calçadas à procura de restos de comida. Uma idosa de casaco xadrez puxa um carrinho de compras enquanto seu terrier caminha pacientemente ao lado. Ele para toda vez que ela se detém para olhar uma vitrine. Ela balança a cabeça quando vê um par de sapatos em exposição. Curiosa, eu paro também. São botas de plataforma de couro vermelho com saltos transparentes de oito centímetros. Dentro de cada salto há um peixinho dourado vivo nadando em água. Imagino Ferdie na pista de dança com esses sapatos e começo a rir. A mulher vira para mim, sorri e diz:

— *Exactement*.

Ainda sorrindo, eu lhe desejo um bom dia e sigo em frente.

O laboratório está congelando quando chego. O aquecimento ficou desligado desde a noite passada. A porta do laboratório está destrancada, e, pela parede de vidro, vejo a porta da sala refrigerada aberta e as luzes acesas. Isso é estranho.

— Michel? Ferdie?

Celeste aparece na porta.

— Celeste? O que você está fazendo?

Seu nariz e rosto estão rosados de estar na sala refrigerada, onde guardamos as matérias-primas que estragam se forem expostas a temperaturas mais altas.

— Delphine me falou que os frascos não estão em ordem. Não tive tempo de terminar ontem, e um grupo grande vai vir aqui na segunda-feira para o projeto Rivanche, então também não vou ter tempo para isto. *Alors*... — Ela desaparece dentro da sala e reaparece com a mesma rapidez. — Por que *você* está aqui em um sábado?

— Preciso terminar um trabalho antes de viajar.

— Ah, Radha! Nós todos estamos tão animados com a sua viagem.

Levanto uma sobrancelha.

— Até Michel?

— Você conhece Michel! Nunca se sabe o que ele está pensando. Será que você poderia, por favor, me trazer um daqueles lindos lenços indianos?

Ela está falando dos lenços tie-dye de que Jiji sempre me avisou para passar longe, da mesma forma que me aconselhou a evitar sáris com espelhinhos costurados. "Cafona", ela dizia. "Prefira bordados... à mão, não a máquina." Mas Celeste parece tão feliz neste momento, e os lenços poderiam ajudar muito a alegrar seu guarda-roupa.

— *Avec plaisir*, Celeste.

Quando as meninas e eu voltamos ao apartamento, finalmente falo com Florence ao telefone. Ela mal pode conter seu prazer quando concorda em ficar com as netas enquanto eu estiver fora. Amanhã, domingo, vou separar seus uniformes de escola e suas roupas. Os sapatos delas precisam ser polidos? Alguma coisa precisa ser passada? Ponho roupas na máquina de lavar e penduro as molhadas no varal na área comum do prédio. É inverno, então vão demorar mais para secar. Pierre terá que recolhê-las do varal depois que eu viajar. No momento ele está na feira com as meninas escolhendo legumes e verduras para o jantar.

O telefone toca. É Mathilde.

— *Maman* caiu na escada hoje.

— Ah, não! — Eu encosto na máquina de lavar. — O que aconteceu?

— Não quebrou nada. A zeladora a encontrou na base da escada. Ela estava confusa, mas não machucada. Ficava insistindo que queria ir para casa. Quando a zeladora lhe falou que ela morava no prédio comigo e que já *estava* em casa, ela ficou muito brava, dizendo que era *mentira*. Ah, Radha, não sei quanto tempo vou aguentar isso.

Geralmente cheia de entusiasmo e risadas, Mathilde parece prestes a chorar. Eu gostaria de poder fazer alguma coisa para aliviar sua carga. Mesmo quando termina com um *mec* que parecia ter potencial ela nunca fica tão para baixo assim.

— Onde ela está agora? — pergunto.

— Dormindo. Ela tem dormido muito ultimamente, mas acorda de repente a qualquer hora e sai andando.

— Você tem como arrumar ajuda para esta noite? E sair para fazer alguma coisa divertida? — pergunto.

— Você pode ir comigo? A gente podia ir ver *Emmanuelle*. Entrou em cartaz ontem.

— Eu gostaria, Mathilde, mas preciso deixar tudo pronto para as meninas irem ficar com Florence por alguns dias durante a semana, e ainda tenho tanta coisa para fazer antes de viajar. — Conto a ela sobre minha viagem a trabalho para a Índia. Eu convidaria Mathilde, mas, com a demência de sua mãe, seria impossível ela sair da cidade assim tão em cima da hora.

— Claro. — Mathilde está desapontada. E, eu sinto, um pouco irritada. Eu a escuto acender um cigarro. Espero. — Tudo era tão mais simples quando nós éramos meninas, não era? — diz ela.

Na minha cabeça, exalo a longa nuvem de fumaça junto com ela, lembrando nossas noites no cemitério das freiras.

— Lembra aquela vez em que fomos encontrar Agnes em Goa, Radha?

Imagino Mathilde enrolando e desenrolando o fio espiral do telefone, um sorriso travesso nos lábios diante da lembrança.

— Ela estava com aquele guru doido que bebia a própria urina e tentou convencer a gente a fazer o mesmo. Nós nos recusamos e ficamos escondidas até ela parar de perturbar.

Eu rio. Quando a mãe de Mathilde cismava com alguma coisa, ela era teimosa.

— Todos aqueles gurus. O que você acha que Agnes estava procurando?

— Quem vai saber? — Mathilde parece irritada. — Eu só sei que agora estou presa cuidando de uma mãe que não se preocupou em cuidar de mim. Desde que consigo me lembrar, ela me deixava com o *grand-père* Antoine ou com *une amie folle* ou em alguma escola interna. Que tipo de mãe faz isso? E eu tenho que cuidar dela agora que ela precisa de mim?

Sei que foi diferente para mim quando fui aluna interna na Auckland. Lakshmi e Jay estavam perto. Minha irmã me visitava sempre ou eu ia para a casa dela nos fins de semana, muitas vezes levando Mathilde comigo. Minha irmã achava que eu tinha vivido muito isolada quando criança em Ajar e que gostaria da vida em comunidade. Eu precisava do colegismo e da etiqueta social que vinham da proximidade com outras estudantes. Mathilde, que estava em Auckland havia mais tempo, me pegou pela mão. Ela me disse quem era mais popular e de quem eu devia me manter longe. Mathilde tinha um talento nato para hóquei sobre grama e tênis. Eu não tinha. Mas ela garantia que eu sempre ficasse no seu time, o que impedia as meninas mais competitivas de reclamarem de meu desempenho medíocre.

Mathilde cuidou de mim, de si mesma, e agora está tendo que cuidar de Agnes. Não parece justo.

— Mathilde, por que você me adotou na escola?

— Alguém tinha que fazer isso. Você parecia tão triste e perdida, *ma puce*. Eu lembro de pensar que alguma coisa terrível devia ter acontecido com você, mas não queria ser intrometida. — Ela faz um intervalo para fumar seu cigarro.

Nessa pausa, eu poderia ter contado a ela o que nunca contei antes. Ravi, minha gravidez, Niki. A vergonha, a tristeza, a perda. Quando conheci Mathilde, eu ainda estava sofrendo pelo abandono de Ravi, por ter tido que renunciar a Niki. Eu fui burra. Fui idiota. Fui uma tonta. Como poderia admitir tudo isso a uma menina que havia acabado de conhecer? Especialmente alguém tão esperto como ela. Agora, dezessete anos depois, é tarde demais para confessar que escondi o segredo mais importante de minha vida da minha melhor amiga. Não digo nada.

Mathilde suspira.

— Você era a única menina que não tinha mãe, Radha. Eu também sentia que não tinha. Não uma mãe de verdade, pelo menos. E quem vai saber quem era o meu pai? Agnes não sabia. Acho que você e eu adotamos uma à outra.

Ficamos em silêncio por um instante, escutando nossa respiração, Mathilde fumando quietamente.

Penso na mãe dela e em como ela nunca ficava parada um momento sequer. Em seu estado atual, ela permanece sentada por horas, olhando para o espaço, mexendo os dedos, e então se levanta e sai de repente, como um pássaro agitado que não tem ideia de para onde está indo.

— Você acha que Agnes conseguiu encontrar a paz?

Mathilde não responde de imediato.

— Algum de nós encontra? — é sua resposta, antes de desligar.

Na Índia, todo mundo — mãe, pai, tias, tios, primos, até vizinhos — se enfia dentro de um carro, sentados uns no colo dos outros ou em cima da bagagem, para acompanhar uma pessoa querida até o aeroporto. Em Paris, nós chamamos um táxi. Terça-feira cedo, Pierre traz minha mala para baixo e espera o táxi comigo na entrada de nosso prédio. Confiro de novo se ele tem o nome e o número de telefone de onde vou ficar em Agra, para o caso de alguma emergência. E o lembro de recolher a roupa do varal. Então o táxi para e, enquanto o motorista põe minha bagagem no porta-malas, Pierre se inclina e me dá um beijo de despedida.

As meninas estão com Florence desde ontem, segunda-feira, à noite, quando ela veio buscá-las em seu Peugeot. Será a primeira vez que fico tanto tempo longe delas. Quando elas estavam entrando no carro, senti uma vontade desesperada de tirá-las de lá, apertá-las contra o peito e não soltar mais. Em vez disso, inclinei a cabeça para dentro da janela para dar uma dúzia de beijos em suas faces enquanto elas acenavam em despedida para Pierre e para mim.

Ficou silencioso em casa sem nossas filhas. Quando subimos para o apartamento, Pierre sentou-se na sala de estar com seus discos e um livro. Eu fui para nosso quarto terminar de arrumar a mala para meu voo na manhã seguinte. Não tínhamos feito as pazes desde sexta-feira à noite. Em vez disso, nos concentramos nas meninas durante o fim de semana, levando-as ao Jardin du Luxembourg, parando para crepes de Nutella no caminho e um filme com Catherine Deneuve, *Peau d'Âne*.

Quando eu estava para fechar a mala, Pierre veio para o quarto. Ficou parado no meio do aposento, olhando para mim, até eu levantar os olhos para os dele. Ouvia a melodia suave de "You Made Me Love You", de Nat King Cole, vindo da sala de estar. Pierre caminhou até mim, pegou minha mão e pôs o braço esquerdo em volta de minha cintura. Seu toque fez uma corrente elétrica correr pelo meu corpo. Seu cheiro era bom, familiar, confortável. Dançamos lentamente em círculo em nosso quarto até a canção terminar e outra começar. Eu sentia o ritmo forte e constante de seu coração em meu ouvido.

Ele pressionou o rosto em minha testa.

— Minha mãe me sufocava quando eu era pequeno. Ela não me deixava respirar. Então eu perguntei para a *grand-mère* se ela me mandaria para uma escola interna. — Ele fez uma pausa, enquanto nos movíamos um junto ao outro. — Quero que nossas filhas saibam o que é ter os bons cuidados de uma mãe, Radha. Não quero que elas voem de casa antes do que for necessário, do jeito como eu não podia esperar para ir embora da minha casa.

Suas palavras afrouxaram alguma coisa dentro de mim. Eu o imaginei criança, de calça curta e gravata de escola, carregando uma malinha para o dormitório dos meninos. Como deve ter se sentido apavorado! Ele nunca havia me contado que tinha sido escolha sua ir para o internato. Florence falava como se isso fosse o que todos os meninos de sua turma faziam. Deixei meu corpo amolecer, derreter no dele.

Ele me soltou e foi até sua mesinha de cabeceira. Da gaveta, tirou *Notre-Dame de Paris*, o livro que ele passava horas lendo para mim antes de as meninas nascerem. Acho que fazia anos que não o tirávamos da gaveta. Vê-lo me fez lembrar de nossos primeiros tempos juntos. Não pude deixar de sorrir.

Pierre colocou o livro sobre as roupas dobradas em minha mala. Depois fechou a mala e a tirou da cama. Ele estava pedindo desculpas sem dizer as palavras. Talvez tenha sido o melhor que ele conseguiu fazer.

Ele veio e parou na minha frente, os olhos fixos nos meus. Eu ainda estava com a roupa de trabalho: meias pretas, blusa vermelha de gola alta e saia de lã preta. Ele pôs as mãos nas minhas costas, apertou meu corpo, depois abriu o zíper da saia. Ela escorregou para o chão. Minha respiração acelerou. Meus lábios se abriram e eu pousei os olhos nos lábios dele, querendo prová-los. Mas ele afastou a cabeça. Puxou minhas meias para baixo até as coxas e testou minha umidade com o dedo. Satisfeito, deslizou as mãos sob meu suéter, puxou o sutiã para cima e esfregou meus mamilos com os polegares. Ele estava tão ofegante quanto eu, mesmo assim ainda não me beijava. Empurrei as mãos dele para poder eu mesma remover minhas meias. Então deitei de costas na cama, os joelhos dobrados, para lhe mostrar o quanto estava pronta. Ele gemeu, abriu a calça e me penetrou. As meninas não estavam aqui. Eu não me importava se Georges ou madame Blanchet nos ouvissem. Tudo que eu queria naquele momento era Pierre, seu gosto, seu cheiro, a sensação de suas mãos. Ele.

No entanto, por mais que eu quisesse gozar, não consegui. Depois, fiquei deitada de lado, completamente acordada.

PARTE DOIS

> Em 400 a.C., o *Kama Sutra* incentivava esposas a criarem a atmosfera perfeita para o amor plantando rosas e perfumando a casa com elas.

Agra
Dezembro de 1974

E*stou em casa.*
Oito horas de voo entre Paris e Delhi. A viagem de Jiji de Shimla — primeiro em um táxi, depois de trem — levou quase o mesmo tempo. Ela chegou a Delhi antes de mim e já havia alugado um carro para nos esperar. Vi o motorista segurando uma plaquinha com meu nome quando saí pelas portas do aeroporto para o turbilhão das quatro da tarde. Três garotas de *salwar kameez** em cores vibrantes — laranja forte, vermelho-violeta e verde-papagaio — e tranças bem-feitas estão acenando para parentes que chegam pelo terminal internacional. Um *chai-walla*** levanta a panela no alto e despeja habilmente o chá em copinhos para matar a sede dos recém-chegados. Estou cercada pelo cheiro de óleo capilar de coco, o doce *paan**** de noz de betel, diesel dos aviões e o dominante aroma de suor, expectativa e alegria pelo encontro com pessoas queridas. Respiro para encher os pulmões.

Índia, quanta saudade eu senti.

---

* *Salwar kameez:* conjunto de túnica e calça larga para mulheres.
** *Chai-walla:* vendedor de chai.
*** *Paan:* folha de betel enrolada com tabaco e pasta de noz de betel.

Até ver Jiji sair do banco de trás do Standard, não tinha me dado conta do quanto havia sentido falta de minha irmã. Eu a visitei pela última vez em Shimla cinco anos atrás. Ela cheirava aos crisântemos que trazia no cabelo, à henna nas mãos, e ao aroma de limão e antisséptico de seu marido. Eu a abracei por muito mais tempo do que costumo fazer, e ela deixou. É como se Lakshmi fosse a parte da Índia de que eu mais sinto falta em certos momentos de meus dias em Paris — quando o céu está cinzento e eu anseio pelas cores vivas de um sári, ou quando estou comendo uma salada de aspargos e desejo estar me deliciando com um *panipuri** condimentado, ou quando Pierre está ouvindo jazz melancólico e eu louca para escutar o ritmo animado de "Aaja aaja main hoon pyar tera", de Asha Bhosle.

Como sempre, Lakshmi parece tranquila. Ela está usando um sári verde--claro, bordado à mão com pequeninas flores brancas. Tenho certeza de que ela mesma deve ter tricotado a blusa delicada que está usando por baixo. O longo cabelo preto de minha irmã, com mais fios brancos agora do que cinco anos atrás, está repartido de lado e enrolado em um coque na nuca. Nesta manhã bem cedo, antes de sair de casa, ela deve ter colhido as flores rosa-pálido que enfeitam o coque. Seus olhos estão um pouco vermelhos, provavelmente por ter acordado tão cedo hoje, e há mais linhas nos cantos de sua boca quando sorri, mas ela parece satisfeita. Está com quarenta e nove anos. O dr. Jay a convenceu a ir para Shimla anos atrás porque viu que Lakshmi tinha talento para ervas medicinais, como a *saas* dela também tinha. Além de trabalhar com isso em Shimla, ela se casou com um homem que a incentiva a melhorar. Sinto uma pontada de inveja, desejando que Pierre pudesse ser um pouco mais como o dr. Jay.

Durante a viagem de uma hora para Agra, aperto a mão de Jiji toda vez que vejo algo que me chama a atenção. Um homem muito magro, a cabeça curvada envolta em um lenço amarelo, puxando um riquixá com uma pilha enorme de sacos de estopa de trigo. A conversa animada de meninas sendo transportadas da escola para casa em um riquixá motorizado. Uma MemSahib discutindo o preço de goiabas vendidas em um carrinho na rua. Um menino de roupas andrajosas enfiando frutas no bolso quando ninguém está olhando (este poderia ser Malik quando eu o conheci!). O vendedor de frutas gritando *Badmaash!*** atrás do ladrão. Um comerciante tirando um sári turquesa das fileiras de sáris

---

* *Panipuri:* um petisco salgado.
** *Badmaash:* pessoa ruim, canalha.

com cores de pedras preciosas pendurados em sua loja. Ao longo da rua, cristas-de-galo púrpura florescem esplendidamente apesar da seca, apesar da pobreza, apesar da multidão de pessoas se acotovelando por seu espaço de direito em uma nação superpopulosa.

Esta é minha segunda vez em solo indiano desde que me casei com Pierre, treze anos atrás. A única outra vez foi quando Malik e Nimmi se casaram, em 1969, e Pierre e eu viajamos com as meninas para Shimla. Não pudemos ver muito mais coisas naquela viagem, porque eu havia começado recentemente em meu emprego na House of Yves e Delphine me esperava de volta logo.

Nesta viagem, estou no estado de Uttar Pradesh (UP, como o chamamos), no norte da Índia, ao lado do Rajastão. Lakshmi e eu nascemos em UP, na minúscula aldeia de Ajar, que não tenho nenhuma vontade de rever. Não quero, nem preciso, reviver minhas lembranças amargas como a Menina do Mau Agouro de Ajar.

Minha irmã me garante de novo que as altas cortesãs de Agra com certeza vão melhorar meu conhecimento das matérias-primas de que preciso para a fragrância de Olympia.

— Elas sabem quais aromas acalmam, quais seduzem, quais aguçam o apetite e quais refletem o humor dos clientes — Jiji afirma. — Elas vão pôr você na direção certa para a Olympia. — Essas são as mesmas cortesãs que acolheram Lakshmi quando ela apareceu à sua porta aos dezessete anos, descalça, maltrapilha, com umas poucas rúpias e um punhado de cascas de raiz de algodão amarradas em uma ponta do sári. Se não fosse por elas, ela nunca teria aprendido a arte intricada da henna. Elas vinham de cidades com estilos de *mehndi**
radicalmente diferentes: Bangkok, Cairo, Isfahan, Istambul, Calcutá, Kuala Lumpur. Lakshmi combinou seu talento artístico natural com o que aprendeu com elas para se tornar a pintora de henna mais renomada de Jaipur.

Hoje, Jiji teve o cuidado de alugar um Standard, um carro modesto de fabricação indiana, para não chamarmos muita atenção na rua. Ela também trouxe um *chunni*** de chiffon e um xale para cobrir meu cabelo e minhas roupas. Assim que saiu do carro para me receber no aeroporto, ela enrolou o *chunni* em minha cabeça para me marcar como indiana. Com minha franja francesa, pantalona jeans e blusa justa de poliéster, sem falar nos mesmos olhos verde-

---

* *Mehndi:* henna.

** *Chunni:* lenço transparente e leve usado sobre os ombros ou a cabeça.

-azulados que herdamos de nossa mãe, ela achou que eu poderia ser identificada como NRI — non-resident Indian, uma indiana não residente no país — e ficar mais vulnerável a batedores de carteiras, preços mais altos nas mercadorias e recepção hostil. Ela me conta que a crescente revolta pela escassez de comida, os preços astronômicos do trigo, arroz, açúcar e gasolina e a falta de medicamentos e produtos básicos de higiene levaram a um ressentimento contra aqueles que têm mais, bem como a brigas, esfaqueamentos e roubos.

— Às vezes eles sequestram carros e exigem dinheiro. Machucam os motoristas e passageiros. Precisamos ter cuidado — diz ela.

Aponto um mercado de frutas e verduras quando passamos por ele. Parece ter um estoque bem reduzido, e eu digo isso a ela.

Minha irmã confirma.

— Tivemos anos difíceis. Lembro como todos ficamos entusiasmados quando o governo começou os projetos de irrigação, logo depois da independência. Mas não sabíamos na época que esses projetos serviam apenas para fazendas comerciais, e a Índia é um país de pequenos agricultores. Agora esses agricultores estão protestando por ter sido gasto tanto dinheiro com algo que não os ajuda em nada.

Quando nos aproximamos de Agra, o Forte Vermelho parece escuro, desbotado. Pergunto a ela por que os prédios históricos têm aquela aparência de abandono.

— Está muito seco, Radha — responde Lakshmi. — Há dois anos as monções não trazem água suficiente para produzir eletricidade. Os agricultores não conseguem cultivar nada. Não há água suficiente nem para transformar polpa em papel. Em Shimla, nós temos sorte. Nossa água vem das neves do Himalaia, não das monções. — Ela balança a cabeça. — Mas aqui... os pobres sofrem mais, e a classe média também está sentindo o baque.

Ela respira fundo e transfere a atenção para mim com um largo sorriso.

— Mas nós estamos aqui para ajudar você a se tornar uma perfumista de sucesso. Seu primeiro grande trabalho! — Ela afasta gentilmente a franja dos meus olhos. — Quando olho para você, sempre fico admirada de ser aquela mesma menina que conheci tantos anos atrás. Você está tão... sofisticada.

— Tão francesa? — eu rio.

— Tão... talentosa. — Ela sorri. Escuto o orgulho em sua voz, e isso me umedece os olhos. As coisas nem sempre foram fáceis entre nós; levei muito tempo para entender que, mesmo quando discordávamos, minha irmã sempre tinha o meu bem em vista. Ela sempre tentou despertar o que havia de melhor em mim.

Dezenove anos atrás, eu era a menina que o ex-marido de Jiji, Hari, trouxe junto com ele de Ajar, depois que Maa morreu. Na ocasião, Lakshmi nem sabia que Maa e Pitaji não estavam mais vivos. Como poderia saber? Aos dezessete anos, fugiu de sua casa e do marido para começar uma vida de que eles não tinham conhecimento. Foi o mesmo ano em que eu nasci. Ela nunca soube que eu existia. Quando Hari e eu a encontramos anos mais tarde em Jaipur, ela era tão diferente do que eu tinha imaginado. As fofoqueiras da aldeia cochichavam que Lakshmi ganhava a vida nas ruas ou que havia sucumbido ao *sharab*. Mas a Lakshmi que eu encontrei era experiente, autoconfiante, senhora de si — e discreta —, uma mulher que usava sáris caros, mas nunca sobressaía a suas clientes. Ela ganhava muito bem trabalhando como pintora de henna para as classes mais altas. Divorciou-se de Hari, mas me acolheu sem dizer nada. Garantiu que eu me vestisse e me arrumasse adequadamente e conseguiu me matricular na Escola para Meninas da Marani, uma instituição voltada para jovens privilegiadas. Um dia acompanhei Jiji à casa de sua cliente mais rica, Parvati Singh; minha função era ajudar Lakshmi em uma festa de henna para meninas que Parvati considerava candidatas adequadas a se casar com seu filho Ravi. Foi lá que vi Ravi pela primeira vez. Ele flertou comigo. Eu me apaixonei.

Depois que a mãe dele descobriu sobre minha gravidez e mandou Ravi para a Inglaterra, ela largou Lakshmi como um *jalebi** quente e se empenhou em arruinar a carreira de Jiji. Queria nos expulsar para o mais longe possível a fim de evitar um escândalo, que ela achava que poderia marcar sua família e seu filho para sempre. Foi por isso que Jiji e eu deixamos Jaipur para recomeçar a vida em Shimla.

Minha irmã aperta minha mão, me trazendo de volta ao presente.

— Conte mais sobre sua Olympia.

Explico minha tarefa outra vez. Tiro da bolsa um cartão-postal que comprei no Jeu de Paume: a *Olympia* de Manet.

— Você percebe como ela olha para nós com autoconfiança, mas também com tristeza, uma sensação de perda? É isso que eu quero captar. Completei as notas de fundo da fórmula e estou perto de criar o aroma. Mas ainda está

---

* *Jalebi:* doce frito cor de laranja com uma cobertura espessa de açúcar com água.

faltando alguma coisa... essencial. Eu quase posso sentir o cheiro, Jiji, mas não consigo identificar. Quando passar por ele aqui em UP, eu vou saber.

— Com certeza. Hazi e Nasreen vão ajudar muito. Ainda me lembro de quanto sândalo e óleo de vetiver elas compravam para perfumar os cômodos da *kotha*. E, claro, elas não economizavam em aromas florais. Nós não vemos tanto frangipani ou lavanda ou rosa-damascena no Himalaia, mas Hazi e Nasreen têm aqui em Agra. — Ela se vira no banco e fica de frente para mim. — A propósito, você me disse que sua sogra ficou com as meninas. O que Pierre achou de você viajar por alguns dias? Ele está entusiasmado com seu novo projeto?

Olho pela janela para evitar o comentário dela.

— Ele está se acostumando com a ideia. — Depois me viro para ela de novo e sorrio. — Quais são as frutas desta estação? Senti falta das lichias e nêsperas, que são difíceis de encontrar na França.

Ela sabe quando estou sendo evasiva. E eu sei que ainda vamos voltar ao assunto de meu casamento antes que esta viagem termine.

Nunca estive na casa de uma cortesã, embora Lakshmi tenha me contado muito sobre elas ao longo dos anos. Minha irmã elogia muito as duas mulheres notáveis, Hazi e Nasreen, as cortesãs que lhe deram comida e abrigo quando ela chegou a Agra.

— Eu não tinha nenhuma intenção de vender meu corpo, apenas meu conhecimento — Jiji me contou.

A sogra de Lakshmi — sua *saas* — era a especialista em tratamentos com plantas que as mulheres das aldeias da região procuravam para curar as dores de ouvido e indisposições estomacais dos filhos e de suas próprias contusões e queimaduras. Muitas vinham implorar: como podiam trazer ao mundo mais um filho que não teriam condições de alimentar? A essas mulheres a sogra de Lakshmi dava um pacotinho com casca de raiz de algodão moída. Elas deviam fazer um chá com o ingrediente e beber a poção amarga para expelir a semente indesejada do marido.

Na noite em que descobri que minha irmã mais velha fazia um comércio clandestino de chá de casca de raiz de algodão com as mulheres de Jaipur, fiquei chocada e decepcionada com ela. Justo ela, que ficava o tempo todo corrigindo meus modos de menina de aldeia, criticando meu jeito rústico de me vestir, conversar e interagir com os outros! Quando a confrontei, ela confessou: foi com os chás contraceptivos que se sustentou em seus primeiros anos em Agra depois de fugir do casamento abusivo. Seus sachês mantinham as cortesãs livres de filhos.

— As mulheres das casas de prazer só estavam fazendo o que precisavam para sobreviver, assim como eu — ela explicou.

Ela se aproximou daquelas mulheres que vinham de terras distantes como Marrocos, Afeganistão, Tailândia. Sentia-se segura com elas.

— Se elas não tivessem me acolhido, sabe lá onde eu podia ter acabado. Devo a Hazi e Nasreen mais do que a bondade que elas tiveram comigo, Radha — Lakshmi me disse uma vez. — Eu devo a minha vida a elas.

Chegamos a Agra no começo da noite. Paramos na frente de uma casa de três andares em uma movimentada rua comercial. Há uma loja de conserto de bicicletas no térreo. Um menino de sete ou oito anos apoia o braço no banco de uma bicicleta que parece grande demais para ele. Está observando um homem com cabelo tingido de henna que, agachado, conserta um pneu murcho. O menino está descalço; o homem usa *chappals** vermelhos de borracha. Um vira-lata caramelo cochila em um canto da loja. Um homem mais velho com turbante vermelho, sentado atrás de um balcão com tampo de pedra-sabão no fundo do estabelecimento, se abana enquanto lê um livro à luz de uma única lâmpada pendurada. Na frente do balcão há dez bicicletas em diversos estados de avaria.

Ao lado da casa alta, há uma loja de especiarias. Pimenta-chili em pó vermelha, pimenta-do-reino moída preta, pó de cúrcuma cor de laranja e sal rosa estão expostos na forma de grandes cones com um topo prateado para mantê-los em pé. Donas de casa barganham com o vendedor, que parece irritado.

Uma mulher corpulenta em um sári azul-céu, com o *pallu*** preso atrás das orelhas, diz:

— Eu paguei oito rúpias por isto ontem e agora você está pedindo quinze?

O vendedor cospe o sumo vermelho de seu *paan* no chão antes de responder:

— A senhora acha que nós podemos dar de graça? Encontre alguém que esteja cobrando menos e eu lhe entrego toda a loja, MemSahib.

— *Bakwas!**** — a mulher resmunga, agitando a mão como se estivesse espantando uma mosca importuna, e vai embora com a sacola de compras vazia.

---

* *Chappals:* chinelos.
** *Pallu:* a ponta decorada de um sári, geralmente usada sobre o ombro.
*** *Bakwas!:* Não tem cabimento!

Quando saímos do Standard, examino a casa com sua pintura descascando e as lojas modestas no térreo. Espero que minha decepção não transpareça. Jiji sempre me contou da riqueza que essas cortesãs haviam acumulado: casas, artigos de luxo, pomares, joalherias, sáris caros, xales de caxemira, pentes de marfim, copos de jade, sapatos com brocados. Algumas cortesãs supostamente eram tão ricas que ajudavam a financiar as empresas de seus clientes.

Meus olhos viajam para o segundo andar, que parece mais promissor, com seus arcos em estilo mogol e treliça de pedra. Uma sombra se move por trás do padrão trançado. Fico envergonhada de ser pega olhando e desvio o rosto.

O menino e o homem que está trabalhando na bicicleta voltam-se para nós. O homem atrás do balcão larga seu leque de *khus* e vem em nossa direção. Ele estende o braço para indicar que devemos segui-lo pela escada lateral para dentro do prédio. Não consigo parar de olhar para o seu bigode, que deve ser o mais elaborado que já vi. Alonga-se do lábio superior para as faces, se alarga e sobe para as dobras do turbante. Ele assobia e o menino corre para pegar nossas malas. Elas têm quase a metade da altura do garoto, mas ele dá um jeito. Jiji e eu nos entreolhamos. Sorrimos. Sabemos que estamos ambas pensando em Malik aos oito anos, a idade que ele tinha quando o conheci. Ele carregava os *tiffins** pesados e as sacolas de vinil de Jiji de uma cliente de henna para outra por toda Jaipur. Era o menino Malik que punha um doce de tamarindo na minha mão ou me trazia um *besan laddu*** sempre que Lakshmi estava ocupada demais com o trabalho para pensar em comida.

No andar de cima, viramos em um corredor escuro que se abre em um átrio se estendendo por três andares. Olhando para o pátio interno no térreo, vejo a parede traseira do que deve ser a bicicletaria. Ela termina abruptamente onde o pátio começa. Uma mulher de cabelo grisalho varre em volta das elegantes colunas do pátio; outra está regando plantas tulsi em grandes jardineiras de pedra. A colunata é em estilo islâmico; as grades do balcão são bem mais elaboradas do que o exterior do prédio poderia sugerir. Tiramos os sapatos no local onde vemos uma fileira de *padukas**** com lantejoulas, *chappals* de couro, sapatos fechados e chinelinhos de seda (como os de Olympia!).

---

* *Tiffin:* porta-mantimentos de inox com vários recipientes encaixados um sobre o outro.
** *Besan laddu:* doce de farinha de grão-de-bico.
*** *Paduka:* calçado constituído apenas por uma sola e um botão entre o dedão e o segundo dedo.

No lado oposto do átrio há um amplo salão com piso de mármore belamente decorado. Em um dos lados do salão, uma mulher corpulenta de sári vermelho e colares de pérolas e ouro está sentada sobre um espesso tapete persa, fumando um narguilé e jogando cartas com outra mulher que se encontra de costas para nós. Nosso guia indica com um gesto que devemos continuar contornando o balcão até o salão. Ele une as mãos em um *namastê* e nós respondemos o cumprimento. Depois murmura alguma coisa para o menino, que deixa as malas encostadas na parede. O homem e o menino dão meia-volta e descem a escada. Nenhuma palavra foi trocada entre nós.

O aroma de sândalo enche o átrio e penetra minhas narinas. O cheiro é tão intenso que meu corpo vibra com a mais extraordinária sensação. Episódios que eu havia esquecido há muito tempo voltam de repente. Um *puja** para a deusa Lakshmi em Diwali; Malik acendendo cones de incenso de sândalo no alojamento alugado de Jiji em Jaipur. Outra imagem toma seu lugar: a cerimônia de inauguração da casa que Lakshmi trabalhou tanto para construir — quando o *pundit*** foi colocando um ingrediente atrás de outro na vasilha fumegante de *ghee*. Eu tive receio de que as chamas pudessem incendiar seu *dhoti**** branco. E mais um episódio que eu preferia não lembrar se enfia no meio: acompanhar Kanta, a amiga mais próxima de Jiji, que estava grávida e cuidou de mim quando *eu* também estava grávida, até o templo e acender incenso enquanto ela orava para que seu bebê fosse saudável. As orações não ajudaram; seu bebê nasceu morto, e ela acabou adotando o meu Niki.

Minhas mãos estão úmidas. Eu as esfrego na calça. Essas são lembranças que eu preferiria manter enterradas. Trabalhei muito para separar minha vida em duas partes distintas: *antes* de ter Niki e *depois* da adoção de Niki por Kanta e Manu. Se eu pensar no tempo antes, lembro da traição de Ravi e de minha ingenuidade. Como pude ter sido tão tola de acreditar que um garoto de classe alta como ele iria se casar com uma pobre Menina do Mau Agouro como eu? E que boba eu fui de pensar que poderia criar nosso bebê sozinha — sem instrução, sem um emprego, sem pais para me ajudar. Estar nesta parte da Índia, tão perto de onde tudo aconteceu... é como se as lembranças que eu mantive confi-

---

* *Puja:* culto divino.
** *Pundit:* sacerdote.
*** *Dhoti:* tecido retangular, sem costuras, geralmente branco, com quatro a seis metros de comprimento, enrolado em volta da cintura e das pernas, usado por homens.

nadas por tanto tempo estivessem exigindo ser libertadas de sua prisão. Sinto o rosto esquentar. Fecho os olhos com força. *Eu não quero pensar nisso tudo!*

— Radha?

Estive tão absorta em meus pensamentos que nem notei que estou sendo apresentada à principal cortesã da *kotha*, a casa de prazer. Quando abro os olhos, vejo uma mulher com um *pallu* requintado cobrindo a cabeça. É a mesma mulher que vi jogando cartas quando entramos. Ela tem um nariz longo com um grande piercing de diamante, faces cheias e olhos afastados com contorno espesso de *kohl*. Trinta anos atrás, deve ter sido linda. Jiji a apresenta como Hazi e se inclina para tocar os pés dela. Eu me surpreendo de ver minha irmã executar esse ato de respeito para uma cortesã, mas decido imitá-la, porque acho que Lakshmi espera isso de mim.

Hazi me olha com preocupação.

— *Beti*,* seu rosto está vermelho. Está se sentindo bem? Quer um pouco de água? — Sem esperar resposta, ela instrui uma mulher do outro lado da sala, em um urdu rápido, a nos trazer bebidas.

Em seguida, sou apresentada a sua irmã, Nasreen, a parceira de Hazi no jogo de cartas. As rugas em torno de seus olhos e as covinhas nas faces me dizem que Nasreen sorri muito e facilmente. Ela é ligeiramente menor em estatura que a irmã e se veste com a mesma elegância. A beleza que deve ter tido no passado é evidente no nariz pequeno ligeiramente arrebitado e nos grandes olhos redondos. Ela dispensa nosso *pranama*.**

— Bem-vindas, bem-vindas! Estamos tão felizes que nossa Lakshmi tenha vindo nos visitar. E que linda irmã ela trouxe, *haih-nah*,*** Hazi? Veja só esses olhos verdes!

Hazi balança a cabeça e as duas mulheres se entreolham. Hazi faz um gesto para nos sentarmos no tapete. Ela se recosta em uma almofada de seda e fuma o narguilé.

— Quanto tempo faz que minha irmã e eu não vemos você, *beti*? — Ela olha para Lakshmi. — Desde que você partiu para Jaipur, *nah*?

Nasreen sorri.

---

* *Beti:* filha (palavra afetuosa).
** *Pranama:* o ato de se curvar em reverência diante dos mais velhos e de tocar seus pés.
*** *Haih-nah:* Não é mesmo?

— Acho que vinte e sete anos! E posso dizer que você está maravilhosa, Lakshmi? — Sua mão roliça segura a de Jiji. É então que reparo nas pulseiras de ouro puro que enfeitam seus braços dos pulsos até os cotovelos.

Jiji ri.

— É porque está olhando para o espelho, *Ji*, não para mim.

As velhas cortesãs inclinam a cabeça, agradecendo o elogio.

Minha irmã não tem nenhum problema com a idade. Ela ainda é magra; anda a cavalo e trabalha na Horta Medicinal Lady Reading com Malik e Nimmi e com o marido na Clínica Comunitária. Mas linhas finas cruzam sua testa e há sulcos fundos entre as sobrancelhas. Bolsas se formaram sob seus olhos. Ela nunca dormiu bem; sei que acorda várias vezes durante a noite para escrever uma carta, ler um livro ou falar com Madho Singh, o periquito que escuta todas as conversas e as repete, para prazer ou constrangimento da família de Jiji.

Vim para falar sobre aromas, mas Jiji me preparou para esperar pelo menos meia hora de amabilidades antes de entrar no assunto. *O ramo da paciência dá frutas doces*, ela me lembrou. Na Índia, deve-se deixar a pessoa a quem se vai fazer um pedido introduzir o tema. É a mesma coisa em Paris, onde café, chá e conversa informal são oferecidos primeiro, mas o tempo até começar a discutir o que interessa é menor. Paciência nunca foi o meu forte, e as lembranças tristes de meu passado não estão me ajudando a manter a calma.

Sou distraída pelo tilintar de sininhos de tornozelo. Vejo uma jovem (que imagino que também seja uma cortesã) surgir de uma porta atrás de nós, carregando uma bandeja de metal com copos de cristal lapidado contendo uma bebida espessa cor-de-rosa. Ela inclina a cintura elegantemente para oferecer um copo a cada uma de nós. *Falooda!* Não tomo esta delícia doce desde meus dias em Auckland quando Mathilde e eu escapávamos até o vendedor de *falooda* em Shimla. Um copo gelado de leite salpicado com xarope de rosas, nozes picadas e macarrão cabelo de anjo era a recompensa perfeita depois de uma semana de testes de ortografia, provas de matemática, aulas de etiqueta e correções frequentes das professoras. Mathilde e eu bebíamos devagar, saboreando cada bocadinho. Quando tomo o primeiro gole, estou de volta a Shimla com uma jovem Mathilde, de costas para as montanhas do Himalaia, o vale perfumado de pinheiros estendendo-se abaixo de nós, enquanto nos maravilhamos com a imagem de Sophia Loren na capa da revista *Life* e especulamos se a pinta em seu rosto é verdadeira.

— Fico feliz por vê-las tão bem — diz Jiji.

Hazi faz uma careta.

— Já foi melhor, Lakshmi. Nada de marajás. Poucos nababos vêm agora. Até mesmo os ocidentais, que ficavam tão encantados com nossas meninas talentosas, estão mantendo distância. *Katham.** — Ela une os dedos da mão direita e os abre como se estivesse espirrando água em nós. — Por causa dos saques e da incerteza no ar, os *baniyas*** ricos não estão vindo. Temos uma clientela de qualidade mais baixa do que estávamos acostumadas trinta anos atrás. — Ela dá umas baforadas rápidas no narguilé. Uma nuvem de fumaça com perfume de melado e rosas enche o ar.

Nasreen confirma.

— Ainda bem que nossos guardas estão conosco há muito tempo. Nestes dias não se pode confiar que os criados não vão se voltar contra nós.

De repente me ocorre que os homens que trabalham na bicicletaria e o vendedor de especiarias no andar térreo são seus guarda-costas. Agora percebo por que o vendedor de especiarias não se preocupou em perder uma cliente!

Hazi levanta os olhos e fala com alguém atrás de nós.

— Sim, *beta?****

Eu me viro e vejo um jovem magro de óculos de pé a alguma distância. Seus modos são de deferência, como se ele não quisesse nos interromper.

Nasreen dá um largo sorriso de orgulho ao apresentá-lo a nós.

— Meu filho, Ahmed.

Ahmed se aproxima e faz *salaams*† para nós com a mão livre. Na outra mão, traz uma grande pasta preta. Ele a entrega para Hazi, abre em uma determinada página e aponta para alguma coisa.

Ela balança a cabeça.

— *Theek hai.* Mas faça ele pagar adiantado.

Ahmed sorri para nós e se retira.

Hazi vira-se para Lakshmi.

— Todos esses anos, você nos manteve abastecidas com seus sachês, mas de vez em quando — ela aponta para Nasreen — uma garota se apaixona e quer ter o filho dele.

Nasreen ri.

---

* *Katham:* Aquele tempo ficou para trás.
** *Baniyas:* casta hindu de negociantes e agiotas.
*** *Beta:* filho (palavra afetuosa).
† *Salaam:* cumprimento árabe.

— *Zuroor!** O meu nababo era tão bonito. Ele foi o meu único durante...
— Ela olha para Hazi buscando confirmação.

— Você ficou com ele nove anos — a velha begum** responde.

— Nove bons anos! — Nasreen e Hazi riem com gosto. — Eu tive Ahmed primeiro. Depois Sophia. — Nasreen aponta para a mulher que nos serviu o *falooda* e agora voltou para recolher os copos vazios. — Ela vai para a universidade. Será médica. *Nossa* médica.

Então a jovem *não* é uma cortesã. Agora vejo a semelhança entre Nasreen e Sophia quando a moça sorri timidamente, expondo as covinhas. Ela está usando um belo sári de chiffon amarelo com bordados verdes.

Hazi coça o pescoço.

— Ah, se Ahmed tivesse nascido menina. — Ela explica que o nascimento de uma menina em uma *kotha* é comemorado com festa, e o de um menino não. O que ele pode oferecer, afinal? Filhas herdarão a riqueza da mãe, recebem instrução e educação com professores particulares e podem escolher se querem seguir a profissão da mãe ou não. Filhos da *kotha* têm poucas opções e nenhuma herança. Com a economia em depressão, Ahmed não tem perspectivas de emprego fora daqui, então é empregado pela casa para cuidar dos livros contábeis.

Sophia pede educadamente que nos sentemos ao lado de Hazi, de frente para o outro lado do salão, enquanto comemos. Outra mulher traz para cada uma de nós um *thali**** com *rotis*, *rajma masala*,† frango *tandoori*†† com chutney de manga e *toor dal*††† salpicado generosamente com coentro fresco. Os aromas de cebola, alho, gengibre e *ajwain*‡ são tentadores, e percebo que estou faminta.

Nasreen bate palmas três vezes. Cinco mulheres vestidas em *lehengas*‡‡ bordadas entram em fila na sala e ocupam suas posições. Cada uma delas usa uma saia de cor vibrante ricamente decorada, com blusa combinando. Têm um

---

* *Zuroor!:* É verdade!
** *Begum:* mulher muçulmana abastada.
*** *Thali:* travessa de latão ou aço contendo muitos pratos diferentes.
† *Rajma masala:* curry popular feito com feijões-vermelhos.
†† *Tandoori:* alimento assado após marinar em iogurte e especiarias.
††† *Toor dal:* uma variedade de lentilha amarela.
‡ *Ajwain:* semente utilizada na culinária indiana, semelhante ao cominho.
‡‡ *Lehenga:* saia longa decorada com miçangas.

dupatta* de chiffon com borda dourada enrolado com modéstia na frente do corpo e enfiado na *lehenga*. Pulseiras de todas as cores adornam seus braços. Gargantilhas cravejadas de joias enfeitam o pescoço. Os dedos e mãos são cobertos de *haath phools*** reluzentes, e elas trazem uma *tikka**** dourada presa de um lado do cabelo.

Ouço os acordes de abertura de um harmônio. Fico surpresa ao ver Sophia sentada atrás do instrumento, acionando o fole. O homem que se senta ao lado dela com uma *tabla*† é nada mais nada menos que o vendedor de especiarias que vimos na rua. A voz de Nasreen acompanha a música com uma *raga*,†† incitando o harmônio a subir para notas mais altas. Estou fascinada pela melodia clara e fluida. Não escuto música indiana clássica como essa desde aquela festa de fim de ano na casa dos Singh muito tempo atrás em Jaipur, quando conheci Ravi. Olho para Lakshmi para ver se ela compartilha minha lembrança da festa dos Singh, mas ela parece totalmente absorvida pela apresentação. Parou de comer para bater a mão na coxa, acompanhando o ritmo de Nasreen.

Ah, como eu queria que Shanti e Asha estivessem aqui, assistindo, ouvindo, dançando! Sei que a avó de Pierre teria adorado trazê-las à *kotha* e conhecer as cortesãs, mas não acho que Pierre ou Florence aprovariam.

O harmônio acelera enquanto os dedos e o dorso da mão do vendedor batem na *tabla*. Nasreen começa a falar os passos para as dançarinas, que atendem de imediato. Cada vez que elas executam um giro ou um salto, suas meias vermelho-alaranjadas aparecem por baixo das *lehengas* rodopiantes. Estou maravilhada com a rapidez dos passos. Como essa dança é diferente da valsa ou do foxtrote que me ensinaram na Auckland House School (e na Escola para Meninas da Marani antes disso) quando a Índia ainda estava tentando se desvencilhar do estrangulamento colonial! Escolas como a Auckland foram construídas para meninas e meninos britânicos cujas famílias faziam parte do Raj. Quando a independência se tornou inevitável, os britânicos começaram a partir em massa e foram substituídos por estudantes da Tailândia, Etiópia, Turquia, Austrália,

---

* *Dupatta:* grande xale transparente usado pelas mulheres sobre a cabeça e em volta dos ombros.

** *Haath phools:* joias usadas na mão, ornamentando os dedos e o pulso.

*** *Tikka:* joia usada na testa.

† *Tabla:* instrumento de percussão, tocado com os dedos e a palma das mãos.

†† *Raga:* um padrão musical utilizado para improvisar, parte de uma canção mais longa.

Nova Zelândia, França — e, claro, Índia. Foi assim que Mathilde veio estudar na Auckland. Sua mãe a trouxe de Paris e a enfiou na escola antes de seguir para um ashram dirigido pelo maharishi Mahesh Yogi. Às vezes, em um impulso, Agnes chamava Mathilde (e Mathilde me convidava) para ir encontrá-la onde quer que acontecesse de estar: um ashram dos abraços em Kerala ou um ioga do despertar em Goa ou um retiro do riso em Dehradun. Como Mathilde comentou comigo alguns dias atrás, nós duas não tínhamos mãe. Juntas, nos sentíamos menos isoladas.

Quando as cortesãs terminam sua rotina de *kathak*,* estão ofegantes. Nós vibramos e aplaudimos. Hazi brinca que Lakshmi se deu muito bem com a pintura de henna, mas não tão bem com a dança. Os olhos de Nasreen brilham enquanto ela me conta:

— Por mais que se esforçasse, Lakshmi punha muito espírito em sua dança, mas os passos sempre ficavam a dever. — Ela segura o queixo de minha irmã e beija sua face. Jiji enrubesce, acanhada, mas sei que está feliz com a recepção grandiosa que lhe foi dada.

Eu vi minha irmã dançar. Na noite em que fui lhe contar que havia decidido deixar meu bebê com Kanta e ir com ela para Shimla, Jiji estava dançando no piso de sua casa, a mesma onde realizamos a cerimônia antes da mudança. Lakshmi tinha desenhado o padrão do piso de mosaico com tanto capricho quanto desenhava os padrões de henna no corpo de suas clientes. Naquela noite, ela colocou *diyas*** ao longo das paredes. Eu a surpreendi em um ato particular; ela estava dizendo adeus para sua vida em Jaipur, comemorando suas conquistas, para poder passar à próxima fase da vida. Eu nunca disse a ela, mas, naquele momento, para mim ela parecia a Deusa Lakshmi.

Uma a uma, as dançarinas vêm até Jiji e tocam seus pés antes de sair. Até mesmo Sophia faz um *pranama* para minha irmã. Jiji pode ter passado apenas três anos de sua vida aqui depois de abandonar o casamento, mas continuou sendo lembrada. Eu não sabia que ela estava enviando seus sachês contraceptivos para a *kotha* todos esses anos. Mas faz sentido. Mulheres que ganham a vida com o corpo precisam deles. Eu com certeza precisava aos treze anos, quando Jiji tentou me dar um, mas resisti; acreditava tolamente que Ravi ia se casar comigo. E veja o que aconteceu: acabei tendo um bebê que não tinha como criar.

---

* *Kathak:* dança clássica do norte da Índia.
** *Diya:* lamparina a óleo feita de argila.

Minha cabeça começa a latejar. Lembranças como essa são a razão de eu não voltar para a Índia com mais frequência. A comida que mal digeri ameaça voltar. Meu estômago revira ruidosamente. Sinto a garganta seca. Pego meu copo de água, mas ele está vazio. Para tirar a mente da náusea, pergunto a Hazi:

— Tia, quantas garotas trabalham para a senhora?

O sorriso nos lábios dela desaparece. Nasreen parece ter levado um tapa na cara.

Imediatamente, sei que cometi um *faux pas*.*

A velha begum lança um olhar sério para minha irmã, como se dissesse: *Você não ensinou boas maneiras a ela?*

Eu me apresso a pedir desculpas por minha indelicadeza. Não me atrevo a olhar para Jiji, que sempre me avisou para pensar antes de falar. Meu impulso natural é ser direta, franca. Quando eu era mais nova, ela tentou me fazer entender que pedir alguma coisa diretamente não era tão eficaz quanto ser diplomático. Mas sempre foi difícil para mim esconder minha raiva, ou tristeza, ou revolta. Estou melhor nisso. Depois de treze anos como esposa e mãe, me tornei mais adaptável, melhor em disfarçar meus verdadeiros sentimentos. Deixo Pierre pensar que concordo com ele na maioria das coisas. É mais fácil assim. Faço o mesmo com Florence. Sufoco os comentários críticos, engulo a irritação, porque tenho medo do que poderia dizer se desse voz a meus sentimentos reais.

Hazi move a cabeça ligeiramente para mim como um gesto de perdão.

— Doze moças *moram* aqui. De todas as idades. Três ficaram viúvas antes de completar quinze anos. Duas tinham marido que batia nelas. Quatro são filhas de moças que moravam aqui antes. Uma mulher sempre quis cantar e dançar, mas sua família brâmane ortodoxa não permitia. E duas trocaram empregos que não pagavam nada por um trabalho aqui, onde podem ganhar mais dinheiro do que nunca sonharam. — Ela sorri outra vez para Lakshmi. — Lembra quando tínhamos trinta garotas na casa? Marajás implorando para serem recebidos. Era um prazer oferecer o tipo de entretenimento que eles não podiam obter em outros lugares. — Ela faz uma pausa, os olhos cintilando com as lembranças felizes.

Para mim, ela diz com seriedade:

— Nossas meninas tocam música, recitam poesia, dançam estilos clássicos e poupam dinheiro. Quando tiverem o suficiente para uma casa ou simplesmente acharem que é hora de ir embora, elas vão.

---

* *Faux pas* (francês): gafe.

Contrita, baixo os olhos em um pedido de desculpas. Estou surpresa por Jiji não ter intervindo. Com suas clientes em Jaipur, sempre que eu dizia algo inconveniente como agora, ela se apressava em aliviar o constrangimento. Talvez ela não sinta a necessidade de me corrigir agora que sou mais velha. Ou talvez tenha sido o casamento com o dr. Jay que a suavizou. Ela dá menos atenção às pequenas irritações.

Lakshmi toca meu braço de leve para me tranquilizar de que meu comentário não causou nenhum dano. Lentamente, meu estômago se acalma.

— Nossa Radha — diz ela — tem se saído muito bem. Ela está trabalhando agora para um importante laboratório de perfumes. Então eu lhe disse: quem poderia ser melhor do que minhas amigas Hazi e Nasreen para orientar você em sua nova tarefa? Não foi?

Minha irmã está me dando uma chance de me redimir de minha gafe. Eu concordo com a cabeça.

— *Hahn*. Jiji disse que não existem conselheiras melhores quando se trata de fragrâncias, Hazi-*ji*.

Hazi amolece um pouco.

— Temos usado aromas com grandes resultados há centenas de anos. — Ela olha para Nasreen. — Lembra aquele senhor que veio nos aconselhar sobre qual *attar** era benéfico para cada tipo de corpo?

Nasreen ri.

— *Hahn*. Ele me disse para sempre usar *shamama*** *attar*, e eu tenho usado há mais de quarenta anos. Ele afirmou que todas aquelas ervas, madeiras, especiarias e flores misturadas em um só aroma me trariam sorte.

— E trouxeram? — pergunto, curiosa.

Como resposta, Nasreen levanta os braços cobertos de ouro e estala os dos. Ela solta uma risada adorável.

— Mas por que vocês precisavam de um conselheiro de *attar* quando já têm um conhecimento tão extenso? — pergunta Lakshmi.

Hazi se inclina para a frente, expondo a dobra generosa entre os seios.

— *Beti*, nós *sabemos* como seduzir. O velho senhor só deu um empurrãozinho a mais. — Ela e Nasreen caem em uma gargalhada.

As covinhas de Nasreen se ressaltam em seu bom humor.

---

* *Attar:* perfume.

** *Shamama:* combinação de flores, ervas e resinas destilada e envelhecida por meses.

— Assim que você nos avisou que viria, Lakshmi, entrei em contato com nosso fornecedor de fragrâncias favorito — diz ela. — Ele chega amanhã para exibir a vocês suas melhores amostras.

Hazi está acendendo o narguilé outra vez. Ela suga no tubo algumas vezes.

— Ele vem para ver Nasreen, mais do que qualquer coisa. — Ela pisca para Nasreen e as duas riem. Lakshmi sorri afetuosamente para suas velhas amigas. Acho que entendo o que acabou de ser dito, mas não quero cometer outro *faux pas*, então fico quieta.

Nosso quarto fica no andar superior. Jiji diz que é o mesmo andar em que ela ficava quando morou aqui. Os filhos das cortesãs moram neste andar: os meninos em um quarto, as meninas em outro bem maior. Eles têm professores particulares de leitura, matemática, música e etiqueta. Jogam badminton, *kabaddi** e pulam corda no alto da casa. Este andar é o mais distante do salão de entretenimento no primeiro andar, mas ainda consigo ouvir a melodia distante de uma cítara e seu acompanhante lamentoso, o harmônio, flutuando átrio acima. Imagino se Sophia toca para a audiência tarde da noite. Talvez não. Ela provavelmente precisa estudar para seu curso de medicina.

Minha irmã e eu estamos dividindo uma cama, o mesmo tipo de cama estreita em que dormíamos juntas no alojamento dela em Jaipur. Em Paris, durmo em um colchão de espuma macio. Quando me viro de lado na direção de Lakshmi, o osso do meu quadril colide com a juta dura. Amanhã cedo vamos tomar um banho no terraço no alto da casa, para onde alguém levará a água quente. Esta noite vamos dormir com nossas roupas de viagem.

Lakshmi está deitada de costas com o braço sob a cabeça.

— Houve um tempo em que essas senhoras teriam servido cinco tipos de doces e dez tipos de salgados.

— Eu achei que tinha bastante comida.

Minha irmã se vira de lado, de frente para mim. Seus olhos estão cheios de tristeza.

— Não é essa a questão. — O rosto dela me lembra o de Maa: os mesmos olhos, o mesmo cabelo longo preso em um coque, o queixo pontudo. Sei que meus olhos também a fazem lembrar de Maa. Mas nós não falamos de nossa

---

* *Kabaddi:* esporte de equipe no qual os jogadores tentam marcar os atletas do time adversário e evitar que eles façam o mesmo.

mãe. Jiji continua: — O modo de vida da *kotha* é tão diferente agora. As mulheres passavam anos aperfeiçoando suas danças clássicas, decorando poesia. Treinando as cordas vocais. Famílias nobres mandavam seus filhos às *kothas* para praticar etiqueta social. E agora... poucos valorizam o que Hazi e Nasreen sabem. E esses têm medo de ser vistos aqui.

— Por quê?

— Demorou um tempo, mas os britânicos acabaram descobrindo que *kothas* ricas estavam financiando a luta pela independência da Índia. Depois disso, os *Angreji** começaram a se referir às cortesãs como prostitutas comuns. Que melhor maneira de arruinar a reputação delas? Quando os britânicos foram embora, nobres que contribuíam para os cofres das *kothas* perderam seus títulos ou sua riqueza e não podiam mais sustentar as cortesãs.

Ficamos em silêncio com nossos pensamentos por um tempo.

Com um toque muito leve, ela roça meu braço.

— Radha?

— Hum?

— Por que você não me conta o que está acontecendo em casa?

Fecho os olhos e me viro para o lado direito, de costas para ela. Se eu começar a falar, tenho medo de nunca mais parar. O dia todo, pensamentos conflitantes estiveram rodopiando em minha mente. *Eu quero mais para mim. Sou uma esposa ruim por querer mais. Eu amo Pierre e quero que sejamos felizes. Eu me ressinto de Pierre por não me compreender, ou nem tentar me compreender. Amo ficar com minhas filhas. Sinto-me em um conflito interior quando tenho que ficar com elas, e isso interfere em meu trabalho no projeto Olympia. Eu gosto quando estamos todos juntos como uma família. Às vezes gostaria de morar sozinha e não ter que cuidar de ninguém.*

Lakshmi espera pacientemente que eu comece.

— Lembra quando eu tinha treze anos e você me avisou que a maternidade não era tão fácil quanto eu estava imaginando? Você tinha razão... naquele momento. Mas agora eu estou mais velha e na verdade é tranquilo. Não perfeito, mas tranquilo. As meninas já fazem muitas coisas sozinhas. O problema é que eu quero mais. Quero mais do que só ser mãe. Agora que estou na Índia, você podia achar que dá para eu me esquecer das minhas filhas, como se eu pudesse desligar um botão, mas não é assim. Nós passamos por uma menina na rua com fitas vermelhas enroladas nas tranças e eu pensei se o cabelo de Shanti já tem

---

* *Angreji:* pessoas inglesas.

comprimento suficiente para fazermos isso. Quando vimos o menino olhando o conserto daquela bicicleta, pensei se já estaria na hora de comprar para Asha a bicicleta que ela vive nos pedindo ou se ela ainda é muito pequena. E eu me preocupo se Florence está dando as comidas de que *elas* gostam ou só as comidas de que *ela* gosta.

Viro o pescoço para olhar para minha irmã.

— Eu amo minhas filhas. *E* amo meu trabalho. É como se Pierre estivesse me pedindo para escolher uma coisa ou outra.

Jiji põe o braço em volta da minha barriga e me abraça por trás.

Viro a cabeça para a frente outra vez e suspiro.

— Eu não quero admitir isso, mas, desde que as meninas vieram para nossa vida, Pierre não é a pessoa em quem eu mais penso. Eu o amo, não é isso. Mas acho que estou mudando de algumas maneiras que ele não está.

— Que maneiras?

Aperto a mão dela junto ao meu peito.

— Quando eu estava me formando em Auckland, queria aventura. E lá estava Pierre querendo me levar para uma. Uma vida em Paris. Então eu fui. E que aventura! Eu adorava andar pelas ruas de cada *arrondissement*, experimentando o falafel no Marais, os crepes feitos na hora pelos vendedores de rua, os croissants em cada padaria. Admirando a arquitetura, os prédios antigos... tão diferentes dos nossos aqui, Jiji. Meu francês melhorou. Eu já conseguia conversar. Aí Mathilde me apresentou para o avô dela, Antoine, e eu descobri os perfumes. Você não imagina a alegria de estar no meio de todos aqueles aromas deliciosos outra vez! Era como se eles trouxessem a Índia de volta para a minha vida de uma maneira tangível. Até aquela hora eu não tinha percebido como sentia saudade de casa. Era tão bom ir para a *parfumerie* de Antoine, com aquele cheiro de *jasmim sambac* na entrada, e de *ruh gulab** quando eu ia até o fundo, e de açafrão perto dos mostruários na lateral. Eu não tinha ideia de que tantos dos ingredientes daqueles perfumes seriam tão conhecidos! E eu sentia falta de todos eles, Jiji.

Faço uma pausa, lembrando daquela abundância feliz de aromas, saudade e pertencimento. Paris tem seu próprio charme belo e único, mas falta à cidade o festival de um arco-íris de sáris, as especiarias de cores vivas e os milhares de milhares de cheiros que a Índia produz naturalmente. Fiquei tão empolgada

---

* *Ruh gulab:* essência de rosa.

este ano quando o primeiro mercado indiano abriu na Passage Brady, mas era como encontrar uma lasca de um diamante em vez da pedra inteira. Não era a mesma coisa.

Movo o corpo e me deito de costas outra vez. No escuro, viro o rosto e procuro os olhos dela.

— Por que eu deveria me sentir culpada por ter encontrado algo que amo fazer e em que quero ser cada vez melhor? Eu quero ser a melhor perfumista, tão boa quanto Delphine. Ela acha que eu posso. Por que é tão errado querer isso, Jiji?

As lágrimas vêm por conta própria. Descem pelas minhas faces. Entram nas minhas orelhas. Molham meu cabelo. Jiji usa a ponta de seu sári para enxugar meu rosto. Ela sussurra para me acalmar. Ajeito o corpo para enfiar o rosto no pescoço de Jiji e ela me abraça. Sua pele cheira a óleo de coco. Pela centésima vez eu me pergunto por que ela não teve filhos. Ela tem um jeito de me deixar segura, cuidada, como minhas meninas devem se sentir quando estou cuidando dos machucados delas. Jiji foi mais mãe para mim do que a nossa própria mãe. Maa se decepcionou tanto com seu casamento com Pitaji que prometeu à família dela que a manteria no estilo de vida confortável da cidade com que ela estava acostumada. Em vez disso, a penalidade dele por defender o retorno dos britânicos para seu próprio país foi ser transferido para uma aldeia rural no meio do nada a fim de lecionar para crianças pobres que pouco apareciam na escola. Ele vendeu o ouro de Maa para afundar em *sharab* e autopiedade, e ela jamais o perdoou.

Como se quisesse amenizar minha tristeza, minha irmã canta para mim a canção de ninar que sugeriu que eu cantasse para Shanti na hora de dormir.

— *Rundo Rani, burri sayani. Peethee tundha tundha pani...*

— *Lakin kurthi hai manmani* — eu termino por ela, balbuciando as palavras entre os soluços. Isso me acalma.

— Me diga o que você gostaria que acontecesse.

Dou uma fungada.

— Estamos em 1974, Jiji! A revolução feminista começou há dez anos. Mas é como se as mudanças tivessem acontecido só no jornal, não na casa da gente. — Saio da cama para pegar um lenço na bolsa e assoar o nariz. — Eu quero que Pierre me compreenda. Não quero que ele fique ressentido do tempo que eu dedico à minha carreira. Quero que ele colabore. Não quero brigar com ele, só quero que ele me veja como igual. Sei que só ganho metade do que ele, mas vou ganhar muito mais quando for perfumista. Mas nem isso devia fazer diferença. Porque eu faço boa parte do trabalho com as meninas, e cuido das roupas, da limpeza e das compras. — Eu me sento de novo na cama, de pernas cruzadas. — Ele acha que, se fizer essas coisas, vai virar *un mari Américain*. — Engrosso a voz para imitar Pierre. — *Un homme qui est mené par le bout du nez*. Um homem que é levado pelo nariz.

Jiji fica quieta por um momento.

— E Florence? Alguma coisa mudou entre vocês duas?

— Ah! — Suprimo uma risada. — Só piorou. Todo ano a mesma briga. Ela quer que as meninas vão para Marymount, a escola católica. Como eu posso criar minhas filhas em uma religião com um só Deus quando cresci com Swaraswati, Vishnu, Durga, Lakshmi, Ganesh e Hunuman? Prefiro deixar que elas decidam no que acreditar quando forem mais velhas.

— E Pierre concorda?

— Pierre nunca abre a boca quando a mãe fala. Ele deixa isso para mim.

Ela levanta as sobrancelhas.

— Quem será que é levado pelo nariz agora, hein?

Dou uma risadinha. Sei que estou sendo desleal com Pierre, mas me faz bem transgredir um pouco — em particular.

Ela sorri.

— Eu me preocupava com você, mas é evidente que, a cada passo que dá, você está crescendo, desafiando a si mesma em todos os sentidos.

Sinto as lágrimas quentes de culpa começando de novo. Todas aquelas vezes em que resisti às sugestões e pedidos de Lakshmi quando era mais nova! Ela é minha irmã mais velha. Ela me criou desde os treze anos. E o que eu fiz em troca? Dormi com o filho de sua principal cliente e arruinei a carreira da minha irmã! Jiji pode ter seguido em frente, mas ainda sinto a vergonha torturante da traição. É quase como se o perdão dela me fizesse sentir pior.

Ela dá uma batidinha em meu joelho.

— Você encontrou um tesouro. Isso tudo que você quer fazer a estimula a se levantar toda manhã e melhorar sempre. Não existe nada como essa sensação, não é? — Ela segura minha mão e a beija. — Amanhã nós vamos fazer planos. Hoje vamos dormir. *Accha?**

---

* *Accha?:* Certo?

Eu concordo e me deito outra vez, puxando o *rajai* sobre nós duas. Sei que ela só vai dormir algumas horas. Provavelmente vai ficar acordada pensando no que acabei de lhe contar. Tendo finalmente compartilhado o que vem me incomodando há tanto tempo, eu me sinto relaxada como não me sentia há anos. Adormeço em questão de minutos.

Quatro horas mais tarde, quem está acordada sou eu. Olho para o relógio. Aqui em Agra são três da manhã de quarta-feira. Eu normalmente estaria indo dormir em Paris. Meu corpo não sabe se deve dormir ou levantar. Saio do *charpoy** em silêncio. Talvez possa fazer um chai na cozinha. Desço quatro andares pelos degraus de pedra até lá. As luzes estão acesas. Uma menina com uma trança longa nas costas lava pratos em uma pia funda de pedra. Quando pigarreio para chamar sua atenção, ela se assusta. Imagino que não esteja acostumada a ver pessoas dos andares de cima descendo até as áreas de trabalho.

Ela se vira para ver quem entrou.

— Precisa de alguma coisa, senhora? — Ela enxuga as mãos em um pano de prato. Tem a pele escura e a postura servil. Mas seu sorriso é de alegria autêntica. — Chai? *Subji?* A chef deixou um pouco de *atta*** para *chappatis*. — Ela parece ansiosa para agradar. Deve ter entre doze e catorze anos. Se não se alimentou direito quando bebê, provavelmente é pequena para sua idade.

— Chai, por favor.

— É para já. — Ela faz um aceno com a cabeça e começa a trabalhar. Risca um fósforo para acender o queimador do fogão, pega uma panela em uma prateleira em que se enfileiram panelas de pressão, coloca leite de um recipiente guardado na geladeira (apenas as casas mais ricas têm geladeira) e água da torneira. Ao longo das paredes, bandejas, tigelas, *tiffins* e utensílios de inox são mais um testemunho da riqueza da *haveli*.*** Em um lado do aposento há uma lareira com um forno de barro que deve ser usado para cozinhar *chappatis*, frango e cordeiro *tandoori*. Não há mobília. Imagino que a maioria dos funcionários da cozinha, quer estejam debulhando ervilhas, descascando tomates ou preparando *atta*, se sente no imaculado chão de pedra para fazer seu trabalho.

---

* *Charpoy:* cama indiana tradicional tecida com corda ou rede e com pés de madeira.
** *Atta:* massa.
*** *Haveli:* complexo familiar.

— Pode voltar para o seu quarto, senhora. Eu levo lá — diz ela, quando me vê procurando uma cadeira.

Mas não quero acordar Jiji, então apoio as costas no balcão da cozinha.

— Como é seu nome?

Ela sorri, satisfeita por eu ter perguntado.

— Binu, senhora.

— Há quanto tempo você trabalha aqui, Binu?

Sem interromper o processo de acrescentar as especiarias ao chai, ela responde:

— Quatro anos, senhora. Minha mãe trabalhava aqui antes de mim. Mas ela tem dor nas pernas agora.

Binu não usa maquiagem e seu *salwar kameez* é de algodão barato. O suéter vermelho sobre o *kameez* tem furos sob os braços. Nem ela nem sua mãe são cortesãs. Disso eu tenho certeza.

— Você vai à escola?

Ela ri, como se eu tivesse falado alguma coisa engraçada.

— Não, senhora. Eu trabalho aqui a noite inteira. Da meia-noite às dez da manhã. Não ia conseguir ficar acordada na escola.

Esse poderia ter sido o *meu* destino se tivesse continuado em Ajar depois que meus pais morreram. Eu teria me casado com um viúvo mais velho ou com um agricultor jovem e ocupado meus dias tirando água do poço, cozinhando, batendo roupa nas pedras na margem do rio, cuidando de meus muitos filhos, alguns ainda engatinhando, outros brincando de amarelinha ou pulando corda. Estremeço por dentro.

— Você gosta deste trabalho? — pergunto.

Ela dá de ombros, sem levantar os olhos da panela.

— O que você preferiria fazer?

Ela se vira para mim com um sorriso cheio de alegria.

— Um homem do espaço! Eu quero ser como aquelas pessoas que vão para a Lua. O meu irmão estuda na escola e ele me contou como é. Tem gente que faz isso na *Amreeka*. E na União Soviética. — Ela dança sobre as pontas dos pés para alcançar a lata de folhas de chá na prateleira superior e despeja duas colheres na panela. O cheiro tão conhecido de chá preto em infusão com especiarias quentes e fragrantes reveste minhas narinas e me faz salivar.

— Você queria ser astronauta?

A palavra inglesa a deixa um pouco hesitante. Por fim, ela assente: *sim*.

O chá está pronto. Ela o despeja da panela em um coador sobre uma xícara de porcelana sem derramar nem uma gota.

— *Le lo*,* senhora. — Ela me entrega a xícara e fica esperando minha avaliação.

O chá está muito bom e eu digo isso a ela.

— Por que você não bebe comigo?

Binu ergue as palmas das mãos como se eu estivesse pedindo demais, sorri e volta a lavar a louça.

Torno a me encostar no balcão enquanto tomo meu chai.

— Binu, você não ganharia mais dinheiro trabalhando em uma fábrica?

Ela solta outra risadinha.

— Quem ia me contratar? Os empregos nas fábricas são para homens. Ririam de mim se eu aparecesse lá procurando trabalho, senhora.

Há tanto fogo nessa menina. Tanta exuberância. Será que ela está limitada a trabalhar na cozinha de uma cortesã pelo resto da vida — até que suas pernas não aguentem mais também?

A visita do comerciante de perfumes de Kannauj é esperada para hoje. É uma viagem de cerca de quatro horas até Agra, então ele deve estar aqui na hora do almoço.

De meu posto de observação na janela de treliça do salão de entretenimento, eu estava esperando um homem vestido em um *dhoti* chegando em um ciclomotor. Em vez disso, vejo um indiano bonito de uns cinquenta anos sair de uma Mercedes preta. Ele usa terno de linho escuro com camisa creme. É bem barbeado, com o queixo quadrado e forte e entradas no cabelo. Ele cumprimenta com a cabeça alguém abaixo de nós, provavelmente o proprietário da bicicletaria que nos trouxe para a *kotha* ontem. Seu motorista tira uma grande caixa de madeira do porta-malas e segue o patrão escada acima.

Estamos sentadas no salão principal. Nasreen assume a liderança desta vez. Ela nos apresenta o fornecedor como Rajkumar Mehta. É evidente que o sr. Mehta não consegue tirar os olhos da adorável Nasreen. Ela deve ser pelo menos dez anos mais velha que ele, mas seu jeito coquete transcende a idade. Ela o ajuda a tirar o paletó e o convida a se sentar em uma almofada de veludo com borlas. Tanto ele como o motorista haviam tirado os sapatos na entrada. O motorista coloca a caixa retangular no chão ao lado do patrão antes de ser conduzido a outra parte da casa, para comer com a cozinheira.

---

* *Le lo:* Pegue.

O almoço é agora trazido em *thalis*, como nossa refeição de ontem. Nasreen não come. Ela se senta ao lado do sr. Mehta, abanando-o com um leque de *khus*, e a fragrância de vetiver natural inunda o aposento.

Enquanto comemos, Hazi pergunta sobre a saúde dele, a saúde de sua família e a saúde dos negócios. Ele nos entretém com histórias fabulosas e outras engraçadas.

— Vocês acreditam que, se quiserem enviar uma carta hoje, precisam esperar em uma fila para comprar o selo, outra fila para pegar o selo e uma terceira fila para conferir se o funcionário carimba mesmo o selo antes que o malandro o enfie no bolso para seu próprio uso?

Depois de meia hora, Hazi faz um sinal com a cabeça para Jiji, que se vira para mim indicando que já posso fazer perguntas.

Eu me volto para o sr. Mehta.

— *Ji*, é uma honra conhecê-lo. Eu trabalho em Paris para a House of Yves — digo ao sr. Mehta.

— Eu conheço — ele responde amavelmente, e toma um gole de água de seu copo. Noto o anel de ouro com uma grande opala faiscante no dedo mínimo.

— Nós usamos muitos óleos essenciais, o que vocês chamam de *attars*, que me lembram a Índia. Mas estou procurando algo que não encontrei em nosso laboratório. O senhor poderia me contar sobre alguns dos que produz que talvez nem os franceses conheçam? — Sinto que estou tateando no escuro em busca de uma coisa que não sei bem o que é.

Ele me examina por um momento enquanto termina de mastigar. Parece achar alguma graça.

— Você sabe que na Índia nós fazemos *attars* há milhares de anos? — Reparo que ele pronuncia *ittirs*. — Muito antes da sua Grasse ficar conhecida como a capital mundial do perfume. — Ele está me pondo na categoria de perfumistas franceses que combinam óleos essenciais com álcool para diluir o aroma. — Nossos clientes indianos e do Oriente Médio jamais sonhariam em colocar álcool em si próprios. Eles acreditam em esfregar os óleos diretamente na pele para obter o efeito mais benéfico. — Ele se volta para Nasreen com um sorriso maroto. — Não é verdade, *Ji*?

Ela põe a mão no pescoço e olha timidamente para o tapete. Imagino os dois na cama, a pele dela reluzindo com o *attar* da caixa mágica de aromas que ele traz.

O sr. Mehta mistura um punhado de arroz e *dal* com os dedos em seu *thali* e o leva à boca.

— Eu trouxe alguns de nossos melhores *attars*. Aromas que jamais conseguiriam replicar no Ocidente.

Minha vontade é apressá-lo, porque estou impaciente para experimentar suas fragrâncias, mas não é assim que as coisas funcionam na Índia. Contenho minha ansiedade. Como um pedaço de meu *parantha* e pergunto:

— Por quê?

— Nós usamos panelas de cobre grossas. Usamos tubos de bambu. Selamos os recipientes hermeticamente com argila e lã para destilar a essência de rosas ou o que for. Tudo manualmente. Ao ar livre. Temos homens que trabalham noite e dia cuidando do equipamento de destilação, alimentando o fogo com esterco de vaca, não querosene. O vapor perfumado vai diretamente para o óleo da madeira de sândalo. Sândalo que é cultivado aqui mesmo na Índia! — Ele aponta a terra com as mãos para dar ênfase. — Armazenamos os óleos em recipientes feitos de couro de camelo, não vidro. Vocês usam tonéis enormes, às vezes cobre, às vezes aço, fogo a gás, fechos de borracha... *bakwas!* — Ele leva a mão para um lado como se estivesse empurrando algo. — Não é a mesma coisa.

Eu queria que ele parasse de se referir a mim como *vocês*, a estrangeira. Mas é minha culpa. Jiji trouxe um *salwar kameez* para eu usar na Índia, mas, sem pensar, depois do banho no terraço, vesti a mesma calça boca de sino justa nos quadris de ontem e uma blusa de manga longa de estampa floral. Agora vejo que Hazi e Nasreen — e Jiji — parecem bem mais formais em seus sáris do que eu. Percebo que constrangi minhas anfitriãs pondo roupas tão informais e sem decoro. Será que desrespeitei nosso convidado também? O corpo de Hazi e Nasreen pode estar frouxamente envolvido em cinco metros de seda com apenas um pedacinho de pele escura aparecendo, mas isso dá a um homem espaço suficiente para fantasiar o que está por baixo. Passei quase metade da minha vida na França e estou cometendo o mesmo erro que estrangeiros cometem quando visitam a Índia. Eu mudei tanto assim? Repreendo-me por mais um *faux pas*.

O almoço é retirado. Todos nós recebemos uma vasilha de água quente e uma toalha limpa para lavar e secar as mãos. Eu adoro tudo isso: o ritmo luxuoso de uma refeição, o tapete de seda em que estamos sentados, a fumaça suave do *bakhoor** no canto emanando o aroma doce de *oud*.**

---

* *Bakhoor:* lascas de madeira embebidas em óleo essencial e perfume.
** *Oud:* resina da madeira de ágar utilizada em perfume, popular no Oriente Médio.

O sr. Mehta agora pega uma chave no bolso e abre a caixa comprida. Tira dela uma caixa retangular menor caprichosamente entalhada. À primeira vista eu acho que é de mármore, mas, se fosse, ele estaria segurando o peso de um modo diferente. Essa caixa parece mais leve. Eu me inclino para ver melhor. Ela é feita de pedaços de osso que foram lixados, aparados e colados. Dou uma olhada para Lakshmi, que certamente também reparou nos entalhes de flores, cervos e caquizeiros na tampa. É um desenho que ela poderia ter pintado com henna no corpo de uma mulher. O sr. Mehta levanta a tampa. Dentro, oito frascos de vidro, de não mais que oito centímetros, com fechos ornamentados, estão encaixados em oito orifícios redondos. O nono orifício contém longas hastes de algodão. Cada frasco está cheio de um líquido âmbar — alguns são mais verdes que dourados, outros dourado-avermelhados. Cada um deles tem um rótulo escrito em hindi.

Pego as fitas olfativas que trouxe de Paris. O sr. Mehta franze a testa. Ele balança um dedo para mim e faz sinal para eu me sentar ao seu lado. Guardo as fitas de volta na bolsa e faço como ele me pede. Ele levanta minha manga até o cotovelo. Faz o mesmo com o outro braço. O gesto é estranhamente íntimo. Olho para Lakshmi como para perguntar: *Isto é inapropriado?* Ela me sorri com tranquilidade.

— Você tem que sentir o cheiro em sua pele. Hoje, amanhã. Notar a diferença com o tempo. — Ele olha para nossas expressões ansiosas enquanto levanta o primeiro frasco da caixa. — No *Livro dos Prazeres*, o imperador recomendava esfregar perfume separadamente em cada articulação. Na axila. Atrás do joelho. Cada parte do corpo de uma mulher. — Ele segura o pequeno frasco reverentemente com ambas as mãos, como se estivesse fazendo uma oferenda aos deuses. — *Gulab*. As rosas são cultivadas nos campos em torno de Kannauj. São colhidas logo cedo de manhã e trazidas sem demora para nossa destilaria. — Da caixa, ele puxa uma das longas hastes de algodão.

Abre a tampa do frasco, mergulha o algodão dentro e passa-o para mim. Eu esfrego o algodão no pulso.

— Evite esfregar os pulsos um no outro. Isso dilui a essência. — Ele me faz fechar os olhos e esperar um momento antes de cheirar.

Quando o faço, é como se me embriagasse com o aroma. É forte, e me sinto envolvida por um campo de rosas-damascenas. Quero continuar cheirando; é tão viciante. Mas o fornecedor puxa minha mão para baixo. Ele está com a haste de algodão seguinte pronta.

— Veja se consegue me dizer o que é este. — Ele o esfrega um pouco acima em meu braço.

É vetiver! Mas não como o diluído com que eu estava trabalhando uma semana atrás na fórmula de Delphine. Este é limpo, verde e fresco. E inebriante.

O sr. Mehta fica satisfeito com minha resposta. Continuamos com os quatro frascos seguintes, que identifico sem dificuldade: figo, kewra, açafrão e henna. Dou a haste com henna para minha irmã experimentar. Ela conhece profundamente o aroma das pequenas flores brancas da planta *mehndi*.

Ele pega o penúltimo frasco da caixa.

— Este se chama *shamama*. O que você identifica aqui?

Dou uma olhada para a sorridente Nasreen, que vem usando *shamama* há quarenta anos. Fecho os olhos e inalo o óleo em meu braço.

— Cravo-da-índia. Cardamomo. Vetiver... baga de zimbro, *chameli*, marmelo-da-índia e... talvez jasmim?

O fornecedor ri.

— *Shabash!* Você conhece mesmo os cheiros.

Sinto as faces corarem de prazer e olho de lado para Hazi e Nasreen, que estão sorrindo para mim. Não quero que elas pensem que estou aqui desperdiçando o seu tempo.

— Guardei este para o fim. Diga-me o que acha. — Ele abre o último frasco e me passa a haste de algodão.

Fecho os olhos.

Inalo.

Meus olhos se abrem de imediato. Quatro pares de olhos estão à espera de minha reação. Viro para Jiji. Tinha muita esperança de que este fosse o ingrediente que eu estava procurando. Não quero decepcioná-la dizendo a todos que não é.

O sr. Mehta parece triunfante, achando que finalmente me desorientou.

Os olhos aguçados de Hazi voltam-se para mim.

Eu engulo.

— Gerânio. Frangipani. Sálvia?

A expressão do fornecedor murcha. Ele franze a testa. Posso perceber que o irritei por não me fazer de recatada, como Nasreen faz. Talvez ele ache que ela é de fato tão dócil quando finge ser — na sua frente.

Hazi salva a situação perguntando:

— Quanto por meio quilo de *gulab* e *khus*?

Ele entrega os dois frascos a Nasreen, que os passa para Hazi. A irmã mais velha faz uma demonstração de inspecionar os frascos, erguendo-os contra a luz.

O fornecedor diz um preço que faz o corpo de Hazi se sacudir de riso. Ela enxuga os olhos delicadamente para não borrar o *kohl*.

— *Bhai Saab*,* por favor, não me constranja na frente de minhas mais antigas e queridas amigas. Esta menina — ela aponta para mim — é como uma filha. Vamos lá, quanto?

Como uma filha? Guardo o sorriso para mim mesma. É assim que ela costuma negociar?

O sr. Mehta protesta gentilmente, recorre a Nasreen para intervir, nos diz que quase não vai ganhar nada e se nós temos ideia de quantas horas de trabalho estão envolvidas nesses frascos? Seus funcionários sabem a hora precisa de colher as flores e raízes, a temperatura exata necessária para cozinhar a mistura. Nasreen sorri e balança a cabeça para ele com uma expressão solidária.

Hazi diz para esquecer os *attars* de *gulab* e *khus*.

— É muito caro.

Depois de mais uma rodada de negociações, ele ergue as mãos e reduz pela metade seu preço original.

Tento indicar para minha irmã com os olhos que esses não são os aromas que estou procurando. Mas ela me ignora. Estou convertendo apressadamente rúpias em francos, constatando como eles são caros (esta é a Índia, afinal). Mas o valor agrada Hazi e, ao que parece, agrada Jiji também.

— Jiji, eu não... — protesto.

Minha irmã pousa a palma tranquila de sua mão em meu braço para me calar. Ela pega uma bolsinha de tecido presa em sua anágua. Desde que a conheço, é assim que ela guarda o dinheiro. Olha para Hazi e sorri.

— *Ji*, podemos presenteá-la com o *attar* de *gulab*?

A begum faz um *salaam* para minha irmã, os lábios se curvando em um sorriso lento. Ela gesticula para uma jovem que está parada atrás de nós (elas parecem surgir do nada sempre que Hazi precisa de alguma coisa). A jovem traz uma jarra de vinho prateada e pequeninos copos e serve vinho de romã para todos nós.

O sr. Mehta diz que seu tio trará as quantidades maiores amanhã. Ele só confia na família para entregar os preciosos óleos. Nasreen e o sr. Mehta se retiram para o quarto dela; Hazi para o seu; Jiji e eu para o nosso.

---

* *Bhai Saab:* senhor.

O almoço pesado e o vinho me deixaram sonolenta e eu bocejo.

— Jiji, de onde vem todo esse dinheiro? — pergunto quando chegamos ao nosso quarto.

Ela está tirando os grampos do cabelo antes de se deitar para um cochilo.

— Malik transformou nosso negócio de remédios naturais em algo muito maior. Eu contei que Nimmi e eu cuidamos das plantas e Malik vende os produtos que fazemos para os clientes, não é? Bom, era uma atividade modesta até alguns meses atrás, quando um distribuidor fez o maior pedido que já tínhamos recebido.

Solto um gritinho de alegria e a abraço.

— *Félicitations*, Jiji! — exclamo, misturando as línguas, como muitas vezes faço com minhas filhas.

— Nimmi e Malik trabalham com muito empenho, Radha. Ela faz Malik cuidar da Horta Medicinal nos dias em que eu e ela saímos para andar a cavalo com as crianças. Você acredita que ele morre de medo de cavalos?

Solto uma risada. Não consigo imaginar Malik, o menino que brigaria com *goondas** sem pestanejar para proteger Lakshmi, com medo de alguma coisa. Vou ter que fazer uma piada com ele sobre isso na próxima vez que o vir.

Lakshmi senta-se no *charpoy*, seu cabelo solto sobre os ombros. De repente, ela está vinte anos mais nova, a irmã que encontrei em Jaipur pela primeira vez.

— Radha — diz ela —, você às vezes pensa em Maa?

Dou de ombros. Não gosto de falar sobre nossa mãe com Lakshmi. Por muito tempo minha irmã acalentou a esperança de que Maa e Pitaji a perdoariam por ter abandonado o casamento, a ponto de estar construindo aquela casa em Jaipur com o desejo de trazê-los para morar com ela. O que ela não sabia era que eles tinham ido para suas piras funerárias ainda envergonhados da filha que não cumpriu seus deveres matrimoniais. Uma filha que humilhou uma família já mergulhada em vergonha. Jiji nunca recebeu a absolvição que buscava. Acho que sempre uma parte dela vai sentir a perda de não ter podido se despedir deles.

Ela está me observando, vendo os pensamentos passarem pelo meu rosto.

— Está tudo bem, Radha. Eu fiz as pazes com tudo isso. E fiz as pazes com Hari. Nós dois éramos muito jovens. Nunca nos ensinaram como conversar um com o outro, ouvir um ao outro. Hari e eu estamos bem melhores com outras pessoas.

---

* *Goondas:* bandidos.

Reflito um pouco sobre isso, mas outra coisa está me incomodando. Eu me sento na cama com ela.

— Jiji, e aqueles óleos essenciais que você comprou do sr. Mehta? Como o *gulab* para Hazi. Eles são tão caros. Por que você comprou se eu não preciso deles?

— Tínhamos que mostrar ao sr. Mehta que Hazi era a pessoa mais importante naquela sala. Nós vamos embora, mas ela e Nasreen moram aqui. Precisamos demonstrar nosso respeito. — Ela desembaraça o cabelo com os dedos. — Eu tinha só dezessete anos e estava sozinha quando cheguei aqui. Elas me salvaram. Pequenos gestos como esse são o mínimo que posso fazer para agradecer.

Era o que eu estava pensando com Binu na cozinha na noite passada. O que teria acontecido se Jiji não tivesse entrado na minha vida?

Eu suspiro.

— Entendo por que você comprou o óleo de rosas. Mas por que o vetiver?

O rosto dela se ilumina.

— É o melhor *khus* que já cheirei. Espero que você crie algo fenomenal com ele.

Por que ela ainda acredita em mim quando tudo que fiz foi desafiá-la? Eu não bebi o chá de casca de raiz de algodão quando ela me pediu para beber. Ela me aconselhou a não me apegar a Niki depois que ele nasceu porque ela já havia arranjado a adoção; eu não escutei. Ela me implorou para esperar um pouco mais para me casar com Pierre, porque eu só o conhecia havia sete meses. *Eu não queria ir para a faculdade?*, ela perguntou. Uma vez mais, eu não escutei.

Sempre achei que ela estava querendo me controlar, então, no fim, fugi para Paris. Estaria tentando mostrar a ela — ou a mim mesma — que eu poderia tomar as decisões certas sozinha? Ela não tinha decidido, sozinha, aos dezessete anos, abandonar seu casamento? O que a fazia tão diferente de mim? Parece que não consigo me livrar desse traço de ressentimento, o risco que mancha uma placa perfeita de pedra-sabão, que me faz querer projetar uma imagem de competência para ela. Quero que ela me veja não como a irmãzinha que precisa de orientação, mas como uma mulher que pode lidar com qualquer coisa que surgir em seu caminho, como ela fez.

Deslizo a mão sobre a juta ondulada da cama. Quero confidenciar meus sentimentos conflitantes sobre minha vida, mas detesto admitir que talvez tenha cometido um erro ao me casar com Pierre. Não quero dizer a ela que, por mais que o ame, não tenho certeza de como me sinto sobre o casamento. Quando ele me deu um beijo de despedida em Paris logo antes de eu entrar no táxi, tive a estranha sensação de que estava embarcando em uma viagem que ia durar muito mais que meia semana. Mais bizarro ainda foi que eu estava ansiosa para me afastar da minha rotina. Agora, sentada na casa de Hazi e Nasreen em Agra, o que sinto é empolgação, a mesma empolgação que senti quando corri para Paris com Pierre. Como se estivesse prestes a começar uma nova aventura, que traz a promessa de eu me desfazer da pele velha, como uma cobra-real. Talvez Jiji esteja certa. Talvez esta viagem resulte em algo notável, algo magnífico.

Olho para minha irmã e percebo que ela estava me observando. Seus olhos azuis-verdes-cinzentos estão pensativos. É como se ela tivesse acesso aos pensamentos que voam pela minha cabeça, me fazendo imaginar se por acaso eu os falei em voz alta. Desvio o olhar, fugindo do exame dela.

Ela dá um tapinha em meu joelho.

— Olha, Radha, eu nem sempre sei o que estou fazendo. Às vezes eu experimento. Se não der certo, tento outra coisa. Nenhum de nós é perfeito, não é? Mas temos que continuar tentando ser o melhor de nós. Você está no caminho para o topo. Vai dar alguns passos em falso, mas isso é normal. Na maior parte do tempo, você vai fazer coisas de que nem sabia que era capaz.

Com alívio, percebo que ela acha que estou preocupada com meu projeto, minha carreira na indústria de fragrâncias. Sorrio e concordo com a cabeça.

Nós nos deitamos para o cochilo da tarde. Sonho com uma roseira que cresce até o céu. Eu preciso chegar às flores bem no alto, onde Shanti e Asha estão sentadas, me chamando, mas, toda vez que tento, um novo espinho aparece para me picar. Fico caindo de volta ao chão, onde me viro para pressionar o nariz na terra molhada.

Às quatro horas o chai é servido no salão de entretenimento. Todas as cortesãs estão presentes. Hazi sugere que as mulheres encenem uma peça que estão ensaiando para os clientes da *kotha*. Nasreen, a coreógrafa da casa, diz para Lakshmi e para mim que é uma cena de *O carrinho de barro*, a peça em sânscrito de dois mil anos atrás. A mulher mais alta da casa faz o papel do personagem masculino, Charudatta, que disputa com um rapaz da corte o afeto de uma rica cortesã. Em seus trajes elaborados, as mulheres da *kotha* são irreconhecíveis. Elas atuam. Elas dançam. Elas cantam. Nós rimos sonoramente das identidades trocadas e das trapalhadas dos personagens secundários, como sabemos que os clientes da *kotha* vão rir também esta noite. Não pela primeira vez, eu me pergunto se Shakespeare teria visto alguma peça sânscrita antes de começar a escrever as suas.

À noite, de novo, não consigo dormir. Gostei dos produtos do sr. Mehta, mas não encontrei o aroma úmido e fluido que estou procurando.

Por que achei que seria tão fácil encontrá-lo na Índia? Só porque estou familiarizada com os cheiros de minha terra natal? E se eu voltar a Paris de mãos vazias? Vou ficar com cara de idiota em minha primeira grande tarefa. Terei decepcionado Delphine. Pierre terá a comprovação de que está certo: meu trabalho não tem valor; é sem importância. E o tempo que passei fora de casa, as horas que acumulei no trabalho em vez de estar com minhas filhas — tudo isso terá sido para nada? Privei Shanti e Asha de minha atenção sem um bom motivo, como Maa me privava da dela? Elas vão crescer ressentidas de mim por causa de minha negligência? Ou vão procurar atenção em todos os lugares errados, como fiz com Kanta e com Ravi, quando me senti ignorada?

Dou uma olhada em Jiji, que dorme pacificamente ao meu lado em seu sári. Decido sair da cama, mas não quero perturbar os moradores da *haveli*. E não quero incomodar Binu na cozinha outra vez, então enrolo um xale em volta do meu suéter e subo para o terraço. Quando saio ao ar livre, o alvorecer está mandando suas primeiras faixas pálidas para o horizonte.

A *kotha* de Hazi e Nasreen fica a menos de dois quilômetros do Taj Mahal. A casa delas é uma das mais altas, e estou olhando sobre quarenta outros telhados para um vislumbre do famoso mausoléu de mármore à primeira luz da manhã. Tudo que consigo ver agora é a silhueta graciosa do Taj Mahal contra o céu preto.

Conforme meus olhos se ajustam ao escuro, fico surpresa ao avistar formas curvadas se movendo nos telhados abaixo de mim. A distância, escuto o primeiro chamado à oração do muezim. Os corpos reunidos agora se inclinam ritmadamente, em sincronia com as palavras rituais.

O céu se tinge de um anil escuro, depois lilás. Faixas creme dão lugar a rosa-claro, âmbar, cúrcuma. O Taj Mahal começa a reluzir como uma pérola. Em primeiro plano, a enorme entrada de arenito que leva ao mausoléu de mármore espelha as duas camadas de nichos, o portal em arco e os quatro minaretes do majestoso monumento. O chamado para a oração termina, e as mulheres começam a recolher as roupas que deixaram nos varais no dia anterior. A fumaça de madeira dos primeiros fogos para cozinhar perfuma o ar.

— É fascinante quando se considera que a imperatriz deu a vida para que ele existisse.

A voz rouca só pode pertencer a Hazi. Ela fica acordada até tarde para receber os clientes e conversar com eles, então estou surpresa de vê-la de pé tão cedo.

— Como assim?

— Mumtaj, a esposa do imperador Shah Jahan. Com certeza você sabe que o Taj Mahal é o memorial que ele construiu para ela. — O sorriso de Hazi é irônico. Ela está mastigando alguma coisa. Aproxima-se de mim na borda do terraço. Para o seu volume, ela se move com leveza, quase etérea. Agora vejo que está limpando os dentes com um palito de *neem*.* Ela cospe sobre a lateral do terraço. — Mumtaj morreu dando à luz o décimo quarto filho deles. Estavam casados há apenas dezenove anos, o que significa que às vezes ela não teve nem um ano entre os bebês!

Hazi se volta para o céu que está clareando e aperta os olhos. Assim de perto, noto que os olhos dela são dourados, como os de Pierre e os de Asha.

— O corpo daquela pobre mulher simplesmente não aguentou mais. Construir esse monumento foi o mínimo depois do que o imperador a fez passar! — Ela cospe outra vez, depois ri, e sua barriga e seu sári balançam.

Eu sorrio.

— Você já esteve no Taj Mahal? — ela me pergunta.

Digo que não com a cabeça e volto a olhar para o mausoléu. Imagino que Lakshmi esteve lá muitas vezes quando morou aqui. Talvez ela e eu pudéssemos visitá-lo com minhas filhas algum dia.

Hazi parece pensativa.

— Muitos discordariam de mim, mas várias vezes me perguntei se a própria Mumtaj não esteve em um túmulo durante a vida.

— *Mutlub?*** — Estou interessada.

— O que quero dizer é que ela foi uma mulher valorizada apenas por sua qualificação para o casamento, entregue para a proposta mais vantajosa, sem nenhum controle sobre seu corpo ou seu dinheiro. Precisava comprometer sua dignidade a cada minuto de cada dia. Minha mãe e minha avó ensinaram Nasreen e eu, e nós ensinamos a todas as nossas meninas, a deixar de lado os costumes de séculos. A aperfeiçoar seus talentos em dança clássica, poesia e literatura para sua própria

---

* *Neem:* árvore perene usada para uma variedade de fins relacionados à saúde.
** *Mutlub?:* Como assim?

edificação. Satisfazer os próprios desejos físicos enquanto satisfaz o de outro. Administrar igualmente sua dignidade e seu dinheiro. — O tom de voz dela não é defensivo nem moralista.

— Mas elas sempre serão cortesãs. Não aceitas na sociedade educada.

— No entanto, a sociedade educada ainda deseja que seus filhos pudessem aprender a arte da etiqueta, música e poesia conosco. Tendo a opção, eu escolho ser o carcereiro e não o prisioneiro.

Nós somos da mesma altura, Hazi e eu, mas há um orgulho na postura dela que a faz parecer mais alta. Decido que gosto dela mais do que poderia ter imaginado. Percebo por que Lakshmi se sentia segura aqui na *kotha*. As cortesãs têm uma noção apurada de seu próprio valor. Um forte orgulho de sua capacidade de cuidar de si mesmas. Elas não são limitadas por papéis convencionais como esposa, mãe, cuidadora. Vivem por suas próprias regras.

Hazi se inclina para mim.

— Quero lhe mostrar uma coisa. Venha comigo. — Ela joga o palito de *neem* de cima do telhado e se vira, ágil como um gato.

—*Abhee?** — pergunto. Ainda mal amanheceu. As mulheres que varrem as ruas estão começando agora seu trabalho.

Sem se virar, ela aponta um dedo autoritário na direção da porta por onde entramos no terraço.

Eu a sigo.

Fora da *haveli*, viramos à esquerda. Hazi cumprimenta com um movimento de cabeça ou um *namastê* vários comerciantes que começam a abrir suas vendas. Pergunta sobre a saúde do vendedor de vassouras que está pendurando seus *jharus*** de cerdas longas no teto da loja. Para o muçulmano com um gorro branco que tenta impedir seu bode malhado de subir em uma motocicleta, ela diz: *Salaam alaikum*. Ao que ele responde: *Walaikum salaam,* com um sorriso. O bode bale para nós. Duas mulheres que caminham à nossa frente estão discutindo sobre a receita de *kheer* de macarrão cabelo de anjo. A de sári de algodão roxo com listras amarelas acha que se deve acrescentar um pouco de manteiga no fim, mas a mulher de sári verde-amarelado diz:

---

* *Abhee?:* Agora?

** *Jharu:* vassoura.

— *Arre!* De onde eu vou tirar dinheiro para comprar *ghee* para o *kheer* se já preciso para o *chappati* dele?

Ela está se referindo ao marido, claro, mas não usa o nome dele por respeito, do mesmo modo que Maa nunca se referia a Pitaji pelo primeiro nome. As duas param para examinar as bananas que um vendedor de rua está colocando sobre sua mesa. Quando passamos por elas, vejo a marca laranja na testa das mulheres que confirma que elas já fizeram sua visita matinal a um templo hindu.

Uma faixa colorida estendida sobre a rua anuncia o filme *Prem Nagar*. A imagem mostra um homem indiano em um terno ocidental flertando com uma bela mulher de sári que parece estar gostando da atenção. Quando passamos sob a faixa, Hazi vira à direita. Um homem de camisa cor-de-rosa está de costas para nós, urinando em uma parede já marcada por outros que se aliviaram ali. Hazi e eu puxamos o xale sobre o nariz para nos proteger do mau cheiro. Imediatamente após passarmos pelo *doodh-walla*,* com sua motocicleta carregada com quatro pesados latões de leite fresco e o filho adolescente de uniforme de escola, viramos à esquerda e chegamos a um galpão cheio de fumaça.

O centro do *godown*** é aberto para o céu. Homens descalços de camiseta e short ou *dhoti*, a pele muito mais escura que a de Hazi ou a minha, já estão trabalhando. Eles dão uma olhada rápida para nós e retornam aos seus afazeres. Um está agachado no chão jogando esterco de vaca em dois fornos de barro já acesos. Será que os homens estiveram alimentando o fogo a noite inteira? Há uma abertura no alto de cada forno. Inserido em cada abertura um recipiente de cobre enorme. Dois outros fornos idênticos estão apagados. A tampa de um dos recipientes de cobre ativos foi selada com o que parece uma mistura de argila e pano. Um tubo de bambu sai de cada tampa e desce em direção a um balde de couro. Um líquido espesso, da cor de óleo de oliva, flui do tubo para o balde. Um dos trabalhadores se agacha diante do balde e despeja cuidadosamente a mistura em frascos de vidro menores.

Agora eu sei onde estou! Esta é uma fábrica de fragrâncias — mas diferente de qualquer uma que eu tenha visto na França. Em Grasse, a água é destilada em imensos destiladores de cobre posicionados sobre superfícies de cimento imaculadas; nada como a terra batida em que Hazi e eu estamos. Não há fumaça nas fábricas de Grasse, apenas vapor limpo. Mas o resultado parece o mesmo

---

* *Doodh-walla:* leiteiro.
** *Godown:* armazém.

tanto na Índia como na França: um óleo essencial tão puro que as pessoas pagarão valores altos para incluí-los nas fragrâncias que estão criando.

Devo ter parecido chocada ou atordoada, porque Hazi está rindo.

— Gostou?

— *Bilkul!** — Percorro todo o galpão, examinando cada destilador, cada componente, consciente de um tênue aroma conhecido ali dentro que é delicado, úmido, aquoso e doce. Todos os meus sentidos estão em alerta. Sinto um arrepio percorrer as costas.

De repente, a porta que dá para a viela dos fundos se abre e um homem entra por ela empurrando um carrinho de mão cheio de... *esterco de vaca?* Ele despeja a carga em um canto da sala ao lado de um monte maior de material similar. Quando estou prestes a voltar a atenção para o óleo essencial, vejo dois dos trabalhadores despejarem com grandes baldes o esterco de vaca dentro do recipiente de cobre sem tampa. O trabalhador no forno se levanta e põe as duas mãos dentro do destilador de metal. Ele parece estar testando a temperatura da água dentro do recipiente *com as mãos?* Em Grasse, os trabalhadores estariam usando um medidor de temperatura. Fico observando, fascinada, tentando entender por que eles estão cozinhando esterco.

Como se estivesse lendo meus pensamentos, Hazi diz:

— Não é esterco de vaca. É solo, coletado depois da primeira chuva das monções.

Bolos de solo? Vou até o balde de óleo essencial e dou uma batidinha no ombro do trabalhador. Ele abre espaço para eu cheirar.

Hai Bhagwan! De repente, estou de volta a Ajar, com sete anos de idade, meu cabelo descendo em uma trança malfeita pelas costas. As monções vieram e deixaram a terra extravasando água. Estou saindo na área aberta nos fundos de nosso casebre para olhar o céu. Manchas de azul lutam por espaço entre as nuvens cheias. No chão à minha frente, os três baldes de metal que deixei para fora ontem à noite se encheram de água da chuva, o que significa que não terei que pegar água no poço dos agricultores por vários dias. Vapor sobe do solo. O ar está denso de minúsculas partículas de água que o sol fraco ainda não secou. Tudo à minha volta tem o cheiro de promessa e potencial. Giro em um círculo, deixando os pingos me molharem. Tudo que Maa e eu vamos poder plantar antes que o sol cozinhe o solo! As roupas que eu lavar hoje e pendurar para secar

---

* *Bilkul!:* Muito!

vão usar essa energia, essa possibilidade, de fazer algo novo. Maa está atrás de mim, sovando massa para os *chapattis*. Seus olhos ainda não se enevoaram. O cheiro de *atta* se funde com o cheiro em torno de mim, criando algo úmido e açucarado. Uma fragrância terrosa.

Hazi está sorrindo com a minha reação.

— Isto, Radha, é o cheiro da chuva. *Mitti attar*.

Dez anos atrás, diz ela, dois australianos deram a esse aroma um novo nome — "petricor" —, mas os indianos já o conheciam há séculos como *mitti attar*. O solo é coletado, cozido e, por fim, destilado para extrair o óleo essencial da terra.

Fecho os olhos, pensando em Olympia. Em como ela foi indecifrável. O único ingrediente que estava faltando para mim: água, chuva, névoa. O próprio véu que torna difícil vê-la com clareza. É por isso que ela nunca foi valorizada, que foi mal compreendida. No olho de minha mente, estou misturando as notas de topo, notas de corpo e notas de fundo que isolei. E então acrescento esse novo — para mim — precioso ingrediente: *mitti attar*. O cheiro da chuva

De seu divã, uma Victorine nua e luminosa sorri para mim.

Meus olhos se abrem.

— Por que não me contou sobre isso ontem, Hazi-*ji*, quando o sr. Mehta estava aqui?

A velha begum inclina a cabeça e me examina por um instante.

— Eu ainda não a conhecia suficientemente bem, Radha. Você e Lakshmi são muito diferentes. — Ela limpa alguma coisa da unha do dedo mínimo. — Ela era frágil quando chegou a nós. Nasreen e eu percebemos que ela necessitava de ajuda. Estava cheia de hematomas. Ela precisava de nós. — Seus olhos cor de âmbar se voltam diretamente para mim. — Você é uma pessoa mais resistente. — Ela apoia a palma da mão em meu peito, perto do coração. — Você foi bem cuidada. Lakshmi pavimentou o caminho para você. Nós confiamos nela. No meu mundo, só fazemos negócios com pessoas em quem confiamos. — Ela havia me avaliado assim que nos conhecemos e achado que eu não estava à altura.

Sinto uma pontada aguda no coração. Tenho vontade de lhe contar sobre os anos que passei sozinha em Ajar. Os anos que passei lidando com os comentários azedos de Maa, arrumando desculpas para as bebedeiras de Pitaji, ignorando as fofoqueiras e seus insultos — tudo por causa de Lakshmi! Porque ela fez o impensável: abandonou nós todos. Ela não teve que enfrentar as consequências, os olhares cheios de julgamento das pessoas da aldeia, as mães que mantinham seus filhos longe da escola de Pitaji. O jeito como sempre atravessavam a rua quando nos viam, como me proibiram de usar o poço da aldeia, me forçaram a andar mais três quilômetros até o poço dos agricultores com meu *mutki** vazio.

Jiji não teve que blindar seus sentimentos feridos a cada hora de cada dia como Maa, Pitaji e eu tivemos. Se eu contasse tudo isso a elas, será que Hazi me veria de modo diferente? Será que me enxergaria com olhos mais complacentes? Mas por que eu quero isso dela?

Ou será que eu quero que ela me admire, e respeite, como Jiji, a menina abandonada de dezessete anos que apareceu na porta da *kotha* pedindo um lugar para ficar em troca de seus valiosos sachês de casca de raiz de algodão?

Fui *eu* que sofri quando ela largou o marido. Minha irmã é a razão de eu sempre ter dito a mim mesma que nunca abandonaria meu casamento, o que quer que acontecesse. Muitas vezes sinto essa vontade, mas a sufoco. Quando Pierre e eu estamos brigando. Quando não quero fazer as pazes, mas não tenho energia para discutir. Quando eu preferia estar misturando as fórmulas de Delphine a ter que lidar com a birra de Shanti. Quando eu queria entrar debaixo das cobertas e dormir em vez de fazer o jantar. Quando eu sinto que não consigo respirar se não sair, sair, sair...

Há um zumbido em meus ouvidos. Não consigo mais ouvir o barulho dos homens se movendo pela fábrica, o crepitar e estalar do fogo ou o som de minha própria respiração. O zumbido fica mais alto, mais agudo. Hazi está olhando para mim com preocupação. Não consigo escutar o que ela diz. Sua mão está em meu braço.

Tão repentinamente quanto começou, o zumbido para. Sacudo a cabeça para limpá-la, como se, a qualquer momento, pudesse começar de novo.

Indico para Hazi com um aceno de cabeça que estou bem. As rugas em sua testa se aliviam. Ela respira fundo antes de soltar meu braço.

Enfio as mãos nos bolsos da calça de boca larga para esconder como elas estão tremendo. Desvio o rosto. Tento pensar em alguma coisa, *qualquer coisa*, para mudar o assunto.

— *Ji* — eu pergunto —, alguma vez tentou convencer Lakshmi a entrar para a *kotha*?

Hazi puxa o ar entre os dentes.

---

* *Mutki*: recipiente de argila em que a água é mantida fresca.

— Você acha que Lakshmi já não sabia que a vida que a sociedade determina para as mulheres não era justa? Ela chegou até nós totalmente consciente. Não teve filhos porque escolheu ficar assim. Não queria vender seu corpo por comida. O que ela queria era administrar seu próprio negócio. Então, não. Nunca houve nenhuma razão para ela querer se juntar a nós.

Eu me viro para ela. Seus olhos estão cheios de dor.

— Algumas das outras mulheres que você encontrou aqui trabalhavam antes para outros — ela continua. — Cozinhando, limpando ou removendo detritos de canteiros de obras. Tinham que dormir com seus empregadores ou patrões só para manter o emprego. Conosco, elas ganham mais em algumas horas dançando em companhia civilizada do que ganhavam em um mês. E não têm que dormir com ninguém que não lhes agrade.

Não sei por que me sinto cética ou por que sinto a necessidade de questioná-la.

— Imagino que nem todos os homens de negócios e autoridades de alta posição sejam agradáveis.

Ela me dá um sorriso irônico.

— *Nem tudo que reluz é ouro.* Ser agradável ou não está nos olhos de quem vê.

Isso me faz rir.

— Já viu o suficiente? — ela me pergunta.

— *Hahn.* Mas onde eu posso comprar essa essência?

Hazi demora um pouco para responder.

— Nós somos donas desta fábrica. Nasreen e eu. Lembro desse aroma de *mitti* de nossa infância em Lucknow. Na *haveli* de minha mãe. Ela também era cortesã. Fomos felizes lá.

A surpresa deve ser evidente em meu rosto. Ela levanta uma sobrancelha pintada para mim.

— Até as cortesãs têm direito a uma infância feliz, *beti*. Quando chovia, nós dançávamos no quintal, depois brincávamos espirrando lama com os pés. Se minha mãe deixasse, eu me banharia naquela lama. — Ela sorri, revelando os dentes pequenos e regulares. — Agora eu me banho em água perfumada com *mitti attar*. — Do abrigo de seu xale de lã, ela estende um braço roliço, arregaça a manga longa do suéter e balança o braço sob meu nariz. — Está vendo?

Eu cheiro. Este é o aroma que venho percebendo de relance de vez em quando, mas não tinha conseguido identificar. E, todo esse tempo, eu não tinha notado que era a fragrância de Hazi!

Novamente, ela faz um sinal com o dedo para mim, vira-se e me conduz para fora da fábrica.

— De quanto você vai precisar?

Eu não tinha pensado nisso até agora. Estudei o briefing, mas não perguntei a Delphine o que vai acontecer depois que o cliente aprovar a fórmula final da fragrância.

Hazi deve ter entendido o que está passando pela minha cabeça. Ela sorri com doçura.

— Vamos preparar uma boa quantidade para você, minha amiga.

No caminho de volta, ela nos faz parar para um chai em uma barraca de rua. Não comi nada nem tomei chai desde que acordei, e agora estou com fome. O menino da barraca despeja chai de cor caramelo de uma panela em pequenos copos, sem derramar nenhuma gota.

— Há quanto tempo vocês são donas da fábrica? — pergunto.

Ela franze o nariz.

— Uns dez anos. O homem que era o dono anterior, e que tinha vários outros negócios, faliu. — Uma vez mais, ela me mostra seu sorriso matreiro. — Ele devia um dinheirão para a nossa *kotha*. Entretenimento não é grátis, *beti*. Nem é barato.

Concordo com a cabeça.

— No fim, acabamos ficando com tudo que ele tinha.

Bebo meu chá, pensando.

— Hazi-*ji*, por que a fábrica só emprega homens?

Ela encolhe os ombros, levantando os olhos para o céu.

— É o jeito que sempre foi. Homens cuidam do fogo, despejam a matéria-prima nos frascos, extraem o óleo dos tonéis. É trabalho sujo.

— Mas as mulheres não poderiam aprender a fazer?

Ela inclina a cabeça e pisca.

— Imagino que sim. Nunca pensei nisso.

Colocamos os copos vazios no balcão da barraca. Abro a bolsa para pegar algumas rúpias e pagar o menino, mas Hazi põe a mão em meu braço. Ela faz um sinal com a cabeça para seguirmos em frente.

Enquanto continuamos pela rua, olho várias vezes para trás para o *chai-walla*, que agora está atendendo outro cliente. Hazi percebe minha confusão (nenhum francês deixaria alguém ir embora sem pagar). Ela solta uma gargalhada alta, inclinando-se para apoiar as mãos nos joelhos. Quando endireita o corpo, enxuga as lágrimas dos cantos dos olhos e aponta para a barraca com o polegar.

— *Beti*, esse foi um dos negócios que nosso cliente perdeu.

Agora eu rio com ela, e prosseguimos em direção à *kotha*. Duas mulheres de *salwar kameez* e xale, sentadas em um banco, conversando entre si, param para nos olhar. Devemos ser uma vista estranha: uma cortesã, com o rosto pintado, um sári elegante e joias às nove horas da manhã, e uma mulher com idade para ser filha dela de franja francesa, calça boca de sino e sem maquiagem nenhuma.

Enquanto tiramos os sapatos na entrada da *kotha*, uma das criadas mais velhas se apressa até Hazi.

— Uma visita, madame — ela sussurra.

Hazi levanta as sobrancelhas. Não devia estar esperando ninguém.

— Traga o café da manhã para nós, Shalini.

A criada desce a escada para a cozinha. Eu me pergunto se Binu será a pessoa que vai ajudar a chef a preparar o desjejum. Damos a volta no átrio até o grande salão onde duas mulheres de sári estão sentadas em almofadões uma ao lado da outra, entretidas em uma conversa.

Uma delas é Jiji.

Sentada ao lado dela está uma mulher que eu não via há quase dezessete anos.

Eu me detenho, paralisada, como se de repente tivessem crescido raízes para dentro do mármore sob meus pés.

O cabelo dela está mais escuro que antes; ela deve estar tingindo de preto, como muitas mulheres indianas fazem ao surgirem os primeiros fios brancos. Quando nos conhecemos, ela usava o cabelo curto, está mais longo agora, preso em um coque, do jeito que Jiji faz. Também se foram as calças capri e as blusas com a barriga de fora que ela costumava usar quando era mais jovem. Em seu lugar há um sári de seda bordado e blusa combinando, que a marcam como uma dama indiana de classe média de vida confortável. As linhas profundas da borda do nariz até os cantos da boca e as rugas no pescoço entregam seus mais de quarenta anos.

Hazi entra na sala com as mãos em *namastê* para cumprimentar a visitante, ao mesmo tempo que Lakshmi levanta os olhos e encontra os meus.

Olho furiosa para minha irmã. Estou tentando me controlar, mas acabo deixando escapar antes mesmo de saber o que ia dizer:

— Como você pôde? — Meu rosto está quente. Gotas de saliva saltam da minha boca.

Lakshmi se levanta depressa e corre para mim.

— Não, Radha. Não é o que você está pensando.

Hazi está olhando para nós, horrorizada. Pela primeira vez, ela parece não saber o que fazer. Sem dúvida não está acostumada a explosões emocionais como essa. Não em sua elegante *kotha*.

Kanta, minha antiga amiga de Jaipur, a que tirou meu bebê de mim, se levanta e para diante de nós em um sári vermelho e dourado.

— Oi, Radha. — Os olhos dela estão molhados. Ela está torcendo as mãos.

Eu recuo, lutando contra as tentativas de minha irmã de me manter na sala.

— Não consigo entender por que você fez isso! — grito para Jiji.

— Eu não fiz, *choti behen*!*

Kanta tem que levantar a voz para ser ouvida acima da confusão.

— Não é culpa de Lakshmi. Ela não sabia que eu vinha. Eu tinha que encontrar vocês para poder contar pessoalmente, Radha. É sobre Niki.

— Não! — grito. Não falo o nome dele em voz alta desde meus catorze anos. Ouvir o nome agora, nos lábios de outra pessoa, é tão doloroso quanto foi na época.

Eu me viro para sair correndo do salão, mas Lakshmi segura meu braço, me puxa para si e abraça meu corpo trêmulo. Ela apoia minha nuca em sua mão e fala baixinho comigo, como se estivesse acalmando um bebê. Eu não havia percebido até este momento que estava chorando, as lágrimas gordas, volumosas, descendo pelo meu rosto e sobre o ombro dela. Meu peito sobe e desce com o esforço. Tenho treze anos outra vez, querendo que minha irmã mais velha cuide de mim.

— Faça isso parar, Jiji. Faça isso parar.

Kanta está enrolando e desenrolando o *pallu* em volta da mão.

— Eu não pretendia causar...

Minha irmã leva uma das mãos para trás para interromper Kanta, que para de falar.

Jiji massageia minhas costas em círculos.

— Meu amor, eu não sabia que Kanta ia vir. Eu não a convidei. Ela me telefonou em Shimla e Jay lhe contou onde eu estava. Ela veio por causa de Niki. Ele não voltou para casa duas noites atrás. Procuraram por ele em toda parte em Jaipur.

Minha voz sai irregular.

— E... e o que isso tem a ver comigo?

---

* *Choti behen:* irmãzinha.

Ela ergue gentilmente minha cabeça de seu ombro e enxuga minhas faces com os polegares.

— Ontem ele mandou um telegrama para avisar a Kanta e Manu onde está. — Os olhos de Jiji estão cheios de preocupação. — Ele está indo para Paris.

Minha boca se abre.

Lakshmi dá uma olhada para Kanta, depois se volta para mim.

— Para a sua casa.

Minha casa? Em Paris? Imagino Pierre abrindo a porta, um rapaz explicando quem ele é, a confusão no rosto de Pierre! Procuro desajeitada no bolso da calça minha correntinha com o frasco mágico. Minhas mãos tremem tanto que não consigo pegá-lo com rapidez suficiente. Quase o derrubo, agarrando a corrente a tempo de salvar o frasco de vidro de se despedaçar no chão de mármore. Nunca o abri na frente de outras pessoas, mas só segurar o pequeno recipiente e girá-lo nas mãos já me alivia. Jiji vê, mas não diz nada.

Agora Hazi está ao meu lado com uma taça de vinho de romã.

— Beba — ela ordena.

Viro a taça inteira em um só gole. O vinho reveste minha língua, garganta e estômago com seu calor e sua doçura. Um torpor suave se segue.

Eu me deixo ser conduzida até uma almofada e me sento. Lakshmi e Kanta se sentam cada uma de um lado de mim. Hazi dá instruções para que nos tragam chai açucarado, junto com o resto do café da manhã. Fico ali, atordoada, enquanto uma variedade de *puris* quentes, *toor dal* condimentado, *subji* de quiabo ao curry e *jalebis* gotejando xarope doce são colocados diante de nós. Normalmente eu atacaria essa refeição com fervor, mas no momento não tenho nenhum apetite. Nasreen, que supervisiona a confecção do desjejum diário com a chef, junta-se a nós, enche um *thali* para mim e o coloca na frente de minha almofada.

Lakshmi olha para Kanta.

— Acho que é melhor você contar a história.

Os olhos de Kanta estão aflitos. Ela começa a enrolar e desenrolar o *pallu* em volta da mão outra vez. Acho que sempre teve a esperança de que pudéssemos nos reconciliar um dia e voltar a ser as amigas próximas que havíamos sido no passado. Não é culpa dela que não somos mais. Ela não fez nada para criar essa ruptura exceto adotar o meu bebê. Fui eu que cortei toda comunicação para garantir que ficaria fora da vida de Niki com sua nova família. Se eu tivesse me mantido em contato, iria fazer o possível para que Niki me amasse mais; teria monopolizado, exigido sua atenção, e mantido seu amor para mim.

Kanta está chorando. Ela demora um momento enxugando os olhos no *pallu*.

— Tudo começou com as candidaturas dele para a faculdade. Ah, Radha, você teria tanto orgulho de como ele é inteligente. Tira nota máxima em todas a provas, ficou em segundo lugar em sua turma de quarenta alunos! — Ela ergue a mão, como para dizer, *Desculpe pela digressão*. — Ele me pediu os resultados de seus exames. Estavam comigo porque eu queria mostrar a Sassuji. Mas esqueci de devolver. Então ele decidiu procurar por conta própria. Em minha penteadeira. — Ela dá uma olhada nervosa para Jiji, que a incentiva com um sorriso. — Ele encontrou outras coisas. Cartas que eu tenho guardadas. Uma delas era uma carta que Manu e eu recebemos de um advogado no Reino Unido.

Kanta pega sua bolsa, procura dentro e tira um envelope branco. Ela o entrega para mim.

É papel caro. Pesado. A aba do envelope está aberta. Há quatro folhas dentro. Olho para Jiji, franzindo a testa. Ela me encoraja com um movimento da cabeça. Começo a ler.

Hazi ordena:

— Em voz alta, por favor.

Com um sobressalto, eu me lembro de que a velha begum está na sala também. Como alguém pode recusar uma ordem dela?

Faço como ela pediu.

4 de abril de 1974
Hazelton & Dunnwitt Advogados

Caros sr. Manu Agarwal e sra. Kanta Devi Agarwal,

Esta carta é para informá-los de um fundo educacional estabelecido em benefício de um menor, Nikhil Agarwal (doravante denominado Beneficiário), cidadão da Índia, nascido em Shimla, estado de Himachal Pradesh, em 2 de setembro de 1956. Nossa firma foi contratada, em nome de um benfeitor anônimo, para administrar o fundo e especificar os requisitos condicionais. São eles:

1. O Beneficiário deve apresentar prova de identidade;

2. O Beneficiário deve frequentar um curso de quatro anos em uma instituição educacional de sua escolha nos Estados Unidos da América;

3. O Beneficiário deve apresentar prova de admissão nessa instituição. Como o processo de admissão é lento e complexo, sugere-se que ele seja iniciado imediatamente. Listas de instituições aceitáveis estão incluídas nesta comunicação;

4. Um emprego de verão será providenciado pelo fundo nos Estados Unidos da América;

5. O Beneficiário deverá trabalhar nos Estados Unidos por dois anos após completar seu bacharelado. Detalhes de emprego serão enviados por ocasião da graduação. Processaremos a documentação oficial para um passaporte americano em nome do Beneficiário.

Para que possamos administrar o fundo, os senhores deverão assinar, com firma reconhecida, o contrato anexo no prazo de sessenta dias. Se eu puder ajudar em mais alguma coisa ou responder alguma dúvida, exceto com relação ao benfeitor, não hesitem, por favor, em entrar contato comigo.

Atenciosamente,
Jonathan Westerlin

Dou uma olhada no contrato nas páginas seguintes e passo-o para Jiji. Ela tem mais experiência em ler contratos agora que ela e Malik estão administrando o próprio negócio. Pelo canto do olho, vejo Hazi e Nasreen se entreolharem, juntando as partes da história em sua cabeça.

— Mas o que tem a ver comigo? — pergunto a Kanta. Mesmo agora, ainda tenho dificuldade para olhá-la nos olhos, e, em vez disso, foco em sua testa, ou suas mãos, ou nas pulseiras de vidro carmesim em seu braço. É culpa que sinto por abandoná-la como amiga? Por odiá-la secretamente porque ela pôde criar meu bebê e eu não? Por ignorar seus pedidos de retomar nossa antiga amizade?

Kanta suspira.

— Ele encontrou outra coisa com a carta. — Seus olhos castanhos, vulneráveis de tristeza e pesar, me fitam. — Todas as cartas que você me devolveu... sem abrir. Todas as fotos de Niki que eu mandei para você nestes últimos dezessete anos.

Aquelas cartas! Por que ela insistia em me mandar fotos de um bebê que eu queria esquecer que existia? Eu as devolvia sem abrir para ver se ela entendia a mensagem. Por que eu tinha que ser forçada a ver algo que nunca nem pedi para ver?

Apenas Lakshmi compreende. Kanta enviava as fotos de Niki para ela também. Na última vez que estive em Shimla, minha irmã me perguntou se eu estava pronta para vê-las. Eu disse que não. Agora, ela põe o braço sobre meus ombros e aperta afetuosamente.

Kanta suspira outra vez, a respiração trêmula, como se ela estivesse prestes a chorar de novo.

— Ele quis saber por que nós tínhamos escondido dele a carta sobre o financiamento dos estudos. O prazo para responder já tinha passado. Quis saber por que eu tinha mandado fotos dele para uma mulher em Paris todos esses anos. E por que ela devolvia as cartas sem abrir. Ele estava confuso, e isso era compreensível. Mas Manu e eu não sabíamos quanto contar a ele, então não dissemos nada. Foi aí que ele ficou bravo. Era evidente que nós estávamos escondendo alguma coisa. Mas, depois de dezessete anos, como se conta a um jovem que seus pais não são seus pais de verdade? Ou que ele deveria ser o próximo príncipe herdeiro de Jaipur, mas nunca teve essa chance?

Eu quase engasgo.

— *O quê?* O que foi que você falou?

Ninguém faz um som. A sala está quieta.

Eu me viro para encarar Lakshmi, que está de olhos fechados. A cor sumiu de suas faces.

— Jiji, o que é isso que ela está dizendo?

Minha irmã abre os olhos. Ela segura meu braço, mas eu o puxo. As palavras dela são lentas, medidas.

— Niki ia ser adotado pelo Palácio de Jaipur. Nós tínhamos um contrato. O marajá estava procurando um príncipe herdeiro que pudesse sucedê-lo no futuro. E Niki atendia todas as condições. Tinha sangue real pelo lado de Ravi. Mas você não queria dá-lo para adoção, Radha.

Lembro das discussões que Jiji e eu tivemos no hospital antes e depois de Niki nascer. Eu tinha treze anos e não era casada. Lakshmi tentou me convencer a deixar o bebê ser adotado, mas nunca me contou que já sabia quem iam ser os pais.

Eu disse a ela que não tinha intenção nenhuma de entregar meu bebê, e certamente não para estranhos. Em vez disso, sonhava todo tipo de cenário maluco: eu ia enrolar Niki em um cobertor e fugir; ia entrar em um trem para Chandigarh com Niki dormindo em meu colo; seria contratada como *ayah** por alguma mulher que tivesse um bebê da mesma idade de Niki. Mas a voz de Jiji sempre acabava interrompendo minhas fantasias: para onde uma menina de treze anos poderia ir desacompanhada? As pessoas iam questionar o que uma menina tão nova estava fazendo com o bebê. Poderiam achar que ela o havia roubado. Quem daria abrigo a uma menina de treze anos carregando um bebê? As freiras? Se eu fosse para um convento, iam me pedir para entrar para a ordem. Famílias respeitáveis virariam as costas para mim. Para onde quer que eu fosse, seria rejeitada. E meu bebê também. Eu não tinha escolha a não ser concordar com uma adoção.

Agora, estou boquiaberta ao pensar que o Palácio de Jaipur estava planejando adotar Niki.

— Você está dizendo que Niki poderia ter sido príncipe herdeiro? Ele teria sido criado pelas maranis de Jaipur?

Jiji baixa os olhos para as mãos.

— Sim e não. Ele teria sido criado por governantas, amas de leite e tutores. As maranis não participariam muito. Você tomou a decisão certa de deixar Kanta e Manu adotarem Niki. Fui eu que proibi todos de contarem a você sobre a adoção pelo palácio. Incluindo Kanta e Manu. Até Jay.

— Quer dizer que o dr. Jay também sabia? E Samir e Parvati Singh? Eu sou a única que *não* sabia? — Um arrepio sobe pelas minhas costas. — Você ia receber dinheiro por ele, Jiji? Você estava planejando *vender* o meu bebê para quem oferecesse mais?

— *Nahee-nahee!*** Não foi assim. Você seria paga, mas eu pretendia que esse dinheiro fosse usado para a sua educação. Nada ia ficar para mim.

Jiji parece arrasada, mas estou irritada demais para deixá-la escapar assim tão fácil.

---

* *Ayah:* babá.
** *Nahee:* não.

— Quanto? Por quanto você o estava vendendo?

— Eu não sabia que eles iam pagar até ler o contrato de adoção.

— *Quanto?*

— Trinta mil rúpias. — Minha irmã olha para Hazi e Nasreen como se estivesse implorando que elas compreendessem. Até elas sabem que, embora não pareça tanta coisa agora, em vista do tanto que a rúpia desvalorizou, era muito dinheiro em 1956.

Outro pensamento me vem:

— Espere aí... e como você desfez o contrato?

Minha irmã suspira. Ela puxa os joelhos para o queixo e abraça as pernas.

— Convenci Jay a adulterar a avaliação física do bebê. Qualquer afastamento, por menor que fosse, das exigências do palácio tornaria o contrato nulo. Mas, Radha, foi tudo porque você se recusou a dar o bebê. Não é culpa de Jay. Ele só fez o que eu pedi.

Lá vem outra vez. No fim tudo volta para as escolhas que eu fiz: dormir com Ravi, decidir ter o bebê, dá-lo para Kanta criar. É minha culpa que Niki não se tornou o novo marajá de Jaipur? Que há outro ocupando o seu lugar? É minha culpa que Jiji foi forçada a enganar o palácio e o dr. Jay teve que comprometer sua ética? Ponho as mãos na cabeça.

Minha irmã chega mais perto de mim, trazendo consigo seus aromas calmantes. Ela pega minhas mãos. Sua voz é tão delicada quanto as pétalas das flores de magnólia.

— Você tomou a decisão certa. Deixar Kanta e Manu ficarem com ele. O palácio teria contratado babás e governantas que não o teriam amado da mesma maneira. Elas não teriam cuidado dele como Kanta e Manu. Niki teve uma vida tão boa. Não lhe faltou nada. Ele é inteligente. É saudável. Joga críquete, desenha paisagens, adora festivais e dança músicas de filmes. — Ela baixa meus braços. — Você fez o que foi melhor para o seu bebê.

Sinto outro par de braços me envolverem. Cheiro o perfume de leite de rosas de Kanta. Há dezessete anos os nossos corpos, o meu e o dela, não ficam tão perto assim. Sua boca está perto de meu ouvido. Ela diz:

— Obrigada por deixar Niki conosco, Radha. Eu sempre quis dizer isso a você. E repetiria mil e uma vezes se fizesse você se sentir melhor.

Ouço as palavras, mas não as registro direito. Olho para a carta no tapete à minha frente.

— Por que vocês não contaram a Niki sobre o financiamento escolar? Isso é uma daquelas coisas que só acontecem uma vez na vida.

Lakshmi diz:

— *O lobo perde os dentes, mas não o costume.*

— *Bilkul* — diz Kanta. — Manu e eu desconfiamos de quem estava por trás dessa carta e duvidamos que eles tivessem mudado: as mesmas pessoas que se recusaram a reconhecer o sangue de Niki como deles: Parvati e Samir Singh. Eles foram embora para os Estados Unidos cinco ou seis anos atrás. Lembra o escândalo do desabamento do Royal Jewel Cinema em Jaipur? Eles fugiram com o rabo entre as pernas, mas agora... — Ela faz uma careta. — Parece que tudo que tocam vira ouro. Eles abriram uma imobiliária nos Estados Unidos. Mesmo com a economia tão ruim no mundo, as pessoas continuam comprando casas lá. Manu e eu estamos convencidos de que eles querem Niki de volta no seu meio, não porque o amam, mas porque precisam de um herdeiro homem. Ravi e Sheela só têm filhas.

Ravi Singh. Pensar nele não é mais tão doloroso. Quando Pierre apareceu, pude me mudar para Paris e deixar as lembranças tristes de Ravi para trás.

Eu me viro para Lakshmi, ignorando Kanta.

— Mas não podemos saber com certeza que foram os Singh que contrataram esse advogado. O endereço é — olho para o envelope — no Reino Unido. E se não forem eles?

Kanta dá a volta e se senta ao lado de Lakshmi, para que eu não possa mais me recusar a olhar para ela. As duas se consultam em silêncio. Dou uma olhada para Hazi e Nasreen, que estão comendo, quietas, fingindo que não ouvem tudo que está sendo dito.

— Nós temos amigos na Inglaterra, pessoas que conhecemos da faculdade — diz Kanta. — Eles são advogados, e concordaram em fazer uma investigação para nós. E temos quase certeza de que os benfeitores são os Singh. Quem mais ia querer ficar anônimo? Se a carta tivesse vindo diretamente deles, nós teríamos rasgado sem hesitar. Então eles arrumaram um intermediário. Você leu a carta. Viu que eles querem que Niki trabalhe nos Estados Unidos por dois anos depois que se formar. Manu e eu achamos que, se eles puserem as garras em Niki, não vão soltar mais.

Aperto os olhos, pensando.

— Mas e Ravi? Ele não vai herdar a empresa? E Ravi tem um irmão. Govind, não é? E ele? Por que os Singh precisam de Niki se têm dois filhos homens?

Kanta estufa as bochechas e sopra o ar.

— Os filhos dos Singh foram uma decepção para eles. Pelo que soubemos, Ravi gosta de bebida e de farra. As meninas americanas o acham atraente.

— Ela revira os olhos e eu entendo bem. Aquele curioso coquetel de autoconfiança, humildade e foco total na pessoa que está com ele foi o que me atraiu para Ravi mesmo quando ainda éramos tão jovens. Não me surpreendo que as mulheres americanas se sintam atraídas por ele também.

Ela continua:

— O irmão, Govind, já decidiu que não quer se envolver nos negócios da família. Ele está trabalhando com cinema em Los Angeles, o que, para Samir e Parvati, é um desgosto tão grande quanto se ele tivesse virado um *hijra*.*

— Como você sabe tudo isso? — pergunto.

— A rede de informações indiana percorre o planeta, *beti*. — Foi Hazi quem falou. Todas nós nos viramos para ela. — Meus sobrinhos em Dubai poderiam lhe contar a situação do intestino do meu vizinho aqui em Agra! — Sua gargalhada contagia Nasreen, cujos ombros sacodem com o riso.

Meu chai esfriou, mas eu o bebo assim mesmo. Hazi pede a uma das moças para me trazer outro, mas eu recuso com a cabeça.

— E o que Niki quer de mim? — Quero e não quero saber. Os dois ao mesmo tempo.

Kanta coça a testa. Suas pulseiras de vidro tilintam delicadamente.

— Nós desconfiamos que ele talvez tenha combinado as duas ideias na cabeça e decidido que *você* pode estar por trás do financiamento para a faculdade. Você poderia ser o benfeitor anônimo. Nós nunca contamos a ele que foi adotado. Ele nem imagina. Talvez só queira saber quem você é e por que você era tão importante para mim.

Eu enrubesço. Ainda sou importante para Kanta? Não há rancor nos olhos dela. Ao contrário de mim, ela não está se agarrando ao passado.

A mão de Kanta se move para tocar a minha, mas algo a detém. Ela a afasta de novo.

— Você ficou uma mulher tão linda. Eu sempre soube que seria especial. Você fez mais com sua vida do que a maioria das pessoas. — Ela sorri afetuosamente para Lakshmi. — Sua irmã nos manteve atualizados sobre suas conquistas. Você nos deixa tão orgulhosos, Radha.

---

* *Hijra*: eunuco.

Sinto uma ardência atrás dos olhos. Tenho um súbito desejo de pedir desculpas por todas as vezes que, deliberadamente, dei uma mamadeira para Niki naqueles primeiros meses de sua vida para ele já estar com a barriga cheia quando Kanta lhe oferecesse o peito, o leite que deveria ter sido para seu bebê natimorto. Quero dizer a ela que sinto muito por ter ignorado todas as cartas que ela deve ter passado horas escrevendo, escolhendo com cuidado os detalhes da vida de Niki que eu estaria interessada em conhecer. Quero me sentar na cama dela como fazia quando tinha treze anos e beber leite de rosas, e ler para ela *Mrs. Dalloway*, e conversar com ela sobre *A mocidade é assim mesmo* e como Elizabeth Taylor é maravilhosa. Se ao menos eu pudesse voltar àqueles tempos mais inocentes antes de Ravi, antes da gravidez, antes de eu ter fugido para Paris.

— Quando Niki vai chegar a Paris? — pergunto.

Lakshmi responde:

— Talvez amanhã. Talvez depois de amanhã. Não sabemos se ele vai tentar entrar em contato com você assim que chegar. Não temos como falar com ele. Ele não quer.

Ah, Bhagwan! Será que é melhor eu ligar para Pierre agora? O que eu vou dizer para ele? Que eu tive um filho aos treze anos? Que eu era uma menina tonta que não tinha noção das coisas? Que meu filho ilegítimo cresceu e agora quer me conhecer? Enquanto a Pierre eu dei duas filhas, dei um filho ao meu primeiro amor. Pierre vai considerar isso uma desvantagem? Na França, um menino vale parabéns mais efusivos que uma menina. Tento imaginar as consequências da chegada de Niki. Não sei se Pierre achava que eu era virgem antes de nos casarmos; nunca conversamos sobre isso. Talvez Pierre considere apenas que Niki é um parente meu que ele ainda não conhecia. Ou talvez aceite um enteado tão facilmente que...

Não, isso é tão improvável quanto Pierre fazer uma festa para comemorar minha promoção a perfumista aprendiz.

Kanta começa a dizer alguma coisa e para. Olho para seu rosto estreito. Ela nunca foi uma mulher bonita, mas sua energia inesgotável e seu entusiasmo pela vida sempre compensaram isso. Reconheço aquele velho fogo nos olhos dela agora.

— Fica a seu critério contar ou não a Niki que você é a mãe dele. Mas ele vai querer saber qual é a conexão entre nós duas. O que quer que você decida, Radha, por favor, incentive Niki a voltar para casa. Ele é *nosso* filho, Radha. Seu e meu. Ele pertence a nós duas. Foi por isso que eu mandei aquelas cartas para você, aquelas fotos.

Tanto tempo passou. Como posso conversar com um garoto que só conheci quando bebê? Um garoto que eu deixei para sempre quando ele tinha quatro meses. Não tenho como desfazer minha gravidez, do mesmo modo que Kanta não tem como desfazer seu amor e seus cuidados com Niki nos últimos dezessete anos. Mas é injusto da parte deles pedirem minha ajuda agora. Não está certo. Sinto subir da boca do estômago uma raiva tão profunda que tenho vontade de pegar o narguilé de metal de Hazi e batê-lo no chão até quebrar o mármore ou partir o narguilé em dois.

— Você e Manu estão cheios de medo de contar para ele a verdade sobre a adoção, então sou *eu* que tenho que contar? Depois de todos esses anos, vocês querem mesmo abrir essas velhas feridas? Fazer eu me lembrar de que o Ravi que eu amava me rejeitou tão completamente? — Eu me viro para Jiji. — Por que não você, Jiji? Por que você não conversa com Niki? Foi você que me convenceu a desistir dele. Eu queria ficar com ele, lembra? Eu amava aquele bebê! Você podia ter me ajudado a ficar com ele, Jiji. Você, que sempre encontrava uma resposta para tudo, podia ter achado um jeito de me ajudar a criar o meu filho. Se você tivesse feito isso, ele podia ter ficado comigo. Mas você nem tentou de verdade, não é mesmo? Você só me fez sentir mal por querer continuar perto dele mesmo depois que Kanta o adotou. O que havia de tão errado em querer ficar perto de minha própria carne e sangue?

Lakshmi me olha como se eu a tivesse agredido com o narguilé de Hazi. Finalmente eu disse em voz alta. Ela não tinha mesmo nenhuma ideia de como eu me senti todos esses anos? De que a parte de mim que guardava esse ressentimento contra ela estava escondida logo abaixo da superfície? Ela é minha irmã, e me acolheu quando eu não tinha ninguém, mas também é quem eu considero responsável por me arrancar de perto de meu primogênito. Ela nunca foi mãe. Como poderia saber o que é conversar com seu bebê por nove meses enquanto ele está dentro de você, descrever uma joaninha para ele e explicar por que ele vai gostar dela, ou compartilhar com ele o cheiro fresco de um abeto-azul a cada inalação, ou dizer para ele que você vai lhe ensinar o jogo das cinco pedrinhas. Jiji tirou tudo isso de mim. Ela disse que eu não tinha condições de cuidar de um bebê. Ainda precisava terminar a escola. Tinha toda a minha vida pela frente. Mas, bem no fundo, eu sempre senti que ela poderia ter ajudado.

Veja como ela ajudou a criar os dois filhos de Nimmi, como é amorosa com eles. Por que não pôde ajudar a criar o meu também?

Olho em volta para o grupo reunido, todas elas fitando, horrorizadas, o meu rosto molhado, meu nariz escorrendo. Enxugo os olhos com a manga da blusa. Não consigo evitar que eles se inundem outra vez quando me viro para Lakshmi.

— Doeu tanto deixá-lo. Suas compressas ajudaram a secar meu leite, Jiji, mas não minhas lágrimas. Eu senti tanta falta dele. Chorei todas as noites durante um ano. Na escola, eu só tinha Mathilde para me consolar. Nunca contei a ela por quê, e ela nunca perguntou. Ela teve a decência de não cutucar a ferida. Mas vocês duas... — Aponto com o dedo para Lakshmi e Kanta. — Vocês querem enfiar uma faca na casca da ferida e fazer sangrar de novo. Não podem me pedir para fazer isso! Eu me mudei para milhões de quilômetros de distância para essa lembrança não me sufocar. Tenho minha própria vida agora. Com minha própria família. Minhas próprias filhas. Eu não quero me encontrar com ele! Eu não quero falar com ele! — Meu sangue pulsa tão furiosamente que parece que o coração vai explodir. Estou ofegando como se tivesse corrido de Jaipur até Agra.

Minha irmã e Kanta estão olhando para mim com expressões consternadas. É pena que eu vejo nos olhos delas? Ou vergonha? Elas estão sentidas pelo que fizeram ou estão sentidas por mim? Estão pensando nos meus sentimentos ou nos delas? Preciso sair desta sala. Preciso ir. Eu me levanto, um pouco oscilante.

Minha irmã pigarreia.

— Ah, *beti*. Eu sinto muito. Nós não sabíamos que ele ia voltar para a sua vida. Mas ele está vindo, quer você goste ou não.

Hazi levanta as mãos como se fosse pegar uma bola de críquete.

— *Aaraam se. Aaraam se.** Deixe-a, Lakshmi. Ela precisa de tempo.

Estou deitada na cama, de costas para a porta, quando Lakshmi entra no quarto. Ela é a última pessoa que quero ver; fecho os olhos, tentando não fungar. No andar logo abaixo, a instrutora de dança indica os passos conforme a música no harmônio acelera ou desacelera. Escuto os sons ritmados dos *gunghroos*** das cortesãs.

---

* *Aaraam se:* Acalmem-se.
** *Gunghroo:* tornozeleira musical com sinos, frequentemente utilizada na dança clássica *kathak*.

Mas o cheiro não é de Lakshmi, a combinação peculiar de henna, frangipani, óleo de coco e cardamomo. Reconheço o odor forte de almíscar e tabaco como o cheiro de Hazi, com aquela nota de fundo que agora eu sei que é *mitti attar*. A cama afunda com seu peso impressionante quando ela se senta. Sinto o calor de seu corpo em minhas costas.

— Você sabia que mulheres pesadas conseguem rolar os quadris mais rápido que um homem velho enrola um *beedi*?*

Estou irritada com a intromissão dela. Falo com a boca na juta.

— Eu não tenho o hábito de rolar nem meus quadris nem *beedis*. — É como se eu tivesse perguntado rudemente *O que você veio fazer aqui?*

— Minha mãe ficava desesperada com o meu peso quando eu era mais nova. Ela se preocupava que meu corpo não fosse agradar os nababos ou marajás que vinham à nossa *kotha*. Mas estava enganada. Eu tinha... alguma coisa. Era popular com os homens. Meu primeiro cliente me deu dois meninos. Isso foi antes de conhecermos Lakshmi e seus sachês mágicos. Minha mãe mandou meus bebês para o hospital local. Não havia nada para eles na *haveli*. Sempre me perguntei por quem eles foram criados, onde eles estão, o que aconteceu com eles. Você tem sorte, *beti*. Sempre soube onde o seu menino está. Kanta-*ji* parece uma boa pessoa. Ele foi alimentado, instruído, amado.

Ela pousa os dedos cheios de anéis no meu quadril. Na janela à minha frente, vejo o reflexo reluzente de suas pulseiras de ouro e vidro.

— Não é você que está em questão aqui, Radha. É o menino. Se coloque no lugar dele. Ele quer saber o que está acontecendo na sua vida. Se você tivesse a idade dele, não ficaria curiosa? Alivie a mente dele. Conte a verdade a ele. Ele vai saber se você estiver fingindo... ao contrário dos meus clientes. — Ela ri e dá um tapinha no meu quadril. Levanta sua ampla circunferência da cama, mas, antes que ela possa se afastar, eu agarro sua mão com força. Viro o pescoço para olhar para ela.

Hazi volta os olhos para os meus e aperta minha mão.

— *Khush raho, beti*.

Seja feliz? Eu a vejo sair do quarto e fechar a porta.

꧁ ꧂

---

* *Beedi*: cigarro indiano, marrom, de ponta cônica, muito mais barato que as marcas inglesas.

Alguém está sacudindo meu braço. Abro os olhos. Eles parecem grudentos. Jiji está sentada na cama com uma xícara de chá em uma das mãos e uma toalha úmida na outra. Ela coloca o chá na mesinha de cabeceira. Carinhosamente, pressiona a toalha sobre meus olhos. Está morna. Cheira a lavanda e camomila. Eu a deixo lavar meu rosto; não tenho energia para me mexer.

— Vamos lá — diz ela. Meu corpo é como uma boneca de pano quando ela me puxa para me sentar. Ela me entrega o chai. Depois, senta-se atrás de mim na cama e começa a pentear meu cabelo com um pente de madeira de sândalo. Temos o mesmo cabelo que nossa mãe: espesso, ondulado. (Estou começando a ver alguns fios brancos no meu nestes últimos tempos também.) O toque dela é leve ao arrumar minhas mechas.

A cada passada do pente, sinto o amor dela por mim. As pontas de seus dedos separando com delicadeza as partes emaranhadas. Seu cuidado para nunca machucar, só melhorar. Como sua respiração doce soprando um desenho de pasta de henna. Ela sempre conseguiu me *mostrar* o que sente por mim, mais do que pode expressar em palavras. Agora, está me dizendo que não preciso me preocupar com a explosão que tive mais cedo. Que isso não afetará nossa ligação, nossos sentimentos uma pela outra.

— Quanto tempo eu dormi?

— Várias horas.

Ela continua seu trabalho enquanto eu tomo o chai.

— Os vendedores caxemires vêm para o sul todos os invernos vender suas roupas bordadas. Quer vir comigo escolher jaquetas de lã para Shanti e para Asha?

Concordo com a cabeça. Eu me sinto tão exausta que não sei se ainda estou brava com Jiji ou envergonhada por ter expressado meus ressentimentos tão publicamente. Não sei como me sentir ou o que dizer. Devo pedir desculpas ou esperar Jiji se desculpar comigo? Será que desculpas são de fato necessárias?

O perfume calmante de cardamomo, cravos-da-índia e canela do chai começa a me reanimar.

Depois que termina de pentear meu cabelo, Lakshmi massageia meu pescoço com os dedos. Ela diz, com uma voz natural:

— Kanta foi para o hotel. Ela volta para Jaipur amanhã.

Kanta! Fui tão dura com ela esta manhã. Sinto um enjoo. Meu pescoço enrubesce de constrangimento. A melhor amiga de Jiji esteve presente para mim quando minha irmã estava ocupada demais com o trabalho. Kanta me apresentou a seus próprios livros: *A feira das vaidades*, *O amante de Lady Chatterley*, *Jane Eyre*. Ela me levou para ver filmes americanos: *Quanto mais quente melhor* e *A última vez que vi Paris*. Ela era um modelo para mim, tão chique em suas calças capri e cabelos curtos. Ao contrário das damas de Jaipur que Jiji atendia, Kanta era moderna, e tão divertida! Quando eu estava com ela, era como se estivesse com a irmã que tinha vindo procurar em Jaipur, em vez daquela que acabei encontrando. Às vezes eu me sentia como uma carga que Lakshmi tinha que alimentar, vestir e abrigar, mas nunca me sentia assim com Kanta.

Jiji me pede para usar o *salwar kameez* indiano que ela trouxe para mim. Não me oponho. Já desrespeitei suficientemente a *kotha* com meus trajes ocidentais. Também sei que, quando chegarmos ao bazar de Agra, eu não devo parecer uma turista, ou seremos assediadas por vendedores ambulantes.

Está quieto na *kotha* quando passamos pelo salão de entretenimento. As dançarinas e cantoras devem estar descansando antes das apresentações da noite. O modo de vida das cortesãs é trabalhar até tarde, levantar cedo, ensaiar suas rotinas e repousar à tarde. Não há sinal de Hazi ou Nasreen em parte alguma.

Do lado de fora, já está escuro às cinco da tarde. O motorista de nosso riquixá motorizado ouve suas músicas *filmi** muito alto, então Jiji e eu ficamos em silêncio pelos quinze minutos do trajeto até o mercado noturno. O ar está um pouco frio e nós duas estamos usando suéter sobre a *kurta*.**

Assim que vejo as luzes penduradas anarquicamente sobre as ruelas do bazar, sinto a empolgação crescer. Faz anos que não venho a um mercado noturno. Fico perto de Jiji enquanto ela nos conduz pelo meio das barracas movimentadas vendendo batatas, feijões e *karalas*.*** Aqui também a oferta é reduzida. Viramos em outra ruela lotada de gente. Nesta os vendedores se especializaram em facas e em *tiffins* e recipientes de metal. Tento não deixar meus olhos se fixarem por muito tempo em algum objeto, para evitar que um vendedor note meu interesse e grude em mim. Em Paris não há muito esse costume de barganhar, e estou um pouco sem prática.

Jiji parece saber exatamente para onde está indo; imagino que o mercado tenha crescido desde que ela morou em Agra, mas é provável que a disposição geral seja a mesma de antes. Pelo menos nosso nariz pode nos orientar na parte

---

* *Filmi:* de cinema.
** *Kurta:* túnica larga de manga comprida usada sobre uma legging ou uma calça.
*** *Karala:* legume de polpa macia, sabor amargo e com muitas sementes.

do mercado a que estamos nos dirigindo; percebo o cheiro de couro quando chegamos aos vendedores de *juti*.* Será que Asha e Shanti usariam os sapatos de marani se eu os encontrasse no tamanho delas? Mais perto das frutas, sinto o odor de nêsperas que já passaram do ponto. Um touro caminha de barraca para barraca, à procura de algo doce. Os vendedores jogam uma pequena oferta e ele se detém para comer. Um gato aparece subitamente do nada e se junta a ele.

Em seguida, vemos os vendedores de sáris. Cabide após cabide de deliciosas cores de pedras preciosas, cada uma mais deslumbrante que a outra. Como pode a Índia produzir cores tão vibrantes, e em tamanha quantidade, e as cores parecerem um artigo escasso na França? Quero fazer compras, levar um estoque inteiro de seda para decorar meu apartamento, mesmo sabendo que ficaria com um ar tão estrangeiro lá quanto beges-claros e marrons desbotados aqui.

Jiji começa a andar mais devagar, procurando alguém. Ela olha para a direita e para a esquerda, até seu rosto se abrir em um sorriso. Nós nos aproximamos de um vendedor de incensos. E quem está sentado atrás da pequena barraca senão Hari, seu ex-marido?

Fico tão chocada ao vê-lo que paro onde estou. Ele também se surpreende por nos ver, mas se recupera depressa com um sorriso e um *namastê*. Está bem barbeado, com as mangas da camisa branca engomada enroladas até os cotovelos.

Ele está cercado de caixas de palitos e cones de incenso empilhadas organizadamente atrás dele e na frente da barraca. Amostras de cinco palitos de *agarbatti*** desprendem sua fragrância em nossa direção. Quase gemo de prazer. Sinto os cheiros da flor *mogra*, rosa, *chameli*, açafrão e — será possível? — *mitti attar*? Jiji ri da minha reação como se a estivesse prevendo.

Minha irmã parece completamente à vontade com Hari.

— Hazi me contou que você está trabalhando agora com as mulheres de Agra. Administrando uma fábrica de incensos — diz ela. — Você se lembra de Radha, não é?

Ele arregala os olhos, me cumprimenta com um *namastê* alto e sorri.

Que estranho encontrar Hari depois de quase vinte anos! Este homem que eu mal conheci, mas que viajou comigo tanto tempo atrás de Ajar para Jaipur à

---

* *Juti:* calçados.
** *Agarbatti:* incenso.

procura de Lakshmi. Ela o havia abandonado depois que ele começou a agredi-la fisicamente; ele queria filhos, mas ela vinha bebendo o chá de casca de raiz de algodão que tinha aprendido a fazer com a sogra para não ter filhos.

Foi Munchi-*ji* que me contou onde procurar Hari depois que Maa e Pitaji morreram. Quando encontrei o marido afastado de Lakshmi, eu o convenci a me acompanhar por mais de mil e quinhentos quilômetros de Ajar até a estação de trens de Jaipur (como eu era determinada!). Lembrava de ter visto esse nome — Jaipur — nos envelopes que o carteiro entregava para Maa, os mesmos que *ela* jogava no fogo, sem abrir. Na estação, Hari e eu começamos a perguntar a todo mundo que víamos onde poderíamos encontrar minha irmã. A princípio Jiji não quis acreditar que o marido tivesse mudado, mas era verdade. Ele havia continuado o trabalho deixado por sua mãe: curar mulheres e crianças doentes que não tinham dinheiro para ir ao médico. Mesmo assim, minha irmã não quis continuar casada. Uma lei de 1955 permitiu que ela se divorciasse dele. Quando ela, Malik e eu partimos para Shimla, ela estava solteira outra vez.

Hari chama alguém atrás da barraca. Uma mulher de vinte e poucos anos, usando sári verde-claro e suéter verde-esmeralda, aparece com um bebê adormecido no colo. Um menino de quatro ou cinco anos a segue. Hari pega o menino e apresenta sua família para nós.

— Minha esposa é a razão de eu ter vindo para Agra — diz ele. — Eu a conheci em Jaipur, mas sua família é daqui e ela queria voltar.

A esposa sorri timidamente para nós.

Hari se inclina em nossa direção como se estivesse fazendo uma confidência.

— Não a deixem enganar vocês. Durante o dia ela administra quarenta mulheres que enrolam pasta de incenso em palitos ou cones enquanto eu cuido dos filhos delas. Lakshmi, eu tenho mais filhos agora do que jamais sonhei! — Ele ri, e sua esposa e minha irmã também. Lakshmi pergunta sobre os filhos dele e a jovem responde orgulhosamente com o nome e a idade de cada um. Hari nos diz que compra o *mitti attar* da fábrica de Hazi e Nasreen. É assim que ele as conhece.

O ex-marido de minha irmã parece feliz, e ela também. O rancor daquele primeiro encontro em Jaipur se foi, a desconfiança na voz dela quando falava nele, e o ressentimento na dele antes de compreender que ela nunca poderia ser sua propriedade.

Hari está ansioso para nos dar várias caixas de seu incenso. Lakshmi une as mãos e balança a cabeça para indicar que nós agradecemos o gesto, mas não é necessário. Em vez disso, ela tira algumas rúpias da bolsinha dentro da anágua, entrega-as à esposa de Hari e pega uma caixa do incenso de *mitti attar*.

Por alguma razão, depois que nos despedimos, eu me sinto mais leve. O cansaço em minhas pernas se foi.

Quando saímos da barraca de Hari, Jiji me diz:

— Eu comentei com Hazi que muitas vezes ficava pensando no que teria acontecido com Hari depois que o deixamos em Jaipur. E então ela me contou que ele estava aqui, em Agra, no mercado noturno. Ele ainda está ajudando os pobres, curando-os com os cataplasmas de ervas que aprendeu a fazer trabalhando com a mãe. Se as mulheres estão necessitadas, ele dá emprego a elas em sua fábrica de incenso.

— Foi assim que ele conheceu a esposa?

Minha irmã encolhe os ombros.

— Talvez. Algumas das mulheres que trabalham na fábrica deles antes eram prostitutas. Algumas tinham fugido de casa ou eram órfãs. Nasreen disse que todas as mulheres que trabalham lá ganham o suficiente para alimentar a família. — Ela sorri. — Ele se saiu bem. Tenho orgulho dele.

Muito tempo atrás, ela me contou das vezes em que mal conseguia levantar do chão depois que ele a espancava. Sinto uma pontada de ressentimento por ela.

— Jiji, como conseguiu perdoar depois de tudo que ele fez com você?

— Acabou, Radha. Já faz muito tempo que ele não me machuca mais. E eu acho que ele paga o preço por aqueles espancamentos cada vez que ajuda uma mulher em situação difícil. — Ela se vira para mim. — A medida de cada um de nós não está no dia a dia. E não está em nosso passado ou nosso futuro. Está nas mudanças fundamentais que fazemos dentro de nós ao longo da vida. *Samaj-jao?**

Nós olhamos uma para a outra por um momento antes de minha irmã se virar e seguir o caminho.

Quando chegamos à barraca de roupas que Hari recomendou, Jiji e eu examinamos o trabalho dos artigos de lã, os detalhes dos bordados e o revestimento de poliéster ou algodão de cada casaco feito à mão. Hari estava certo: este vendedor tem mercadorias da Caxemira muito superiores às de seus concorrentes. Escolho dois casacos. Para Shanti, peguei um de lã vermelha macia decorado

---

* *Samaj-jao?:* Entende?

com minúsculos bordados amarelos. O outro, verde-oliva com bordados verdes mais escuros na gola, vai destacar os olhos cor de âmbar de Asha.

— Quer ver alguma coisa para Pierre? — Jiji pergunta.

Penso nos pedidos de Asha.

— Quero! Elefantes esculpidos em madeira de sândalo. Para a mesa dele. As meninas vão adorar também.

Jiji me leva ao lugar apropriado. Depois de eu ter comprado o presente de Pierre, Lakshmi me segura pelo braço e nos conduz à área de comidinhas rápidas. Homens, mulheres e crianças estão mastigando feijão-mungo frito, amendoins condimentados, *sev, chakli*,* castanhas-de-caju salgadas.

— Vamos comer alguma coisa — diz ela, examinado as fileiras de saquinhos cheios de salgadinhos saborosos.

Caminhamos pelo mercado carregando nossos cones de jornal com os petiscos fritos (do tipo que Jiji nunca me deixava comer quando eu era mais nova) e admirando o corredor de pulseiras coloridas de vidro e laca. Cada fileira de braceletes faiscantes é única em seu modelo, tão diferente de cada uma das outras fileiras.

Lakshmi reduz o passo e se vira para mim.

— Radha, não quero que você vá embora sem que a gente se entenda — diz ela. Está falando com cuidado, escolhendo cada palavra como se fosse uma pérola. — Eu nunca fui mãe. Você está certa nisso. Não pode imaginar a minha tristeza de pensar em você chorando e se sentindo tão sozinha no ano depois de ter deixado Niki. Eu me lembro de tentar fazer você falar comigo em suas visitas de fim de semana, mas você não queria. E eu não sabia como conseguir que você falasse. Eu me sinto tão mal por isso. Por mais que eu tentasse, você se recusava a responder às minhas perguntas. Você lembra? Jay levava você para andar a cavalo, na esperança de que você se sentisse mais à vontade para falar com ele. Nós víamos que você estava reprimindo seus sentimentos e sabíamos que precisava pôr tudo isso para fora. Mas não conseguimos encontrar um jeito de ajudar.

Minha irmã pega um amendoim com chili do meu cone e enfia na boca. Ela está me dando tempo para responder. Lembro dela me levando para caminhadas em domingos de manhã em Shimla, rindo de seus erros na Horta Medicinal ou me contando de suas tentativas de consertar sozinha a janela

---

* *Sev* e *chakli:* salgadinhos, petiscos.

solta do chalé. Ela sempre mantinha a conversa leve, perguntava sobre minhas amigas e aulas na escola, como eu estava me sentindo. Agora me ocorre que ela nunca mencionava o nome de Niki, esperando que *eu* trouxesse o assunto. O que eu nunca fiz, e ela respeitou meu silêncio. Mesmo quando passeávamos no dia do aniversário dele, nunca falávamos dele. Eu desviava a atenção da minha tristeza, provocava-a levantando o evidente interesse do dr. Jay por ela, sugeria que ela lhe desse pelo menos algum sinal de incentivo. Ela ria. "Por que vou me preocupar com ele se já tenho você e Malik para me manter ocupada?"

Uma vez, em Auckland, cheguei perto de contar a Mathilde. Era meio da noite, eu tive um sonho agitado, em que tentava contar quantos dentes Niki tinha. Começava de novo repetidamente, sem nunca terminar. Devo ter gritado no sono, porque Mathilde precisou me acordar. Eu estava chorando. Ela afagou meu cabelo até eu adormecer de novo. De manhã, ela me olhou com ar de expectativa. Talvez aquele fosse o dia em que eu resolveria contar a ela o que me assombrava. Mas eu nunca contei.

Agora, respiro fundo.

— Achei que poderia fazer ele desaparecer. Se não pensasse nele.

— Niki?

— *Hahn.*

— Você não tinha como não pensar nele! Porque ele aconteceu. Ele aconteceu, Radha, e ele era um amor. E ele *é* um amor. Você não fez nada de errado. Um menino mais velho se aproveitou de você. Ele sabia quais seriam as consequências, mas não lhe falou. Você sabe disso agora, não é, *choti behen*?

— Eu fui burra de deixar Ravi se aproximar tanto. É constrangedor pensar em como eu era tonta, como era ingênua. — Enquanto falo, sinto o rosto esquentar. Sei que estou ficando vermelha. — Eu era a menina de aldeia idiota que não sabia nada. Achava que todo mundo estava falando isso de mim pelas costas.

— Todo mundo quem?

— Você. Kanta. Malik. Manu. Ravi. Os Singh...

— Nenhum de nós achou que você fosse idiota, Radha. Se quer saber, a verdade é que todos nós nos sentimos culpados. Eu falhei em minha obrigação como irmã mais velha de lhe ensinar sobre sexo. Kanta falhou em sua obrigação de orientar você para livros e filmes que fossem mais apropriados para a sua idade. Malik se sentiu mal por não ter me contado antes que tinha visto você com Ravi. *Nós* falhamos, Radha. *Você* não. E, por isso, eu sinto muito. *Nós* falhamos com você. Você entende?

Eu balanço a cabeça.

— Até o fim, quando Niki nasceu, eu estava querendo provar para vocês todos que não era ingênua. Eu tinha certeza de que Ravi ia fazer a coisa certa e assumir o nosso bebê. Que ele ia casar comigo. Ele ia entrar pela porta do meu quarto no hospital e me salvar. Eu achei que ele ia ser o meu sr. Rochester, de *Jane Eyre*, Jiji. Mas ele não era, né? Então, como ele não apareceu, eu me senti mais burra ainda, mais ingênua. Tudo que vocês já tinham pensado de mim era verdade. Eu era influenciável. Uma menina de aldeia tonta.

— Ah, *choti behen*. — Jiji tira um lenço da bolsa para enxugar meus olhos. Eu nem tinha percebido que estava chorando. — Eu nunca pensei em você como simplória. Você sempre foi tão inteligente. Tudo que eu pensava na época era como a sociedade de Jaipur ia isolar você e seu filho. Uma menina grávida não pode ir para a escola. Em 1956, ninguém queria mães solteiras em sua turma. Fiquei inconformada que uma menina inteligente como você tivesse se deixado cair na conversa sedutora de Ravi. Eu me ressenti de você por isso. Admito. Sabia que Parvati ia me responsabilizar por você ter deitado com o filho dela. E ela, entre todas as pessoas, sabia como Ravi era. Eu também sabia. Devia ter sido mais ativa em proteger você de meninos como ele. Mas não protegi. E, por isso, eu peço desculpas.

Sem ligar para as pessoas obrigadas a nos contornar na rua, minha irmã me abraça com força. Isso libera algo em mim que eu estava segurando, como um balão que se esvazia. Por que não dissemos essas coisas uma para a outra tantos anos atrás? Por que levou tanto tempo para dizermos uma à outra como nos sentíamos há dezessete anos? Por que eu tive que esperar todo esse tempo para ela dividir a culpa comigo?

Sobre o meu ombro, Lakshmi está dizendo:

— Nós não podemos voltar e mudar o que quer que seja, *beti*. Vamos deixar o passado para trás. Mas pense no que ele ensinou a você. O que o presente está dizendo? Você deu a Niki a melhor vida possível. Tomou a decisão de deixar que ele fosse criado por Kanta e Manu. Você fez o certo. Ele é feliz, Radha. É um amor de menino.

Eu a solto e olho em seu rosto.

— Você o viu?

Ela enxuga meus olhos de novo.

— Depois que Jay e eu nos casamos, começamos a ir para Jaipur no inverno. Eu sentia saudade de Kanta. E queria ver Niki. Meu sobrinho, Radha. É assim que penso nele. Ele é ótimo. Adora ler tanto quanto você. Faz desenhos lindos. Essas são as coisas que você precisa saber sobre ele. E assim vai perceber o bem que fez.

Sinto o coração acelerar.

— Mas, Jiji. Como vou explicar a Pierre que tive um filho antes de conhecê-lo? Que eu abandonei esse filho? Pierre foi criado como católico. Ele não tem a menor ideia disso. E se ele pedir o divórcio?

— Porque você teve um filho aos treze anos? Como se na França não tivesse meninas dessa idade com bebês? — Jiji faz um som de desdém. — Se Pierre ficar bravo com você por causa de Niki, ele vai ter que falar comigo. Você deu duas filhas lindas a ele. Ele seria um idiota se jogasse isso fora! Você mesma disse, estamos em 1974. Não é mais 1955. Os tempos mudaram.

Vendedores e compradores olham para nós, duas mulheres abraçadas no meio de uma rua abarrotada de gente, com vacas, cachorros e gatos passando em volta. Sinto a força dela, o jeito como ela me faz sentir segura, sempre, e desejo que essa força se torne parte de mim.

— Quer que eu vá para Paris com você? — ela pergunta. — Tenho certeza de que Nimmi pode cuidar de tudo em Shimla por alguns dias.

Por mais que me sinta tentada a dizer que sim, a ter Jiji perto para tornar tudo mais fácil, eu balanço a cabeça.

Niki está indo para lá me ver. Isso é algo que eu mesma tenho que resolver. Pego o frasco no bolso de meu *kameez*, abro a tampa e inalo. Estendo-o para minha irmã. Jiji franze a testa, com uma interrogação no rosto, mas leva o nariz até o frasco, cautelosa, e cheira. Seu rosto se ilumina.

— Ah — diz ela.

Ela segura meu queixo.

— *Shabash*.

PARTE TRÊS

Usado há milhares de anos na Índia para acalmar a mente
e suavizar a pele, o sândalo foi introduzido na Europa só
duzentos anos atrás.

Paris
Dezembro de 1974

No táxi do aeroporto De Gaulle para nosso apartamento, passo a mão sobre a preciosa caixa de jacarandá com *mitti* e *khus attars* em meu colo. Jiji queria que eu voltasse com ela para Shimla e passasse alguns dias com Jay e a família. Ela se refere a Malik, Nimmi e as crianças como *a família* agora. Que estranho que, quando eu cheguei a Jaipur, Lakshmi fosse minha única família, e agora eu tenho a minha própria, a um milhão de quilômetros dela. Mas eu precisava voltar a Paris por causa de Niki — e de Pierre e das meninas. E do meu trabalho.

O céu nublado de dezembro em Paris me faz sentir saudade do calor luminoso da Índia. No dia mais frio em Agra, estava vinte e um graus. Aqui, às seis da tarde, está fazendo oito graus e, agasalhada apenas com um suéter, estou tremendo. Devia ter ficado com o xale que Jiji me ofereceu.

Liguei para a casa de Florence uma vez enquanto estava fora. Queria ouvir a voz de minhas filhas, sua falação incessante, para onde sua *grand-mère* as estava levando. Elas disseram que tinham jogado *pétanque*, e badminton, e comido chocolates de seus calendários do Advento (Natal é algo que só comemoramos na casa de Florence).

Não liguei para Pierre. Fiquei com medo de saber se Niki já havia aparecido em nosso apartamento ou se ele e Niki já haviam se conhecido. Mas, se isso tivesse acontecido, acho que Pierre me ligaria na mesma hora. Imaginei Niki chegando durante o dia; Pierre estaria no trabalho. Duvido que a zeladora o deixasse subir, sem nunca tê-lo visto. Mesmo que tivesse deixado, ninguém teria atendido quando ele tocasse a campainha de nosso apartamento.

À noite, Pierre estaria na casa de Florence, jantando com as meninas, ou sairia com amigos. Eu imaginava Niki perdendo a esperança e, por fim, decidindo voltar para casa. Talvez eu fosse poupada do constrangimento de apresentar Niki a meu marido e a minhas filhas.

Mas na verdade eu sabia que isso era ilusão.

E, quando Pierre se encontrar com Niki, bem... vou ter que pensar em alguma coisa. Neste momento, estou exausta da viagem e não tenho a menor ideia do que dizer a nenhum dos dois.

Carrego a mala e a caixa de perfumes até o terceiro andar. Antes de virar a chave na fechadura, ouço vozes, o que é um alívio; isso significa que não vou ter que ficar sozinha com Pierre ou me preparar para a Discussão. Pelo menos, não esta noite.

Ouço Pierre dizer em uma voz excessivamente alegre:

— Ah, deve ser ela. — Ele está sorrindo quando vem ao saguão e me beija nas duas faces. Enquanto pega a mala, ele sussurra: — Por que não me avisou que estava esperando visita?

Meu coração dá um salto.

Niki já está aqui.

Sinto o medo apertando meu peito como um torno.

Pierre leva minha mala pelo corredor para o nosso quarto. Penduro o casaco no cabideiro do saguão. Devagar, muito devagar, tiro os sapatos. É quando noto um tênis masculino Adidas branco com faixas vermelhas, a parte de cima suja de terra, ao lado dos sapatos de minha família. É como se Niki tivesse atravessado o deserto do Rajastão para chegar até mim. Apoio uma das mãos na parede.

Como uma velha, me arrasto até a sala de estar.

Vejo o lado de trás da cabeça de um homem. Ele está sentado no sofá. Seu pescoço é fino e vulnerável, como o de um menino.

— Olá — digo.

Ele se levanta e se vira em um único e suave movimento. Reparo em tudo de uma só vez: os olhos cor de pavão, luminescentes no centro, azul se tornando verde se tornando marrom nas bordas. O nariz é totalmente Ravi: reto, sem a protuberância do meu. Lábios como os meus: em formato de coração no alto, o inferior mais cheio. Minhas maçãs do rosto, as sobrancelhas grossas como as de Ravi. Seu cabelo é preto, enrolado. Era enrolado quando bebê também. Eu o teria reconhecido na rua? Acho que não. Mas teria olhado, porque ele é tão bonito, seus olhos tão marcantes.

Niki não se moveu. Nem eu. Ainda estou segurando a caixa de perfumes de Agra, apertando-a com tanta força que meus dedos vão ficando brancos.

Pierre entra na sala com uma bandeja de copos com suco de abacaxi.

— Aqui está. — Tenho a consciência dele pousando a bandeja, entregando um copo para Niki. De repente, ouvimos a porta da frente abrir e as vozes estridentes das meninas, Florence lhes dizendo para pendurar o casaco e tirar as botas. Pierre pede licença para cumprimentar a mãe e ajudar as crianças.

Niki está segurando o copo, mas ainda não tomou nenhum gole. Eu também não.

Ouço Florence dizendo:

— Achei que Radha fosse estar cansada demais para fazer o jantar. Então preparei um *coq au vin*. Podemos todos jantar juntos...

— *Maman!* — As meninas entram correndo na sala e me abraçam pela cintura. Elas estão vibrando de empolgação, de energia. Em suas jovens vidas, mil e uma coisas aconteceram desde que elas me viram pela última vez, quatro dias atrás.

— A Josephine ganhou um coelho. A gente pode ter um coelho também?

— *Maman*, eu ganhei três vezes hoje em *un, deux, trois, soleil*!

— A *grand-mère* jogou *barbichette* com a gente!

— Você trouxe alguma coisa para nós? O que tem nessa caixa?

Niki olha em volta, subitamente constrangido. Seu rosto está corado. Ele toma um gole do suco e põe o copo na bandeja. Esfrega as palmas das mãos na calça de moletom preta.

Florence aparece à minha direita.

— Ah. *Bonjour.*

Sinto os olhos de minha sogra em mim, em Niki. Não consigo falar. Não consigo abrir a boca. Não consigo me mover. Tudo que posso pensar é: *Ele é mais* bonito do que imaginei. *Mais alto também. Isto é real? Estou sonhando? Ou é um pesadelo?* Mas sinto meus pés no piso de madeira de lei, minhas mãos na caixa. *Preciso do meu frasco.* Só que não consigo conectar o frasco com um movimento de meu corpo que me levaria até ele.

Pierre está na sala agora. Está dizendo à mãe que meu primo veio nos visitar. Ele apresenta Niki. As meninas sorriem timidamente para ele. Asha avança e o pega pela mão. Ela quer lhe mostrar seu calendário do Advento. Shanti corre para chegar ao quarto antes de Asha. Niki enrubesce enquanto passa por nós. O olhar de Florence está em mim outra vez, em Niki de novo. Agora, Florence está tirando a caixa de minha mão e colocando-a sobre a mesa de jantar.

Eu pigarreio.

— Quando ele chegou?

Pierre está arrumando a mesa para o jantar.

— Umas horas atrás. Ele parece boa gente. Seu inglês é muito bom. Ele gostou do meu desenho do prédio em Chandigarh. Parece que já esteve lá. E estudou um pouco de francês. — Ele baixa a voz. — Sabe como é, *Je m'appele Pierre. Comment allez-vous?* Como você falava quando eu te conheci. — Ele pisca para mim.

Ele está de bom humor. Achei que fosse estar um pouco irritado comigo por não ter telefonado da Índia, por ter ido para Agra, por trabalhar, por ter um parente que aparece de repente na nossa porta, por uma série de coisas.

— Ele não vai ficar aqui, não é? — pergunta Florence, passando os olhos pelo nosso pequeno apartamento. Ela vai até a cozinha pegar copos e uma garrafa de água mineral.

— Ele está em um hostel. Meio longe daqui. No vigésimo, acho. — Pierre remove a tampa do prato com o *coq au vin* e cheira. — *Magnifique, maman.*

Florence sorri com cortesia, vindo da cozinha.

— *Salade?*

Pierre vai à cozinha prepará-la.

Niki e as meninas voltam do quarto delas. Asha corre para mim.

— *Maman!* O Niki tem os olhos da mesma cor que os seus! Eu tenho os olhos como os do papai. — Ela puxa uma pálpebra para baixo para mostrar sua íris de tons dourados. — E a Shanti tem olhos castanhos. De onde eles vieram?

Dou uma olhada rápida para Florence, que está nos observando com atenção. Ela tem uma expressão intrigada no rosto. Tiro a mão de Asha de seu olho.

— A cor dos olhos pode pular gerações. Os olhos de Shanti são como os do meu pai. Florence, de onde vieram os olhos diferentes de Pierre?

Florence, que tem olhos azuis, me encara como se eu tivesse lhe dado um tapa. Fico tão espantada com a reação que não sei o que dizer. Ela me surpreende desviando o olhar e dirigindo-se a Niki.

— Jante conosco, Niki. Você parece estar precisando de uma boa refeição francesa.

Normalmente eu teria balançado a cabeça. Como se a comida francesa fosse o suprassumo das maravilhas. Mas Niki olha para mim com um sorriso de lado. Percebo que ele está esperando que eu traduza o francês rápido de Florence. Falo com ele em hindi:

— Ela está convidando você para jantar, mas eu preferia que você não ficasse. Seus pais estão preocupados. Eles querem que você volte para casa.

Niki fica boquiaberto. Ele não havia previsto minha indelicadeza.

Pierre entra na sala com uma salada de agrião e fala em inglês:

— Radha, ele fala inglês. Você não precisa usar o hindi. — A Niki, ele oferece um sorriso amistoso e prossegue em inglês: — Será um prazer para nós se você ficar para o jantar.

Agora Niki parece confuso. A qual convite ele deve responder? As meninas decidem por ele. Asha pega sua mão e o leva para a mesa.

— Você vai sentar do meu lado. — Ela fala isso em francês, mas acrescenta em inglês: — Por favor.

O significado é suficientemente claro. E, com um olhar acanhado para mim, Niki se senta. Shanti corre à cozinha para pegar um prato para ele e se acomoda ao seu lado antes que Asha possa se sentar. Chamo Asha para perto de mim, para evitar uma discussão. Logo depois Pierre está lhe oferecendo uma taça de vinho (que ele aceita). Florence lhe oferece o *coq au vin* (que ele também aceita; será que Kanta sabe que ele come carne?). As meninas estão usando seu inglês para lhe perguntar em que ano ele está na escola, onde ele mora e se ele tem irmãos. Antes de responder, ele sempre olha para mim, como se pedisse permissão. Eu me nego a retribuir seu olhar. Tê-lo sob o meu teto é como ter pedras dentro do sapato. Quero que ele vá embora antes que descubra que eu sou sua mãe biológica. Antes que minha família descubra. Antes que as vozes que fervilham logo abaixo da superfície de minha consciência gritem: *Radha é uma inútil. Fez tudo errado. É uma idiota. Deixou que a usassem e descartassem, como um lenço sujo.* Não, eu não posso deixar que isso aconteça. Mas minha família está sendo tão gentil e acolhedora que Niki mal teve a chance de recusar.

Pierre toma um gole de vinho e diz às meninas, em francês:

— Niki é um primo distante de sua mãe. Aposto que conseguimos descobrir algum segredo sobre ela se perguntarmos com jeitinho. — Ele traduz para Niki.

Niki franze a testa, sem entender se aquilo é uma brincadeira. Mas todos na mesa riem. Menos eu. Baixo os olhos para o prato. Quanto mais depressa ele for embora, melhor.

Em seu inglês hesitante, Florence diz:

— Você pode ficar na minha casa, Niki. Eu tenho quartos vagos. — Ela faz gestos com as mãos como um mágico, como se estivesse conjurando espaço, o que faz Pierre e as meninas rirem. Ela ri junto, e Niki também.

— *C'est genial!* — concorda Pierre. — Minha mãe tem uma casa muito grande. Você poderia dormir em dois quartos em vez de um só! — Ele ri.

Florence move a mão para Pierre como para espantar uma mosca, mas está sorrindo.

Fico tão abismada com a oferta de Florence que me viro para examiná-la. O que poderia ter induzido esse convite? Os olhos dela se apertam nos cantos quando sorri para Niki. Ela gosta dele. Ela gosta do meu filho!

Eu acabei mesmo de pensar nele como *meu filho*? Não, ele é só Niki. *Não posso chamá-lo assim de novo. Não tenho permissão para isso. Ele é filho de outra pessoa.* De repente, a sala começa a girar. Eu me seguro na borda da mesa para não escorregar da cadeira.

— *Maman?* — Shanti segura meu braço.

Florence está falando com Pierre:

— Ela passou por duas mudanças de fuso horário em uma única semana. Deve estar exausta, com o ciclo todo alterado. Talvez tenha pegado alguma infecção na viagem.

Escuto cadeiras sendo afastadas da mesa. Estou sendo guiada para a cama por Florence. Minha *saas* está me dizendo para respirar fundo. Sinto a cabeça no travesseiro. Minhas pernas estão sendo levantadas. Esta é a mesma sogra de quem eu estava agora mesmo reclamando com Jiji? Por que ela está sendo tão gentil comigo?

— Nós vamos levá-lo para passear amanhã. Você descanse... — ela está dizendo agora.

E então estou embaixo das cobertas. Há vozes sussurradas à minha volta. *Maman precisa descansar. Ela vai conversar com vocês de manhã. Está trabalhando muito. Vocês comeram toda a salada?*

Tudo fica escuro.

Quando acordo na manhã seguinte, o apartamento está em silêncio. Vou até o corredor, chamo as meninas, mas ninguém responde. Tenho que proteger os olhos do sol que entra pelas janelas da sala de estar; Pierre deve ter aberto as cortinas. Olho para o relógio. São onze horas de uma manhã de sábado. As meninas têm escola por meio período.

Sobre a mesa de jantar há um bilhete na caligrafia de Pierre.

> *Levei as meninas para a escola. Não quis acordar você. Depois, maman, as meninas e eu vamos passear com Niki. É a primeira vez dele em Paris! Voltamos para o jantar. Descanse. Bisous.*

Niki! Tudo volta em uma torrente. Ele em nosso apartamento. Dizendo a todos que era meu primo de Jaipur. Florence oferecendo-lhe um quarto em sua casa. Onde ele está agora? Tenho que vê-lo. Convencê-lo a ir embora. E aí estará tudo encerrado. Minha vida poderá voltar ao normal.

O telefone toca. Olho para ele como se estivesse vivo. Como se pudesse queimar minha mão se eu o pegasse. Com cautela, eu atendo.

— Almoce comigo. — É Mathilde. — Tenho uma enfermeira com *maman* hoje. Eu preciso muito ver você, *ma puce.* — Ela parece tão desesperada que faço um cálculo rápido. Se Pierre está com as meninas e vai manter Niki ocupado o dia todo, eu posso dedicar uma hora a Mathilde.

Costumo trazer um livro para me fazer companhia quando me encontro com Mathilde no L'Atlas Café na Rue de Buci. Ela está sempre atrasada, às vezes aparecendo com sacolas de compras cheias de roupas ou sapatos ou uma bolsa que ela viu por acaso no caminho. Hoje estou preocupada demais, com meus pensamentos em Niki, para parar nos *bouquinistes* ao longo do Sena e comprar mais um livro em inglês cheio de orelhas deixado por algum turista.

Com um floreio, um garçom alegre de camisa branca, gravata preta e avental preto coloca a *menthe à l'eau* sobre a pequena mesa redonda. A bebida cintilante de menta é o que eu sempre tomo, e Thomas sabe. Ele segura a bandejinha preta sob o braço.

— Sem livro hoje? — pergunta.

Eu sorrio. Ele me conhece bem.

— Vou só observar as pessoas.

— Até mademoiselle Mathilde chegar. — Acho que Thomas tem uma quedinha por Mathilde, porque ele sempre faz questão de nos servir quando nos encontramos aqui para almoçar. Mas sei que ele tem esposa e filho no *banlieu*, então nunca passará do flerte.

— Espero que ela não nos deixe esperando demais, ou vamos ter que pedir o jantar — respondo.

Um casal de meia-idade senta-se à mesa ao lado da minha. Eles estão olhando um mapa e conversando em inglês sobre o que visitar em seguida. Mas não é inglês britânico; eles são americanos. A mulher levanta o calcanhar de dentro do sapato de salto baixo e o massageia. O homem, calvo no alto da cabeça, dobra o mapa e se abana, embora esteja frio aqui fora. O botão de seu colarinho está aberto. Há duas câmeras penduradas em seu pescoço. Tenho certeza de que o casal já visitou três atrações turísticas de sua lista e ainda não são nem duas da tarde.

Não comento com Thomas que ele tem mais clientes. Ele sabe disso, mas vai mantê-los esperando por mais dez minutos — ou até vinte. Talvez seja o fato de eles não o cumprimentarem com um *bonjour*. Ou de suas vozes se espalharem pelo ambiente; eles falam mais alto que os franceses. Ou ele não gosta de suas roupas de caimento ruim. Seja qual for a razão, eu os vejo dando olhadas para as costas do garçom, esperando que ele os note.

— Posso já pedir o almoço de vocês? — ele me pergunta. Eu sempre peço *moules frites* e Mathilde uma *salade Niçoise*.

Concordo com a cabeça e ele vai embora, aparentemente sem perceber o americano levantando a mão para chamá-lo. Ofereço um sorriso solidário ao casal.

Mathilde e eu sempre nos sentamos do lado de fora, mesmo em dias frios e nublados de dezembro como hoje. Há algo reconfortante em observar as pessoas caminhando, fazendo hora, conversando, flertando em Paris. Faz minha mente se afastar dos pensamentos incômodos. Tomo um gole da *menthe* enquanto vejo uma senhora idosa atravessar a rua conversando com seu pequeno poodle branco. O cachorro parou para cheirar algo interessante na calçada. Ela está dizendo, *On avance?*, mas o cãozinho não se move.

— *Désolée, désolée, désolée!* — É Mathilde, com sua grande bolsa caramelo, trazendo junto o cheiro de tabaco, limão, patchouli, couro e âmbar. Mas nenhuma sacola de compras.

Ela me cumprimenta com dois beijos. Hoje está com um vestido de caxemira azul-acinzentado e cinto combinando, por baixo do casaco azul-marinho. O vestido combina com seus olhos. Como sempre, cabeças se viram para olhá-la.

— Você está usando Gentleman? — É a fragrância masculina mais recente da Givenchy.

Ela me dá um de seus largos sorrisos.

— Você gosta? — Ela se senta, pendura a bolsa no encosto da cadeira e cheira o pulso, depois o estende para mim.

— Por mais estranho que pareça, combina com você.

Mathilde tira o maço de cigarros Tigras do bolso do casaco. Suas mãos estão trêmulas. Eu estico o braço, pego a caixa de fósforos dela e acendo seu cigarro. (Mathilde se recusa a usar isqueiro; ela adora o súbito clarão na cabeça do fósforo quando ele é riscado na lateral da caixa.)

Depois da primeira tragada, ela diz:

— O perfume não é meu. É de Jean-Luc. Ele que o deixou.

— Esperando repetir a visita? — Espero que ela não note que estou tentando desesperadamente manter o tom de voz leve. Porque minha mente está ocupada com o que vou dizer a Niki quando o encontrar outra vez. *Hai Bhagwan*, e se ele falar alguma coisa a Pierre sobre aquelas cartas? É hoje o dia em que devo contar a Mathilde sobre Niki? Será que isso vai me fazer sentir melhor, como a conversa que tive com Jiji? Como Mathilde vai reagir quando descobrir que mantive Niki em segredo todos esses anos?

Mas Mathilde não está sorrindo. Ela torce o nariz e bate as cinzas no pequeno cinzeiro preto em nossa mesa.

— E eu não me oporia, mas... — Ela dá uma tragada no cigarro.

— Mas?

Ela pisca, o rímel tão espesso que vejo os grumos. Em Auckland, ela e eu nos encantávamos com a maquiagem de olhos e cílios grandes da Twiggy. Mathilde tinha uma prima na Alemanha que lhe mandava os cosméticos mais recentes, e nós passávamos muitas horas alegres imitando a aparência que era marca registrada da modelo quando deveríamos estar estudando. Eu abandonei o delineador escuro e o rímel quando as meninas eram bebês. Não tinha mais tempo para me dedicar a isso. Mas Mathilde permaneceu fiel à sua ídola, que enfeita a capa da *British Vogue* este mês.

Mathilde bate as cinzas do cigarro outra vez, pensativa, girando-o sobre a borda do cinzeiro.

— Jean-Luc me largou. — Ela olha para mim, então, e seus olhos azuis-claros me contam como é profunda a ferida que ele deixou. Ela está com a aparência abatida, frágil. Pela primeira vez um homem havia correspondido às suas expectativas e, por alguma razão, ela não correspondera às dele. Ela não está acostumada a ser rejeitada por homens; é uma experiência nova. Como nosso coração é frágil quando o abrimos para dar passagem ao amor que nunca chega!

Eu quero uma vida feliz para Mathilde, em que ela seja o centro do mundo de alguma pessoa. Só Deus sabe como foi difícil para ela ter uma mãe mais focada em si própria do que na filha.

— Puxa, sinto muito, *chérie*, eu...

Ela me interrompe, pigarreando de repente e endireitando o corpo na cadeira.

— Não vamos ficar tristes. Me faça feliz. Conte sobre a Índia. O que você comeu? Como eram as cortesãs? Foi divertido voltar para lá? — Mathilde adora a Índia, a estranha colcha de retalhos de efervescente atividade comercial, festas grandiosas e cozinha apimentada. Como ela ama a comida!

Nesse momento, Thomas chega com nosso almoço e uma taça de chardonnay para Mathilde, a mesma bebida que ela pede sempre que estamos no L'Atlas. Thomas enrubesce ao cumprimentá-la.

Enquanto comemos, conto tudo a Mathilde, de rever Lakshmi (que fascina Mathilde; minha irmã fez pinturas de henna nas mãos dela mais de uma vez) a conhecer a intimidadora Hazi e a recatada Nasreen. Eu a faço rir com o estranho sr. Mehta e seu óbvio desejo por Nasreen. Explico sobre os aromas que trouxe da Índia e como espero usá-los no projeto Olympia.

Mathilde espeta uma anchova com o garfo.

— E esse seu visitante misterioso? Quando você ia me contar sobre ele?

Estou abrindo o primeiro mexilhão com o garfo. Minha mão congela. Como ela ficou sabendo da vinda de Niki a Paris? Pierre contou para ela? Eu nunca tive coragem sequer de lhe contar sobre minha gravidez aos treze anos.

— Quem contou para você que tínhamos uma visita? — pergunto com cautela.

Ela abre e fecha a boca. Recosta na cadeira. Seus olhos baixam para a taça de vinho.

— *La Reine*, claro. Florence me ligou esta manhã convidando Agnes e eu para o passeio pela cidade. — Ela toma um gole. — Ela pareceu surpresa por você não ter me contado sobre a visita dele.

Meu pulso acelera.

— Meu primo. Ele chegou ontem, um pouco antes de mim. Nós não sabíamos que ele vinha. Ele simplesmente apareceu na nossa porta. — É visível que Mathilde está magoada por eu não ter contado a ela sobre algo tão importante como um visitante da Índia. Ela é minha melhor amiga, afinal. Largo o garfo e me sirvo de um dos Tigras dela. Mathilde me observa com curiosidade. Não fumo desde nossos dias de estudantes na Auckland. A rápida carga de nicotina em meu cérebro me deixa tonta, mas é um contraste bem-vindo com o peso em meu peito. — Ele fugiu de casa. Seus pais me pediram para mandá-lo de volta. — Digo a mim mesma que não estou mentindo, só não estou contando a verdade inteira. Dou outra tragada. — Ele vai embora até o fim da semana. E agora, me conte, como está sua mãe?

Eu sabia que a mudança de assunto ia tirar a pressão de cima de mim. Mas Mathilde não é boba. Ela percebeu meu repentino nervosismo. Empurra o prato e cruza os braços sobre a cintura, como se estivesse com frio. Deve ter decidido não continuar me questionando, porque diz:

— Não sei por quanto tempo mais vou conseguir cuidar de *maman*. Precisei pôr uma fechadura especial na porta para ela não escapar no meio da noite enquanto estou dormindo. Tenho que ficar de olho no que ela come. Ela engordou vinte quilos desde que veio morar comigo. Nem tem noção de que está com o estômago cheio. — Seus olhos azuis estão cheios de tristeza. O rímel dos cílios inferiores está derretendo nas pregas sob seus olhos. — Radha, acho que nunca estive tão cansada.

— Mas as auxiliares...

— Sim, elas ajudam, e eu posso sair do apartamento por umas horas. Mas, se eu as contratar todos os dias por vinte e quatro horas, o dinheiro vai acabar em um instante. Agnes já gastou todo o dela antes de voltar a Paris.

Antoine tinha deixado Mathilde e Agnes em uma situação muito confortável. Ele era o proprietário do prédio estreito em que sua *parfumerie* ocupava o piso térreo, e a venda do imóvel rendeu um bom dinheiro depois que ele morreu. Sei que Mathilde sentia tanta falta de seu *grand-père* quanto eu. Se ele ainda estivesse vivo, saberia o que fazer, como ajudar minha amiga.

Ponho a mão sobre a dela e a seguro. Não há muito mais que eu possa fazer.

Uma hora depois, vejo-me sozinha diante da *Olympia* de Manet outra vez. Não quero ir para casa, onde terei que encarar Niki e minha família juntos na mesma sala.

Não há bancos neste museu estreito, então me sento de pernas cruzadas no chão frio de pedra enquanto olho para Victorine. Pelo canto do olho, percebo Gérard coxeando em minha direção, arrastando sua cadeira atrás. Quando entrei no Jeu de Paume, passei rapidamente por ele, preocupada demais para cumprimentá-lo. Só agora me ocorre que Olympia funciona como um sedativo, me acalmando, aliviando meus nervos tensos. Mais ou menos como o meu frasco de aroma.

O almoço com Mathilde me deixou deprimida. Pela situação difícil de minha amiga. Pela memória deficiente de Agnes. Pelo futuro incerto delas. E ainda não tenho ideia de como lidar com as perguntas que Niki vai me fazer. *Qual é a sua relação com minha mãe? Por que você devolveu todas as cartas dela sem abrir? O que tem dentro das cartas?*

Gérard me oferece a cadeira. Mas eu balanço a cabeça. Quero o desconforto da pedra dura. Ele coloca a cadeira ao meu lado e se senta. Estende seu lenço para mim.

Quando foi que comecei a chorar de novo? Enxugo rapidamente os olhos, o rosto, o queixo, com os dedos.

— Victorine teve filhos com Manet?

Ele parece surpreso com minha pergunta.

— Nunca soube nada a esse respeito. A sra. Manet era muito possessiva. Não acredito que ela toleraria uma ligação romântica entre o marido e uma de suas modelos.

Ao contrário de mim, Victorine não era tonta de ficar grávida do pintor.

— Mas você me disse que Victorine era a modelo preferida dele, não é?

— *C'est ça.* Ela era a preferida de muitos. Dégas. Lautrec. Stevens. O rosto dela está em uns trinta quadros pelo mundo. — Ele faz uma pausa enquanto assoo o nariz. — Ela era miúda. E ruiva. Os amigos a chamavam de *la crevette.**
— Ele sorri afetuosamente. — Veio de uma família humilde. Começou a trabalhar como modelo aos dezesseis anos.

Ficamos um tempo em silêncio. Então pergunto:

— Você acha que ele a decepcionou? Manet, eu quero dizer.

— *Bah...* quem pode saber? — Gérard coça a barba. — Talvez ela tenha se decepcionado com os homens em geral. Eles não a aceitaram na Academia de Belas Artes. Não aceitaram nenhuma mulher, aliás, por muito tempo.

---

* *La crevette* (francês): camarão.

Os pintores não a levavam a sério. Manet disse que não gostava do estilo de pintura dela.

Victorine/Olympia está me observando. Baixo os olhos para o chão, constrangida. As palavras que estiveram subindo dentro de mim borbulham agora até a superfície.

— Eu tive um bebê quando tinha treze anos.

Gérard vira a cabeça para olhar para mim. Eu encontro seus olhos.

Não consigo decifrar sua expressão. Ofereço um sorriso a ele.

— Eu achava que estava apaixonada pelo pai dele. Nós nos encontrávamos no campo de polo de Jaipur. No galpão onde guardavam os acessórios para ferrar os cavalos. Nós ensaiávamos as falas das peças de Shakespeare que a turma de teatro dele estava estudando. — Tinha sido tão fácil pular de estudar as falas para representá-las na prática. De Romeu cortejando Julieta para Romeu fazendo amor com Julieta. Foi um tempo bom. Ainda me lembro de cada beijo glorioso, carícia, suspiro, movimento, aperto, mordida, lambida. Não havia ninguém ali me dizendo o que fazer ou o que falar ou como agir. Eu simplesmente *era*. Eu simplesmente *fazia*. Eu simplesmente *sentia*. É assim no primeiro amor de todo mundo? As pessoas nunca esquecem? Elas conseguem repetir isso?

Ficamos em silêncio por algum tempo.

Gérard pergunta:

— E o pai do bebê? O que aconteceu com ele?

Dou de ombros.

— Os pais dele o mandaram estudar na Inglaterra. Eu nem tomei conhecimento. E não tenho ideia se ele soube do bebê. Como uma idiota, eu ficava indo na casa dele e deixando bilhetes com o porteiro. — Meu rosto enrubesce de pensar como os Singh devem ter rido de mim. Não suporto olhar para Gérard. Ele deve achar que sou uma bobona.

— Deve ter sido terrível — diz ele. Sua voz é triste, como se estivesse sentindo o que eu senti todos esses anos atrás.

Olho para Victorine. Imagino se a expressão dela é a que eu teria se tivesse ficado cara a cara com Ravi. *Por que você está me traindo? Será que não vê quanto dói?*

— E o bebê, madame Radha? A senhora ficou com ele?

Balanço a cabeça.

— Eu o excluí da minha vida.

— Ah — é tudo que ele diz, como se entendesse.

Ele não tem ideia de como foi. Como poderia ter? Niki saiu do meu corpo — eu o fiz! Me separar dele foi como cortar um braço ou uma perna. Como Gérard pode ter a pretensão de demonstrar empatia? Sinto o sangue pulsando no pescoço. Sei que minhas faces estão ficando vermelhas. Digo a mim mesma para me acalmar. Não é culpa de Gérard. Ele só está sendo gentil. Nunca falei com ninguém em Paris sobre o bebê que tive dezessete anos atrás — até agora. Gérard escutou. Ele não julgou.

— Está vendo esta mão? — Gérard levanta a garra que é sua mão direita. — Eu era destro. Agora, esta mão não serve para nada. Então eu aprendi a pintar com a mão esquerda. Quando a doença for avançando, a mão esquerda vai ficar inútil também. — Ele sorri para mim, e é quando percebo como seus olhos azuis são intensos. — Mas nos meus sonhos eu ainda pinto com a mão direita. Nos meus sonhos, tudo é como era antes. Eu não esqueci.

Ele me fita com aqueles olhos azuis vívidos, até que tenho que desviar o olhar. Percebo que eu também não esqueci.

Fecho a porta tão silenciosamente quanto possível e paro no saguão de nosso apartamento. Ouço as meninas e Pierre conversando, mas não escuto Florence nem Niki. Sinto um tremor pelo corpo. É alívio ou medo? Avanço pelo corredor de meias.

— *Maman! J'adore mon manteau!* — diz Asha, assim que me vê entrar na sala. Ela faz um giro, os braços estendidos, como uma bailarina. As duas estão usando os casacos bordados que estendi sobre a cama delas antes de sair para almoçar com Mathilde. São quase seis da tarde agora.

Shanti sorri timidamente e se aproxima de mim para um abraço.

— *Merci, maman. Tu m'as manqué.* — Eu a aperto com força. Como senti falta do amor de seus pequenos corpos! As costelas delicadas que sinto através da roupa. O acetinado de seus cabelos.

Não querendo ser deixada para trás, Asha corre para me abraçar também.

Pierre, que estava sentado no sofá, se levanta com o rosto preocupado.

— Radha, onde você estava? Achamos que ia ficar descansando hoje. Você não deixou nenhum bilhete. Eu não sabia para onde você tinha ido.

Solto as meninas e caminho até o sofá para beijá-lo.

— Mathilde ligou. Ela precisava conversar.

Pierre franze a testa.

— Sobre a mãe dela?

Eu suspiro.

— Isso e outras coisas. Acho que...

Asha agarra minha mão.

— Que cheiros você trouxe?

— Não são cheiros! São aromas — Shanti a corrige, e se vira para mim. — O que você trouxe para o papai?

— O papai não mostrou para vocês? — Levanto as sobrancelhas para Pierre. — Eu trouxe cinco elefantes da Índia para ele. — Claro que estou falando das figuras entalhadas em madeira de sândalo, mas Asha arregala os olhos de surpresa.

— Cadê eles, *maman*?

Pierre dá risada.

— Vou pegar. — Enquanto passa por mim a caminho de nosso quarto, ele sussurra em meu ouvido: — Eles cheiram melhor do que elefantes de verdade.

— *Mes chouchoutes*, contem para mim sobre o seu dia. — Eu me sento no sofá e as meninas se aconchegam ao meu lado.

— Você sabia que o Niki sabe desenhar? — diz Shanti. — Nós fomos para o Louvre e ele fez desenhos das obras de arte que achou bonitas. Também fez desenhos de mim e da Asha quando a gente não estava olhando. — Ela me encara solenemente. — Ele leva o caderno de desenho para todo lugar. *Maman*, eu queria levar um caderninho comigo também. — Ah, como eu adoro essas expressões sérias que ela faz.

— O que você ia pôr nele? — Arrumo a gola de seu casaco vermelho. Fica perfeito nela.

Ela responde de imediato, como se estivesse pensando nisso há algum tempo.

— O que nós fizemos com o Niki hoje. Nós fomos no Louvre. Também andamos de *bateau-mouche* pelo Sena. Asha e eu demos comida para as gaivotas.

Pierre volta com os elefantes de sândalo que eu lhe trouxe. As meninas querem cheirá-los. Asha pergunta se pode levar *les éléphants* à escola para mostrar para a professora. Olho para Pierre, e ele faz que sim com a cabeça.

— Mas tenha cuidado para não quebrar a presa, *d'accord*? Ela é o dente do elefante e não cresce de novo.

Asha olha com seriedade para o animal entalhado em sua mão.

Pierre se oferece para fazer omeletes para o jantar. Ele diz que quer saber sobre minha viagem, sobre Agra, o que eu vi, o que eu comi.

— Sei que não se compara com omeletes, mas posso sonhar, não posso? Sorrio para ele. É bom estar em casa.

Especialmente porque evitei a conversa com Niki por mais um dia.

O dia seguinte é domingo. Tive um sono sem sonhos e acordei cedo, determinada a colocar Niki de volta no compartimento onde ele esteve todos esses anos. Mas é especialmente difícil quando minha família acha que ele é meu primo e o trata como tal. Telefonei para Florence enquanto Pierre estava no chuveiro esta manhã. Disse a ela que tinha falado com os pais de Niki e que eles me contaram que houve um desentendimento sobre onde o rapaz poderia fazer a faculdade. Niki ficou bravo e fugiu para o único outro parente de que tinha conhecimento: eu.

— Os pais dele me pediram para mandá-lo de volta para casa.

— Ele já tem que ir agora? — Ela parece decepcionada. — Eu ia levá-lo conosco esta manhã. Quero que ele veja nossa bela *église*.

Duas vezes por mês, eu deixo Florence levar as meninas à missa na igreja de Saint-Germain-des-Prés — pertinho de nosso apartamento — e ao café Les Deux Magots depois. Às vezes Pierre vai junto.

Estou surpresa por Niki ter concordado em ir.

— É um rapazinho muito prestativo — continua Florence. — Ele me ajudou a fazer baguetes ontem à noite. Vou mandar algumas para vocês pelas meninas. E Asha quer que ele veja as gárgulas no alto da Notre-Dame. Vamos caminhar até lá quando sairmos da igreja, depois almoçar no café.

Florence parece... *feliz*? Estou tentando me lembrar de quando já a vi assim. Pela primeira vez me ocorre — por que levei tanto tempo para perceber? — que Florence é solitária. Seus momentos mais felizes são quando as meninas dormem em sua casa e ela pode lhes mostrar como fazer *financiers** ou plantar bulbos de tulipa no jardim ou ler o *Astérix* mais recente com elas. Talvez seja como se Niki pudesse preencher a mesma necessidade para ela: ocupar o lugar de Pierre, de quem Florence deve ter sentido uma falta enorme quando ele foi morar na escola interna. Nem me lembro de Pierre contar alguma lembrança alegre de Florence fazendo alguma dessas coisas com ele. Ou será que ele simplesmente esqueceu?

— Eu realmente preciso falar com ele hoje, Florence. Os pais dele estão ansiosos para ter notícias. Depois da Notre-Dame, talvez?

---

* *Financier:* biscoito francês arredondado com textura de bolo.

Na pausa que se segue, sinto que ela quer dizer mais alguma coisa, mas desiste.

— Você poderia pedir a ele para se encontrar comigo no Jardin du Luxembourg? Às três horas? — Preciso de um lugar neutro. Sem família. — Entre o *palais* e o lago?

— *D'accord.* — Florence não me faz nenhuma pergunta, o que é estranho. Sempre achei a bisbilhotice dela tão natural quanto sua respiração.

Eu me forço a dizer, porque ela merece:

— Florence. Obrigada por ontem à noite.

Ela fica em silêncio por um momento, mas escuto o sorriso em sua voz quando responde:

— *Bien sûr.*

Pierre precisa de algumas horas no trabalho hoje, e eu também. Estou ansiosa para experimentar o *mitti attar* em minha fórmula para Olympia, e sei que Delphine espera ouvir algo sobre meu progresso amanhã, segunda-feira. Como a igreja fica no caminho para o escritório dele, Pierre se ofereceu para acompanhar Shanti e Asha até lá e entregá-las a Florence.

Paris é silenciosa nas manhãs de domingo. Os cafés ainda não estão cheios. O Métro está relativamente vazio. No banco à minha frente, uma mulher negra de uniforme azul se inclina para um lado, dormindo; ela deve ter saído agora do trabalho. Um casal de estrangeiros, provavelmente turistas, senta-se muito perto um do outro, com receio de soltar seus pertences. Imagino o que eles ouviram sobre batedores de carteiras. Saio antes de minha parada habitual em Pont d'Alma e caminho os vinte minutos no ar frio até a Place Victor Hugo. O ar é uma mistura de odores: cascas de banana, urina, um traço de óleo diesel, café quente, sono.

É irônico que meu trabalho, a casa de Florence em Neuilly e a Escola Internacional das meninas fiquem a uma distância de dois ou três quilômetros entre si. Nosso apartamento no sexto *arrondissement* é a anomalia, a cinco quilômetros desse eixo. Na verdade, meu cérebro prático raciocina, seria bem mais conveniente Florence buscar as meninas na escola e ficar com elas até eu sair do trabalho e poder levá-las para casa. Eu eliminaria a necessidade de contratar outra babá. Mas então meu medo de ser passada para trás, de Florence assumir o controle de minhas filhas, se insinua por dentro de mim e me diz que essa ideia é ridícula.

No laboratório, o aroma delicioso de chuva, *mitti attar*, enche o ar quando o adiciono, gota a gota, a minhas amostras de teste. Minha fórmula contém a mistura bem marcante de hibisco, calêndula e manga, os óleos calmantes de cardamomo e cravo-da-índia e o sensual de almíscar e olíbano. Mas estive variando as quantidades de cada ingrediente nas últimas semanas. Agora estou trabalhando com uma base consistente que parece correta e só variando a quantidade do aroma de chuva. Depois de uma dúzia de tentativas, acho que posso ter encontrado a fórmula certa. Fecho os olhos enquanto abano a fita olfativa na frente do nariz para sentir o resultado. Finalmente consigo ver e sentir Olympia! Nem acredito. Depois de uma centena de tentativas, eu a encontrei. Quero que ela reaja. Ela está satisfeita? O aroma curva seus lábios em um sorriso particular? Faz seus olhos piscarem em reconhecimento? A fragrância é *ela*? *Ela* é a fragrância?

Estou tão contente que recosto na cadeira e examino meu órgão de perfumes. Eu tinha uma pequenina estátua de bronze de Ganesh, o Removedor de Obstáculos, escondida entre os frascos de aromas. Lakshmi a enviou para mim quando comecei a trabalhar para Delphine. Mas fiquei constrangida que Celeste a visse quando fizesse seu controle de estoque mensal. Pego-a agora na gaveta inferior da mesa. O Senhor Ganesh me olha placidamente do rato que monta. Em suas quatro mãos há itens que têm significado para mim e para o sentido que dei a cada um deles: uma flor de lótus para o conhecimento que acabou me trazendo a este lugar; *laddus** para os resultados doces de meus esforços; uma machadinha para remover o que estiver em meu caminho; e a bênção de sua mão de que eu preciso para cada projeto. Nem todos concordariam com minha interpretação, pois há muitas imagens do Deus Elefante, e todas elas diferem em algum aspecto. Não posso fazer a *aarti*** para ele aqui no trabalho, mas, nesta ocasião, recebo mesmo assim a bênção dele em minhas mãos e levo-a ao rosto. O que estou fazendo não é diferente do que Florence está fazendo esta manhã na missa — aceitando a bênção de seu Deus escolhido.

Olho para o relógio. Duas e meia. Se eu sair agora para o Métro, vou chegar ao Jardin du Luxembourg na hora de encontrar Niki.

---

* *Laddus*: bolinhos redondos de lentilha rosa, grão-de-bico moído ou farinha de trigo integral.

** *Aarti*: cerimônia em que uma placa metálica contendo um doce, uma lâmpada de óleo e incenso é oferecida no amor a uma imagem de um deus ou de uma pessoa.

Estou sentada na frente do lago no *jardin*. Atrás de mim estão o *palais* e o *musée*. À esquerda, a Fontaine Medicis. Apesar do frio, o parque está cheio. Vejo duas mulheres de casaco, luvas e botas, a bolsa no colo, conversando em voz baixa. Um grupo de empresários japoneses e suas esposas estão sendo conduzidos por um guia para a outra extremidade do lago. Um casal de jovens namorados se abraça ao parar para admirar a estátua de Maria de Médici, a rainha que tornou possível este *jardin* extraordinário. Famílias passeiam conversando pelos caminhos, as crianças de capa amarela e galochas amarelas ou jaquetas de lã, os rostos corados, a energia infinita.

Olho os patos deslizando no lago. A brisa gelada deste dia de dezembro agita suas penas. Puxo o casaco sobre o peito enquanto observo um menino pequeno colocar um barquinho no lago. Ele se vira para ter certeza de que o avô está assistindo de uma cadeira a poucos metros de distância. Será que Niki já fez algum passeio assim? Eu o teria trazido aqui se estivesse morando em Paris quando ele veio ao mundo? Podia imaginá-lo movendo aquele pequeno barco de brinquedo. Mas que cor de barco ele teria escolhido? Eu nem sei se ele gosta de barcos, ou de lagos, ou de pesca, ou qual é sua cor preferida. Sei tão pouco sobre ele. Se ao menos eu tivesse lido as cartas de Kanta!

De repente, minha visão do menino conduzindo seu barquinho com um remo de cabo longo é bloqueada por alguém usando calça de moletom preta. Noto os calçados: os tênis Adidas brancos com faixas vermelhas, sujos de terra em cima.

As batidas de meu coração estrondeiam nos ouvidos. Quero olhar para o rosto dele, mas não consigo encontrar forças para levantar os olhos. *Não consigo fazer isso!*

— Olha para mim? — É uma voz de rapaz, um pedido. Percebo mágoa, solidão e mais alguma coisa. Medo? Insatisfação? — Por favor.

Estou balançando a cabeça, não. *Faça isso parar. Faça isso ir embora. Isto não está acontecendo.* Cubro os olhos com as palmas das mãos e começo a oscilar para a frente e para trás.

Um rangido perturbador no cascalho. Ele chegou mais perto, tão perto que posso sentir o calor que vem de seu corpo. Percebo o cheiro de bergamota, néroli. Niki não tem mais o mesmo cheiro que tinha aos quatro meses, a última vez que o vi.

Ele diz:

— Eu só quero saber por que minha mãe escreveu para você todos esses anos. *O que eu digo a ele? Por que isto está acontecendo?*

Sinto o movimento do ar, o som da roupa, ouço o esmagar do cascalho. Ele está agachando na minha frente? *Por que ele não vai embora?*

Agora sua respiração quente está em meus dedos. Sinto cheiro de mel e sementes de gergelim. Ele acabou de comer *til ki laddu** ou sempre cheira assim? Florence não teria lhe dado um doce indiano, não é? Ela não cozinha comida indiana.

Dedos, ligeiramente suados, puxam minhas mãos do rosto. Uma lembrança repentina: eu brincando de esconde-esconde com o bebê Niki, seus dedinhos minúsculos se estendendo para os meus. Percebo que meus olhos ainda estão fechados. Lentamente, eu os abro.

É como olhar para Ravi tantos anos atrás. Ele também tinha dezessete anos quando o conheci.

De repente, minha cabeça está girando. Faço esforço para respirar.

— Baixe a cabeça entre os joelhos — ele diz, tão firme quanto Delphine quando fiquei tonta na sala dela. — Respire fundo.

Faço como ele diz. Sinto sua mão no alto de minhas costas.

— Isso é o que o nosso técnico nos manda fazer quando a gente fica sem ar. — Ouço o sorriso em sua voz. O cheiro de narcisos, com tons de baunilha.

A tontura diminui, passa. Minha respiração fica mais regular. Mas agora estou tremendo.

— Obrigada — murmuro.

Ele se senta no cascalho, de pernas cruzadas, ao lado de minha cadeira. Vejo-o inteiro agora. O suéter verde-escuro, a jaqueta preta feita de algum material brilhante. Tudo errado para a França. Ele tira algo do bolso da jaqueta.

— Talvez ajude. — Niki me oferece um *til ki laddu*. Onde ele arranjou isso em Paris?

Dou uma mordida e fecho os olhos. O açúcar vai direto para o cérebro, corre pelos meus nervos. Uma vez mais, estou no alojamento de Lakshmi, com treze anos, preparando esse petisco para uma das senhoras que minha irmã atende em Jaipur. A semente de gergelim aquece o corpo e é consumida principalmente no inverno, mas essa cliente específica de Jiji sofria de mãos e pés frios o ano inteiro.

---

* *Til ki laddu:* doce feito com sementes de gergelim.

Mastigo e dou uma olhada para Niki, fascinada por sua beleza. Cílios longos. As mesmas faces rosadas de que eu me lembro em Ravi. E aqueles olhos! Os meus olhos. Os olhos de Jiji. Os olhos de Maa.

— Baju faz os melhores *laddus*. — Ele sorri. — Você o conheceu?

Faço um som indistinto. Lembro-me do velho criado de Kanta. Em seu *dhoti* branco imaculado. A sogra de Kanta estava sempre pegando no pé dele por uma razão ou outra, mas acho que ele gostava da atenção, por mais rabugenta que ela fosse.

— Minha mãe sempre foi um terror na cozinha — comenta Niki, bem-humorado.

Mãe. Ele diz isso tão naturalmente. Claro que está se referindo a Kanta. Mas, só uma vez, como seria ouvi-lo *me* chamar assim?

— Por que você está aqui, Niki? — Eu não pretendia falar com tanta indelicadeza. Mas há tantas vozes dentro de mim. *Fale com ele! Conte tudo. Não diga nada! Mas ele merece saber. O que vai acontecer se eu contar? Ele vai me odiar por tê-lo abandonado. Ele vai querer ser parte da minha família. O que Pierre vai achar disso?*

— Meus pais... — ele para de novo. — Nós recebemos uma carta. Lá diz que eu posso ir para a faculdade...

A tontura volta. Fecho os olhos e baixo a cabeça outra vez.

— É de um advogado. Eu não estou explicando direito. — Ele começa do princípio. A carta do benfeitor, a recusa de Manu e Kanta em deixá-lo ir para os Estados Unidos. — Eu mexi na gaveta da minha mãe procurando respostas. Encontrei todas aquelas cartas que você devolveu para ela sem abrir. Ela não quis me contar por que mandou as cartas para você ou por que você as devolveu.

— Por que importa para você saber isso?

Ele recua a cabeça, com uma expressão incrédula.

— Porque ela mandou tantas cartas para você com fotos *minhas* dentro. Por que ela queria que você soubesse sobre mim? Qual é sua relação com ela? Eu nunca nem ouvi falar de você. Você não é uma das minhas tias, a irmã ou as cunhadas dela. E claramente não é uma amiga, já que devolveu as cartas... Eu pensei que... talvez... você seja a minha benfeitora secreta? — Ele baixa a cabeça, parecendo tímido, constrangido.

— Pois eu não sou — respondo, desviando o olhar. Falo de um jeito ríspido, como se o estivesse repreendendo por pensar tal coisa.

— Ah. — Ele morde o lábio. — Então...

— *Hahn*. Então. — Reparo que o menininho e seu avô não estão mais no lago. Vejo-os subindo as escadas largas para outra parte do jardim.

— Então por que todo o segredo?

— Eu pedi a Kanta e Manu para nunca contarem a você sobre mim.

— O quê? Por quê?

— Porque eu não queria saber sobre você. Nem que você soubesse sobre mim. Eu queria que sua mãe parasse de me mandar aquelas cartas. Achei que ela fosse entender a mensagem se eu nunca as abrisse. Eu pedi para Lakshmi, minha irmã, dizer para Kanta parar.

Por que ela guardou as cartas? Se ela não tivesse guardado, talvez ele nunca tivesse vindo para Paris. Olho para ele. Ele está de testa franzida, concentrado. O cheiro de espanto — frio e escuro — o circunda.

— A tia Lakshmi? Que mora em Shimla? Vocês são irmãs?

Confirmo com a cabeça.

— Mas por que você fez isso? Dá para perceber que você está brava com a minha mãe. Por quê? Por que alguém estaria brava com ela? Isso não faz sentido! Ela não quis me contar. Eu vim até aqui, e você também não vai contar?

Há um fogo atrás de meus olhos. Meu rosto está quente. *Eu não vou aguentar muito mais. E não posso mentir para ele. Ele não merece isso.*

— Porque eu... — Paro. — Porque eu sou... — Vou desmaiar! Minhas mãos estão crispadas. Enfio as unhas nas palmas. Respiro fundo. — Ah, Niki! Porque fui eu que trouxe você a este mundo.

Ele parece mais perplexo ainda.

— Você era a enfermeira? Ou a médica? Você estava lá quando eu nasci?

Lágrimas enchem meus olhos e descem pelas faces. Confirmo com a cabeça.

— O que você estava...?

— Niki, seus pais querem que você volte para casa. Eu quero que você volte para casa. Por que você simplesmente não vai para casa?

Aqueles belos olhos verde-azulados se arregalam ainda mais.

— Eu não vou para lugar nenhum até vocês todos me contarem o que estão escondendo.

— Eu... Niki... Eu pari você. E seus pais, Kanta e Manu, o adotaram quando era recém-nascido. Mas fui eu que tive você.

Seu corpo se contrai como se eu tivesse acabado de jogar um fósforo nele.

— Não. Não. — Ele se levanta, cambaleante. — Kanta é minha mãe. — Mas ele parece menos seguro disso agora.

Enxugo o rosto. Será que, se eu olhar para o céu, minhas lágrimas vão voltar para dentro da cabeça? É algo que eu costumava pensar quando criança.

— Sim, ela é. Mas você queria a verdade. Então aí está. Sua mãe e seu pai adotaram você. — Entre as lágrimas, eu olho para o lago, os patos deslizando lentamente. Fora, tudo parece tão pacífico. Dentro, é como se meu corpo estivesse sendo aberto, como quando dei à luz o menino que está na minha frente.

Ele afasta o cabelo da testa e caminha em um pequeno círculo, para, olha para mim.

— Eu sou *adotado*? Por que eles não me contaram? Nunca?
Isso não é minha responsabilidade.
— Você tem que perguntar para eles. Eles o adotaram quando você tinha só um dia de vida. Para eles, você *é* filho. Que bem faria eles contarem? Em que isso ajudaria?

Ele bufa. Anda de um lado para outro na frente da minha cadeira por alguns minutos. Para de se mover.

— Você não quis ficar comigo?
Nunca houve nada que eu quisesse tanto na minha vida.
— Eu tinha treze anos! — Minha voz se elevou. — Como eu poderia ficar com você? — Por que eu pareço tão na defensiva?

— Mas você... você devolveu todas aquelas cartas. É como se não *quisesse* saber nada sobre mim. — Ele franze a testa. — Você... você me odeia? Foi por isso que me deu para adoção? É por isso que quer que eu vá embora agora?

Odiar? Eu amo cada fio de cabelo dele mais do que ele jamais poderá saber! Como posso explicar uma vida inteira fingindo não me importar? Como dizer a ele que eu não conseguiria seguir em frente se tivesse me importado demais?

Isso foi um erro.

Eu me levanto da cadeira muito depressa e tenho que segurar no encosto para me equilibrar. Preciso ir para casa, para as meninas. De repente, sinto um desejo incontrolável de abraçá-las, de sentir que sou uma boa mãe, apesar do que aconteceu com Niki.

— Você vai embora? — Ele parece incrédulo. — Eu vim até aqui para te ver e você vai embora? O que tem de tão importante que você precisa ir embora neste instante? — Ele está gritando para mim. As pessoas estão se virando para olhar. As duas mulheres que conversavam em um banco próximo param e olham para nós.

— Vá para casa, Niki — grito de volta.

Enfio a mão no bolso do casaco e sinto a correntinha, toco o frasco. Eu o pego. Seguro o braço dele, abro sua mão fechada e coloco a corrente em sua palma.

Ele me encara de olhos arregalados, atônito.

— O que é isto?

— Você, Niki. É você.

Óleo de coco. Tangerina. Araruta. Lichia. Água salgada. Jacarandá. Mirra. Todos os aromas que me lembram você.

Eu me viro e me afasto, sem saber se minhas pernas vão conseguir me sustentar pelos quinze minutos de caminhada para casa.

Durante todo o percurso até o apartamento, eu me recrimino por ter lidado tão mal com o encontro com Niki. Eu devia a ele uma explicação mais completa, não? Ou uma decepção mais gentil. Por que fui tão insensível com os sentimentos dele?

Pierre nem espera para me repreender quando entro no apartamento. Normalmente ele se conteria até que as meninas fossem para o quarto.

— Onde você andou? Primeiro você passa quase a semana inteira em Agra. Aí chegou e descansou ontem. Eu esperava que pudéssemos passar algum tempo como uma família esta tarde. Liguei para Mathilde. Liguei para *maman*. Não consegui encontrar você. Eu deixo bilhetes para te avisar de onde estou. Você não pode nem mesmo me conceder a mesma cortesia? O que está acontecendo?

Estou tão esgotada de meu encontro com Niki que não sei como responder a meu marido. Fico olhando para ele, atordoada. Com certeza ele percebe que meus olhos estão inchados, o nariz congestionado. Ele não vê que estive chorando? Se eu lhe contar que estava com Niki, ele não vai entender e vai perguntar o que aconteceu. Não estou pronta para essa conversa. Ainda não.

Atrás dele estão as minhas meninas. Shanti está de pé com um grande papel na mão. Será um desenho? Asha está logo atrás dela com um papel parecido. As duas continuam com as meias longas e as saias de pregas que usaram na igreja esta manhã. Elas parecem confusas; não estão acostumadas a ver o pai gritando com a mãe.

Ponho um sorriso no rosto.

— *Mes poussins*, vocês fizeram alguma coisa para mim? — Penduro o casaco e passo por Pierre para abraçá-las. Seguro-as por mais tempo do que de hábito.

Seus corpinhos flexíveis relaxam em meu abraço. E, de novo, elas começam a irradiar a energia de menininhas que fizeram uma descoberta e mal podem esperar para me contar.

— *Maman*, Niki desenhou gárgulas para nós. Olha! — Elas levantam os desenhos a carvão para que eu examine, explicando que a boca das bestas é, na verdade, um desaguadouro. Os desenhos são bons. Há vida neles. Vibração. Como Niki fez estátuas silenciosas se tornarem vivas no papel?

— Elas tiram água da igreja! — diz Asha.

Shanti põe a mão no quadril, numa pose tão adulta que me faz sorrir.

— Asha, elas não *tiram* água. A água da chuva sai pela boca das gárgulas para não descer pela parede — ela explica, pacientemente.

Olho para Pierre, que ainda está parado no corredor, e sorrio. *Olhe para nossas filhas*, estou dizendo. *Se elas ficam tão entusiasmadas com gárgulas, quantas coisas mais ainda virão!* Penso em Binu, na cozinha da *kotha* de Hazi e Nasreen, me contando que quer ser astronauta.

Mas Pierre não se comove. Está com a boca apertada, irritado. Balança a cabeça, como se a dizer *Para que conversar?* Ele vai para a cozinha preparar o jantar.

O jantar é silencioso; Pierre e eu mal falamos. Sou eu que ponho as meninas na cama esta noite, lendo um livrinho da série Madeline. Shanti já passou um pouco da idade para esse livro, mas era sua vez de escolher e ela sabe que é o favorito de Asha. Asha adormece antes de eu virar para a segunda página. Estou sentada com Shanti na cama dela, apoiada nos travesseiros, mas percebo que ela não está realmente interessada, então fecho o livro.

— Foi legal da sua parte escolher um livro de que a sua irmã gosta, *chérie* — sussurro. Na verdade, foi inusitado, porque Shanti não costuma pôr sua vontade de lado para ajudar Asha. Mas pelo menos não houve outros incidentes na escola envolvendo minha filha mais velha.

Shanti estala os lábios, seu novo hábito.

— Eu tenho que ser uma irmã melhor.

Isso também é inusitado.

— Por que está dizendo isso?

Shanti põe uma mecha de cabelo na boca e mastiga. Eu a removo gentilmente e a prendo atrás da orelha dela.

— Nós fomos ver as gárgulas em Notre-Dame porque a Asha queria.

— E você não queria?

Ela levanta e abaixa um ombro.

— Não ligo. Foi a Asha que pediu, então nós fomos. A gente quase sempre faz o que a Asha quer porque ela tem todas as ideias. Mas aí eu fui para o outro lado do terraço, de onde dá para ver Montmartre.

Não sei onde isso vai levar, então pego a escova na mesinha de cabeceira dela e penteio seu cabelo. Ele é grosso, como o meu. Castanho, como o de Pierre. Divido-o no meio e começo a trançar a primeira metade.

— Eu estava lá só olhando e o Niki chegou. Foi como se ele tivesse vindo para ficar comigo.

Ela parece satisfeita... e orgulhosa. Eu sorrio.

— Ele perguntou se eu gostava de ter uma irmã. Eu disse que era legal, mas eu queria ser a irmã menor. Aí tudo ia ser mais fácil. Todo mundo quer ajudar a Asha.

Meus dedos ficam mais lentos no cabelo dela. É como se ela visse a feia corrente oculta de minha culpa desnudada: eu sinto que Asha é muito mais fácil de lidar, muito menos complicada do que minha filha mais velha. Será que Shanti acha que eu a amo menos? Solto a trança e a viro pelos ombros, de frente para mim.

— Ah, *chérie*! Por que essa ideia? Nós amamos você tanto quanto a Asha. Seu papai ama você. Sua *grand-mère*...

— Não, *maman*. Não é isso. É só que eu tenho que cuidar dela. É o que as irmãs mais velhas têm que fazer.

— Você acha que tem que protegê-la?

— É isso que eu faço. Quando uma menina tenta mexer com ela na escola, é minha obrigação. Ela sabe disso. — Seus olhos castanhos são solenes, sempre foram. Shanti pouco sorria quando bebê, me fazendo pensar se seria assim a vida inteira. Ela era, e é, tão parecida comigo, a testa franzida, concentrada na tarefa à frente. Quer eu estivesse tirando água do poço ou buscando cereais com Prem em seu moinho, ou ensinando dois mais dois para as crianças na escola de Pitaji. Estou olhando nos olhos da mulher que Shanti será um dia, alguém que reflete profundamente sobre as coisas e nem sempre encontra as palavras para descrever seus sentimentos.

— *Beti*, o que aconteceu aquele dia na escola com aquela menina? Quando mandaram você de volta para casa?

Ela não fala nada por um tempo, e eu fico na dúvida se ouviu minha pergunta. Então ela vira a cabeça para mim e sussurra em meu ouvido:

— A Asha nem sabe que aquela menina ia jogar água na cabeça dela. E estava tão frio! Eu não podia deixar. Parece que ela não gosta da Asha.

Sei que eu não deveria concordar com o que Shanti fez, bater em uma coleguinha, mas não posso evitar. Eu teria feito exatamente a mesma coisa na idade dela. Lembro quando, aos treze anos, quase joguei pedras na bonita e mimada Sheela Sharma no jardim da casa dela porque estava furiosa por ela ter sido estúpida com Malik. Embora Sheela merecesse, fico contente por Lakshmi ter me impedido de me vingar dela dessa maneira. Minha irmã me ensinou que, no fim, todos acabam recebendo o que merecem de uma maneira ou de outra; retaliação física, ainda que pareça justa na hora, nunca é uma boa ideia.

Volto a trançar o lindo cabelo de minha filha, sentindo as mechas brilhantes deslizarem nos dedos.

— Sabe o que o Niki me falou? — ela diz.

O ar fica preso em minha garganta. Será que ele contou para as meninas que eu sou a mãe dele? Não, ele esteve com elas *antes* de eu o encontrar no lago e lhe contar, então isso é impossível. Meu peito relaxa.

Shanti continua:

— Ele falou que eu tinha sorte de ter uma irmã. Ele não tem. Ele nem tem um irmão. Ele disse que queria ter uma irmã. — Ela põe a mão no meu joelho e se vira de frente para mim outra vez. — Eu posso ser uma irmã para ele? Eu ia deixar ele escolher o livro para ler à noite.

São momentos como este que me fazem gostar tanto de minha função de mãe. Abraço minha filha mais velha e dou mil beijos em seu rosto. Com o corpo curvado em volta do dela, deslizo e me deito na cama, levando-a comigo. Puxo as cobertas sobre nós e adormecemos juntas.

Na segunda-feira, a viagem para Agra já parece uma lembrança distante. Meus pensamentos ainda estão com Niki e nossa conversa no *jardin*. Ele deve ter voltado para a casa de Florence com mais perguntas que respostas.

Na House of Yves, paro na mesa de Celeste e lhe dou o lenço tie-dye em tons ferrugem, lilás e azul-celeste que trouxe de Agra. Ela o experimenta de imediato. As cores da musselina delicada iluminam seus olhos. O sorriso é largo quando pula da cadeira para me beijar no rosto.

— Tenho que mostrar para Ferdie! — diz ela, deixando a mesa e correndo para o laboratório.

Para Michel e Ferdie, eu trouxe canetas de sândalo esculpidas com minaretes do Taj Mahal. Delphine não liga para bugigangas, e sua obsessão com objetos do meio do século a faz recusar qualquer coisa em seu ambiente que não combine. Imagino que ter trazido os óleos essenciais de *khus* e *mitti attar* será um presente suficiente. Celeste me disse que Delphine vai passar o dia inteiro hoje em uma reunião com um cliente fora de Paris, então só vamos vê-la amanhã.

Destranco minha gaveta e pego as amostras em que trabalhei ontem. O fato de eu ter trazido algo tão exótico para Delphine — e, claro, para Olympia — tira minha mente de Niki por um tempo. As fitas olfativas secas do fim de semana têm um cheiro maravilhoso! Exatamente como eu me lembrava delas, com as quantidades variáveis do aroma de chuva indiano. Verificação final: insiro fitas novas nos frascos e cheiro.

Mas... algo está errado. Há um odor de... *benzeno*?

Cheiro de novo. Definitivamente benzeno.

De onde isso está vindo? Cheiro minhas mãos. Nada de benzeno nelas. Será que a combinação química de ingredientes em minhas amostras poderia ter simulado benzeno? Mas as fitas olfativas de ontem não têm cheiro de benzeno. Será que alguém adicionou um ingrediente ao meu trabalho? Fui tão cuidadosa em trancar tudo; como alguém teria acessado meus frascos? Quem? Delphine é a primeira a chegar ao escritório de manhã. Será que foi ela? Ela está armando para mim porque, secretamente, quer me ver fora de sua folha de pagamento? Mas então por que ela teria me mandado para a Índia? E por que me diria que o meu trabalho é tão bom, e por que teria me dado essa oportunidade? Ela poderia simplesmente me demitir em vez de criar um plano tão elaborado.

Michel há muito tempo é a pessoa com quem sinto menos afinidade. Ele nunca fez nenhum esforço para me conhecer melhor — embora eu tenha me esforçado com ele quando comecei a trabalhar aqui. Muitas vezes me perguntei se ele estaria irritado por Delphine ter dado o projeto Olympia para mim. Ele trabalha em silêncio, mal fala mais que cinco ou dez palavras por dia com qualquer pessoa exceto Celeste, com quem almoça às vezes. Eu o vi dando olhadas na minha direção de tempos em tempos, me observando com aqueles seus frios olhos azuis. Será que ele está com inveja?

De jeito nenhum poderia ser Ferdie. Quando entrei para o laboratório, ele foi o primeiro a me dar as boas-vindas e me convidar para almoçar. Vive contando suas aventuras para Celeste e para mim, trazendo comidinhas do café ao lado para nós, acrescentando leveza ao nosso dia.

E há Celeste. Detesto pensar isso, mas ela talvez queira que eu fracasse para Ferdie ter chance de trabalhar no Olympia. Embora saiba que ele sai com homens e que suas chances são remotas, ela não perdeu a esperança. Ela suspira por ele. Mas quem sou eu para julgar? Não houve um tempo em que eu depositei todas as minhas esperanças em Ravi, um menino com quem não tinha a mais remota das chances?

É até tolice suspeitar de meus colegas. Será que o odor de benzeno poderia estar vindo da nota de melão em minha fórmula? Às vezes um melão maduro pode ter um cheiro parecido com gasolina. Ou seria a quantidade mínima de funcho que acrescentei? A combinação de funcho e melão cria esse cheiro adocicado de benzeno? Não é a primeira vez que me censuro por não ter completado o segundo ano de química. A quem eu poderia pedir ajuda? Se eu pedir a Michel, ele vai dizer a Delphine que não sei o que estou fazendo.

Então me resta Ferdie.

Quando Ferdie vai pegar café na área da recepção, eu o sigo. Enquanto ele serve sua bebida, eu faço meu chá e nós conversamos sobre Agra. Ele tem tantas boas lembranças de suas viagens pela Índia. Quer saber se o Taj Mahal é tão espetacular quanto ele se lembra. Brincamos sobre os motoristas de táxi terem que serpentear entre pedestres e animais, escapando de atropelá-los por pouco.

Por fim, junto coragem para lhe pedir:

— Ferdie, você se importaria de dar uma olhada em uma coisa para mim? Provavelmente não é nada, mas ou eu estou perdendo o olfato ou tem algo estranho nas minhas amostras.

Ele sorri, bem-humorado. Que alívio!

— Vamos lá — diz ele.

Quando passamos pela mesa de Celeste, acho que vejo um relance de inveja — ou ciúme? Sorrio para ela, como quem diz *Eu não sou uma ameaça*.

Em minha mesa de trabalho, explico a ele:

— É para o projeto Olympia.

Quando cheira a fita olfativa nova, ele recua a cabeça e ri.

— Você está criando uma essência de gasolina?

Então o problema não é meu nariz. *É* benzeno. Eu sei que não está com o mesmo cheiro de ontem quando saí para me encontrar com Niki. Agradeço a Ferdie. Ele me dá um sorriso solidário e se afasta para sua mesa. Michel estava nos observando. Levanta as sobrancelhas, como se estivesse oferecendo seus serviços, mas sorrio educadamente para ele e me sento. Suspiro. Será que devo contar a Delphine o que está acontecendo? Não, não quero que ela pense que eu não consigo lidar com a situação.

Pego meu caderno e começo de novo. Torno a misturar minhas amostras. Agora, meus pensamentos divagam toda hora para a conversa com Niki. Escuto sua voz. *Por que eu não quis ler as cartas ou olhar as fotos que Kanta me enviava?* Fico vendo a expressão atordoada em seu rosto, a perplexidade de descobrir que as duas pessoas que ele chamou a vida inteira de mamãe e papai não têm o mesmo sangue que ele. Tento bloquear as imagens da mente. Quanto mais eu tento, mais elas voltam. E me pergunto: como eu me sentiria se tivesse descoberto que Maa e Pitaji não eram meus pais biológicos? Isso viraria meu mundo de cabeça para baixo, me faria questionar tudo que sempre havia sido óbvio para mim. Provavelmente é assim que Niki está se sentindo. Como pude tê-lo largado no parque daquele jeito? Sozinho. Confuso. Eu devia ter sido mais gentil, mais terna, mais compreensiva — como uma mãe *real* teria sido.

Não consigo mais trabalhar. Saio cedo para pegar as meninas na escola. Mas, em vez de levá-las para casa, eu as levo para a casa de Florence, onde imagino que encontrarei Niki. Não refleti direito sobre como vou falar com ele enquanto as meninas e Florence estiverem na mesma sala, mas respiro fundo e penso nas palavras de Jiji. *Nós não podemos voltar e mudar o que quer que seja, beti. Mas pense no que ele ensinou a você.* O que ele me ensinou é que guardar segredos tem um custo.

A casa de Florence fica no Boulevard Victor Hugo, na área chamada Neuilly-sur-Seine. Não venho muito aqui — geralmente é Florence quem vai à nossa casa —, mas, quando venho, sempre me espanto com o tamanho da casa em que Pierre cresceu. Na maior parte de sua vida, foram apenas sua mãe e ele. Será que eles passavam mais tempo em cômodos separados? Em alas separadas? Em andares separados? Cada um dos três andares tem grandes janelas voltadas para o boulevard, mas a cerca de ferro flor-de-lis de três metros de altura e a sebe de rododendros ocultam os transeuntes da vista.

Florence atende à campainha. As meninas a beijam e entram como se fosse a casa delas. Para ser justa, foi mais a casa delas nestes últimos meses; Florence foi buscá-las na escola quando eu não podia. Shanti e Asha já começam a tirar o casaco e os sapatos antes que eu tenha chance de lhes dizer que só vamos ficar aqui uns minutinhos. Elas se acostumaram a ficar nesta casa e estão à vontade. Florence está usando uma saia de lã cor de camelo, blusa listrada de manga comprida e um colete de lã creme. Está de avental e tem uma grande colher de pau na mão. Fica contente de ver as meninas, mas parece pouco animada.

Antes de eu falar qualquer coisa, as meninas perguntam:

— *Grand-mère*, o Niki está aqui?

Eu devia imaginar que elas estariam entusiasmadas para vê-lo outra vez. No café da manhã, era *Niki isto* e *Niki aquilo* e o que elas queriam mostrar para Niki. No caminho para cá, elas perguntaram se poderiam levar Niki aos carrosséis. Isso é algo que adoram fazer em dezembro. Elas têm seus carrosséis preferidos. O da Place du Trocadero, não muito longe da escola, é uma boa opção, porque há menos turistas no inverno. Há um pequeno em Saint Sulpice, um italiano todo enfeitado na Place Willette. Nas Tuileries, o carrossel fica bem onde as meninas podem visitar a exposição de animais.

Asha diz:

— Está quase no Natal e a gente pode andar neles de graça!

Shanti acrescenta:

— Vamos comer crepe com açúcar. Acho que o Niki nunca comeu.

Seguimos Florence para a cozinha. Ela diz:

— Crepe com açúcar mais tarde. Iogurte agora. Niki está descansando, então falem baixo.

Ela serve duas pequenas tigelas de iogurte espesso e as entrega para as meninas. Elas levam o lanche para a mesa de jantar, onde já largaram as mochilas. Escuto a voz de Jacques Brel vindo da sala de estar, cantando "Ne me quitte pas".

Florence parece tensa. Ela não está de bom humor. Percebo que quer me dizer alguma coisa, mas, no momento seguinte, ela passa por mim em direção ao fogão, em que dominam os aromas de açafrão e páprica.

— Estou fazendo paella. Minha mãe adorava, então aprendi a fazer para ela. — Florence remove a tampa da panela de ferro no fogão e mexe o conteúdo com a colher. — Nem assim eu a fiz gostar de mim. — Ela me dá um sorriso irônico que levanta suas maçãs do rosto. — Você acha que Niki gosta de paella? — ela me pergunta.

— Bom, você sabe que ele é indiano, não espanhol, certo?

As narinas de Florence se alargam. Sua expressão diz: *Eu não sou idiota.*

— Eu não sei fazer comida indiana e não quero aquele cheiro por toda a minha casa. — Foi-se a Florence dos dois últimos dias. Talvez fosse mesmo bom demais para durar.

Houve um dia, logo depois de eu me casar com Pierre, que ela veio jantar em nosso apartamento. Passei o dia inteiro cozinhando quatro ou cinco pratos indianos para ela. Pierre tinha me avisado que, ao contrário de sua avó, Florence não gostava de viajar para fora do país e detestava qualquer coisa *étrange*.

— Ela é totalmente francesa — disse ele.

Mas como poderia a mulher que saiu do útero da *grand-mère* boêmia de Pierre ser tão avessa a aventuras?, raciocinei. Naquela noite, Florence olhou para o seu prato e perguntou se eu tinha salada. Fiquei arrasada.

Estou prestes a perguntar se posso subir para falar com Niki quando ela diz:

— Ele chegou bem abalado depois de se encontrar com você ontem. — Soa como uma acusação. Ela despeja a linguiça fatiada na mistura de arroz e mexe.

O que ela tem com isso?

— Você perguntou o motivo para ele? — Tenho medo da resposta. E se ele tiver contado a ela?

— Eu nem tive chance. Ele correu para cima e bateu a porta do quarto.

Ela torna a colocar a tampa na panela e baixa o fogo. Vira-se para mim com a mão no quadril.

— Qual era a sua idade quando você o teve? — É como se estivesse me perguntando que filme vou ver esta noite.

Ela sabe? Como? Niki lhe contou? Tento fingir surpresa, mas ela aperta os olhos e inclina a cabeça, esperando. Como não digo nada, ela prossegue:

— Nunca vi dois primos tão parecidos. Você devia ser muito nova.

É uma afirmação, não uma especulação. Ela sabe. Lembro da atenção com que olhou para nós dois na noite em que conheceu Niki. Estou cansada demais para mentir, derrotada demais para encobrir o maior segredo de minha vida. Por que negar?

— Quase catorze — respondo. Imagino se isso, de alguma forma, torna o fato menos escandaloso do que dizer treze.

Ela cruza os braços sobre o peito.

— Pierre não sabe?

Balanço a cabeça. Por que estou confidenciando isso a ela? Essa mulher nunca fez nada além de me criticar: o jeito como eu cozinho, o jeito como eu crio minhas filhas, o país de onde venho. Ela vai usar isso contra mim. Será mais uma maneira de cavar um buraco entre Pierre e eu.

Florence está me olhando pensativa, me avaliando.

— Eis aqui mais uma coisa que Pierre não sabe. Ele não é filho do meu marido. — Ela pega uma taça de vinho no balcão ao lado do fogão. Acena-a para mim, para perguntar se também quero uma.

Estou tão perplexa com a revelação dela que não respondo.

Ela toma um gole de seu vinho e se apoia no balcão de fórmica. Está mantendo a voz baixa, para que as meninas não escutem.

— Eu não tive muita experiência com homens. Tinha vinte e cinco anos quando conheci o pai dele, Vincent. Ah, eu virei uma boba apaixonada. Foi a primeira vez que realmente me senti assim. Os olhos cor de âmbar de Pierre? Eles são de Vincent. Quando contei a Vincent que estava grávida, ele negou que era dele. — As narinas dela se alargam. — Como se eu fosse abrir as pernas para qualquer homem que encontrasse! *Connard!* Nunca mais o vi. — Ela se serve mais vinho. — Tem certeza de que não quer um pouco? É o seu tinto favorito.

Eu nem tinha ideia de que ela soubesse de minha preferência pelo tinto em vez do branco. Digo que não com a cabeça.

— Philippe Fontaine era um velho amigo da família. Ele sempre gostou de mim. Eu contei a ele que estava grávida, na esperança de que ele se casasse comigo. E ele se casou... porque sentiu que era seu dever, ou para me salvar do constrangimento, ou porque minha família tinha dinheiro, quem vai saber? Talvez ele tenha sentido pena de mim. — Ela toma um gole de sua taça, limpa a borda com o polegar. — Sabe o que minha mãe disse quando eu lhe falei que estava grávida?

A mão dela está ligeiramente trêmula. É quando eu noto que seus olhos estão vermelhos. Sono insuficiente? Olho para a garrafa aberta. Está quase vazia. *Florence está bêbada?* O sorriso dela é cheio de ironia.

— *Maman* disse: "Bom, tomara que não seja menina". Ela odiava a espécie mulher. Tentou até me convencer a tirar o bebê. Mas eu não quis. Se não pude ter Vincent, queria o que nós fizemos juntos. E então eu tive Pierre. E a minha vida se tornou apenas ele. Não havia lugar para Philippe. Ele acabou nos deixando. E então, como eu sufocava Pierre, minha obsessão por ele o fez se aproximar de minha mãe, que o levou embora, por esse mundo todo. No fim, eu perdi todos eles. Vincent. Philippe. Pierre.

Florence esvazia a taça. Ela levanta a tampa da panela e torna a mexer a paella.

— Você, Radha, teve um bebê e o entregou para adoção. E veja como a sua vida foi diferente. Como melhorou para você e para ele. Você tem um marido que a adora. Juntos, vocês formaram uma nova família. Você tem duas filhas lindas. Tem uma carreira. Algo que você ama. Pelo que Niki me contou, ele tem pais amorosos. Ele teve tudo que podia querer.

Ela está dizendo que eu acertei em renunciar a meu filho? Ela sabe que tive Niki fora do casamento, entreguei-o para adoção e depois me casei com o filho dela sem contar nada para ele, e não está chocada?

Também acabou de reconhecer que eu trabalho porque gosto? Que eu não faço isso só para torturar Pierre e as meninas? Será que fui tão sensível aos comentários dela que os distorci e lhes dei um significado que não tinham? Eu estava tão preocupada por ela estar me julgando, e tão duramente, quando na verdade eu estava julgando a mim mesma? Agora, pensando bem, ela nunca disse de fato que eu não deveria trabalhar fora — só que poderia ficar com as meninas enquanto eu estivesse ocupada. Quando eu falo do meu trabalho, ela não faz perguntas, mas ouve.

Ela parece incomodada.

— Ah, não olhe para mim desse jeito. Eu sei melhor que Pierre como você adora estar no laboratório e criar todos aqueles aromas. Que mulher quer ficar em casa o dia inteiro? Isso é só uma fantasia que os homens constroem. Eu invejo você. Essa paixão que tem. E o talento. Isso lhe dá vida.

Solto o ar pela boca. Se é assim que Florence me vê, por que ela está sempre dizendo e fazendo coisas para me provocar? Mas... talvez ela esteja fazendo exatamente isso. Ela quer que eu reaja, que eu me mostre. Ela sente que muitas partes de mim eu mantenho escondidas.

Ela ainda está falando:

— Ser mulher é difícil. Eu entendo por que minha mãe não gostava do próprio sexo. Nós podemos fazer tanto. Dar tanto. Mas nem todos querem o que estamos oferecendo. E, no fim, o que sobra para nós são... pedaços do todo. Cacos. Lascas. Estilhaços. A gente os pega e eles cortam nossas mãos. Deixamos no chão e eles cortam nossos pés. É difícil para nós simplesmente ir embora. — Florence balança a taça vazia em um círculo para enfatizar, mas ela bate no cabo da panela e quebra a haste. Seu dedo começa a sangrar, pingando sangue sobre o fogão.

Pego um pano de prato e o enrolo no dedo dela enquanto tiro de sua mão o que restou da taça. Sua boca parece congelada em um O, e ela está piscando rápido. É como se estivesse em choque, então eu a ajudo a ir até a pia, desenrolo o pano e ponho a mão dela sob a água fria. As meninas vêm à cozinha para ver o que foi o barulho.

— *Grand-mère* se cortou. Não venham mais perto. Tem vidro no chão. — Pergunto a Florence: — Onde estão os curativos?

Ela aponta com a outra mão para o banheiro.

Digo para as meninas irem pegar os curativos. Elas saem correndo, felizes por serem úteis.

Confiro se não há nenhum vidro no corte e o enxugo. As meninas voltam com bandagens, clipes de bandagem e gaze. Sorrio para elas, orgulhosa de terem aprendido bem na escola. Digo-lhes para voltar à sala de jantar.

Enrolo a bandagem de gaze em volta do dedo de Florence e prendo a extremidade com um clipe. Ela olha desolada para o fogão, que está cheio de vidro. Limpo-o com o pano de prato usado e jogo tudo no lixo. A tampa pesada da panela Le Creuset com certeza impediu que caísse alguma coisa na comida.

Florence ainda não disse nada. Eu a levo à sala de jantar e a ajudo a se sentar junto à mesa. As meninas já estão sentadas, observando nossos movimentos em silêncio. Florence bebeu vinho demais; vai ficar desidratada se não tomar alguma coisa. Corro à cozinha e volto com um copo de água para ela.

Então eu lembro por que vim aqui. Sigo pelo corredor à procura de Niki. Ele não está em nenhum dos quartos do primeiro andar. Subo a escada, mas ele também não está lá. As camas estão intactas. Olho no quintal. Ninguém. Volto à sala de jantar. Florence está sentada em silêncio, olhando a distância para nada em particular.

— Florence? Qual quarto?

Ela une as sobrancelhas, como se também tivesse acabado de perceber que não ouvimos nenhum ruído vindo de cima.

— Andar superior. À direita.

Balanço a cabeça.

— Ele não está em nenhum dos quartos.

Ela olha para o lado, pensando.

— Saí para comprar os ingredientes da paella. Será que ele pode ter ido embora nessa hora? — As palavras dela saem arrastadas.

— Ele não tinha bagagem?

— Não. Só uma mochila. Uma muda de roupa. Ele tomou banho ontem à noite e eu dei um pijama antigo de Pierre para ele dormir.

— Eu vi o pijama em cima de uma das camas.
— E a mochila?
— Não vi.

Corro para cima e examino os quartos outra vez. Nada. Volto depressa para a sala de jantar.

Florence e eu olhamos uma para a outra.

Ela fala primeiro:

— Para onde ele teria ido? Para o seu apartamento?

Pego o telefone de parede amarelo com o longo fio espiral na cozinha e disco o número de nossa casa. Pierre atende.

— Pierre, Niki está aí?
— *Bah... non*. Ele não está com *maman*?
— Não. Por favor, ligue para a casa de sua mãe se ele aparecer aí.
— *Maman?* Niki está bem? — Eu me viro ao ouvir a voz de Shanti. Ela está de pé ao meu lado agora.

Olho para minha filha, mas estou pensando em Niki. Por que eu não disse ao meu lindo menino que nunca parei de pensar nele? Por que não lhe disse que nunca quis que nos separássemos? Agora, ele está por aí nesta cidade, ou a caminho sabe lá de onde, achando que ninguém se importa com ele. Mas com certeza ele sabe o quanto Kanta e Manu o amam, não é? Os amigos de Jiji o quiseram desde o primeiro momento em que o viram no berçário do Hospital Lady Bradley em Shimla. É melhor eu ligar para Lakshmi! Nem peço permissão a Florence para usar seu telefone. Disco o número de longa distância, olhando para o relógio da cozinha. É noite lá, então minha irmã deve estar em casa.

— Alô. — É Jay.
— *Bhaiya*,* Jiji está aí?

Normalmente ele teria uma conversa agradável comigo, perguntaria das meninas. E Asha estaria ao meu lado, pulando, ansiosa para falar com seu tio favorito. Mas ele deve ter sentido a urgência em minha voz, porque responde apenas:

— Vou chamá-la.

E então Jiji está ao telefone, perguntando o que aconteceu.

Depois que eu lhe conto que não sabemos onde Niki está, ela faz um milhão de perguntas. Quando foi a última vez que o vimos? Pergunto a Florence. Umas

---

* *Bhaiya:* irmão (termo afetivo).

duas horas atrás. Estava com bagagem? Só uma mochila. Ele tinha dinheiro suficiente para pegar um avião de volta? Um trem? Eu não sei. Pergunto a Florence. Ela também não sabe. Jiji fica em silêncio. Sei que minha irmã está pensando o que ainda falta perguntar. Que outras pistas poderiam nos ajudar a descobrir o paradeiro de Niki. Por fim, ela diz:

— Vou falar com Kanta. Já ligo de volta para você.

Ponho o telefone no gancho, mas meus dedos se demoram nele. Não consigo soltá-lo. Minha cabeça está cheia de lugares em que Niki poderia estar e como ele deve estar se sentindo agora e por que eu *não* disse, e o que eu *poderia* ter dito, e o que *deveria* ter dito a ele em vez do que eu lhe disse. Não é isso que Florence estava tentando me falar? Se Pierre soubesse a verdade sobre seu nascimento, quanto ela havia lutado para mantê-lo em sua vida, talvez ele não tivesse endurecido o coração contra ela.

No caminho para casa, as meninas e eu estamos em silêncio. No Métro, elas se encostam em mim e eu as abraço. Não consigo parar de pensar no que Florence me contou. Que Pierre também nasceu fora do casamento. Que ele preferia ficar com a avó em vez de morar com a mãe, porque Florence não o deixava respirar. Foi isso que Pierre me contou na noite anterior a minha viagem para Agra. A cada verão, sua avó o levava a uma parte diferente do mundo. Há fotografias dos dois subindo uma trilha em Machu Picchu, olhando para as estátuas de pedra gigantes na Ilha de Páscoa, pescando bacalhau na costa portuguesa, maravilhando-se com o Santuário de Yasaka em Kyoto. Depois da universidade, ele fugiu para a Índia para trabalhar nos projetos de Le Corbusier em Chandigarh. Sempre achei que Pierre viajasse porque adorava descobrir o desconhecido. Pensava que ele havia se casado comigo, uma mulher de outra cultura, outro mundo, porque para ele eu era misteriosa, o desconhecido. Mas e se ele só estivesse fugindo de Florence?

Aperto mais forte as minhas meninas. O que *eu* estava procurando quando me casei com Pierre? Sim, eu o amava. Mas queria fugir da Índia também, das lembranças de Ravi e Niki, de pessoas que eu poderia encontrar e que saberiam do meu passado, dos erros que cometi. Ficar grávida foi um erro. Apaixonar-me por um garoto que eu não poderia ter foi um erro. Pensar que entendia tudo sobre amor aos treze anos foi um erro. Como eu era boba! Balanço a cabeça sem querer.

No trem, uma jovem sentada do outro lado do corredor parece intrigada, como se eu tivesse falado com ela. Será que falei? Desvio o olhar.

Florence não se arrepende de ter tido Pierre. Eu também não me arrependo de ter tido Niki. Como as minhas meninas, ele é um aroma puro, com a intensidade do zimbro, a acidez da tangerina e a doçura de figos. Mas ela se arrepende do segredo que guardou e fez Philippe guardar. Isso criou muros invisíveis que até uma criança pequena pode detectar — assim como eu sei que minhas filhas sentem a tensão entre mim e Pierre mesmo quando não nos veem brigando. Niki provavelmente sentiu esses muros invisíveis toda a sua vida. Ele não merece isso. Prometo a mim mesma que vou conversar com ele (se tiver outra chance!) e lhe dizer o que estive pensando.

Fecho os olhos e me permito imaginar uma vida em que Niki tem um lugar com minhas filhas, com Pierre e até mesmo com Florence. Por que ele não poderia vir nos visitar de tempos em tempos aqui em Paris? Talvez até fazer a universidade aqui, se quiser? Por que não poderíamos fazer uma viagem em família para Shimla e ficarmos todos na casa de Lakshmi e do dr. Jay? As meninas encontrariam seus primos Rekha e Chullu outra vez.

Quase posso imaginar minhas filhas pedindo conselhos ao irmão mais velho sobre faculdades e viagens ao exterior. Poderíamos visitar a Índia com mais frequência, algo que me agradaria muito. Quero que as crianças tenham um pé em cada país, não apenas neste. Elas já perderam tanto do hindi depois que começaram a escola. Era mais fácil falar em hindi com elas o dia todo quando eram pequenas e nós estávamos sempre juntas, mesmo no Antoine's.

Chegamos a nossa estação e as meninas puxam meu casaco para me avisar. Seguro suas mãozinhas e nós subimos os degraus até a rua. Sei que nada do que estive imaginando será possível até eu contar a verdade sobre Niki para Pierre.

Agora percebo que gostei de Pierre porque ele era tudo que Ravi não era. Aos dezoito anos, ainda me doía que Ravi tivesse me abandonado. Nenhuma carta. Nenhum recado transmitido a mim por amigos ou criados. Quando descobri que estava grávida, até tentei mandar bilhetes para ele pelo *chowkidar** dos Singh, que concordou com a cabeça e me fez acreditar que ia entregar o envelope, mas duvido que tenha feito isso. Talvez Parvati Singh tenha instruído seus criados a não aceitarem mensagens minhas nem me deixarem entrar na casa. Morro de vergonha agora quando penso na caneta-tinteiro que Jiji me deu de presente e eu mandei para a casa de Ravi na esperança de fazê-lo falar comigo

---

* *Chowkidar:* porteiro, vigia.

de novo. O que eu não sabia na ocasião é que Ravi nem estava mais no país. Ele foi mandado para a Inglaterra assim que seus pais descobriram sobre a gravidez.

Pierre era tranquilo e gentil, enquanto Ravi era sociável e impulsivo. Seu cabelo era castanho, o de Ravi, muito preto. Os olhos de Pierre eram da cor do mel; os de Ravi eram cor de chocolate escuro, misteriosos. Pierre era alguns centímetros mais baixo que Ravi e mais magro. Na noite em que conheci Ravi, na festa de fim de ano de sua mãe, ele estava sem camisa, os músculos do peito reluzindo sob a maquiagem azul com que o haviam pintado para representar o rei mouro de Shakespeare. Quanto tempo já se passou.

Quando as meninas e eu chegamos em casa, Pierre está preparando o jantar. O telefone toca e eu atendo. Florence me diz que Niki voltou. Que alívio! Parece que ele só havia saído para enviar um telegrama aos pais. Eu adoraria saber o que ele disse a Kanta e Manu, mas Florence não perguntou, e ele não comentou nada.

Florence se despede com uma alfinetada final:

— A propósito, Niki gosta de paella. — Ela deve estar se sentindo melhor.

Tomo um banho, lavo o cabelo e penso no que dizer a Pierre. Nós jantamos e as meninas contam ao pai que Florence se cortou.

— Tinha sangue em todo lugar — diz Asha, sempre a contadora de histórias dramática. Shanti lança um certo olhar para a irmã, e Asha corrige o exagero. Pierre dá risada.

Depois que elas vão para a cama, ele se oferece para fazer chai. Pierre não costuma preparar chá indiano. Mas eu entendo; ele quer fazer as pazes.

Chego por trás enquanto ele está no fogão. Já esquentou o leite e a água na panela. Agora acrescenta as folhas de chá. Depois adiciona as sementes de cardamomo, os cravos-da-índia e a pimenta em grãos à mistura. Eu o ensinei a preparar quando começamos a ficar juntos. Acho que agora ele faz um chai melhor do que o meu.

Apoio o rosto nas costas dele. A princípio ele resiste; seu torso enrijece. Mas logo sinto seu corpo relaxar no meu.

Estou de pijama, com as pontas do cabelo ainda úmidas do banho. Como sempre, Pierre irradia calor. Sempre gostei disso nele. Suspiro de encontro a sua camisa.

— Preciso lhe contar uma coisa.

Sinto os músculos das costas dele se contraírem de novo. Há uma pausa. Dou um passo para trás.

Ele abre o armário no alto para guardar os ingredientes.

— O chai está quase pronto. Aí nós conversamos.

Vou até o quarto das meninas e as observo. Asha está lendo. Shanti está desenhando. Elas olham para mim.

— *Ça va mieux, maman?* — Shanti parece preocupada. Ali está de novo. O radar inato de minhas filhas, que capta o que estou sentindo.

— *Oui, chérie.* — Colo um sorriso no rosto para fazê-la se sentir melhor. Dou duas batidinhas no batente da porta, como costumava fazer logo antes de apagar a luz quando elas eram menores. Na época eu fazia isso para afastar fantasmas que por acaso morassem no prédio. Hoje estou afastando meus próprios fantasmas.

Então vou para nosso quarto e me sento com as pernas cruzadas na cama. Pierre entra com as duas xícaras fumegantes de chai. Ele fecha a porta com o pé.

— Isso é tão bom — digo. É algo que raramente fazemos agora. Quando as meninas eram pequenas e subiam na nossa cama conosco nas manhãs de domingo, Pierre às vezes trazia chai para o quarto. Shanti tentava trançar meu cabelo. Asha pegava seu livro de histórias de *Babar* para Pierre ler para ela.

Pierre apoia o travesseiro na cabeceira e se senta encostado nele, as pernas esticadas na frente.

— O que você quer me contar?

Ele baixa a cabeça e toma um gole de chá. Sinto cheiro de amônia: medo. Será que ele acha que vou lhe dizer que estou tendo um caso?

Esfrego a mão no *rajai* que Lakshmi nos mandou de presente de casamento. É de veludo vermelho acolchoado; depois de treze anos de lavagens está macio como manteiga.

— Há muito tempo, eu fiz uma coisa que me faz sentir mal até hoje.

Dou uma olhada para ele. Suas sobrancelhas erguidas lhe dão uma expressão séria. Ele está ouvindo.

— Antes de conhecer você. Quando eu tinha treze anos.

Meu dedo enrosca em um ponto solto na costura da colcha. Eu pretendia consertá-lo alguns anos atrás, mas acabei nunca fazendo isso.

— Eu tive um bebê. E o entreguei para adoção.

Pierre baixa a xícara sobre o colo. Não sei bem como quero que ele reaja, e talvez ele mesmo não saiba como reagir. Não existe um livro de regras para esse tipo de coisa.

— Você teve um bebê aos treze anos?

— Quase catorze. Ele tinha dezessete. Éramos muito novos.

Ele está com a testa franzida agora.

— Vocês estavam apaixonados? Ele não forçou você?

Não consigo olhar para ele enquanto respondo. A vergonha esquenta meu rosto.

— Eu achei que nós estivéssemos. Ele não estava.

— Onde ele está agora?

Ele está perguntando sobre o bebê ou sobre Ravi? Devo parecer confusa, porque ele explica.

— O garoto. Esse por quem você estava apaixonada.

Balanço a cabeça.

— Descobri muito tempo depois que a família dele o mandou para a Inglaterra, provavelmente antes mesmo de ele ficar sabendo que eu estava grávida. Há cinco anos, Malik me contou que a família se mudou para os Estados Unidos. É só o que eu sei.

Pierre olha para a xícara como se ela contivesse todas as respostas.

— O que aconteceu com o bebê?

Meus lábios tremem, e acho que vou chorar quando respondo:

— Ele está aqui.

— Aqui onde?

— Em Paris.

— Em Paris?

Eu o encaro. Tento lhe dizer sem palavras. Não consigo falar.

Seus olhos estudam os meus. Ele pisca uma, duas, três vezes. Seus lábios se abrem em uma exclamação silenciosa.

— Niki?

Pierre olha para minha mão no *rajai*, para as listras de meu pijama de algodão. Seus olhos viajam até meu rosto. Ele está me examinando. Quase posso ouvir seus pensamentos. *Estou percebendo agora. Os dedos longos e finos. A semelhança dos olhos e da boca. O queixo arredondado. O jeito como ele ri.*

Os olhos dourados de meu marido estão transparentes.

— Eu não sabia. Até achei que ele... Mas... — Ele faz uma pausa. — Tirei isso da cabeça... — Outra pausa. — Quem o adotou?

Conto a Pierre sobre Kanta e Manu. Que Kanta praticamente me criou quando Lakshmi estava muito ocupada com suas clientes de henna. Que Kanta me levava para ver filmes americanos no cinema de Jaipur e mandava fazer vestidos lindos para mim. Conto o que aconteceu com o bebê de Kanta em Shimla. Que Niki nasceu um mês antes do tempo. E, depois, que eu cuidei do bebê Niki por quatro meses em Jaipur como sua *ayah* antes de ir embora para Shimla.

— Então por que ele veio para cá? Por que agora?

Pouso a xícara na mesinha de cabeceira e abraço os joelhos. Conto a ele tudo que fiquei sabendo por Lakshmi e Kanta em Agra.

— Você soube em Agra? — Ele está bravo. — Mas faz dias que você voltou. Só pensou em me contar agora?

— Eu mesma precisei me acostumar com a ideia. Além disso, *chéri*, que diferença faz *quando* eu contei? Seria um choque de um jeito ou de outro. Foi um choque para mim também.

Ele reflete.

— Você soube que ele era o seu filho assim que o viu?

— Eu não teria reconhecido se o visse na rua. Mas, como Kanta me contou em Agra que ele tinha vindo a Paris para descobrir quem eu era, quando cheguei e o vi...

Pego meu chai. Está morno agora. Nem sinto o gosto. Tomo outro gole. Bebo a xícara inteira. Mastigo as sementes de cardamomo que ficaram no fundo.

Pierre bate em meu braço com o dedo. Sinto um choque elétrico subir até o ombro e descer pela espinha.

— Radha, por que me contar agora? Você teve treze anos para fazer isso. — Os olhos dele carregam esperança, como se eu pudesse aliviar sua dor com minha próxima resposta.

— *Mon coeur*... Eu esperava nunca ter que lhe contar. Queria manter isso longe de você como mantive longe de mim. Achei que, se eu fosse embora da Índia, poderia deixar tudo para trás. E nós construímos uma vida linda aqui em Paris. Temos as meninas. Temos nosso trabalho. Por que eu ia querer dividir essa carga que não tem nada a ver com você?

Ele aperta os olhos.

— Radha, tem tudo a ver comigo. As meninas... — Ele deixa a xícara na mesinha de cabeceira para não derramar o chai. Quando se vira para mim, sua voz está uma oitava mais grave. — Elas têm um irmão. Precisam saber sobre ele. E *maman*. Ela precisa saber também.

Suspiro.

— Ela já sabe.

Ele me olha como se eu tivesse acabado de lhe dizer que sou Papai Noel.

— O quê? Como?

Dou de ombros.

— Instinto materno?

Olho para o homem com quem durmo há treze anos. A boca que se curva deliciosamente em volta de palavras como *chou-chou* e *bonne nuit* e *toujours*. O cabelo que encaracola na testa e em volta das orelhas. A pele que fica com sardas no sol. Ele parece desorientado, como se não entendesse o mundo em que se descobriu de repente. Eu queria poder apagar a camada de inquietude, de incômodo, de seu rosto. E estou preocupada. O que vai acontecer conosco agora? Pierre vai querer me deixar? Ele vai embora? Será que pode fazer isso? Ele me odeia? Mas agora está dito. O segredo eu não tenho mais como guardar de volta. E sinto o ar mais leve ao meu redor. Como sinto de manhã quando abro as cortinas das janelas da sala de estar e deixo a luz entrar.

Depois de algum tempo, Pierre solta o ar pela boca lentamente.

— O que ele quer de nós? Ele quer morar aqui? — Então, como se de repente lhe ocorresse: — Ele quer dinheiro?

— *Pas du tout.** — Balanço a cabeça. — Os pais dele o querem de volta em casa. Acho que ele só queria saber quem eu era. Kanta me mandou cartas com fotos dele ao longo dos anos. Eu devolvi todas sem abrir. Ele encontrou os envelopes fechados.

Há um silêncio entre nós. Ouvimos o som da descarga no apartamento de cima.

— E agora ele sabe? — pergunta Pierre.

Fecho os olhos com força e confirmo com a cabeça. Lembro do choque nos olhos de Niki quando lhe contei. Estremeço. Penso no jeito grosseiro como pus a correntinha em sua mão.

— E tem... mais alguma coisa que eu deva saber?

— Que tipo de coisa?

— Outros filhos? Outros casamentos?

Minhas mãos ficam frias.

— Não, Pierre! Como você pode fazer uma pergunta dessas?

— Como eu posso saber se não perguntar?

---

* *Pas du tout* (francês): De jeito nenhum.

— E você? Eu nunca perguntei com quem você esteve antes de mim. Foi o seu passado. É seu, não meu. Só me importa a nossa vida agora.

Pierre olha para as mãos e as esfrega lentamente.

— Ele é um bom menino. Niki. Foi bem criado. As meninas o adoram.

Meus olhos o acompanham quando ele sai da cama e recolhe as xícaras. Com a mão na maçaneta, ele se vira para mim e sorri.

— Sabe que eu nunca gostei de chai? Que só bebo para fazer companhia a você?

Retribuo o sorriso.

— É o que eu faço com o vinho.

— Ah. — Ele balança a cabeça e sai do quarto. Quando volta, está de casaco.

Meu coração dá um pulo.

— Aonde você vai a esta hora?

— Caminhar um pouco. Estou precisando.

Eu me levanto. *Ele vai me deixar?* Eu o sigo até o hall. Ele está calçando os sapatos.

— Pierre, você nunca escondeu nenhum segredo de mim?

As mãos dele param um instante, depois voltam a amarrar os cadarços.

Sinto uma pressão em minhas costas. Por que ele não diz nada?

— Pierre. Eu era muito criança. — Minha voz é um murmúrio, choroso e suplicante. *Por favor, não me faça sentir como a Menina do Mau Agouro outra vez.*

Ele se levanta de costas para mim. Põe a mão na maçaneta. Depois de uma pausa, abre a porta, sai e a fecha sem fazer ruído.

Eu me sinto vazia. Não sei se estou triste, brava, magoada ou confusa. Será que devo pedir desculpa? Por quê? Por ter me apaixonado? Por ter feito o que meu corpo desejava tão ardentemente? Por ter sido iludida pelo encanto de um garoto mais velho? Por ter sido ingênua e fácil de enganar?

Ou será que sou eu a responsável por fazer Pierre se sentir bem em relação a isso também? Por aliviar seu ego ferido? O choque que ele deve estar sentindo? Sou eu que tenho que resolver tudo para Niki também? Tranquilizá-lo de que fez a coisa certa ao vir me procurar? Ou dizer a ele que estou encantada por ele ter me encontrado, aparecido de surpresa na frente da minha família e de mim e acabado com meu casamento? Por que uma coisa que eu fiz tanto tempo atrás por amor tem que ser um castigo para mim agora?

Eu me arrasto de volta para a cama. Ainda estou acordada quando Pierre retorna. Escuto-o se movendo pela casa em silêncio, escovando os dentes, tirando a roupa e pendurando as peças no armário. Ele se deita em seu lado da cama, o mais longe possível de mim. Tenho vontade de alcançá-lo, envolver seu peito com meus braços, mas não me atrevo. É como se ele tivesse construído uma cerca ao seu redor com uma placa de advertência que diz *Défense d'entrer*. Entrada proibida.

Somos assustados no meio da noite pelo toque do telefone. Acordo de imediato. Talvez seja Jiji, Kanta ou Florence me dizendo que Niki fugiu de novo. Ouço Pierre se mexendo embaixo do lençol. Digo a ele que vou atender. Corro para o aparelho perto da mesa de jantar e pego o fone depressa, antes que as meninas acordem.

— Desculpe incomodar você a esta hora, *beti*. — É Hazi. — Mas Nasreen achou melhor eu ligar.

— Está tudo bem, *Ji*? — Minha voz está rouca. Eu me sento na cadeira mais próxima.

— *Hahn. Theek hai*. Recebemos um telefonema hoje. Perguntando sobre nosso *mitti attar*.

— De quem?

— Uma empresa que quer usá-lo em seu produto.

Meus sentidos ficam instantaneamente em alerta. Se outra empresa quer o que Hazi oferece, vamos ter que fazer uma proposta o mais rápido possível para garantir que teremos a quantidade de que precisamos. Isso significa que vamos ter que antecipar nossa apresentação para o cliente. Apoio a testa na palma da mão. Mas como posso fazer isso se todas as minhas amostras parecem ter estragado?

— Hazi-*ji*, por favor, me dê um pouco mais de tempo para conseguir um pedido de compra. O aroma ficou perfeito na minha fórmula. — No entanto, enquanto digo isso, meu estômago revira diante da possibilidade de que a viagem a Agra tenha sido inútil. E se eu não conseguir corrigir as amostras?

— *Aaraam se, beti*. — A voz dela me tranquiliza. — Lembre-se do que eu lhe disse. Só fazemos negócios com pessoas em que confiamos. Eu só quis avisar você.

Antes de desligar, penso em mais uma pergunta:

— A pessoa que telefonou deixou o nome?

— Um minuto.

Ouço o som do fone sendo colocado sobre uma superfície de pedra. A voz de Hazi retorna, junto com o tilintar de suas pulseiras e um ruído de papel. Ela pronuncia o nome francês devagar, em seu inglês com forte sotaque, mas entendo a quem se refere. *Michel LeGrand*.

Por que Michel teria ligado para falar sobre o aroma que eu encontrei em Agra? Será possível — como já havia passado pela minha cabeça — que *ele* esteja adulterando minhas amostras? Que ele tenha pegado meu caderno? Era o único jeito de ele ter encontrado Hazi. Ou será que ligou em nome de Delphine? Por que ela não pediria a mim para telefonar para o meu contato? Ela não confia em mim? Ou só está verificando para ter certeza de que eu fui mesmo a Agra fazer o que disse que faria? Sinto o projeto Olympia deslizando de minhas mãos. Meu maior projeto até hoje, o que me faria ser promovida para perfumista aprendiz, pode conduzir ao meu maior fracasso.

— Ainda está aí, *beti*?

— *Hahn-ji*.

— Sabe quem andou perguntando de você?

Espero que não seja o sr. Mehta!

— Quem?

— Binu, nossa assistente de cozinha. Ela comenta o tempo todo como a madame de Paris era inteligente. É assim que ela chama você.

Pensar em Binu me faz sorrir. Seu jeito esperto, seus modos eficientes.

— Diga que eu pensei nela quando li que a sonda Helios chegou mais perto do sol do que qualquer outro satélite até hoje.

Hazi ri.

— Ela sabe. Já me contou tudo sobre isso. O irmão lê o jornal para ela todo dia.

Quando desligo, os pensamentos que incriminam Michel e Delphine voltam como uma torrente em minha cabeça. Sei que não vou conseguir dormir as duas horas que faltam até o amanhecer. Adoraria encontrar conforto no corpo de Pierre, mas essa não é uma opção hoje. Vou para o quarto das meninas e me deito junto com Asha. Ela é barulhenta no sono, respira com a boca aberta. Mesmo assim, ponho meu rosto junto ao dela e uso o ritmo de suas exalações para me embalar até adormecer.

De manhã, há um bilhete de Pierre colado na panela que uso para o chai. "Problema com um dos fornecedores. Vou passar a noite em Nice." O Centro

Pompidou, em que ele está trabalhando, não é defendido por todos. Ao contrário dos prédios históricos de Paris, amados por visitantes do mundo inteiro, este terá um desenho totalmente moderno. As partes internas da estrutura — encanamentos, elevador, dutos de ar, condutos elétricos — serão expostas do lado de fora, como se o prédio estivesse virado do avesso. E é um prédio grande. Ocupa dois quarteirões. Nem todos os empreiteiros estão dispostos a trabalhar em algo tão *brut** para o olho parisiense comum. Também é um empreendimento desconhecido, arriscado; esse tipo de desenho nunca foi testado. Há uma grande equipe de arquitetos e engenheiros trabalhando no projeto, meu marido incluído. Pierre anda sobrecarregado.

No entanto, eu respiro um pouco melhor. Acho que alguns dias longe é melhor do que nós dois sendo excessivamente educados um com o outro até ele superar o choque de minha revelação sobre Niki.

Florence telefona enquanto as meninas e eu estamos tomando o café da manhã. Niki não sabe o telefone de ninguém, então ela lhe deu o nosso número e o dela, para o caso de ele sentir vontade de desaparecer outra vez sem avisar. *Bien*. Fiquei preocupada que algo pudesse acontecer a ele enquanto está sob meu cuidado. Eu me sinto responsável por devolvê-lo em segurança a Jaipur. A seus pais.

— Hoje vou mostrar a ele os carrosséis de Paris — diz Florence. — Posso levar as meninas também? É o último dia antes das férias de inverno. Você sabe que elas adoram os carrosséis de Natal. Elas podem faltar na escola hoje, não podem?

Não sei o que é mais surpreendente. Que Florence esteja sugerindo que as meninas faltem um dia na escola ou que ela esteja tão encantada com Niki.

— Por que não vão amanhã, assim elas já estarão em férias? — pergunto. (Nisso, minhas filhas levantam a cabeça, percebendo que estou falando delas.)

Quase posso ver Florence erguendo as sobrancelhas até a linha do cabelo.

— Niki nunca esteve aqui. Até agora, ele só viu duas igrejas e o Louvre. Não é só isso que Paris tem a oferecer. Perguntei se ele gostaria de ver mais coisas antes de voltar para casa e ele disse que sim. Tivemos uma ótima conversa no jantar ontem. Ele é um rapaz curioso. E você sabe que as meninas adoram andar de Peugeot em vez de pegar o Métro. Vamos nos divertir muito! Mathilde e Agnes nos encontrarão lá.

---

* *Brut* (francês): feio.

Quando foi a última vez que ouvi Florence tão animada com alguma coisa? Acabo autorizando.

Então, outra ideia me vem à mente da noite anterior.

— Florence, as meninas podem dormir aí com você? Pierre está em Nice e talvez eu chegue em casa tarde.

— Vou amar — ela responde, e sei que é sincero.

Quando chego ao trabalho, há uma ansiedade palpável no ar. Um cheiro de expectativa. Celeste não está em sua mesa, mas a máquina de escrever está descoberta e seu casaco está pendurado no cabide ao lado.

Ferdie não está em seu posto de trabalho. Olho para o lugar de Michel. Ele não está lá, mas escuto alguém se movendo na unidade de refrigeração. O telefonema de Hazi esta madrugada se repete em minha cabeça. Sua pronúncia cuidadosa de *Michel LeGrand*. Devagar, penduro o casaco. Com uma sensação de medo, destranco a gaveta e testo minhas amostras. Não há mais benzeno. Mas alguma outra coisa. Um leve aroma de *absinto*?

De repente, as batidas rápidas dos saltos de Delphine ecoam no corredor. Algo em sua postura me informa que ela está agitada. Ela olha para dentro do laboratório, mas segue para sua sala. Celeste a acompanha de perto, o bloco de notas na mão. Elas vieram da direção do elevador.

Celeste abre a porta do laboratório. Olha para Michel, no fundo da sala, depois se aproxima de mim.

— Reunião com Yves em dez minutos. Sobre Olympia.

Uma reunião com Yves só pode significar uma coisa: vamos apresentar as seleções de Delphine para a aprovação final dele antes do encontro com o cliente.

Meu coração pula no peito.

— Mas eu não estou pronta. Delphine ainda não aprovou minhas amostras.

Celeste morde o lábio. Imagino que está pensando em alguma palavra de conforto, mas tudo que diz é:

— *Désolée*.

Minhas axilas estão molhadas. Não estamos prontas. Por que Delphine não pode adiar a reunião? Por que estamos acelerando o processo? Preciso de mais um dia para ajustar as amostras. E se elas, afinal, não estiverem sendo adulteradas? Será que Hazi pode ter me dado um lote ruim de *mitti attar*? Talvez estivesse com alguma bactéria? Mas como poderia ser isso se ontem elas cheiravam exatamente do mesmo jeito que na fábrica dela? Será que o aroma muda com o tempo? É por isso que os perfumistas franceses não usaram este *attar* antes? Talvez eles soubessem de sua instabilidade e tenham escolhido não usá-lo?

Minha cabeça está doendo, e tenho vontade de massagear as têmporas, mas não quero que Delphine me pegue parecendo tão abalada.

Quando chegamos à sala de Yves, sua secretária nos faz sinal para entrarmos. Delphine abre a porta. Ela para abruptamente. Por pouco não colido com ela, carregando minha bandeja de amostras arruinadas.

— *Pardon* — Delphine diz para alguém na sala.

Escuto a voz cordial de Yves.

— *Entrez, entrez.*

Assim que entramos na sala, entendo por que Delphine hesitou. Ferdie está sentado à mesa diante de Yves.

Delphine parece confusa.

— Seria melhor nós voltarmos depois que vocês terminarem sua reunião?

Yves sorri largamente.

— *Esta* é a reunião. Ontem à noite meu sobrinho me telefonou para dizer que tinha algo a apresentar. Uma ideia que havia tido sobre o projeto Olympia.

Ele sorri com afeto para o sobrinho, que nos cumprimenta com um movimento de cabeça. As faces de Ferdie estão coradas de animação ou de constrangimento; talvez ambos.

— Eu sempre soube que Ferdinand era especial. Agora vocês vão ver. Experimente isto, Delphine. Acho que você vai gostar. — Ele pega uma fita olfativa em uma bandeja à sua frente. Percebo que Ferdie trouxe sua própria bandeja de amostras.

Delphine não se senta. Eu a conheço bem o suficiente para saber que está furiosa. É o jeito como está se mantendo perfeitamente imóvel. Ela é mestre perfumista. Ferdie é um assistente de laboratório que trabalha para ela. Ele não é nem sequer perfumista aprendiz. No entanto, está ali sentado ao lado dela e na frente do dono da empresa, como se tivessem a mesma posição. Ele parece à vontade. Fico chocada com sua audácia; ele passou por cima da autoridade de Delphine. Se tinha uma ideia para o projeto, por que não procurou Delphine primeiro? Esse teria sido o protocolo correto.

— Sentem-se, sentem-se. — Yves indica a outra cadeira na frente da mesa.

Delphine afasta a cadeira de Ferdie e se senta na ponta, as costas eretas. Olho em volta procurando um lugar para pôr minha bandeja. Vou até o canto da sala, onde há uma mesa redonda com três cadeiras. Eu me sento, sentindo-me uma idiota por estar tão longe da reunião de que, supostamente, eu seria uma participante.

Yves entrega a fita olfativa para Delphine. Cruza as mãos sob o queixo, sorrindo para ela. Ela olha de Ferdie para Yves, como que tentando decifrar o que está acontecendo aqui. Isto é uma brincadeira? Aniversário dela? Alguma comemoração? Ela dá uma olhada para mim. Não posso oferecer nenhuma ajuda, porque estou tão perdida quanto ela.

Delphine agita a fita olfativa sob o nariz. Repete o processo. Vira-se para mim com uma expressão de alarme. Suas sobrancelhas subiram quase até a linha do cabelo.

— E então? — pergunta Yves. — Não é maravilhoso? Acho que nosso cliente vai ficar muito satisfeito.

Delphine cola um sorriso no rosto que não alcança seus olhos. Ela olha para Ferdie.

— O que há na fórmula? — Seu tom é frio, apenas ligeiramente curioso.

Ferdie a encara e recita a fórmula exata em que estive trabalhando — incluindo o *mitti attar* — sem pestanejar. Olho para ele boquiaberta. *Ele é o sabotador? Foi ele que andou bisbilhotando meu caderno? Ferdie? O doce Ferdie, que dança comigo depois de uma noite com seus amigos?* Minha cabeça lateja de revolta, raiva, medo. Como ele pôde fazer isso comigo? Com Delphine? Por quê? Mas, então, por que Michel andou sondando o *mitti attar*? Hazi leu seu nome claramente ao telefone esta noite. Ou será que imaginei aquilo? Ela disse o nome de Ferdie e minha mente o substituiu pelo de Michel porque eu queria acreditar que fosse ele? De repente, nada mais faz sentido. Eu me esforço para prestar atenção na conversa que está acontecendo sem mim.

Yves diz:

— E então, Delphine, minha estrela em ascensão, você tem como superar isso?

Ela inclina a cabeça para Ferdie.

— Onde você obtém o... ahn... petricor?

— Na Índia. Na cidade de Agra. — Ele gira na cadeira e me dá um sorriso amistoso. — Foi para onde você acabou de ir, Radha. — Sem esperar uma resposta, ele se vira para Yves outra vez. — A cidade do Taj Mahal.

Agora eu sei que ele viu o endereço da fábrica de Hazi e o telefone da *haveli* em meu caderno. Será que ele *e* Michel estão juntos nisso? Os dois estão me passando a perna? Fecho os olhos. O futuro brilhante que havia imaginado para mim de repente escurece. Levei minha chefe, minha mentora, a fazer papel de boba. Não há como se recuperar de um fracasso colossal como esse. E não há como consertá-lo. Se, neste momento, Delphine acusasse Ferdie de roubar meu trabalho, ficaria parecendo mesquinha, invejosa. O que ela diria se eu lhe contasse sobre minhas desconfianças em relação a Michel?

Delphine se dirige a Ferdie:

— Eu não sabia que você tinha estado em Agra, Ferdie. Você manteve esse pequeno segredo escondido de mim.

Ferdie sorri com bom humor e faz um gesto na direção de Yves.

— Meus tios me levaram em meu aniversário de dezesseis anos. Não foi lindo, *oncle*?

— *Magnifique*. Ferdinand me disse que sempre teve vontade de voltar para lá. Parece que ele terá essa oportunidade.

Minha mentora ignora o comentário de Yves. Em vez disso, concentra seu olhar em Ferdie.

— Quanto desse novo ingrediente podemos conseguir de imediato? O cliente está ansioso para começar a produção assim que aprovarem o aroma.

Ferdie olha em volta. Ele está em terreno menos firme aqui.

— Não deve haver problema quanto a isso.

Agora ela se vira para Yves.

— Também temos que preparar pelo menos três ou quatro frascos para o cliente levar para a equipe dele. Acho que tudo que precisa ser feito agora é agendar uma reunião com o cliente. Vou falar para Celeste providenciar isso para amanhã. — Ela se levanta.

Yves aponta para mim, a observadora silenciosa no canto com uma bandeja de amostras na frente.

— Você tem algo aí que queria me mostrar?

— *Bah*, isso é para o projeto Alsace — Delphine mente com tranquilidade. — Radha e eu temos outra reunião. Já terminamos por aqui, não é?

Ela cumprimenta Yves com a cabeça, ignora solenemente Ferdie e faz um sinal com o queixo para que eu saia com ela.

Sigo Delphine de volta para a sala dela, me esforçando para acompanhar seu passo rápido. Assim que fecha a porta, Delphine explode.

— Como ele conseguiu a droga dessa fórmula? — Ela acende um cigarro e fica de pé, com uma das mãos no quadril.

— Não tenho ideia, mas... — Percebo que nunca contei a ninguém sobre minhas desconfianças. Conto agora, começando pela fragrância de vetiver em que estávamos trabalhando alguns meses atrás. As amostras que tinham um cheiro diferente do da véspera. O caderno que ficou desaparecido por uma hora. O fato de que eu vinha trancando minhas amostras na gaveta antes de sair do trabalho.

— Mas como é que Ferdie sabia da fábrica em Agra? Nem *eu* sei o nome da sua fábrica, Radha.

— Ele só pode ter visto no meu caderno. — Fecho os olhos, tentando lembrar se tranquei a gaveta na noite passada. Tenho quase certeza que sim.

Delphine está fumando furiosamente. Ela percebe que ainda estou de pé com a bandeja e grita para eu deixá-la em algum lugar. Olho em volta e a coloco na única superfície que vejo: a mesa. Ela aponta para mim com o cigarro, as cinzas caindo na bandeja agora.

— Por que você não falou nada?

— Por um bom tempo eu achei que fosse só imaginação minha. Depois pensei que podia ser alguma coisa que eu estivesse fazendo errado. — Hesito. — Aí achei que poderia ter sido Michel, e eu não queria dizer nada contra ele. — O constrangimento está fazendo meu rosto esquentar. — Porque você confia nele.

A expressão dela é incrédula.

— Michel? Michel LeGrand? Ele vive elogiando você. Ele acha, como eu, que você tem tudo que é necessário para se tornar uma mestre perfumista. Não, não é Michel.

Fico tão surpresa com essa revelação que não sei o que dizer. Michel nunca nem perguntou onde eu moro ou quantos filhos eu tenho.

— Tem mais uma coisa — digo, esfregando as palmas das mãos no casaco. Os olhos dela seguem minhas mãos, então eu as enfio no bolso. Relutante, conto sobre o telefonema de Hazi, sobre Michel solicitando o *mitti attar*.

— Ridículo! — ela protesta. — Michel nunca faria nada do gênero. E, antes que passe pela sua cabeça, não, eu não o mandei fazer isso.

Como sempre, ela está três passos à minha frente.

Ela balança o cigarro para mim outra vez. Cinzas caem no tapete.

— Acho que foi o Ferdie. Ele pode ter usado o nome de Michel para despistar. — Ela sopra a fumaça na direção da janela. — Você disse que percebe as mudanças nas amostras logo que chega de manhã? Nunca durante as horas de trabalho?

Confirmo com a cabeça.

Ela tamborila na borda da mesa. Pega o telefone e chama Celeste.

Celeste entra na sala. Hoje, está usando um vestido de malha lilás com um cinto amarrado no meio. Mas, sem peitos e sem quadris, ela parece o cabide de onde ele deve ter saído. Seu cabelo claro esconde metade do rosto.

— Onde estão as chaves mestras de todas as gavetas? — pergunta Delphine.

— Na minha mesa — ela responde.

— E, quando você sai da mesa, as chaves ficam lá, em uma gaveta trancada?

Celeste parece pouco à vontade. Ela muda o peso de um pé para o outro.

— Bom, eu destranco de manhã quando chego ao escritório.

— E fica destrancada o dia inteiro?

Celeste dá uma olhada rápida para mim, como se fizesse uma pergunta. *O que está acontecendo?* Tento dar um sorriso solidário.

— *Oui* — ela diz a Delphine. — Exceto na hora do almoço, quando eu tranco.

— E leva a chave com você.

— Nem sempre.

— Como assim?

Um rubor intenso se espalha pelas faces de Celeste.

— Eu costumo levar comigo. Mas às vezes...

— Sim?

— Quando alguém esquece a chave, eu empresto a chave mestra para abrir as gavetas. Se eu estiver muito ocupada, pode ser que esqueça de pedir a chave mestra de volta até o fim do dia, quando preciso trancar tudo para ir embora.

Delphine apaga o cigarro no cinzeiro, pensativa.

— Entendo. — Percebo Celeste olhando para o cinzeiro, provavelmente pensando que precisa esvaziá-lo. — Quando foi a última vez que isso aconteceu?

— Parece que F-Ferdie perdeu a chave dele. Ele vive pedindo a chave mestra emprestada. Perguntei se ele queria que eu mandasse fazer uma chave nova, mas ele falou que sabe que a dele está em casa em algum lugar. Que ainda não teve tempo de procurar. — Ela olha de Delphine para mim. — Para ser justa, Ferdie está enfrentando uma situação difícil agora. Os pais dele pararam de financiar...

— Pararam de financiar? — A voz de Delphine é cortante.

— Eu não tenho como não ouvir quando eles telefonam. — Celeste torce as mãos. — As despesas dele. As roupas. As discotecas. Eles pararam de pagar o apartamento. — Suas faces e seu nariz enrubescem. — Por favor, não digam a ele que eu contei.

Agora me lembro do dia em que vi Ferdie ao telefone na mesa de Celeste, sua agitação.

Delphine faz um gesto com a mão desconsiderando a súplica de Celeste.

— Você está com a chave mestra agora?

— Vou pegar. — Celeste sai da sala e volta em meio minuto. Está com cara de quem vai chorar. — Não está lá.

Delphine fecha os olhos com força.

— Aquele Judas. — Quando ela os abre de novo, fixa um olhar muito sério em Celeste. — Passarinho que na água se cria sempre por ela pia. *Il revient au galop*. Você sabe, *chérie*, que nunca vai poder substituir Maurice, Noel ou Sergio para Ferdie, não é?

Celeste faz uma expressão horrorizada. Suas faces e seu pescoço estão escarlates. É como se Delphine tivesse dado um tapa nela. Baixo os olhos para meu colo. Todos sabemos da paixão não correspondida de Celeste por Ferdie, mas ninguém ousaria mencionar isso abertamente do jeito que Delphine acabou de fazer. Gostaria de não estar na sala testemunhando a humilhação de Celeste.

— Diga a Michel para vir aqui.

Celeste sai depressa, antes que as lágrimas desçam pelo seu rosto.

Delphine olha pela janela, tamborilando na mesa com a unha. Eu continuo sentada, muda, incapaz de me mover; a última coisa que quero é ser um alvo conveniente para a ira dela.

Michel entra cinco minutos depois, seguido por Celeste. Olha para mim, para Delphine e, por fim, para Celeste, cujo rosto agora está inchado. Ela puxa o vestido para não colar na meia-calça.

— Michel — diz Delphine. — Você notou alguma coisa no comportamento de Ferdinand nos últimos tempos que lhe pareceu preocupante?

É difícil ver os olhos de Michel porque seus óculos de aros de metal estão refletindo a luz da janela. Ele ajusta os óculos antes de falar.

— Nada além do habitual.

Delphine ergue as sobrancelhas em uma interrogação.

Michel solta o ar pela boca, esvaziando as bochechas.

— As conversas de festas, namorados, discotecas, essas coisas. Talvez mais agitado que normalmente já é. Falando no telefone mais que de hábito.

Delphine se levanta, vai até a janela e contempla a cidade. A Torre Eiffel reluz a distância em um raro dia ensolarado de dezembro. Depois de um minuto, durante o qual eu sei que sua mente está trabalhando furiosamente, ela se vira para nós. Relata a Michel e Celeste o que acabamos de presenciar na sala de Yves.

— Meu objetivo sempre foi claro: criar o melhor *parfum* de Paris. As fórmulas que criamos precisam ter sucesso entre os conhecedores e ser comercialmente viáveis. Não podemos permitir que outros subvertam nosso bom trabalho. Isso foi o que Ferdie fez. Ele roubou o trabalho de Radha. O *nosso* trabalho. Não podemos permitir que ele tenha êxito, *n'est-ce pas?*

À menção do nome de Ferdie, Michel olha para Celeste, com as sobrancelhas erguidas. Ela baixa a cabeça. Uma cortina de cabelos finos desce sobre seu rosto enrubescido. Michel volta os olhos para mim. Desvio o olhar, envergonhada por ter desconfiado dele, por ter tido todos aqueles pensamentos horríveis sobre ele.

Delphine continua falando:

— Ele acha que vai sair por cima. Porque nós sempre confiamos nele. — Ela volta para a mesa, acende um cigarro. — Mas nós vamos dar um jeito de ele não se dar bem nessa história. — Ela olha de Michel para Celeste e de volta a Michel. Algo se passa entre eles. — *Comprenez?*

Isso é tudo que ela diz antes de fazer um gesto para irmos embora. Celeste sai primeiro e fecha a porta. Michel não se move. Eu hesito. O que, exatamente, nós devemos fazer?

O telefone de Delphine toca. Ela atende, escuta, desliga. Faz um sinal de cabeça para Michel.

— Caminho livre. — Algum sinal se passou entre eles. Eu me pergunto se um dia vou conhecer Delphine tão bem a ponto de entendê-la intuitivamente, como Michel.

Michel vai até a porta, abre e olha para mim. Entendo que devo ir junto com ele. Pego a bandeja na mesa e saio da sala. Antes, dou uma última olhada para Delphine. Ela está pegando o telefone e apertando o botão para liberar uma das linhas externas.

Sigo Michel de volta ao laboratório, mas estou esperando que ele me explique o que Delphine quis dizer com não deixar Ferdie se dar bem. Como vamos fazer isso? Mas ele não me diz nada. Senta-se em sua cadeira, absorto nos pensamentos. De repente, ele se levanta, sai do laboratório e vai direto à mesa de Celeste falar com ela.

Lentamente, eu me sento em meu lugar e puxo uma pilha de briefings. Não estou com disposição para trabalhar em um novo projeto. Em vez disso, pego o frasco com o aroma de chuva. Resta menos de um quarto do *mitti attar* nele. Isso é estranho. Até agora, só usei uma fração do conteúdo para testar com a fórmula. Olho para a área de trabalho vazia de Ferdie. Ele deve ter tirado o restante para reproduzir minha fórmula, do mesmo jeito que roubou a fórmula de meu caderno.

Muitas coisas fazem sentido para mim agora. O dia em que ele devolveu meu caderno, dizendo que o havia encontrado no chão em um canto do laboratório. Sua piadinha com minha amostra com cheiro de benzeno. Ele tinha adulterado minha fórmula! Como eu fui cega! Ele sempre foi tão amigável, tão alegre, tão simpático. Por que alguém suspeitaria de que ele fosse se virar contra nós desse jeito? Que trouxa eu fui. Enquanto eu ria e brincava com ele, Ferdie estava planejando como me usar — na verdade, usar todos nós — para conseguir o que queria. Foi só na minha cabeça que nós éramos amigos? O tempo todo ele estava rindo do quanto eu era fácil de enganar? Sinto o rosto quente com partes iguais de revolta e vergonha.

Ferdie entra no laboratório. Seu sorriso me dá vontade de lhe dar um tapa. Ele não está nem um pouco constrangido ou envergonhado por levar o crédito pelo trabalho que *eu* fiz nesses últimos dois meses. Ah, quando penso no tempo que roubei de minhas filhas! E no atrito que isso criou entre mim e Pierre. Guardo o frasco de *mitti attar* de volta na gaveta, dentro da caixa de jacarandá que o sr. Mehta me deu. Quando fecho a gaveta com força, Ferdie olha para mim do outro lado da sala, sorri e ergue os ombros. Ele começa a assobiar uma música de discoteca a que sempre recorre quando faz alguma coisa errada no laboratório. "Bad Luck", de Harold Melvin and the Blue Notes.

Como se tudo isso fosse um jogo para ele. *Sem ressentimentos*.

Sem ressentimentos? *Behenchod!** Vou mostrar a esse *connard* qual é a graça! Vou deixar claro para ele que não está tudo bem roubar a minha ideia! Desço do

---

* *Behenchod:* filho da puta.

banco, mas o bolso do meu casaco enrosca no puxador da gaveta que ainda está aberta. É quase como se meu trabalho estivesse tentando me segurar.

Michel se aproxima e bloqueia meu caminho. Seu rosto está a centímetros do meu. Nunca vi seus olhos tão de perto antes. O azul é mais intenso no centro, atenuando-se para um turquesa pálido nas bordas. Há compaixão neles. E um aviso. *Não faça isso. Você vai piorar as coisas.*

Após um instante, respiro fundo e volto a me sentar. Quando Michel sai da minha frente, vejo Celeste diante da área de trabalho de Ferdie com uma garrafa de Moët & Chandon na mão. Ela a oferece a Ferdie e lhe dá parabéns.

O quê? Dez minutos atrás, ela estava se encolhendo na sala de Delphine, pedindo desculpas por ter dado a Ferdie as chaves do reino!

Michel junta-se a eles agora, segurando três taças *flute* de champanhe. Ele está sorrindo.

— *Félicitations*, Ferdinand!

Não sei como reagir ou o que dizer. A perfumaria é domínio apenas de pessoas com a aparência de Ferdie, Delphine e Michel? Há algum espaço para uma mulher indiana como eu? Como é a mestre perfumista, Delphine Silberman será reconhecida pela indústria quer o nome na fórmula seja o de Ferdie ou o meu. Eu me iludi em pensar que tinha uma chance de me tornar mestre perfumista um dia. Neste instante, isso parece impossível. Fico imóvel, a confusão e a frustração escritas claramente em meu rosto.

Celeste passa a taça de champanhe para Ferdie.

— Estou louca para experimentar a sua fragrância! — diz ela.

Michel faz tim-tim com sua taça na de Ferdie.

— Eu sempre disse a Delphine que você era o nosso próximo mestre perfumista.

Mentiroso! Não era sobre *mim* que Michel dizia isso? Não foi o que Delphine me contou?

Ferdie aceita o cumprimento com cortesia. Ele está se fazendo de modesto. *Foi sorte. E intuição. Me veio uma inspiração. Eu sei que era o projeto de Radha; isso me fez pensar na Índia. E no cheiro da chuva depois das monções.*

Não acredito no que estou vendo. Ferdie está mesmo descrevendo o *mitti attar* como se o tivesse descoberto! E por que não? Ele é um dos farsantes mais talentosos que já conheci. As mentiras rolam de sua língua como gotas de água rolam de uma folha de *peepal*. Sem esforço. Como eu não percebi nada?

Celeste é toda sorrisos.

— Nós estávamos tentando adivinhar, Michel e eu, qual tinha sido sua inspiração. Algo a ver com um óleo essencial feito de barro?

Agora é a vez de Michel sorrir.

— Em todos os meus anos trabalhando aqui, nunca cheirei nada assim.

Ferdie não consegue resistir. Ele destranca sua gaveta e tira um pequeno frasco. Abre-o, insere uma fita olfativa, balança-a e a entrega a Michel.

— Isoladamente, não é um aroma marcante. Em combinação com outros ingredientes, porém, é *extraordinaire*. Chama-se petricor. Lembrei dele de quando meus tios me levaram à Índia. Foi há dez anos, mas o aroma deixou uma impressão muito forte em mim.

Celeste estende o braço sobre a mesa de Ferdie para servir mais champanhe na taça dele e na de Michel. Ela esbarra na borda do frasco de essência, que balança na direção de Ferdie, e acaba derramando o champanhe em cima dele. Ele dá um pulo e se afasta da mesa. Michel tenta salvar o frasco de aroma, que está prestes a virar. Ele consegue.

De repente, Celeste está pedindo desculpas, Michel também. Ferdie diz para eles saírem de perto e lhe darem espaço para enxugar o champanhe de sua camisa de veludo cotelê novinha em folha. Celeste explica que vai limpar a mesa. É melhor ele passar água fria na camisa antes que o álcool a estrague.

— É essa que você vai usar no clube hoje à noite, não é? — ela pergunta.

Ferdie parece irritado. Ele a empurra da frente com rudeza e sai do laboratório em direção ao banheiro. Celeste corre ao armário de suprimentos para pegar toalhinhas de laboratório e começa a enxugar a área de trabalho de Ferdie.

A festinha de comemoração arruinada não durou mais de cinco ou seis minutos. Estou enojada com todos eles — aplaudindo o trabalho de um ladrão! Levanto de minha mesa, de cara feia. Arranco o avental, pego casaco e bolsa e saio do laboratório, decidida a ir embora mesmo ainda estando no meio do dia.

Sigo soltando fumaça pelo corredor e passo furiosa pela sala de Delphine. Ela me chama. Volto e paro na porta, meus lábios apertados de raiva.

— Entre e feche a porta.

Pela primeira vez na vida, eu desafio a ordem dela.

— Vou para casa, Delphine. — Não me dirijo a ela educadamente com um "madame", como sempre faço.

Ela se levanta, me puxa pelo braço, fecha a porta e me conduz até uma de suas cadeiras para visitantes.

— *Attend.*

Esperar o quê?, eu me pergunto. O cheiro do Gitane queimando, que normalmente não me incomoda, me dá vontade de vomitar. O que estou fazendo aqui na House of Yves? O que estou fazendo em Paris? Eu não estava muito mais feliz em Agra? De volta em terreno conhecido, com pessoas que falavam minha língua, comiam as mesmas comidas que eu adoro e me chamavam de *beti* e *behen*? Sinto um desejo louco de pegar minhas filhas na casa de Florence e levá-las para a Índia ainda hoje! Tem algum voo saindo esta noite? Há dinheiro suficiente no banco para comprar as passagens? Meu pé começa a bater ritmadamente no tapete, até Delphine me mostrar suas sobrancelhas levantadas. Meu pé para. Por que ainda estou sob o domínio dela?

— Yves e eu temos uma reunião com o cliente amanhã. Concordamos em enviar para a equipe deles três pequenos frascos de cada aroma. O seu e o de Ferdie.

— Mas não é o aroma de Ferdie! Você estava lá. Ferdie roubou o meu...

Sem bater, Michel entra na sala. Delphine olha para ele em expectativa.

— Feito — ele diz.

— O que você usou? — ela pergunta.

— Dez miligramas de canela. — Os olhos de Michel buscam os meus. Ele sorri.

Michel sorriu para mim! Olho para Delphine sem entender nada.

Ela diz a Michel:

— *Merci.*

Ele toca meu braço antes de sair.

— Não se preocupe. *À bon chat, bon rat.** — Ele se retira e fecha a porta.

— Radha, lamento o que aconteceu com sua fórmula. Mas Ferdie não nos deixou escolha. Ele vai provar do próprio remédio.

Ela me conta que eles adulteraram a fórmula de Ferdie, como ele fez com a minha. Fico olhando para ela com a boca aberta.

Ela apaga o cigarro no cinzeiro transbordante e acende outro.

— Michel está comigo há muito tempo. Ele adora trabalhar no laboratório. Gosta das horas regulares e não tem nenhum desejo de se transformar em

---

* *À bon chat, bon rat* (francês): Para um bom gato, um bom rato. Ditado que significa fazer alguém provar do próprio veneno.

perfumista. Mas é um excelente químico. — Ela bate seu Gitane na lateral do cinzeiro já lotado. — Esta tarde, quando Ferdie recriar sua obra-prima, ela não terá o mesmo cheiro que a sua. Onde está seu frasco de *mitti attar*, a propósito?

Eu o pego na bolsa.

— Não tem muito. Precisei ficar repetindo as minhas amostras. E agora sei para onde foi o resto.

— Muito bem. Mantenha esse frasco sempre com você. Não dá tempo de mandar alguém trocar as fechaduras até amanhã. — Ela estende a mão para que eu a aperte. A última vez que ela apertou minha mão foi quando aceitei o emprego como sua assistente de laboratório. Olho para nossas mãos unidas. A minha: lisa, marrom. A dela: clara com veias azuis, um anel de sinete de rubi no dedo mínimo. Levanto os olhos para os dela. De tão perto assim, vejo as rugas que se juntaram sob a pálpebra inferior, um testemunho de seus anos de serviço, criando o que ela ama.

— Essas coisas acontecem, Radha. Siga em frente. — Sua voz é gentil.

Volto ao laboratório atordoada. O que acabou de acontecer? Não tenho muita certeza. Aquela festinha no laboratório foi um jeito de tirar Ferdie da sala por tempo suficiente para Michel alterar seu *mitti attar*. Agora, mesmo Ferdie tendo memorizado a fórmula, ela nunca sairá igual à fragrância que eu criei. Mas como foi que Delphine convenceu Yves a apresentar as duas fórmulas? Ferdie é seu sobrinho; ele mal sabe quem eu sou. Então eu percebo: Delphine deve ter dito a ele que tem um aroma surpresa em que ela estava trabalhando; ele abriria uma exceção para sua mestre perfumista favorita.

O que significa que eu talvez não receba o crédito pelo meu trabalho. Mas Delphine sabe. Michel sabe. E Celeste — bom, ela deve saber agora, se não sabia antes. Olho pela janela do laboratório para a mesa de Celeste. A máquina de escrever está coberta. Ela foi para casa mais cedo. Deve estar se sentindo péssima. Vou lhe comprar flores e croissants amanhã. Nada disso foi culpa dela; ela foi ludibriada pelo charme de Ferdie tanto quanto nós todos.

Ferdie também parece ter ido embora cedo. Seu casaco e sua mochila não estão aqui. Fico aliviada. Não quero estar na mesma sala que ele neste momento.

Preparo minha fórmula de Olympia outra vez. Cheiro a fita olfativa. *É ela.* A própria deusa do divã. Orgulhosa. Magoada. Mas não derrotada.

Com algum atraso, percebo que Olympia também sou eu, não? Dei o melhor de mim e fui usada. Delphine disse que tenho que seguir em frente; Lakshmi deixou para trás as traições que sofreu. Victorine também. Não é esse o olhar que ela nos lança no quadro de Manet? Sempre haverá um Ferdie em nossa vida. Temos que fazer nosso melhor apesar deles.

Misturo a quantidade maior para os três frascos que serão entregues ao cliente. Depois pego a caixa de jacarandá, enrolo algodão em volta de cada um dos frascos e insiro-os com cuidado na caixa, junto com o que resta do precioso *mitti attar*. Levo a caixa à sala de Delphine, para sua apresentação amanhã. Ela testa cada frasco com uma fita olfativa nova. Satisfeita, levanta os olhos para mim.

— *Bien fait*.

É o que sempre desejo ouvir dela. Seu elogio significa tanto para mim quanto o de Jiji.

Em sua voz grossa de fumante, ela me diz:

— Venha amanhã só quando Celeste chamar. Aproveite para passar a manhã na cama. Você merece.

Pulei o almoço para terminar as amostras. São pouco mais de quatro horas. Decido ir embora. Ainda preciso falar com Niki.

Vou a pé até a casa de Florence. Tenho a chave da casa dela, que só uso quando não há ninguém lá. Não esperava que eles já tivessem voltado de sua excursão, mas estão todos em casa. *Meus três filhos*. Sinto o coração dar pulos ao pensar que agora, quando as pessoas perguntarem quantos filhos eu tenho, posso parar de mentir. Sempre hesitei quando respondia "Duas". Eu pari *três*. Duas meninas e um menino. Em vez de me apertar por dentro, a ideia agora me faz sorrir, libertando-me em certo sentido, levantando um peso de meu peito.

Asha vem correndo e pega minha mão para me conduzir à sala de estar de Florence. Ela está desesperada para me contar toda a história. Levaram Niki a todos os seus carrosséis favoritos. Em Luxembourg, mostraram a ele o *jeu de bagues*,[*] um jogo de cavaleiros medievais que é feito com o carrossel em movimento.

Agora vejo que Niki está deitado no sofá da sala com os olhos fechados. Ele tem um curativo na testa e outro no dedo indicador da mão esquerda. Shanti está sentada ao lado dele no sofá. Ela leva o dedo aos lábios.

— Niki fica com dor de cabeça se você falar muito alto.

Asha reduz o volume a um sussurro forte e me puxa pela mão para a cozinha. Viro o pescoço para olhar de volta para Niki, alarmada. Se ele não está no hospital, deve estar suficientemente bem para ficar em casa.

---

[*] *Jeu de bagues* (francês): jogo de argolas jogado em um carrossel.

— A gente deixou o melhor carrossel para o fim, para poder mostrar o jogo para ele. Nós fizemos ele sentar em um dos cavalos na ponta — diz Asha.

Florence está tirando pão caseiro do forno.

— Ele se esticou um pouco demais para pegar a última argola e caiu do carrossel.

— Machucou muito? — pergunto à minha sogra.

— Um pequeno galo na cabeça. Vai ficar tudo bem. Se quer saber o que eu acho, aquele homem que estava segurando a argola a afastou de propósito quando chegou a vez de Niki. *Connard!*

Pela segunda vez em três dias, Florence falou um palavrão na minha frente. Ela percebe que Asha ainda está por perto, de olhos arregalados para a avó, e diz:

— *Désolée, chérie.* Por favor, não use palavras como essa que sua *grand-mère* acabou de falar.

— E Mathilde e Agnes? — pergunto.

Asha está enfiando o dedo no pão. Florence afasta a mão dela gentilmente dos pães quentes.

— Elas foram para casa. Todo esse incidente assustou Agnes. Acho que está mais do que na hora de ela passar a ser monitorada em tempo integral. Sinceramente, vai ser um alívio para Mathilde.

Eu me repreendo por não telefonar para Mathilde tanto quanto deveria. Tenho que ligar para ela esta noite.

Viro-me para Florence.

— Você acha que Niki está em condições de dar uma saída comigo? Preciso conversar com ele.

Asha protesta:

— Mas você acabou de chegar, *maman*.

— E ela vai voltar mais tarde — Florence diz a Asha. — Vá, Radha.

Entro com cuidado na sala de estar e beijo Shanti no rosto. Niki abre os olhos. Sua expressão é neutra; ele não está feliz nem aborrecido por me ver. Mas há um ar de cautela nele. Não confia em mim.

— Quero mostrar uma coisa para você — digo.

Quando chegamos ao Jeu de Paume, cumprimento Gérard e apresento Niki. Ele assente com a cabeça, como se estivesse nos esperando. Não faz nenhum comentário sobre os curativos de Niki. Pega sua cadeira de madeira e a coloca na frente de *Olympia* para mim. É uma pequena gentileza, mas me dá vontade de chorar.

Vamos imortalizar você, digo silenciosamente a Victorine quando me sento. Sua expressão não muda. Mas sinto uma recarga de coragem quando converso com ela em minha mente.

Niki fica parado por um momento, olhando para o quadro de Manet, depois se senta de pernas cruzadas no chão ao lado de minha cadeira.

— Vou lhe contar uma história — digo.

Pelo canto do olho, vejo-o apoiar um pequeno caderno de desenho sobre o joelho. Ele o abre em uma página. Olho discretamente para o papel. Há esboços a lápis de pessoas sentadas em um banco de parque. A estátua da *Vitória de Samotrácia* no Louvre. Reconheço o rosto de Shanti, pensativa.

Niki começa agora um novo esboço. De *Olympia*. Seus dedos são longos, as unhas roídas. Retorno minha atenção para o quadro.

— Quando eu tinha treze anos, conheci um menino bonito e charmoso. Ele jogava polo no clube de Jaipur com os amigos. Eu ficava olhando para ele no meu caminho de volta da casa de Kanta, sua mãe. Era um menino tão atraente. Um dia ele reparou em mim e me convidou para entrar no clube. Perguntou se eu podia ajudar a ensaiar suas falas para a peça de Shakespeare que eles iam representar na escola. Eu acho que deveria ter dito não. Uma menina bem-comportada teria dito não.

Agora, ele olha para mim.

— Mas eu fui criada em uma aldeia em que era conhecida como a Menina do Mau Agouro. Nasci no ano em que Lakshmi deixou o marido. Todos me culpavam por isso. Não sei por quê. Acho que eles precisavam encontrar algum motivo. Depois disso, tudo de ruim que acontecia... era minha culpa. Mas ali estava um menino que não conhecia a história da minha família. Ele me achava inteligente, divertida, atraente. Então... nós... Enfim, foi Lakshmi que me disse que eu estava grávida. Eu nem sabia. Tentei contar ao menino, mas os pais dele não permitiram. Sua mãe me levou para Shimla para ter o bebê. Ela também estava grávida. Foi muito boa para mim.

Eu sorrio, lembrando de todas as caminhadas que Kanta e eu fazíamos juntas à biblioteca de Shimla para eu poder me abastecer de livros a fim de ler para ela em voz alta (a gravidez a fez ficar com muito enjoo). Às vezes encontrávamos o dr. Kumar (que fez o parto de nós duas) indo postar uma carta no correio (provavelmente para Lakshmi, percebi mais tarde).

— Mas o bebê da sua mãe não... ele morreu no útero. Ela ficou arrasada. — Aquele peso, como a âncora de um navio, está de volta em meu peito.

A mão dele parou de se mover no papel.

— Eu era nova demais para criar um filho. Teria que largar a escola e abdicar de minha infância. Então, Kanta e Manu ficaram com você. E o criaram como filho deles. — Lembro de suplicar a Jiji que pintasse os olhos e pés de Niki com *kajal* para que ele sempre fosse protegido de *burri nazar*.* Naquela época eu acreditava em superstições como o mau-olhado que poderia prejudicar meu bebê. — Você nasceu um mês antes do tempo, mas era perfeito. Dedos perfeitos nas mãos e nos pés. Nariz perfeito. Era tão cabeludo que nós brincávamos que tinha nascido de peruca. — Não consigo evitar uma risadinha e, esquecendo o autocontrole, olho para ele. Lakshmi e Kanta me pediram para não contar sobre a adoção cancelada pelo Palácio de Jaipur, temendo a reação dele, então pulo essa parte. Não quero perturbá-lo ainda mais.

Niki está olhando fixamente para o caderno. Agora vejo que não estava desenhando *Olympia*. Ele estava me desenhando. Ali está meu perfil com a pequena protuberância no nariz, como o de Maa. O inchaço sob os olhos. O queixo redondo, não pontudo como o de Lakshmi. Minha boca está virada ligeiramente para baixo. Pareço triste. É assim que ele me vê?

Continuo falando:

— Carreguei você em meu corpo por oito meses, mas você quis vir mais cedo para este mundo. Eu lia para você *Os contos de Krishna* que trouxe comigo da aldeia de Ajar. Cantava músicas dos filmes que Kanta e eu víamos no Ritz Cinema. Toda vez que eu cantava "Mera joota hai japani", você começava a chutar como se estivesse dançando com Raj Kapoor. Eu imaginava você sorrindo toda vez que eu bebia leite de rosas e fazendo careta quando eu comia *pakoras*. Eu te amava tanto.

Suspiro.

— Só levei quatro coisas suas quando deixei você. A pequena colcha que Lakshmi fez. Ela ainda está comigo. Seus sapatinhos amarelos. Seu chocalho prateado, que você adorava mastigar com as gengivas! Ah, o dia em que você descobriu que podia fazer barulho com ele sozinho. A surpresa no seu rosto! Eu ainda lembro. E o livro *Os contos de Krishna*. Criei minhas filhas com esse livro também. — Faço uma pausa. — Sabe o frasco que eu dei para você? É o seu

---

* *Burri nazar:* mau-olhado.

cheiro quando bebê. Eu o criei com base nessas quatro coisas. Quando estou me sentindo ansiosa, é o seu cheiro de bebê que me acalma.

Ele ainda não diz nada. Levanto o caderno de seu colo e o examino.

— Você é bom. Tem a mão de Lakshmi. Ela me contou que você sabia desenhar.

Ele ergue a cabeça.

— Eu gosto dela. A tia Lakshmi. Nós a vemos quando ela e o dr. Kumar vão para Jaipur.

Devolvo o caderno para ele.

— Gostei das gárgulas que você fez para as meninas. Elas pregaram na parede do quarto.

— Todo esse tempo... — ele começa.

Olho nos olhos dele e mantenho o olhar firme.

— Todo esse tempo, Niki, você foi querido por todos. Por mim. Eu não queria dar você. Mas tinha só treze anos, nem catorze ainda, Niki. Quatro anos mais nova do que você é agora. Todo esse tempo você foi querido por Kanta. E por Manu. E pela mãe de Manu, a avó com quem você cresceu. Até Baju, seu velho criado, ficou encantado com você. Todo mundo te amava. Você era tão especial.

— Então você conhece Baju? E *Nani* também?

— *Hahn*. E você tem razão. Ele é um cozinheiro incrível.

Quase posso ver os pensamentos, as lembranças, flutuando por trás de seus olhos de pavão. E sei o que ele quer perguntar, então lhe poupo o trabalho.

— Não posso falar pelo seu... pai biológico. Levei muito tempo para superar. Ele foi meu primeiro amor. Gostaria de acreditar que ele nunca ficou sabendo sobre você. Que foi por isso que ele nunca me procurou. Mas não sei. — Penso na carta do advogado britânico sobre o fundo educacional. — Em algum momento eu parei de me importar. Isso não quer dizer que não doesse ou que não continuasse doendo. Só parei de pensar nele.

Quando Niki engole em seco, vejo seu pomo de adão subindo e descendo. Noto a área mais escura em seu queixo onde ele se barbeia. Que fantástico: o bebê que eu deixei aos quatro meses já tem idade para ter seus próprios filhos!

— Onde ele está agora? Meu... pai? — pergunta Niki.

Tudo o que sei é que a família inteira se mudou para os Estados Unidos, mas até mesmo essa pequena informação poderia ser perigosa para ele. Decido lhe dizer que não sei.

Um grupo de estudantes universitários barulhentos falando italiano entra no museu. Olhamos para eles, depois de volta para *Olympia*.

— Eu venho aqui olhar para ela porque fui encarregada de desenvolver uma fragrância para ela — eu lhe conto.

— Para uma mulher que está em um quadro?

— Você não faz ideia dos briefings criativos com que nós trabalhamos. Uma vez pediram para minha chefe criar um aroma para um cavalo que tinha vencido as corridas de Ascot.

— Um cavalo?

— *Hahn*. A fragrância se chamou Gelding, cavalo castrado.

Ele sorri e a tensão entre nós se ameniza um pouco.

— Stallion, garanhão, não teria sido um nome melhor para uma fragrância? Agora sou eu que rio.

— Já havia uma com esse nome. — Conto a ele os resultados de minhas pesquisas e das horas que passei olhando para *Olympia*. Que seu nome real era Victorine. Que esta é uma mulher traída. Ela não quer vingança. Só quer que sua dor seja reconhecida, notada.

— Que nome você vai dar para essa fragrância?

— Acho que o cliente vai chamá-la de Olympia. Não é minha decisão. Por quê? Você tem alguma ideia?

— Victorine. Você devia chamá-la pelo nome verdadeiro dela. Não o nome que o pintor deu a ela. Você não está querendo retratar a fantasia de Manet. Está retratando a mulher real que posou para ele.

Penso no que ele disse. Está certo. Vou conversar com Delphine. E dizer a ela que o *meu filho* sugeriu. A ideia me faz sorrir.

Niki rola o lápis entre os dedos finos.

— Você gosta do que faz?

Poderíamos ser estranhos que se conheceram em uma estação do Métro ou na fila para comprar baguetes. Isso é o que não consigo superar. Aqui está um ser humano que formei em meu próprio corpo, no entanto ele é um estranho para mim. Tem toda uma vida fora de mim, como eu tenho toda uma vida fora dele. E se formos dois estranhos que se conhecem e passam a gostar um do outro com o tempo? Dirijo minha gratidão silenciosa a Florence por ter compartilhado seu segredo comigo.

Conto a ele que comecei na *parfumerie* de Antoine e depois fui trabalhar para Delphine. Ele faz perguntas, tão diferente de outros jovens que já conheci. E ele escuta. Gosto disso. Kanta e Manu criaram um rapaz sensato. Veja o modo como ele viajou sozinho de Jaipur até Paris e me encontrou! E nunca tinha saído da Índia. Ele sabe quem é, o que é mais do que eu poderia dizer de mim mesma na idade dele. Se eu o tivesse criado, será que ele seria tão autoconfiante? Tão seguro de seu direito de pertencer? Kanta e Manu sempre pertenceram à sociedade de uma maneira que nunca esteve acessível para Lakshmi e para mim. Minha irmã e eu sempre estivemos do lado de fora, olhando para dentro. Eu vejo agora: todos esses anos atrás, fiz a escolha certa, como Lakshmi afirmou. E Jiji — e o dr. Jay — também, quando impediram Niki de ser adotado pelo Palácio de Jaipur. Não há razão nenhuma para culpá-los e toda razão para agradecer a eles pelo risco que correram.

— Por que você devolveu todas as cartas da minha mãe?

A mudança de assunto repentina me pega de surpresa. Eu estava orgulhosa de como tinha conseguido me manter equilibrada nesta última hora. Mas as lágrimas vêm antes que eu possa contê-las.

— Para continuar viva, eu tive que cortar você da minha vida. Sem fotos. Sem cartas. Nada que fizesse você real como é agora. — Eu me levanto e ponho a alça da bolsa no ombro. — Desculpe se essa não foi a coisa certa a ser feita, mas eu não consegui ver outro caminho.

Ele se levanta abruptamente também, derrubando o caderno de desenho, e para na minha frente.

— Eu não fiz a pergunta como uma crítica. — Quando ele toca meu ombro, eu me contraio, como se tivesse sido queimada, e recuo um passo.

Do bolso do casaco (é um dos casacos antigos de Pierre?), ele tira minha correntinha com o frasco. Eu ofego e o pego da mão dele.

Esfrego a corrente na palma da mão. Gosto do contraste entre o metal frio e o vidro liso do frasco.

— Quando comecei a trabalhar com fragrâncias, a primeira que eu quis criar foi o seu cheiro. Ter você na minha barriga foi o tempo mais feliz de minha vida, Niki. Eu andava por toda Shimla com você dentro de mim, apontando para você as coisas de que eu gostava. A biblioteca onde eu pegava todos os meus livros. Os açafrões que estavam escondidos no solo num dia e floridos no dia seguinte... — Eu paro, constrangida. O tempo que Niki e eu passamos juntos me parece muito íntimo, lembranças que nunca compartilhei com mais ninguém.

Ele está com as sobrancelhas levantadas e os olhos brilhantes. Emana o perfume de narcisos, felicidade. Talvez tenha valido a pena compartilhar essas lembranças com ele, afinal.

Abro a mão e olho para o frasco.

— Você cheirou?

— *Hahn*. Talco de bebê e fralda molhada? — Ele me dá um sorriso de lado.

Eu sorrio de volta.

— E arroz basmati, óleo de *neem*, leite de rosas, lã de algodão e os pinheiros de Shimla. Foi onde você nasceu. Em Shimla. No Hospital Lady Bradley. O dr. Kumar fez o parto.

— O dr. Jay? — Ele parece adorar a ideia.

Eu rio.

— Você também o chama assim? Malik e eu sempre o chamamos desse jeito! Todo mundo viu que ele estava apaixonado por Lakshmi muito antes que ela percebesse.

Ficamos um pouco em silêncio. O grupo de universitários ri de alguma coisa que um deles diz enquanto saem do museu.

— Shanti e Asha são meninas legais.

— Pierre quer que elas saibam que têm um irmão.

— Ele sabe sobre mim?

— Você meio que não me deixou alternativa.

Quando olho para ele, percebo uma expressão de culpa, então me apresso em tranquilizá-lo:

— Eu guardei esse segredo por tempo demais, Niki. É um alívio tirá-lo de dentro de mim. Eu agradeço por isso. E então você tem duas irmãs, que já conheceu. Não é filho único, no fim das contas.

Tento lhe transmitir com um sorriso que quero que ele se sinta tranquilo com tudo isso.

Seus olhos não escondem nada. Nem o espanto que ele deve estar sentindo por descobrir uma nova família. Nem a surpresa de encontrar duas irmãs. Nem a ansiedade quanto a ser aceito por eles e por mim. Percebo que ele quer que eu também me sinta confortável com sua presença em meu mundo.

Penso na distância entre Pierre e eu neste momento.

— Vai levar um tempo. Não prometo que vai ser fácil para todos. Você entende, não é?

— Entendo. — Ele está pensativo. — Radha, foi você que escolheu meu nome?

Eu me espanto por ele usar meu primeiro nome. Mas o que eu esperava? Que ele me chamasse de mamãe? Esse título pertence por direito a Kanta.

— Não, foi seu pai. Manu. Se não me engano Lakshmi tinha pensado em Neal. Por causa da cor de seus olhos.

Eu não havia notado Gérard se aproximando de nós.

— *Vous permettez?* — Ele aponta para a cadeira. Olho em volta e percebo que escureceu do lado de fora das portas de vidro. Confiro meu relógio. O museu fechou uma hora atrás, mas Gérard esperou que terminássemos nossa conversa.

— *Merci.* — Dou um beijo no rosto do velho senhor. — Gérard é pintor — digo a Niki.

Niki levanta as sobrancelhas.

— É mesmo? Há quanto tempo o senhor é pintor? Onde o senhor estudou?

Essa conversa pode ser longa, então pergunto a Gérard em francês se ele gostaria de beber alguma coisa conosco.

Gérard fica contente. Ele aceita.

Em hindi, pergunto a Niki se ele gostaria de fazer mais perguntas a Gérard em outro lugar. Eu serei a tradutora. Isso é algo que posso fazer por ele. Vejo como ele se entusiasma quando desenha. Arte não é uma profissão tão respeitável quanto ciências ou matemática para um garoto indiano de classe média como ele. Seria razoável imaginar que Manu, que é formado em engenharia, esteja conduzindo-o na mesma direção. Mas será que é para esse lado que Niki quer ir?

A luz nos olhos de Niki — aqueles olhos azuis-verdes-cinza dele — me diz tudo que eu preciso saber.

Pierre vai passar a noite fora em sua viagem de trabalho, então decido dormir no quarto das meninas na casa de Florence. É bom acordar de manhã e comer uma omelete, e o café de Florence não é um substituto ruim para o chai. Começaram as férias de inverno e as meninas querem ficar na casa de Florence, onde vão fazer madeleines e *financiers*. Elas também querem passar mais tempo com Niki, bombardeando-o de perguntas.

Sozinha, volto ao apartamento em Saint-Germain para tomar um banho e trocar de roupa. Hoje é o grande dia: Delphine e Ferdie vão se encontrar com o cliente de Olympia. Durante todo o projeto, Delphine se recusou a revelar a identidade dele, seguindo suas instruções. Esse cliente deve ter alguma razão para querer se manter no anonimato. Se for uma celebridade, talvez queira apresentar a fragrância em um evento espetacular. Eu me pergunto quem será o ator ou a atriz felizardo desta vez.

A porta da frente do prédio está aberta. A zeladora varreu a calçada. Eu a cumprimento quando passo por sua janela. Ela chama meu nome. Eu me viro.

— *Oui, madame?*

Jeanne está com um vestido de casa e um suéter que se estica sobre seus amplos seios e quadris. Tem na mão a correspondência que esteve separando para os moradores do prédio. Imagino que queira me dar nossas cartas e me aproximo dela.

Ela ergue a mão no último instante, tirando as cartas do meu alcance.

— A senhora me disse que suas filhas estavam na casa da *grand-mère*?

— *C'est ça* — confirmo.

— Mas sua amiga estava aqui.

Jeanne coloca a correspondência sobre a mesa do lado de dentro da porta de seu apartamento, que ela costuma deixar aberta. Está frio na entrada; o saguão não é aquecido e o ar gelado entra pela porta escancarada. Jeanne está usando apenas um cardigã azul sobre o vestido e não parece sentir frio.

Eu tremo. A quem ela pode estar se referindo? Não falei com Mathilde ontem. Eu realmente deveria ter ligado para ela, mas com tanta coisa... Além do mais, eu não estava aqui no apartamento, nem Pierre.

— Talvez fosse uma das sobrinhas de madame Reynard. A senhora sabe que elas vêm visitar sempre.

Os olhos de Jeanne são pesados, dando a ela uma aparência perpetuamente pesarosa.

— Não, tenho certeza de que era a sua amiga. A bonita. A que se parece com Catherine Deneuve. — Ela passa um dedo pela testa para indicar a franja da visitante.

Eu suspiro por dentro. Ela *está* falando de Mathilde, mas só pode ter se enganado. Os *concierges* de Paris me lembram as fofoqueiras de Ajar. Sabem quem entra e quem sai, quantas visitas cada morador recebe, com que frequência. Sabem de onde recebemos cartas e se estamos em atraso com nossos impostos. É trabalho deles manter o controle do que acontece no prédio por questões de segurança. Acontece que já peguei Jeanne com o ouvido na porta de madame Blanchet quando deveria estar esfregando as escadas, ou se demorando demais junto ao vaso do lado de fora de seu apartamento quando os moradores do primeiro andar estão tendo uma briga. Mas no fim das contas ela é uma senhora idosa, uma viúva sem filhos, e mora aqui também.

— *Pas grave** — digo com um sorriso, e vou depressa para a escada.

Há um cheiro conhecido no ar. Alho. Batatas cozidas. Não, é uma fragrância. É isso que madame Reynard usa? Balanço a cabeça para afastar o cheiro. Talvez meu nariz só esteja cansado de todas as experiências que fiz nos últimos dias.

Quando me viro para subir os degraus para o terceiro andar, vejo botas marrons de salto alto acima de mim. Levanto os olhos e me deparo com Mathilde. Nesse instante, fico feliz por vê-la, mas no momento seguinte me encho de culpa por tê-la ignorado.

— Mathilde! Você veio me procurar? Desculpe por não ter telefonado, *chérie*!

Mas sua expressão me diz que ela não sente o mesmo prazer por me ver. Seu rosto está contraído. Não há cor em suas faces. As bolsas sob os olhos deixam claro que ela não dormiu bem.

— Quando você ia me contar, Radha?

Fico chocada com o tom de sua voz. Ela está cinco degraus acima de mim, enchendo a escada com sua raiva e... seu aroma. Então essa é a fragrância que eu senti!

— Contar o quê?

— Que você tem um filho. Ele nasceu um ano antes de você me conhecer. Você poderia ter me contado na época. Poderia ter me contado muitas vezes em todos esses anos. Eu conto tudo para você. Por que escondeu isso de mim?

Baixo a voz, mas ela ainda ecoa na escada.

— Como você sabe sobre... Niki?

Ela é pega desprevenida. Hesita.

— Pierre.

— Pierre? Quando ele contou para você? Por quê?

— Isso você vai ter que perguntar a ele. — Ela recomeça a descer a escada, roçando meu ombro quando passa por mim. — E obrigada por perguntar da minha mãe. Eu a internei ontem. Para sempre. — As últimas palavras saem em um soluço e ela desce correndo antes que meus pensamentos possam se organizar.

Ouço a porta de nosso apartamento abrir e olho para cima. É Pierre, vestindo o casaco, a maleta em uma das mãos. Ele para quando me vê.

---

* *Pas grave* (francês): Não tem problema.

— Onde você estava?

— Na casa da sua mãe. Com as meninas. Você disse que ia passar a noite em Nice.

Ele suspira.

— Terminei cedo. Então voltei para casa. Mathilde apareceu. Ela estava histérica. Não tem sido fácil para ela, Radha.

Isso faz meu sangue ferver.

— Para nenhum de nós.

— Ela é sua amiga. Por que eu tenho que consolá-la?

Percebo como é ridículo termos essa conversa na escada, onde todos podem ouvir. Subo os cinco degraus para alcançar Pierre.

— Podemos conversar lá dentro?

Ele olha para o relógio.

— Já estou atrasado. — Ele franze a testa. — Por que você não está no trabalho?

— Delphine disse para Celeste me ligar quando tiver terminado a apresentação para o cliente. Ela me deu a manhã de folga. Pensei em aproveitar para lavar roupa.

Ele passa apressado por mim.

— Bom, tenho que ir. Mathilde vai me dar uma carona em sua lambreta.

Entro devagar no apartamento. Ele nunca se referiu a Mathilde como *minha* amiga. Ela passa tanto tempo em nossa casa que sempre pensei nela como *nossa* amiga. É assim que vai ser de agora em diante? Outro dia foi chai *versus* vinho, quem gosta do que e quem bebe o que só para agradar. Vamos dividir amigos, comida e até as meninas de acordo com cada uma de nossas preferências agora?

Calma, Radha. Escuto a voz de minha irmã. *Aaraam se.* Escuto a de Hazi. Isso ajuda.

Tiro o casaco e olho para o estado do apartamento. Limpá-lo vai me ajudar a tirar a cabeça da reunião de Delphine com o cliente. Recolho as meias de Pierre e das meninas e coloco-as na máquina de lavar. Desfaço as camas das duas e as arrumo com lençóis e fronhas limpos. Junto a roupa de cama usada e vou para o nosso quarto. Pierre já tirou os lençóis. Eles estão em uma pilha no meio do colchão. Isso é uma novidade. Ele nunca me ajudou com a roupa para levar ao *pressing*.*

---

* *Pressing:* lavanderia.

O *pressing* é um luxo que eu agradeço. Na Índia, tínhamos *dhobis* que vinham, pegavam as roupas sujas e as entregavam no dia seguinte, lavadas, passadas e dobradas. Aqui, os funcionários do *pressing* não vêm pegar as roupas em casa, mas pelo menos lavam, dobram — e passam — todas as roupas de cama que deixamos lá. Acrescento as roupas de cama usadas das meninas às nossas em uma pilha no chão.

Ponho lençóis e fronhas limpos em nossa cama. Tiro as toalhas usadas do banheiro, o pano de prato que está no puxador da geladeira e o avental pendurado em um gancho e levo-os para a máquina de lavar. Em seguida, separo as roupas coloridas das brancas no cesto de roupa suja, ponho a primeira carga na máquina e ligo.

Olho para o relógio. Dependendo de quando Celeste ligar, não vou ter tempo de pendurar as roupas lavadas no varal no átrio interno do prédio.

Como se eu a tivesse conjurado, o telefone toca. É Celeste. Eu posso me encontrar com Delphine no Hotel Bristol em meia hora?

Delphine sorri para mim, essa recompensa que ela confere tão escassamente.

— Você ganhou, Radha.

— Ganhei o quê? — pergunto, olhando em volta, nervosa. O Hotel Bristol, com seu exterior art déco e mobiliário do século XVIII, me intimida.

Estamos sentadas em uma das áreas de recepção discretas em um sofá macio. Ele é de veludo, fúcsia-escuro. Na parede acima do sofá há um quadro de Maria Antonieta com peruca e vestido bufantes e requintados (pré-revolução, quando ela ainda era uma inocente alheia ao mundo). Uma mesinha de café baixa à nossa frente é rodeada por poltronas francesas estofadas com encostos arredondados. Uma tapeçaria com séculos de idade mostrando uma caçada adorna uma parede próxima. Um candelabro de cristal no teto cintila à luz da tarde. O tapete persa sob nossos pés me dá vontade de tirar os sapatos e deslizar os dedos pelo tecido espesso de seda e lã. Os funcionários, polidos e impecáveis, movimentam-se sem fazer barulho. Este é o tipo de lugar que Florence ia amar. Eu me pergunto se ela já esteve aqui. E, com a mesma rapidez, percebo: *eu nunca havia pensado no que Florence iria ou não gostar.*

O cigarro de Delphine está prestes a derrubar as cinzas no tapete. Antes que isso aconteça, um senhor com uniforme do hotel aparece do nada e coloca um cinzeiro na frente dela na mesinha. Ela agradece o gesto com um *merci* rápido.

— O cliente adorou a sua fórmula. Você devia ter visto a expressão de Ferdie! Ele preparou os frascos de aromas para o cliente usando o que achava ser o óleo essencial que você trouxe de Agra. O cliente cheirou a fita olfativa e se virou para mim com uma careta. Foi impagável!

Posso imaginar a cena. Michel acrescentou canela ao óleo, o que ficou totalmente errado para Olympia. Não há nada de doce nela; sob aquela carne macia, Olympia desenvolveu um núcleo de aço que a protege das desfeitas do mundo. Ah, como eu adoraria estar na reunião para ver a cara de Ferdie! Ele quase se deu bem. Para me conter e não abraçar Delphine (tenho certeza de que ela não apreciaria), uno as mãos sobre o colo.

— Como Ferdie recebeu isso?

Minha chefe bate as cinzas no cinzeiro. Seu sorriso é sarcástico.

— Nada bem. Mas ele vai ser promovido.

— O quê? — Não consigo conter a surpresa.

— Yves acredita no sobrinho. Ele ficou tão perplexo com o resultado quanto Ferdie. Vai mandar Ferdie para a Espanha para abrir uma nova filial da House of Yves. Como prêmio de consolação.

Ela vê o ar de incredulidade em meu rosto e completa:

— Foi ideia minha. Eu preciso que Ferdie fique fora do meu laboratório. Não posso trabalhar com pessoas em quem não confio. Mas não podia questionar a convicção de Yves. Ferdie vai adorar a Espanha. Ele já adora os homens de lá.

Penso em Maquiavel, que lemos no último ano em Auckland. Ou Delphine é uma mestra nos princípios dele ou tem um instinto fantástico. E seu conhecimento da vida pessoal de Ferdie é uma surpresa para mim.

Delphine fuma, permitindo que eu fique sentada em silêncio por alguns instantes, absorvendo tudo aquilo.

— O que acontece agora?

Delphine confere a hora no Longines de ouro em seu pulso.

— Você vai conhecer o cliente.

Não acredito que finalmente estou sendo convidada para uma reunião com o cliente.

— Quando?

— Agora.

— Agora?

— Sim. — Delphine se levanta e pega sua bolsa e suas luvas. Percebo agora que ela não tirou o casaco desde que chegamos.

— Aonde você vai?

— Vou lhe dar privacidade. Não faça essa cara preocupada. Vai dar tudo certo. E tire o resto do dia para você.

Ela vai me deixar aqui sozinha com um cliente? Eu a vejo ir embora, enquanto me esforço para controlar o pânico crescente. Nunca estive em uma reunião com um cliente. Isto não deveria acontecer na House of Yves, na sala de conferências de Delphine, como todas as outras reuniões com clientes?

Sinto seu perfume antes de vê-la. Bergamota. Âmbar. Cravo. Lavanda. Cedro. Raiz de íris. Almíscar.

Ela entra em minha visão periférica e, então, está de pé à minha frente. Como Delphine, ela é elegante. Cabelo preto brilhante repartido ao meio e puxado para trás em um rabo de cavalo impecável. Grandes óculos escuros Chanel. Sua pele tem uma tonalidade ligeiramente mais escura. Usa um casaco de caxemira branco sem lapelas e calça de pregas branca combinando. Os sapatos de plataforma em camurça complementam o conjunto. Seus únicos acessórios são um cinto dourado, uma pulseira dourada larga no pulso e grandes brincos botão de diamante. Não está usando bolsa. Ela coloca uma chave de quarto de hotel sobre a mesinha de café: está hospedada aqui.

Ela ocupa o lugar em que Delphine estava antes de ir embora. Imediatamente, um atendente do hotel vem perguntar o que ela deseja. Ela responde em um francês perfeito, mas com sotaque.

— Dois dry martínis muito secos. Gelado, mas sem pedras de gelo. Copo frio, por favor. — Ela olha para mim. — Pode ser com azeitona?

Concordo no automático. É hora do almoço e eu nunca bebi um dry martíni, mas imagino que não devo dizer não para uma cliente. Minha cabeça está naquele francês com um sotaque peculiar. Tenho certeza de que já o ouvi antes. E por que o perfume dela me parece tão conhecido?

Ela termina de falar com o atendente, que inclina a cabeça e desaparece à minha esquerda.

Agora, ela se vira para me observar. Une as mãos sobre o colo e eu noto a manicure perfeita. Sem anéis. O esmalte é transparente, com um brilho perolado. Tudo nela transmite a mensagem de estar no comando. Apenas as mãos muito crispadas entregam que ela está tensa.

— Nós já nos conhecemos, Radha. Do tempo em que você trabalhava no Antoine's. — Ela tira os óculos escuros.

Claro! Ela é a mulher que Delphine levou à perfumaria de Antoine antes de eu começar a trabalhar na House of Yves. E o perfume é o que eu recomendei para ela. Uma das criações de Delphine para a House of Yves. Pelo sotaque e pela cor da pele, lembro de ter pensado se ela seria turca ou do Oriente Médio.

— Acho que não ouvi seu nome na ocasião, ou agora.

Ela continua como se eu nem tivesse falado:

— Vamos fazer um brinde primeiro. Depois eu digo. — Ela aguarda enquanto o garçom coloca os drinques na mesa.

Brindamos com nossas taças. Tomo um gole de meu primeiro dry martíni. O copo está tão frio que parece ter sido revestido de gelo. O líquido desce com suavidade, um riachinho gelado pela garganta. Sinto-o revestir meu estômago. Há uma leve queimação, mas, fora isso, eu gosto. Talvez tenha encontrado algo para substituir os vinhos que apenas tolero. Não sei bem como inclinar a taça sem que a azeitona deslize para meus lábios, então tomo goles pequenos.

Ela estava me observando.

— É o seu primeiro?

Eu sorrio, e ela também. Que dentes lindos. E aqueles olhos escuros delineados com *kohl* são fascinantes.

— Tenho que ser bem precisa quando venho a Paris para especificar o que quero em meu drinque. Na primeira vez que pedi um martíni, me deram um vermute doce. Aqui no Bristol eles me conhecem.

— Você vem muito para cá?

— Sempre que posso.

A bebida me deu um pouco de coragem.

— A fragrância que você comprou no Antoine's teve o efeito desejado?

Ela passa um dedo pela borda da taça e sorri enquanto toma um gole.

— Por um tempo, sim. — Toma outro gole e me olha sobre a borda. — Nós nos encontramos outras vezes. Uma vez em uma festa de fim de ano. Em Jaipur. Na casa de Parvati Singh. Você e Lakshmi estavam fazendo a henna. Acho que o ano era... — ela aperta os olhos, pensando — 1955.

1955? Isso foi há quase vinte anos. Quem é ela? Como em um brinquedo View-Master, as imagens avançam rapidamente pelo meu cérebro. A festa de fim de ano de Parvati Singh. Jiji, Malik e eu chegando na casa dos Singh em uma *tonga*.* Meninas adolescentes, poucos anos mais velhas do que eu, com os vestidos

---

* *Tonga:* charrete puxada a cavalo.

mais modernos, dançando a música de Elvis Presley que tocava no gramofone. Algumas sentadas em sofás, esperando a vez para que eu passasse óleo em suas mãos, preparando-as para o desenho de henna de Lakshmi. As meninas mal nos notavam, tão concentradas estavam no evento principal: Ravi Singh representando o mouro ciumento de Shakespeare. Havia uma menina com um vestido champanhe de chiffon que quase me fez derrubar o óleo de cravo em cima de mim mesma. Olho com mais atenção para a mulher sentada à minha frente. É ela!

Ela é só dois anos mais velha que eu, portanto deve ter trinta e quatro. Não tem mais as formas roliças de adolescente; é quase esquelética. Seu queixo está um pouco menos definido, e parte do arredondado de suas faces antes rosadas se foi. Agora ela precisa de blush para criar a ilusão. Há um cansaço em volta da boca; os cantos pendem para baixo quando ela não está falando. O cabelo antes era ondulado; ou será que uma criada o ondulava para ela? A mulher diante de mim tem o cabelo tão liso quanto os palitos de bambu com que Jiji fazia os desenhos de henna.

Agora entendo por que achei sua aparência e seu sotaque conhecidos. Estou sentada à mesa com Sheela Sharma, uma mulher que eu não via, ou pelo menos não havia reconhecido, fazia duas décadas! A mulher que se casou com Ravi Singh, o pai de Niki. Ela tornou minha vida um inferno na Escola da Marani em Jaipur nos poucos meses em que frequentei aquela escola particular. Tudo porque eu era mais pobre do que ela, menos refinada. Ela dizia que eu era escura como uma berinjela e punha o pé na frente para eu tropeçar na aula de dança. Era grosseira com Malik, que era só um menino na época, e obrigou Lakshmi a mandá-lo para casa e não deixar que ele trabalhasse na mandala de sua família. Era a preciosa filha única da rica família Sharma e estava determinada a se casar com o solteiro mais qualificado. Antes de ir embora para Shimla para ter meu bebê, fiquei sabendo de seu noivado com ele: o meu Ravi. Algum tempo depois, ela se tornou Sheela Singh.

— Cuidado — diz ela, apontando para minha taça de martíni.

Minha mão se afrouxou e a taça está inclinada, o líquido pingando lentamente em minha saia de lã. Coloco o martíni sobre a mesinha de café e tento enxugar a saia com a mão. Agora minha palma está úmida. Eu a esfrego na lateral da saia. Durante todo esse tempo, estou pensando: *Ela é* o cliente? *Sheela Singh* é a pessoa que queria criar um aroma para Olympia?

Ela está me observando com uma expressão intensa, como se tentasse ler meus pensamentos. Toma um grande gole de seu martíni.

— Você se lembrou de mim, não é? — Ela levanta a azeitona com suas unhas bem cuidadas e a enfia na boca. Muda do francês para o hindi. — Eu queria criar uma fragrância para o meu quadro favorito. E queria que *você* fizesse isso.

— Eu? Por que eu? — Estou tentando agir com naturalidade. Manter a voz firme, como se estivesse de fato conversando com uma cliente comum. Seis anos atrás, no Antoine's, ela era apenas mais uma cliente que eu atendia. Agora, ela é um lembrete de meu passado infeliz. Será que ela sabe que tive um filho com seu marido?

Ela inclina a taça para os lábios, percebe que está vazia e olha em volta à procura de alguém para lhe trazer mais um drinque. Como se ela tivesse apertado um botão para chamá-lo, um garçom aparece magicamente. Ela repete o pedido. O garçom olha para minha taça, vê que ainda está na metade, e vai embora.

Não sei por quanto tempo vou conseguir manter essa conversa educada.

— Por que você está aqui? O que eu estou fazendo sentada aqui com você?

— Eu era horrível naquela época. Não culpo você por estar irritada. Vou explicar. — Ela se inclina para a frente. — Há cinco anos eu fiquei sabendo que meu marido teve um filho. Com você. Antes de se casar comigo. Fiquei arrasada. Os pais dele sabiam e não me contaram nada antes do casamento.

Então ela sabe.

Ela endireita o corpo e encosta no sofá.

— Nem posso imaginar como você deve ter se sentido.

Franzo a testa. Ela está *se solidarizando* comigo?

— Vim a Paris para colocar as coisas em ordem. Trouxe minhas duas filhas comigo. — Seus olhos encontram os meus. — Você também tem duas filhas, não é?

O que é isso? Ela contratou alguém para investigar minha vida particular ou Delphine lhe contou tudo sobre mim? Sinto-me exposta, mas não posso escapar dela, dessa conversa. Ela ainda é uma cliente e eu ainda sou uma funcionária da House of Yves. E, para ser sincera, estou estranhamente curiosa sobre sua motivação para o projeto Olympia. A verdade é que também me sinto lisonjeada pelo fato de que ela — a autocentrada e cruel Sheela Sharma do meu passado — quis que *eu* lhe criasse uma fragrância. Não é uma virada do destino?

Sheela baixa os olhos para as mãos.

— Enfim, eu conhecia Delphine de nome, ela é famosa, então entrei em contato com ela. Saber desse filho de Ravi, e seu, me deixou louca. Eu queria um perfume que pudesse fazer meu marido não pensar em ninguém além de mim. Estamos casados há muito tempo. Eu o conheço bem. Ele mente. Ele bebe. Ele me trai. — Ela me dá uma olhada rápida. — Mas isso tudo você já sabe.

Seu segundo martíni chega. Ela espera o garçom se afastar para continuar falando. Olho em volta para este lindo hotel, os candelabros faiscantes, as tapeçarias antigas do Louvre, e me pergunto o que estou fazendo aqui, o que essa mulher quer de mim.

— Quando eu fui ao Antoine's naquele dia — diz Sheela —, acabei reconhecendo você, porque o seu relacionamento com Ravi era a coisa mais forte em minha cabeça. Mas você não me reconheceu. Estou diferente da menina que você conhecia. — Ela suspira. — A fragrância que você recomendou foi perfeita. Mas, com Ravi... só funcionou por um tempo. — Ela parece nostálgica. — Eu ainda estava apaixonada por ele na época.

Ela pega o copo e toma um gole.

— Então eu fiquei sabendo que os meus sogros estavam pensando em trazer o... *filho* dele para a empresa. Acho que o nome é Nikhil. — Ela diz isso como se estivesse chutando, mas é evidente que se informou. — Não estão convencidos de que Ravi seja o melhor sucessor para a imobiliária. Ele se mostrou uma decepção... por razões óbvias. — Ela fica um pouco mais séria. — Dei entrada no processo de divórcio, mas os Singh ainda não sabem. Pretendo me mudar para cá, para Paris, futuramente.

Ela levanta os olhos para os meus.

— Os Singh tentaram oferecer um fundo educacional para Nikhil por intermédio dos pais adotivos, mas não houve resposta. Sinceramente, fiquei aliviada.

Ela também sabe da carta da firma de advocacia do Reino Unido para Kanta e Manu? Claro que não ia querer que o filho ilegítimo de Ravi se tornasse parte da família, e eu faço esse comentário.

— Não é isso — diz ela. — É porque os Singh são perversos. Veja o que eles fizeram com a sua vida. E com a de Ravi. Ele nunca quis ser herdeiro da empresa; isso o fez muito infeliz. Renegaram Govind por ele ter ido trabalhar no cinema. E por estar morando com uma americana. — Ela franze a testa. — Quanto mais longe Nikhil ficar dos Singh, melhor para ele.

Isso me surpreende. Eu me viro ligeiramente, ficando de frente para ela.

— Se você vai sair da família Singh, que diferença faz para você Niki ir para os Estados Unidos ou não?

— Ravi não é... gentil. Ele pode ser muito cruel. — Vejo em seu rosto o que a maquiagem não pode esconder. As pálpebras caídas, as linhas de preocupação em volta dos olhos, aquele sulco entre o nariz e a boca que deve estar ficando mais profundo com os anos. — Ele vai fazer da vida de Niki um inferno. Essa é uma das razões de eu ter posto minhas filhas em escolas internas em Genebra. Elas estão fora do alcance dessa... família. Como mãe de Nikhil, achei que você gostaria de saber. — Ela toma um grande gole de seu segundo drinque como se isso pudesse fortificá-la.

Não sei se estou contente porque o casamento dela deu errado ou se estou triste pela mulher negligenciada pelo marido. Minha mente está um caos. Sinto raiva ao pensar em meu passado com Sheela, perplexidade com esta conversa e curiosidade sobre aonde tudo isso vai levar.

Pigarreio.

— Eu não fui mãe de Nikhil por dezessete anos. Manu e Kanta Agarwal o adotaram quando ele era bebê. Não é com eles que você deveria falar?

— Eu tentei. Liguei várias vezes, mas eles não falam comigo. Acham que estou participando do esquema dos Singh. Acredite em mim, Radha, eu não estou. Como você, eu sou mãe. Sei como Parvati é cruel. Lutei com ela durante anos. Ela sempre venceu. — Aquela expressão determinada está de volta aos olhos dela. — Desta vez *eu* vou garantir que ela perca. — Seu rosto se assemelha ao de Delphine quando minha *chef* descobriu a traição de Ferdie.

É difícil confiar em alguém que você conheceu como uma pessoa diferente no passado. Lakshmi teve esse problema com Hari, seu ex-marido. Mas Hari *de fato* mudou. E Jiji o aceita como ele é agora. A mulher à minha frente parece estar sinceramente arrependida. Tento refletir sobre tudo que ela me contou, detectar suas verdadeiras intenções. Ela foi derrotada, mas transmite uma determinação que me diz que não tem nenhuma intenção de abandonar seus planos. Ela deve acreditar que a linha de fragrâncias será o meio de se ver livre.

— Por que você tem tanta certeza de que Niki vai me ouvir? Ele brigou com os pais por terem escondido essa carta dele.

O pescoço dela fica vermelho. Ela pega a taça e bebe até o fim. Está virando seus martínis como se fossem água.

— Eu contratei um investigador. Sei que Nikhil está aqui em Paris. Sei que vocês conversaram. O investigador me contou que vocês dois têm uma conexão.

Ela andou me *espionando*? Nos espionando? Como posso confiar em alguém assim?

— O que você tem a ganhar com isso?

Seus olhos se fixam nos meus.

— Vingança. Eu não quero que os Singh consigam o que querem. Eles acham que só um homem pode administrar a empresa. Ignoram minhas filhas completamente e me desprezam porque não dei um neto a eles. Quando chegamos aos Estados Unidos, decidi contratar meus próprios advogados e separei dinheiro para mim e minhas meninas. Estou iniciando uma empresa que espero que possa sustentá-las um dia. Chama-se *Lembre-se de mim*. Uma linha de fragrâncias para as mulheres que aparecem em quadros clássicos, aquelas que a história esquece ou ignora.

Ela prossegue:

— Você sabia que estudei história da arte nos Estados Unidos? Passo muito tempo com os quadros aqui em Paris. Quando olho para as bailarinas de Degas ou para as garotas dançarinas de Lautrec ou a *Mulher com casaco de pele* de Ticiano, fico pensando nas modelos femininas. Elas foram tão fundamentais para o sucesso do artista quanto o talento dele. Posavam por horas, ignorando a fome e a sede, os músculos doloridos. Quem elas eram para o pintor? No que estavam pensando enquanto posavam? Por que concordaram em posar para ele? Quem elas estavam sustentando com o dinheiro que talvez lhes fosse pago? Tantas perguntas me vêm à mente. Mas encontro poucas respostas. Por que ninguém fala dessas mulheres? O foco está sempre nos homens, nos artistas. Comecei a pensar: quando eu morrer, quem vai se lembrar de mim? Criei duas meninas incríveis. No entanto, os Singh as colocam em posição inferior à dos meninos. Quem vai se lembrar de minhas filhas? Os homens são as únicas figuras a serem imortalizadas na história?

Sheela procura minhas mãos. Quando seus dedos frios me tocam, meu instinto é me afastar. Em vez disso, fico olhando para suas unhas pintadas.

— Naquele dia em que você me ajudou no Antoine's, eu não sabia que Delphine estava me levando para ver você, Radha. Só sabia que a pessoa que poderia me ajudar seria alguém que entendesse o que é ser esquecida. Então, quando encontrei você e ouvi seu nome, soube de imediato quem você era. Soube que você entenderia Olympia. Você entenderia as mulheres esquecidas. Talvez até *me* entendesse. Eu não tinha a intenção de me impressionar com a sua capacidade, mas isso aconteceu. Não havia como negar seu talento.

Esquecida? Imagino que, para Ravi e os Singh, eu seja a mulher esquecida. E suponho que fosse esquecida por Niki também. Tiro minhas mãos das dela e pego meu martíni, agora não mais frio. Bebo o resto depressa. Sinto-me como se estivesse em um sonho e não conseguisse acordar.

Ela ainda não terminou de falar.

— A House of Yves vai desenvolver a linha de produtos *Lembre-se de mim*. Tendo você como a perfumista principal, trabalhando sob a orientação de Delphine. Estou contratando o desenvolvimento da fragrância com eles. Vou custear o marketing, o financiamento, a distribuição e a publicidade. Levei cinco anos para organizar todos os detalhes e a documentação. Deixei claro para Delphine que tenho toda a intenção de que essa iniciativa seja bem-sucedida. Ela acredita em mim. E acredita em você. E agora, Radha, que vi seu trabalho, eu acredito em você também. — Ela faz uma pausa. — Você vai ajudar o mundo a se lembrar dessas mulheres?

Estou tão chocada que a autoritária Sheela Sharma está pedindo meus serviços que não consigo encontrar a voz. Será que Antoine tinha alguma ideia disso no dia em que me mandou ir almoçar com Delphine? De alguma forma, imagino que talvez tivesse. Porque ele sabia do meu valor. Delphine também sabe. Eu trouxe mais trabalho para a House of Yves. Com o lançamento de Olympia, meu nome ficará conhecido no setor, e o talento cria sua própria trajetória. Eu poderia ir para outra casa de fragrâncias, mas sei que não vou fazer isso. Ainda tenho muito mais a aprender com Delphine.

Cruzo os braços sobre o peito.

— Quatro anos em uma universidade nos Estados Unidos sem pagar nada é algo difícil de recusar. Como você sugere que eu convença Niki a não ir?

Estou negociando em nome de Niki agora, como faria por minhas filhas se elas estivessem na posição dele.

Ela demora um minuto, durante o qual fica me olhando com firmeza para ver se vou vacilar. Isso não acontece. Estou perfeitamente séria. Estive com Niki. Sei como ele é determinado. Basta ver que ele continua aqui em Paris mesmo depois de ter ouvido que sua presença não era desejada. Ele não vai desistir tão fácil dessa bolsa de estudos.

Sheela mastiga a azeitona.

— Você tem alguma sugestão?

Penso na conversa da noite passada entre Niki e Gérard no L'Atlas. Como Niki ficou atento a cada palavra de Gérard. Como não tirava os olhos da tinta sob as unhas do guarda do museu. Ele quis saber como se aprende a ser um artista de verdade, a estimular a imaginação de quem está admirando uma obra de arte estática. Gérard disse: "Não existe isso de desenho ou pintura estático". Ele pediu o caderno e o lápis de Niki e, com sua mão boa, fez um esboço rápido de mim enquanto falava sobre linhas, movimento e composição.

Niki assistiu em silêncio, seu rosto um estudo em fascínio e espanto. Quando Gérard virou o caderno para nos mostrar o desenho acabado, até eu senti que era como se a figura (eu!) estivesse prestes a levantar os olhos, ou se virar, ou pegar o copo. Havia tanta vida naquela representação.

Sei a resposta para a pergunta de Sheela.

— A École des Beaux-Arts, aqui em Paris. É onde Niki merece estar. Cinco anos de estudos grátis. É com isso que você terá que concordar se quiser que eu continue trabalhando em seu projeto.

Nesse momento, eu me sinto mais poderosa do que jamais me senti na vida. Sei antes de sua resposta que ela vai dizer sim. Vou precisar de toda a força de vontade para guardar o triunfo só para mim.

Sheela levanta as sobrancelhas. Ela não esperava que eu fosse barganhar tão alto.

— Niki foi aceito?

— Isso não será um problema. — Agora eu sei por que fui posta no mesmo planeta que Florence. Ela está no conselho de administração da Beaux-Arts.

Sheela examina o tapete aos seus pés. Está se concentrando. Depois de alguns minutos, estende a mão para mim. Por um instante fico sem saber o que ela quer, mas em seguida retribuo o gesto. Desta vez não me retraio. Aperto a mão dela com a força que acabei de encontrar.

Uma hora mais tarde, ainda estou no Hotel Bristol, sentada no mesmo sofá de veludo, refletindo sobre minha conversa com Sheela Singh: a menina que dizia que a cor da minha pele era errada, que minhas roupas eram erradas, que aquele não era o meu lugar. Continuo maravilhada com a conversa civilizada que acabamos de ter. Nós não nos suportávamos dezoito anos atrás! Conversei mesmo pouco com a mulher cujo marido dormiu com *nós duas*?

Belisco o pulso. Dói. O que significa que não estou sonhando.

O aroma de especiarias e molhos delicados flutua do restaurante para a área de conversa, e percebo que estou com fome. É hora do almoço aqui no Bristol.

Pergunto a um garçom se posso usar o telefone. Ele indica cortesmente com o braço que eu o siga até a mesa da recepção. O senhor na recepção coloca um telefone branco sobre o balcão de mármore e pressiona um dos botões para liberar uma linha externa.

Ligo para Mathilde e pergunto se ela quer almoçar comigo no Hotel. Será uma despesa grande, mas eu devo isso a ela.

— Qual é a ocasião? — Mathilde pergunta, abrindo o guardanapo no colo. Ela não parece impressionada. Este é o tipo de lugar que está acostumada a frequentar. Ela se sente à vontade aqui; eu não. — É uma extravagância para você. *Trop cher*.*

Cruzo as mãos sobre o colo e respiro fundo.

— Eu lhe devo desculpas, *chérie*. Você está passando por tanta coisa e eu não tenho estado presente. Você tem razão. Eu devia ter lhe contado sobre Niki anos atrás. Achei que, se não falasse nele, ele deixaria de existir. Mas, claro, isso era impossível.

O garçom chega com uma água com limão para mim (o martíni que tomei com Sheela me deixou um pouco tonta) e uma taça de chardonnay para Mathilde. Volta pouco depois com nossa entrada: carpaccio de carne para Mathilde, flan de queijo para mim. Ele percebe que não deve nos perturbar e se retira tão discretamente quanto chegou.

Mathilde não passou rímel hoje. Sem ele, parece mais jovem, mais vulnerável. É quase como se a maquiagem fosse um escudo entre ela e o resto do mundo. Teve que se proteger de uma mãe e um pai que não se davam o trabalho de lhe dizer que a amavam ou que sentiam falta dela. O dinheiro ajudou, mas isso não era só mais uma espécie de escudo? A dor continuava sempre ali, camadas dela, logo abaixo da pele.

Minha amiga está olhando para mim com a cabeça inclinada para um lado, cética. Vou lhe contar tudo que ela quer saber? Ou vou esconder uma parte, como sempre fiz? Conheço Mathilde a vida inteira. Se alguém pode compreender o que me levou a dormir com Ravi Singh tantos anos atrás, é ela. Por que não lhe contei a verdade sobre como fui parar em Auckland, tão longe de Jaipur? Por onde começar?

---

* *Trop cher* (francês): muito caro.

— Primeiro me conte sobre Agnes, por favor. — Eu lhe imploro com todo o meu ser para compartilhar sua dor comigo. Se Antoine ainda estivesse vivo, teria feito o mesmo. Teria ficado ao lado dela durante todo esse período tão difícil.

Ela leva a comida à boca e mastiga, com os olhos voltados para o prato.

— Não há muito o que dizer. Quando chegamos em casa depois do passeio com Florence, as meninas e Niki, ela se sentou no chão da sala e fez cocô. Depois foi para a cozinha e perguntou se tinha queijo. *C'est le comble!** — Ela joga o garfo no prato com um estalido. — Eu não me casei e nem tive filhos por um motivo, Radha. Nunca quis ser responsável por criar ninguém. Nem um marido, nem um bebê, nem uma mulher de sessenta e cinco anos que não sabe encontrar o caminho para o banheiro.

Ela levanta os olhos. Vejo que estão molhados.

— Você sabe que eu amo as meninas. Shanti e Asha são como as sobrinhas que nunca vou ter. Mas posso devolvê-las a você no fim do dia e ser a tia favorita delas. — Ela usa o guardanapo para enxugar os olhos. — Agnes nem sempre foi distante. Ela teve seus momentos. Às vezes cantava para eu dormir quando ficava bêbada. — Mathilde tenta uma risada, mas sai um soluço. — Ela me deu a experiência da Índia e de conhecer você, o que eu não trocaria pelo mundo inteiro. — Ela sorri, o espaço entre os dentes da frente à plena vista. — Mas nunca pude confiar que ela estaria onde dizia que ia estar. Depois de um tempo, desisti de tentar. Acabei aceitando que sempre me desapontaria com ela.

Ela passa o guardanapo sob o nariz.

— Acho que parei de esperar o que quer que fosse dela. — Ela faz uma pausa. — Você e Antoine eram as únicas pessoas com quem eu podia contar. E então Antoine morreu... — Ela interrompe a frase. — A questão, Radha, é que eu não amo a minha mãe. Sei que isso parece horrível, mas é verdade. Sei que ela me trouxe ao mundo, ouvi centenas de vezes a história de que ela comia quantidades enormes de açúcar mascavo embebido em *ghee* para garantir que eu nascesse saudável, mas não sinto uma ligação com ela. Isso faz sentido? E isso faz de mim uma filha horrível?

Baixo o garfo. Penso em Maa. Ela me mostrava seu amor me repreendendo, puxando minha orelha, me dando um tapa se eu derrubasse comida. Mas eu sentia o amor dela, sempre. Sei que Jiji sentia também, mesmo depois que

---

* *C'est le comble!* (francês): É o cúmulo!

Maa se recusou a ter qualquer contato com ela. Minha mãe só estava seguindo o que séculos de tradição haviam ensinado a ela: a obrigação de uma mulher é ser subserviente ao marido; ele se torna seu mestre, protetor, provedor. Quando Lakshmi rompeu esse voto sacrossanto, minha mãe não podia mais andar de cabeça erguida na aldeia. Ela sentiu que Lakshmi havia roubado dela sua dignidade e seu orgulho. Não era verdade, mas era nisso que ela acreditava.

Seguro a mão de Mathilde.

— Você sabia que existe uma crença hindu de que as pessoas que você conhece nesta vida são as mesmas que você conheceu na vida anterior, mas em papéis diferentes? E que estamos sempre tentando aprender a coexistir com essas pessoas de uma maneira melhor? Agnes foi sua mãe nesta vida, mas você pode ter sido a mãe *dela* na vida passada, ou sua melhor amiga.

Mathilde ri no meio das lágrimas.

— *Sacré!* Quer dizer que Agnes pode vir a ser meu *grand-père* ou meu marido na próxima vida? Acho que eu não aguentaria isso!

É bom rir com minha amiga mais antiga.

— Não escolhemos nossa família, Mathilde. O que quer que você esteja sentindo é resultado de sua experiência pessoal. Não há nenhuma necessidade de achar que seja errado ou que você seja uma pessoa ruim por sentir isso.

Mathilde fecha os olhos e suspira. Quando os abre, vejo gratidão, perdão e mais alguma coisa — arrependimento? Minha amiga não tem motivo para se arrepender de nada. Ela está fazendo o melhor que pode, como todos nós. Tento encorajá-la com um sorriso.

Pego meu garfo e como um pedaço do flan de queijo. Está delicioso.

— Onde Agnes está agora?

Mathilde come outra garfada do carpaccio. Ela me diz o nome de uma clínica que fica uma hora ao norte de Paris.

— Eu tinha preenchido os papéis há algumas semanas. Mas ficava adiando. Até ontem. Ela vai ser bem alimentada, bem cuidada. Todas as necessidades dela serão atendidas.

O garçom, que eu acho que estava esperando o momento certo para nos interromper, tira nossos pratos pequenos e deixa os pratos principais de *confit de canard** e *salmon en papillote*.** Ele enche a taça de Mathilde e, com um rápido *bon appetit*, desaparece da vista.

---

* *Confit de canard* (francês): pato cozido lentamente.

** *Salmon en papillote* (francês): salmão cozido e servido em papel-manteiga.

Minha velha amiga olha para mim.

— *Ma petite puce*. — Fico feliz de vê-la sorrir. Ela leva à boca um pedaço do pato. — E você?

Embora a tenha convidado para o almoço hoje com a intenção de contar sobre Niki, hesito. Lembro de ter lido na aula de história sobre um tipo de tortura nos tempos medievais que se chamava desmembramento. Os braços e pernas de uma pessoa eram amarrados em quatro cavalos diferentes. Os cavalos corriam cada um em uma direção e os membros eram arrancados do torso. Foi dolorosa assim a minha separação do bebê Niki. Mathilde nunca teve um filho. Será que ela vai entender como me senti por ter que renunciar a ele? Ou por que eu quis mantê-lo separado do resto da minha vida?

Coloco os talheres no prato e as mãos no colo. Penso no fato de que guardar dela esse segredo me impediu de compartilhar uma parte importante de mim, minha parte mais sensível. Quando ela me contava de seus sofrimentos amorosos, eu fingia que Pierre era o único rapaz com quem eu já tinha estado. E se eu tivesse conseguido ser sincera sobre Ravi? Mathilde talvez sentisse que eu podia compreender a intensidade de sua dor. Talvez ela até pudesse ter me ajudado a me sentir melhor quanto a ter sido abandonada por ele. Perdi tantas chances de revelar meu verdadeiro eu para ela, enquanto ela sempre foi tão franca comigo.

Finalmente, eu começo:

— Conheci um menino chamado Ravi Singh quando eu tinha treze anos e ele, dezessete.

Conto tudo a ela. Todos os detalhes que guardei comigo por tanto tempo. Isso me faz sentir melhor? Sinceramente, não. É como se toda a história sórdida estivesse sendo esticada, como roupa deixada no varal por tempo demais.

Mathilde está terminando seu almoço.

— Niki sabe que você é a mãe dele?

— Agora sabe.

Ela balança a cabeça. Seu sorriso é triste.

— Você sempre foi fechada, *ma puce*. Eu me perguntava o que poderia ter acontecido para você ficar assim. Como se estivesse guardando segredos que achava que eram preciosos demais para contar aos outros.

Tenho que explicar:

— Não preciosos. Só vergonhosos. Como se eu tivesse feito algo errado. Como se tivesse sido uma menina ruim, depravada, imoral, e todos fossem ficar sabendo.

— Então Pierre sabe. E Florence?

— Também. Ela até me contou... — Paro abruptamente. Florence compartilhou um segredo comigo, do qual Pierre não tem a menor ideia, e não sei se tenho a liberdade de divulgá-lo. É a primeira vez em todos os anos que conheço Florence que ela me fez uma confidência. Quem sou eu para quebrar essa confiança? Eu me pergunto se passa pela cabeça de Pierre que Philippe não era seu pai biológico. Se ele descobrisse, como reagiria? E se eu contasse a Mathilde antes de contar a Pierre o que a própria mãe dele me revelou?

Como não respondo, Mathilde se recosta na cadeira e cruza um braço sobre a barriga. Toma um gole de vinho. Ela sabe que estou escondendo mais um segredo. E está certa. Não dá para confiar que sempre vou contar tudo de maneira aberta e sincera. É como se eu sempre estivesse mantendo reservada uma parte de mim. Percebo com amargura que fiz isso com Pierre por treze anos; ele deve ter sentido a ferroada de minha reticência tanto quanto Mathilde.

Os olhos azuis de Mathilde com seus cílios sem pintura me examinam por mais um momento. A tristeza neles é profunda. Ela empurra o prato e se inclina para a frente.

— Eu fiz uma coisa muito terrível, *ma puce*, e você vai me odiar por isso.

A traição tem cheiro. Borracha queimada, gengibre, folhas de dente-de-leão.

Eu o reconheço agora quando volto ao apartamento. Sem tirar o casaco, procuro na roupa de cama amontoada em nosso quarto que juntei para levar ao *pressing*.

Aqui está. Pink: uma cor que eu nunca usaria. Com uma renda delicada que deve ficar bonita na pele rosada de Mathilde. Como o rímel que reveste seus cílios, Mathilde gosta de adornos em sua roupa íntima. Eu detesto a sensação áspera da renda e prefiro calcinhas de algodão. Meu coração bate acelerado enquanto deslizo pela parede do quarto como uma marionete cujas cordas foram cortadas.

Ela me contou tudo. Que estava em desespero na noite anterior, agoniada depois de deixar a mãe na clínica de idosos. Ela foi me procurar, esperou na porta que eu chegasse em casa. Mas eu estava fora com Niki e Gérard nessa hora.

Então Pierre chegou em casa mais cedo da viagem a Nice. Ele deixou Mathilde entrar. Ela lhe contou como estava brava porque eu a andava negligenciando. Pierre disse que estava bravo por eu ter mantido segredo sobre Niki, que ele sempre havia sentido que eu guardava uma grande parte de mim escondida dele, da família. Teria sido esse ressentimento mútuo em relação a mim que os levou ao primeiro beijo? Ou será que a naturalidade das brincadeiras entre eles sempre havia sido um disfarce para uma atração latente? Florence às vezes agia como se Mathilde fosse sua nora, nem sequer dissimulando o fato de achar que ela seria uma esposa francesa perfeita para Pierre. Será que Pierre já havia pensado em Mathilde dessa maneira?

Talvez. Mas nunca achei que fosse uma possibilidade real. É razoável supor que, se eu gosto de Mathilde e Pierre gosta de mim, ele deve achar as qualidades de Mathilde atraentes também. Um casal que conhecemos — o marido trabalha na empresa de Pierre — chegou de fato a fazer uma troca de parceiros com um casal de amigos, tão semelhantes eles eram em seus gostos e aversões. Mas pensar que as duas pessoas em quem mais confio em Paris me trairiam desse jeito por retaliação... é difícil de aceitar. Atração é uma coisa. Vingança é outra. Ele ter sentido a necessidade de se vingar pelo segredo que guardei dormindo com minha melhor amiga? E ele gostou? Mathilde gostou?

Imagens de suas pernas e torsos nus se enroscando sobre meus lençóis passam pela minha mente mesmo quando tento expulsá-las. Eu queria estar brava, mas só me sinto entorpecida. Não tenho calor nem frio. Não me sinto conectada nem ao chão do apartamento nem a meu casamento. Enfio as unhas no assoalho. Quero arranhar a madeira, sentir as lascas furarem minha pele. Quando alívio a pressão, meus dedos estão vermelhos, como se estivessem em brasa, mas não sinto dor. E não há nem um risco mínimo no piso de carvalho.

Sempre fui capaz de desligar meus sentimentos com tanta facilidade assim? Como aprendi a fazer isso? Quando? Eu tinha apenas cinco ou seis anos quando percebi que não poderia contar com Maa ou Pitaji para cuidar de mim, porque eles estavam absorvidos demais em seu próprio sofrimento. Eles não podiam me proteger do estigma da Menina do Mau Agouro. Então, em vez de pedir para eles me isolarem dos insultos dos aldeões, construí uma caixa fechada em volta de meus sentimentos, dizendo a mim mesma que não importava o que eles dissessem. Eu não deixaria que eles me ferissem.

Que bálsamo foi quando Ravi entrou em minha vida e me fez sentir que eu realmente merecia o tempo, a atenção e o amor de outra pessoa. Eu estava tão faminta por isso que quebrei a caixa e disse: *Sim! Me leve inteira! Estou pronta!*

E, quando a conversa doce de Ravi se revelou nada mais que mentiras, eu me entreguei por inteiro ao meu bebê. Mas então fui forçada a me separar de Niki, e meu coração ficou tão arrasado que construí a caixa em volta dele outra vez. Não o suficiente para evitar que eu me apaixonasse por Pierre. Não o suficiente para me impedir de amar minhas filhas. Mas o bastante para selar uma pequena parte que eu mantinha só para mim mesma. Eu nunca mais daria permissão para ninguém levar esse pedaço.

Foi esse pedacinho que eu protegi e nutri que me permitiu progredir em meu trabalho. Essa parte bruta, animálica de mim, se conecta com fragrâncias do modo como abelhas são atraídas para o pólen e beija-flores para o néctar. Se eu não tivesse ido atrás de minha paixão determinadamente, mesmo com as objeções de Pierre, mesmo com o tempo que isso roubou de minhas filhas, talvez nunca tivesse descoberto meu talento natural e meu amor por trabalhar com fragrâncias. Talvez nunca tivesse vindo a valorizar minha capacidade como Pierre valoriza a dele. Ele sempre soube que seria capaz de direcionar sua energia para construir uma carreira — isso sempre foi esperado dele, e é o que ele esperava de si mesmo.

Por que, então, eu me sinto como se tivesse que pedir desculpas por me dedicar ao que amo? É isso que Pierre não consegue perdoar, não é? Estou sendo egoísta. Guardando para mim a parte que sou *eu* em vez de entregar tudo a ele. Mas quem disse que preciso fazer isso? Delphine não faz. Mathilde não faz. Florence não fez. Devo abdicar de mim mesma e devotar toda minha vida a meu marido e a minhas filhas ou me dividir em duas — uma parte que se entrega à família, outra parte que se empenha em desenvolver seus talentos — sem me dedicar totalmente a nenhuma delas?

Agora começo a sentir alguma coisa: uma pressão aguda nas têmporas, um aperto na base do crânio. Preciso tomar uma decisão. Para a qual não existe certo ou errado.

Lakshmi vai entender. Ela sempre entendeu. Um trabalho que eu amasse, algo que fosse para mim — foi isso que ela tentou me dizer. Todos esses anos, quando ela era a rainha dos serviços de henna em Jaipur e conversou comigo sobre trabalhar para ter um futuro melhor. Ela queria que eu encontrasse meu lugar no mundo; não apenas ser esposa e mãe, mas algo que fosse meu.

Eu me levanto do chão. Eu posso fazer isso. Eu *quero* fazer isso.

Mas as coisas vão ter que mudar.

Vou até a cama e estendo a calcinha de Mathilde no centro da colcha.

Escuto a chave de Pierre na fechadura. Visualizo-o pendurando o casaco, tirando os sapatos, vindo pelo corredor.

Ele entra no quarto.

— Radha, você está em casa... — Seu olhar desliza para o único ponto de cor sobre a colcha branca.

Ele abre a boca. Arregala os olhos.

Vira-se para mim, lentamente.

— Foi a primeira vez que eu... — Ele passa a mão sobre a boca. — Foi só uma foda. Não significou nada.

Eu me sento na beirada da cama e massageio as têmporas.

— E se tiver significado alguma coisa para ela? Você parou para considerar isso, Pierre? — Eu mesma me surpreendo com minha calma. Meu coração está batendo normalmente. As mãos estão firmes. Em meu corpo não há raiva, decepção, pânico ou desespero.

Pierre continua parado, sem saber o que dizer. Meu marido. Um homem que conheço há treze anos.

— Ou isso foi... — Ajeito uma ponta da calcinha de Mathilde. — Isso foi a sua maneira de me dizer que está infeliz comigo? Eu já sei que você está infeliz. Com meu trabalho. Com o fato de eu chegar tarde em casa. Minha necessidade de ter algo separado da família. Mas não precisava envolver Mathilde nisso.

Ele franze a testa e levanta um braço para o lado.

— Envolver Mathilde? — O rosto dele está vermelho de contrariedade. — Ela não precisou de muito incentivo para pular na cama. E, ah, ela já tem muita prática nisso. É uma mulher adulta. Ela tomou a própria decisão.

Sinto cheiro de canela; é considerado um aroma doce, mas tem um tom amargo. Ele está bravo por eu querer proteger minha melhor amiga.

Pierre se aproxima de mim.

— O que é pior? Eu ter dormido com Mathilde ou você ter mantido Niki em segredo todos esses anos? Você teve um filho, Radha, e nunca me contou! Como acha que isso faz um homem se sentir?

— Nem um pouco pior do que eu me senti deixando meu filho e escondendo-o de todos. Se eu contasse sobre ele, você teria se casado comigo? Nós teríamos tido uma vida juntos? Teríamos tido duas filhas maravilhosas? Eu não queria me arriscar a uma vida sem você, *Pierre*. Eu não trocaria os últimos treze anos por nada.

As rugas em sua testa se amenizam. Seu rosto relaxa.

— Não posso voltar atrás no que fiz ou não fiz há tantos anos — digo a ele. — Tenho que continuar em frente, *chéri*. Assim como você. Eu tentei explicar a você por que o meu trabalho com fragrâncias é importante para mim. Ele me transporta. Me entusiasma. Me leva para lugares onde nunca estive. Eu *preciso* dele. E ele *me faz* sentir necessária neste mundo.

Pierre levanta o queixo como se fosse dizer alguma coisa. Ergo a mão para lhe pedir que espere.

— Sim, eu sei que sou necessária para as meninas, mas não é a mesma coisa. Elas vão sair de casa um dia, fazer a própria vida. Mas isso é algo que vou continuar tendo. Esse trabalho que me mantém curiosa e sempre tendo novas ideias. O que este aroma vai produzir na pessoa que o usar? Como vai mudar o jeito que ela ou ele se move neste mundo? Que lembranças vai trazer de volta? Serão lembranças alegres ou tristes? A fragrância vai abrir novas possibilidades para o futuro dessa pessoa? Essas coisas importam para mim, Pierre. São tão importantes para mim quanto um prédio que você projeta para as pessoas trabalharem ou morarem nele. Ou você consegue aceitar isso ou não. — Estendo a mão para ele. Um pedido. — Você consegue?

Pierre considera a oferta, olhando para minha mão estendida. Seus ombros se curvam. Os olhos se enchem de lágrimas.

— Não consigo.

Nessa noite, Pierre diz que precisa caminhar um pouco e pensar.

Dou dois telefonemas. Um é para Florence.

— Por favor, você poderia trazer as meninas para casa?

— O quê? Agora?

Ouço as meninas ao fundo brincando de algum jogo com Niki. Elas estão rindo e discutindo ao mesmo tempo, provocando uma à outra. Penso em como vai ser difícil para elas saber que sua mãe e seu pai não vão mais morar juntos. Primeiro haverá a separação, depois o divórcio. Elas terão que ficar se deslocando de uma casa a outra. Meu coração estremece.

— *S'il te plaît*, Florence.

Algo em meu tom de voz a faz parar. Ouço-a fechar uma porta. Não escuto mais meus filhos. *Meus filhos. Todos os três.* Como isso soa estranho, e delicioso, e assustador. Logo terei que contar a Shanti e Asha sobre Niki. Mas quando? Como? O que minhas meninas dirão quando eu contar a elas que tive um bebê quando não era muito mais velha que Shanti?

Florence suspira.

— Você vai se separar de Pierre. — Ela faz uma afirmação, não uma pergunta.

Minha *saas* sempre foi capaz de me ler tão bem assim? Primeiro ela percebe que Niki é meu filho. Agora adivinhou que vou terminar meu casamento com o filho *dela*. Eu hesito. Isso não deveria ser feito pelo telefone. Minha voz é pouco mais que um sussurro quando respondo:

— *Oui*.

— Ah, Radha. Mathilde me telefonou. Que moça tonta. Ela está se sentindo muito mal com tudo isso.

— Não é esse o motivo da minha decisão. Você entende?

Ela fica em silêncio. Escutamos a respiração uma da outra. Por fim, ela diz:

— Há dois dias eu comentei com Pierre que você parecia diferente depois que voltou de Agra. Não acho que foi só porque Niki apareceu aqui. É mais que isso. Há uma sensação de equilíbrio em torno de você, em você. É como se, na Índia, você tivesse encontrado um pedaço de si mesma que estava perdido.

Aí está de novo. A ideia de que nós, mulheres, nos perdemos de nós mesmas. Lakshmi sempre disse que a henna era uma maneira de uma mulher encontrar uma parte de si que talvez tivesse se extraviado. Sheela falou que queria trazer as mulheres esquecidas de volta à vida porque, embora suas imagens pintadas fossem famosas, elas próprias eram invisíveis; haviam sido descartadas, como papéis de bala jogados no chão. Esse nosso apagamento é algo que outras pessoas fazem conosco ou nós mesmas o fazemos?

Eu me concentro para voltar ao presente. Florence ainda está falando:

— Pierre não quis saber. Radha, eu o mimei demais. E deixei ele ser mimado pela avó também. Ele sempre teve tudo que quis. Não consegue imaginar uma vida em que tudo não saia do jeito que ele quer. Eu sinto muito.

Não sei o que responder. Um mês atrás, eu teria esperado que Florence desse pulos de alegria com um vínculo romântico entre seu filho e Mathilde. Para minha surpresa, sua reação é mais pesarosa, melancólica.

— Você vai contar para as meninas esta noite? — ela pergunta.

— Sim, vamos contar juntos. Pierre já vai ter voltado de sua caminhada. — Nós conversamos sobre muitas coisas hoje, inclusive sobre como contar a elas. Ele chorou. Eu chorei. Estarmos juntos foi bom por tanto tempo. Até deixar de ser. Até eu me apaixonar pelo meu trabalho. Ele ainda não entendia, talvez nunca fosse entender. Mas Pierre merece ser feliz também, e espero que encontre alguém que queira as mesmas coisas que ele. Não será fácil para mim quando isso acontecer. Sei que vou sentir ciúme, não poderei evitar. Em meus momentos mais egoístas, quero que Pierre ame somente a mim pelo resto da vida. Isso era o que eu desejava aos catorze anos, quando deixei Niki aos cuidados de Kanta e Manu. Queria que Niki amasse somente a mim. Mas isso teria sido errado. Não teria feito nenhum de nós feliz: nem Niki, nem Kanta ou Manu, nem eu.

— Pierre vai precisar de você, Florence.

Ela dá uma risadinha irônica.

— Acho que Pierre nunca precisou de mim.

Talvez ela esteja certa. O Pierre que eu conheço nunca disse à mãe que a ama, pelo menos não que eu tivesse ouvido.

— *Eu* preciso de você, Florence — digo baixinho, e percebo que é verdade.

Há uma pausa. Quando ela torna a falar, sua voz está grossa, úmida, trêmula.

— *Merci.*

Lembro de meu outro motivo para ter lhe telefonado.

— Niki disse quando vai voltar para casa?

— No fim desta semana. Ele tem exames na escola em Jaipur.

— Você acha que conseguiria fazê-lo ser aceito na *école*?

— Que *école*?

— *L'École* des Beaux-Arts, claro. Esse é o lugar dele.

— Ah.

Quase posso vê-la sorrir.

Depois de minha conversa com Florence, ligo para Shimla.

Lakshmi está rindo quando pega o telefone. Ao fundo, ouço o periquito falante gritando: "Pushpa, eu odeio lágrimas!". Jiji me conta que Malik e Nimmi acabaram de voltar do cinema, onde viram *Amar Prem*. Malik estava representando uma cena para eles, em que o personagem diz *Pushpa, eu odeio lágrimas*. Agora, Madho Singh aprendeu a frase e não para mais de repeti-la.

Ouço um ruído e percebo que Malik pegou o telefone da mão de Jiji.

— *Choti behen*, esta família vai ver uma enxurrada de lágrimas se você não vier nos ver logo. E, Radha, eu odeio lágrimas! — Ele ri.

Madho Singh chalreia:

— Radha, eu odeio lágrimas!

Os outros moradores da casa de Jiji riem. Por mais triste que esteja me sentindo esta noite, eu me percebo sorrindo. Ouço Chullu e Rekha perguntando ao dr. Jay se ele pode levá-los para ver o filme. Ah, como estou com saudade. E como gostaria de estar em Shimla com eles, agora mesmo, com meus três filhos.

Jiji pega o telefone.

— Niki ligou para Kanta. Ele vai voltar para casa. Ainda tem que fazer os exames finais para concluir o ensino médio. Depois poderá ir para a faculdade. — Ela faz uma pausa. — Você conseguiu, Radha.

— Foi a coisa mais difícil que já fiz.

— Contar a Niki que você deu a vida e ele?

— *Hahn.* — Suspiro. — Eu me sinto... aliviada. Todo mundo sabe sobre Niki agora. Pierre. Florence. Mathilde... — Eu paro. Por alguma razão, hesito em contar a ela sobre Mathilde e Pierre.

O tom dela muda.

— O que foi? — Minha irmã sempre foi capaz de ouvir o que eu não digo.

— Não sei ainda, Jiji. Estou tentando juntar as peças.

Ela espera. Escuto seus passos, como se ela estivesse procurando um lugar mais reservado para termos essa conversa.

— E as meninas? Você já contou que elas têm um irmão?

— Ainda não, Jiji. Preciso encontrar o momento certo.

Lakshmi deve perceber quanta coisa está acontecendo ao mesmo tempo em minha vida.

— *Theek hai.* — Ela muda de assunto. — O que aconteceu com seu projeto e o *mitti attar*? Deu certo?

Descrevo todo o transtorno com Ferdie e como Delphine virou a situação em nosso favor.

— Você se lembra de Sheela Sharma?

Ela demora um instante para responder.

— Acho que é Sheela Singh agora — ela diz, com cautela.

— Logo será Sheela Sharma outra vez. — Conto a ela que foi Sheela que encomendou a fragrância para a *Olympia* de Manet e que ela está planejando deixar a família Singh e investir em uma linha de fragrâncias. Com orgulho, relato o acordo que fechamos para Niki. Sheela encontrará um jeito de financiar seus cinco anos na Beaux-Arts em troca de meu compromisso de trabalhar na linha de fragrâncias dela.

Percebo minha irmã hesitar.

— Você confia nela?

Minha autoconfiança oscila.

— Por quê?

— Algo nisso não parece muito certo, Radha. Aquela família encontra um jeito de corromper todo mundo que entra em seu círculo.

— Sheela também disse isso. — Sei que minha voz soa defensiva. — É por essa razão que ela acha melhor Niki não se juntar aos Singh nos Estados Unidos. — Tenho certeza de que fiz um bom negócio. Minha voz é mais firme agora. — Eu confio nela, Jiji.

Depois de um momento, minha irmã diz:

— *Accha*. Mas tenha cuidado, tudo bem? — Ela faz uma pausa. — *Aur kuch?**

É agora ou nunca, então falo de uma vez:

— Vou me separar de Pierre.

Ela faz um som de surpresa.

— O que aconteceu?

Tanta coisa. Mas só o que eu digo é:

— Ele não se sente bem com a ideia de eu ser mãe e trabalhar fora. E está ficando cada vez mais incomodado. Entendi que ele só vai ficar feliz se eu continuar como assistente de laboratório o resto da vida, ou então largar o emprego. Foi o que ele disse quando conversamos. E você sabe que eu não vou ser feliz com nenhuma dessas duas opções, Jiji.

Ela me dá espaço para continuar.

— Eu queria saber mais cedo o que sei agora. Como eu ia prever minha paixão pela química e pelas fragrâncias? E minha ambição? Quero terminar o segundo ano de química para entender melhor como tudo funciona. Até aqui, tenho confiado no instinto. Tenho certeza de que Delphine vai me apoiar nisso.

— Você trabalha bem, *choti behen*. Sempre trabalhou. Não pense que eu esqueci de como você melhorou a minha pasta de henna e as receitas doces e salgadas que eu criava para as minhas clientes.

O elogio dela me dá um calorzinho no coração.

— Tem mais uma coisa. — Decido lhe contar sobre Mathilde e Pierre. Meu tom de voz não carrega nenhuma emoção.

— É essa a verdadeira razão de você querer se separar de Pierre?

— Não, Jiji. Quando Mathilde me contou, eu me senti... decepcionada. Porque Pierre escolheu dormir com a minha melhor amiga. Eu já sabia que ele estava insatisfeito. Só queria que ele tivesse sido mais honesto comigo.

---

* *Aur kuch?:* O que mais?

— Eu me lembro de Mathilde como uma pessoa frágil — diz Lakshmi. — Ela age como se fosse dura, mas é vulnerável por dentro. Ela sentiu falta de ter uma mãe.

— Sim, e Pierre devia saber disso. Ele a conhece há treze anos! Eu me sinto mal por *ela*. Um acontecimento como esse em um momento em que ela já está se sentindo culpada e triste por abandonar a mãe vai jogá-la no chão. Isso faz sentido?

Lakshmi não responde.

— E Florence? Ela sabe sobre tudo isso?

— *Hahn*. Vou ter que depender muito mais de minha *saas* para ajudar as meninas a enfrentarem isso. Para ser sincera, ela tem sido maravilhosa com as netas, e com Niki também. Eu contei a você que ela adivinhou que ele era meu filho assim que o viu? De um jeito meio estranho, isso acabou fazendo nós nos entendermos. — Com minha irmã tão longe, eu me sinto à vontade para lhe contar o que Florence confidenciou a mim sobre o nascimento de Pierre. — Isso foi uma surpresa.

Pelo telefone, escuto Madho Singh gritar: "Eu adoro *rabri*."* O pequeno Chullu diz: "Eu também!". Sinto água na boca. Imagino se Nimmi está fazendo o *rabri* agora. Essa sobremesa cremosa e espessa é uma das minhas favoritas e eu nunca a fiz para as meninas por ser muito demorada.

— Está com medo, Radha? — Lakshmi pergunta.

Penso um pouco sobre isso. É essa a emoção que estou sentindo?

— Apavorada, Jiji. Estou apavorada.

Agora, o periquito está dizendo: "Bem-vindo. *Namastê. Bonjour!*". Em algum lugar no fundo de minha mente, penso que Florence poderia achar Madho Singh divertido. Então, uma ideia surpreendente: imagino se ela gostaria de visitar a Índia comigo e com as meninas.

Quando Lakshmi fala, sua voz é carinhosa.

— Você quer que eu vá até aí? Ou quer vir ficar conosco um pouco?

Não chorei durante nosso telefonema, mas sinto a vontade crescendo em mim agora. Que maravilhoso ter Lakshmi em minha vida, ter uma família aqui e na Índia. Como eu tenho sorte.

— *Nahee-nahee*. Eu vou ficar bem. Eu *estou* bem.

— Ligue a hora que quiser. *Accha, Rundo Rani?*

---

* *Rabri:* sobremesa cremosa feita de leite.

— *Hahn-ji*. — Pouso o fone delicadamente. Agora as lágrimas vêm. Vou até o quarto e pego um travesseiro. Enfio o rosto em sua maciez de plumas e grito o mais alto que tenho coragem. No apartamento de baixo, Georges toca sua melodia melancólica ao piano, e isso me faz chorar por meu casamento desfeito, minha amizade danificada. O que vai acontecer com as meninas? Como vou explicar para meus bebês o que está acontecendo? Choro até o travesseiro ficar encharcado e a garganta arder com meus gemidos.

PARTE QUATRO

As pétalas da flor de jasmim são tão delicadas que precisam ser colhidas manualmente de manhã muito cedo e levadas depressa para um destilador antes que seu perfume se dissipe.

Paris
Abril de 1975

A batida à porta me avisa que Florence está aqui para me levar ao aeroporto De Gaulle. Estou voltando a Agra para me encontrar com Hazi. Durante os últimos quatro meses, Delphine, Michel e eu identificamos seis das "mulheres esquecidas" de Sheela em pinturas clássicas. Estive estudando cada uma delas — Gérard foi de grande ajuda — para desenvolver ideias de fragrâncias que pudessem defini-las. Há *La Berceuse*, de Van Gogh, um retrato de Augustine Roulin, esposa do carteiro de Arles que fez amizade com o pintor. Ela não está olhando para o pintor, como se não se sentisse à vontade com ele; existem camadas de significado para serem descobertas ali. Há *O berço*, de Berthe Morisot, em que uma mulher olha para um bebê adormecido, perdida em pensamentos. Ela é a mãe ou a governanta? O que está pensando? Também estamos considerando *Mulher em seu toalete*, de Morisot, por causa da beleza do torso semivestido da modelo. Ela está se vestindo ou se despindo? Alguma coisa na posição de suas costas dá uma impressão resignada, e estamos pensando em explorar isso. Queríamos incluir um quadro de uma artista indiana talentosa também, claro, e *Sumair*, de Amrita Sher-Gil, parece uma escolha perfeita. Embora eu não seja muito fã da apropriação de mulheres taitianas por Gaugin, acho que precisamos honrar sua esposa e musa taitiana adolescente de *Tehamana tem muitos pais*.

Delphine me deu *carte blanche* para trabalhar exclusivamente no projeto *Lembre-se de mim*. Ela acredita que pode vir a ser um dos lançamentos de fragrâncias mais bem-sucedidos da década para a House of Yves. Certamente o mais bem-sucedido de minha carreira — até agora.

Em dezembro, quando contei a Delphine sobre minha separação de Pierre — precisei contar a ela enquanto tentava resolver a logística de onde as meninas iam morar e de como Pierre e eu dividiríamos o tempo com nossas filhas —, ela não fez nenhum comentário a respeito de um casamento ser para sempre ou de que nós deveríamos tentar de novo. Depois de meio minuto, ela arqueou uma sobrancelha e perguntou:

— Existe outra pessoa?

— Não — respondi.

Ela foi firme.

— *Bon*. Você vai ficar em um dos meus apartamentos. — *Um* de seus apartamentos? Eu nem sabia que Delphine tinha mais de um. Descobri depois que ela investe em imóveis. E em mim. — Eu gostaria que você se concentrasse no trabalho, Radha. Ele vai durar mais do que o sofrimento amoroso. Acha que consegue?

Eu confirmei. Ela encarregou Celeste de me instalar no novo endereço. Era um pequeno estúdio perto de Les Invalides, a meio caminho entre o trabalho e o apartamento em Saint-Germain. Em poucos dias, Celeste havia providenciado uma cama, uma mesa, uma cadeira e suprimentos de cozinha suficientes para transformá-lo em um lar temporário.

Foi sugestão de Florence que as meninas ficassem no apartamento em Saint--Germain e Pierre e eu nos revezássemos lá com elas em semanas alternadas. Dessa maneira, a rotina delas permaneceria estável. E elas teriam suas roupas, livros, objetos, tudo de que precisassem no apartamento. Florence prometeu que estaria disponível para ajudar a encaixar nossos horários de trabalho. Pierre ficaria com a mãe nas semanas em que não estivesse no apartamento.

Na noite em que contamos às meninas sobre nossa separação, elas tinham vindo da casa de Florence com desenhos que começaram a fazer com Niki. Pedimos que se sentassem com a gente na sala de estar. Asha estava no chão na frente da mesinha de café. Ela queria terminar seu desenho.

Deixei Pierre falar primeiro. Quando ele terminou de contar às meninas que não íamos mais morar todos na mesma casa, Asha, a criança tranquila que sempre lidara bem com as situações, estava com uma expressão alarmada.

— Como eu vou fazer minha lição de matemática sem o papai? Quem vai fazer nosso jantar? Como a gente vai lavar a roupa? Quem vai passar óleo de coco no meu cabelo, *maman*? Shanti e eu vamos morar no apartamento sozinhas? Vocês não podem fazer isso! — Quando terminou, ela estava histérica, as faces e a testa vermelhas.

Eu me sentei no chão ao lado dela e segurei suas mãos.

— Tudo vai ficar como antes. O papai ou a *grand-mère* ou eu vamos sempre estar aqui para cuidar de vocês.

Asha afastou minhas mãos e se levantou.

— Por que a gente não pode continuar morando todos juntos? Você e o papai não precisam conversar se não quiserem.

Olhei para minha filha de sete anos, depois para Pierre. Ele se agachou na frente dela.

— *Chérie*, nós sabemos que isso é difícil. Vai ser difícil para todos nós. Você acha que a *maman* e eu não vamos sentir falta de vocês nas semanas em que não estivermos aqui?

Os olhos cor de âmbar de minha filha, tão parecidos com os de Pierre, estavam cheios de medo. Ela nunca gostou de mudanças. Sempre morou na mesma casa, sempre teve uma irmã mais velha, sempre teve uma avó, sempre teve um pai e uma mãe.

— É por isso que vocês *precisam* ficar aqui. Vocês duas. Assim não vão sentir falta de nós. Por favor.

Pierre tentou um caminho diferente:

— A *grand-mère* mora em outra casa. E ela sempre vem ficar aqui conosco. Vai ser a mesma coisa...

— Ninguém na minha turma tem *pais* que moram em dois lugares! — Soluçando, Asha saiu correndo para o quarto.

Pierre se levantou e se virou para mim. Um olhar passou entre nós. *Sabíamos que isso ia ser difícil para nossas filhas. Mas será que as estamos marcando para o resto da vida com a separação? Estamos fazendo a coisa certa? Temos certeza de que queremos terminar este casamento?* Desejei nessa hora que o Senhor Vishnu aparecesse magicamente para nos alinhar em nossas necessidades. Ele faria Pierre aceitar minha necessidade de trabalhar no que amo. Ele me faria aceitar a necessidade de Pierre de ser o chefe da família. Pierre e eu nos mutaríamos em uma só alma, uma só mente, um só tomador de decisões. Nunca mais haveria brigas pelo resto de nossa vida juntos.

Mas o Senhor Vishnu não apareceu.

Do quarto das meninas, ouvíamos o choro abafado de Asha. Depois de um momento de hesitação, Pierre foi falar com ela.

Shanti, que tinha estado em silêncio desde que demos a notícia, levantou do sofá e pegou minha mão. Fitou-me com seus olhos solenes e disse:

— Eu vou conversar com ela, *maman*. Ela vai entender. Se eu tivesse que morar com aquela menina da escola que fica me amolando por causa da minha pele, eu também não ia gostar. Você e o papai não têm obrigação de morar juntos se não estão mais gostando.

Meus olhos se encheram de lágrimas.

— Não chore, *maman*. — Shanti deu uma batidinha em minha mão. — Eu já tenho dez anos. Você me ensinou a cozinhar. Eu posso cozinhar para Asha e para mim.

Eu a tomei nos braços e apertei com força.

— Não vai precisar, *ma chou-chou*. A menos que você realmente esteja com vontade de cozinhar. Prometo que o papai e eu vamos tentar deixar tudo o máximo possível como era antes. *D'accord?* — Eu a soltei e enxuguei os olhos com a mão. Ela parecia tão pequena. E sábia. Seus olhos castanhos eram os de uma alma antiga. — Você está com medo?

Ela hesitou por um momento. Depois confirmou com a cabeça.

— Eu também — falei.

Olhei para o desenho na mesinha de café, o que Asha estava terminando. Era a nossa família. Estávamos sentados em um banco sob uma árvore. Havia um lago ao fundo. Devia ser o Jardin du Luxembourg, o parque favorito de Asha. Reconheci Pierre; tinha a cabeça maior e o cabelo mais curto. Depois vinha Shanti, que identifiquei pelo vestido vermelho de que ela gosta tanto. Em seguida vinha Asha, a menor das quatro pessoas. A última figura era eu, mas ainda incompleta. Minha cabeça e meu tronco estavam pintados, mas as pernas e os pés ainda não haviam sido desenhados. Foi como se minha metade inferior já tivesse ido embora.

Abro a porta do pequeno apartamento onde estou morando agora, e Florence está ali em seu vestido e cinto, casaco e bolsa. Ela me beija nas duas faces. Retribuo o gesto.

Andamos muito próximas nesses últimos cinco meses, para garantir que a rotina das meninas seja a mesma que era antes que Pierre e eu começássemos a morar em casas separadas. Nesse intervalo veio a notícia de que o portfólio de Niki tinha sido aceito pela École e ele ia começar a frequentar a escola de artes neste outono. Florence intercedeu um pouco, mas o trabalho de Niki falou por si. Percebi o impacto que os ensinamentos de Gérard haviam produzido nos desenhos de Niki. Ele já era bom, mas estava ainda melhor agora. Florence o convidou para morar com ela durante o curso, o que pareceu agradar a ambos. Niki brincou que ia ensinar Florence a fazer comida indiana, e pela primeira vez não a vi fazer careta à menção de curry.

Agora, Florence sorri para mim, um sorriso que reflete em seus olhos.

— *Ça va?*

— *Ça va bien.* — Sorrio de volta. — Fiz café. Quer uma xícara?

> Violetas de doce perfume eram usadas em poções do
> amor para induzir a fertilidade na Grécia Antiga, mas os
> praticantes ayurvédicos usavam violetas para curar dores
> de cabeça e doenças de pele.

Agra
Maio de 1975

Estou de volta a Agra, e o calor é opressivo. É como se o sol estivesse nos castigando por alguma ofensa de que só ele tem conhecimento. Sofremos em silêncio, esperando por seu indulto. O ar-condicionado do carro alugado não está funcionando. Mesmo com as janelas abertas, o ar do ventilador atinge meu rosto com refrescantes trinta e oito graus.

Quando chego à *kotha*, o dono da bicicletaria se apressa em pegar minha mala com o motorista e me conduz para cima até o salão de entretenimento, que está muito mais fresco. As altas janelas são recobertas com enormes telas de *khus*. Uma mulher idosa está aspergindo água nelas. O vento que passa entre o trançado de grama libera o delicioso aroma de vetiver e refresca a sala. Quando termina um lado do salão, a mulher se move para molhar o *khus* do outro lado. Uma vez mais, eu me lembro de minha infância, quando éramos pobres demais para ter grandes telas de *khus* como essas; tínhamos que nos virar com um leque de mão feito de grama de vetiver que mergulhávamos em água de tempos em tempos.

Hazi e Nasreen parecem muito confortáveis mesmo com a temperatura escaldante do lado de fora. De vez em quando enxugam o lábio superior com a ponta do *pallu*. Elas me recebem com entusiasmo, insistindo que eu me sente. E quem é que traz meu *sharbat** Rooh Afza da cozinha senão Binu! Seu sorriso é largo quando ela chega orgulhosamente com minha bebida no salão. Acho que ela não costuma ter permissão para entrar onde há visitas reunidas.

Hazi olha para mim, levanta uma sobrancelha e move a cabeça de um lado para outro.

— Binu insistiu, não, ela implorou, suplicou para servir a madame de Paris.

Eu rio e pego o copo da bandeja.

— *Shukriya*,** Binu. Quais são as últimas notícias sobre a missão espacial?

Binu fica atenta, como se eu fosse uma professora lhe fazendo uma pergunta na aula.

— No mês passado, a Índia lançou seu primeiro satélite. Há quatro dias, a *Amreeka* lançou um satélite astronômico para girar em volta do equador, com sucesso. Daqui a duas semanas a União Soviética vai enviar dois cosmonautas em uma estação espacial para fazer experiências e consertar áreas danificadas do Salyut 4. — Ela sorri para mim, como se perguntasse: *Como eu me saí?*

Balanço a cabeça, impressionada. Nenhuma de minhas filhas é assim tão interessada por naves espaciais. Uma vez mais, eu me pergunto: o que esta menina poderia fazer se tivesse a chance?

Hazi se vira para mim.

— Aceita comer alguma coisa?

Seria indelicado dizer a ela que não estou com fome quando sei que minhas anfitriãs devem ter preparado alguma especialidade extraordinária, então confirmo com a cabeça.

Assim que Hazi dá a ordem a Binu, ela corre para fora do salão e desce as escadas, chamando a chef embaixo.

Nasreen pergunta da saúde de todos: cada pessoa da família de Lakshmi e cada uma da minha. Eu lhe asseguro que estão todos bem. Ela me conta que sua filha, Sophia, está de volta à faculdade, mas teria gostado de me ver de novo.

Vim para Agra desta vez por duas razões. Para falar com Hazi e Nasreen sobre outros óleos essenciais como o *mitti attar* que elas talvez possam produzir em sua fábrica e que eu gostaria de usar na linha de fragrâncias de Sheela. Afinal, temos muitas outras mulheres esquecidas para trazer à vida por meio dos

---

* *Sharbat:* espécie de suco preparado com frutas ou pétalas de flores.

** *Shukriya:* obrigado, em hindi.

perfumes. Em segundo lugar, eu queria sondar a ideia de treinar meninas como Binu na arte da produção, o que envolveria química, matemática e instinto.

Mas, antes, estou esperando a chegada de mais duas pessoas. Devem estar aqui logo mais.

Desta vez as cortesãs da casa são convidadas a almoçar conosco. Elas se sentam em um semicírculo em nossa volta.

Nasreen se dirige a mim, sorrindo.

— Elas querem perguntar sobre Paris. Acham você muito glamorosa.

Dou risada, porque *glamorosa* não é uma palavra que eu usaria para me descrever. Hazi diz:

— E elas também querem saber de onde vêm os seus olhos verdes. — As cortesãs confirmam entusiasticamente com a cabeça.

Explico sobre os olhos de Maa, que eram mais próximos de um azul-acinzentado, e os olhos de Lakshmi, que saíram verde-azulados, e os meus, que têm mais verde que azul. As famílias de nossos pais sempre viveram no norte da Índia, o que significa que podem ter misturas de persas, afegãos ou mesmo comerciantes europeus, ou talvez simplesmente tenham nascido com olhos claros. Várias mulheres assentem.

Nesse momento, chegam os primeiros tira-gostos. Minúsculos *pakoras* — legumes e pedaços de carne empanados — são servidos com chutneys de tamarindo e coentro. Depois vêm travessas de *aloo tikkas** e *papadum*.

Em seguida, as moças elegantes, em suas roupas de seda e joias de ouro, querem saber o que eu faço o dia todo. Explico a elas minha profissão. Elas parecem intrigadas. Uma delas pergunta:

— Em Paris você fica sentada o dia inteiro em um laboratório na frente de uma mesa? E os franceses, o romance, o vinho e a comida sofisticada?

Isso faz o grupo explodir em risadas travessas. Penso em Pierre. Em como eu talvez não esteja mais casada com esse francês até o fim do ano. Sinto uma pontada aguda no peito.

— Estou vendo que chegamos na hora certa!

É Malik, e eu me levanto de um pulo para recebê-lo. Estou tão feliz por vê-lo que tenho lágrimas nos olhos. Meu primo-irmão dá a volta para cumprimentar primeiro suas anfitriãs com um *salaam*, depois vem me abraçar. Não quero mais largar dele! Logo atrás está Jiji. Eu a puxo para um abraço também.

---

* *Aloo tikkas:* panquecas de batata condimentada.

As cortesãs estão ocupadas com as próprias exclamações e observações sobre as visitas recém-chegadas. Malik é um pouco mais alto que eu e ainda magro como um talo de trigo. Já o vi devorar comida que alimentaria facilmente três pessoas e não engordar um grama. Seu cabelo é espesso e cortado em camadas, de modo que ele parece mais americano que indiano. Está usando uma camisa branca muito alinhada com os punhos enrolados e uma calça bege escura. Lakshmi está elegante como sempre em um sári de algodão azul engomado com bordas prateadas e blusa branca, o cabelo preso na nuca, o coque enfeitado com uma *gajra** de jasmim. Seu aroma é celestial. Ela trouxe outras *gajras* para pôr no pulso de nossas anfitriãs e no meu. Lakshmi une as mãos em um *namastê* para todos no círculo.

Malik leva a mão ao peito.

— MemSahibs, vejo que estou em minoria. — Ele pega um lenço e o balança diante do grupo reunido. — Vocês venceram. Podem levar tudo.

As cortesãs respondem à brincadeira, algumas com doçura, outras com malícia, e caem na risada.

Mais comida chega enquanto Malik e minha irmã se acomodam ao meu lado. Eu me sinto segura. Me sinto amada. Me sinto inteira.

No fim da tarde, quando o calor arrefece e antes que os convidados cheguem para o entretenimento no grande salão, Hazi caminha conosco até a fábrica de *attar*. Quero que Jiji e Malik vejam o que acontece aqui, como os homens medem a temperatura da água, o processo de destilação e a logística. Quero que eles cheirem o *mitti attar* de qualidade e tenham ideias para outros aromas que talvez queiram usar nas loções de ervas que estão criando. Sei que Jiji gosta de aromas naturais, mas alguns dos remédios que ela faz poderiam ter um cheiro mais atraente com a adição de uma gota de *attar*. Ela e Malik acharam que seria uma ideia fantástica para seu negócio, por isso Malik veio junto.

Como antes, os homens na fábrica de *attar* fazem seu trabalho em silêncio. Eles dão uma olhada para nós, cumprimentam com a cabeça e retornam a seus afazeres. Só falam quando precisam fazer uma pergunta ou dar uma ordem direta. O suor escorre da testa para os olhos enquanto eles deslizam mais esterco de vaca para dentro do fogo ou põem a mão nos recipientes de cobre ou acrescentam mais *mitti* às panelas.

---

* *Gajra:* guirlanda de flores perfumadas usada no cabelo de mulheres.

— Nós só usamos dois dos quatro fornos porque é tudo de que precisamos para nossa produção atual — explica Hazi, placidamente.

Malik observa os homens. Ele olha para Hazi e indaga com um gesto se pode falar com eles. Ela dá permissão. Estou sob o abrigo do beiral do prédio, tentando me refrescar com um *khus* de mão que Hazi me deu. Lakshmi, mais acostumada ao calor, cobriu a cabeça com o *pallu* para se proteger do sol.

Uma movimentação súbita na fábrica chama nossa atenção. As moças estão começando a chegar. Usam túnicas puídas ou gastas e *salwar kameez*. Têm os pés descalços ou em *chappals* de borracha. Sua idade varia. A mais nova deve ter dez anos. A mais velha, talvez dezoito. Elas se aglomeram na frente de Hazi.

Hazi bate palmas e pede para os homens se aproximarem. Os homens reagem com lentidão. Eles não sabem o que está acontecendo. Os que cuidam do fogo relutam em sair e deixar o líquido esquentar demais nos recipientes de cobre.

— Venha, venham — diz Hazi, encorajando-os com um sorriso.

Aos poucos, os homens formam um grupo na frente das moças. Eles são curvados de tanto ficar agachados cuidando de fornos, carregando sacos de solo. Também estão empoeirados e descalços.

— Vocês trabalham muito. Essas meninas estão aqui para ajudar. Vocês vão ensinar a elas tudo que sabem.

Os homens olham para as meninas com ar desconfiado.

Hazi balança as mãos cheias de anéis para cima e para baixo para dispersar o receio deles.

— Elas não vão tirar seus empregos. Vão ajudar a expandir nossa fábrica para podermos ter mais empregos que antes. *Aap samajh-jao?**

Há alguns assentimentos relutantes. Um dos homens mais velhos, em um *dhoti* sujo e camisa larga, diz:

— Elas não podem carregar sacos pesados como nós. Não conseguem empurrar aqueles carrinhos de mão grandes. — Suas sobrancelhas brancas grossas se encontram sobre o nariz. Ele pigarreia e cospe no chão à sua esquerda.

Hazi responde calmamente:

— Três delas juntas podem levantar o saco. Duas delas podem ajudar com os carrinhos de mão. Uma delas pode despejar mais água nos recipientes.

Os homens se entreolham.

---

* *Aap samajh-jao?:* Vocês estão entendendo?

Hazi continua:

— Estas meninas podem aliviar o trabalho de vocês. Vamos fazer uma experiência, tudo bem? Todos vocês, voltem aos seus postos. Quando precisarem de alguma coisa, digam para as meninas que estiverem mais perto. — Ela bate palmas. — Meninas, fiquem em grupos de duas ou três em cada posto de trabalho. Quando o senhor pedir alguma coisa, vocês vão pegar para ele.

As moças balançam a cabeça: *claro*.

Os homens voltam de imediato ao trabalho de conferir temperatura, água, fogo. As meninas se dividem em grupos menores e esperam. Um dos homens diz "Esterco de vaca". O homem que geralmente transporta o combustível começa a carregar o carrinho de mão com o esterco. Duas moças se apressam em ajudá-lo. O homem para e olha para elas com ar de espanto. As moças trabalham tão depressa que o carrinho está cheio em instantes. Depois, cada moça pega um dos braços de madeira e elas o empurram até o trabalhador que está esperando junto ao forno. O carrinho de mão oscila mais do que teria acontecido se o homem que costuma fazer esse trabalho o tivesse empurrado, mas não há como negar que as meninas podem cumprir a tarefa.

Outro trabalhador está enrolando argila misturada com lã em tubos de cinco centímetros de diâmetro. Duas moças o observam alisar a argila em fita e depois enrolá-la. A menina menor do grupo pega o próximo tubo, alisa a argila com seus dedos finos e a enrola exatamente como ele havia feito. Outra moça repete o processo em seguida. Essas fitas de argila serão usadas para vedar a tampa dos recipientes de cobre depois que a água e as matérias-primas tiverem sido colocadas neles.

Lakshmi, Malik e eu observamos enquanto cada grupo de moças se insere em uma tarefa de auxílio.

Como uma diretora teatral, Hazi bate palmas de novo. Todos os trabalhadores, incluindo as moças, param o que estão fazendo e olham para ela.

— A partir de amanhã, vamos construir dez novos fornos. Os recipientes de cobre vão chegar em cinco dias, quando os fornos estiverem secos. Cada uma dessas meninas será uma aprendiz com cada um de vocês. Porque vocês são os mestres de seu trabalho. Têm anos de experiência que podem transmitir. *Theek hai?*

Os homens, agora mais indiferentes do que resistentes, inclinam a cabeça.

— *Shukriya*. — Hazi dá um largo sorriso.

Binu entra correndo, trazendo consigo aquela energia incansável que me causou tanta admiração quando nos conhecemos.

— Desculpe o atraso, *Ji* — ela diz para Hazi. — Tive que ajudar com a comida para esta noite. — Para nós, ela lança um lindo sorriso. — Esta noite vão ser só mulheres. Nenhum homem na *haveli*. — Seus olhos pousam em Malik com surpresa e ela se vira para mim, confusa.

— Binu, este é meu primo-irmão, Malik. E esta é Lakshmi, minha irmã. Acho que vocês não se conheceram na última vez. Ele será o único homem no jantar desta noite, se isso for permitido.

Ela move a cabeça com um sorriso. Seus dentes da frente se revelam maiores que os outros. É muito gracioso. Ela se volta para Hazi.

— Como elas se saíram, madame?

Hazi responde:

— Você as treinou bem. *Shabash.* — Para nós, ela diz: — Binu recrutou as moças e explicou a elas o que esperar hoje.

— *Hahn* — diz Binu.

— O que você disse a elas, Binu? — pergunta Malik. — O trabalho delas foi impressionante.

— Eu disse para elas serem úteis. Todas as moças sabem como fazer isso — responde a menina, com a autoconfiança de uma mulher muito mais velha.

No caminho de volta à *kotha*, Hazi nos conta que as moças receberão instrução em matemática e química todas as tardes, quando é quente demais para trabalhar. Terão que trabalhar seis horas por dia para começar, com uma refeição incluída. Depois que as aulas terminarem, elas trabalharão as oito horas integrais.

Sinto que elas deveriam estar na escola. Olho para Lakshmi e sei que ela está pensando a mesma coisa. Viro para Malik, que está atrás de nós distribuindo balas de caramelo para as meninas se elas acertarem a resposta para as perguntas que ele faz.

— Quanto é quatro mais quatro?

— Oito! — elas gritam.

— Qual é a capital da Índia?

— Nova Delhi!

— Têm certeza de que não é Mumbai?

Elas o encaram com hesitação, até perceberem que está só provocando.

— Balas! — elas riem.

— Qual é o planeta mais distante?

Binu grita a resposta:

— Plutão! — E estica a mão para receber a bala.

Hazi, em seu andar gingado caraterístico, está caminhando alguns passos à frente de mim e de Lakshmi. Sem se virar, ela diz, com uma voz tranquila:

— Nós vamos cuidar dessas meninas como cuidamos das nossas. Se não estivessem trabalhando aqui, elas poderiam estar na rua ou casadas antes mesmo de começar a menstruar. Não queremos isso para nenhuma menina. Dada a escolha, vocês não acham melhor elas aprenderem um ofício e terem duas horas de aula por dia? — É como se ela tivesse ouvido nossos pensamentos.

Jiji pergunta:

— Hazi-*ji*, elas ficarão em segurança? Quanto aos homens na fábrica?

A velha cortesã dá uma risada.

— Binu estará no controle. Ela vai cuidar disso. Uma das razões de sua mãe a ter mandado para nós é que o próprio pai dela estava tomando liberdades. Binu o esfaqueou. Fez um corte no meio da mão dele. A mãe disse que ela estaria mais segura conosco. Ela está.

Naquela noite, nós nos banqueteamos com carne de veado, pasta de berinjela com manteiga, curry de ovos, batatas *poha*,* curry de lentilhas vermelhas, frango *tandoori*, *bhaji*** de cebolas, *nan**** na chapa, *koftas*† de cordeiro, *paneer* de coco e espinafre. Depois do jantar, as mulheres dançam e tocam *sitar*†† e *tabla*. As meninas de Binu, como comecei a chamá-las em minha cabeça, estão fascinadas com essas criaturas exóticas. Seus olhos não param de percorrer o ambiente luxuoso: o tapete de seda, os almofadões de plumas, os braceletes e gargantilhas de ouro das cortesãs. É fácil perceber que elas nunca se esquecerão desta noite.

Saboreio as horas depois do jantar em que Malik vem ao nosso quarto e somos só nós três, como era antes. Malik se senta no chão, encostado na parede. Jiji e eu viramos o *charpoy* para ficar de frente para ele e nos sentamos com as pernas dobradas sob o corpo. Malik ainda tem algumas balas no bolso e as joga uma por uma pelo ar para nós pegarmos. Conversamos sobre a fábrica e as meninas de Binu. Eu pergunto dos filhos de Malik e da empresa Horta Medicinal (sim, esse é o nome que Lakshmi e Malik deram ao seu negócio).

---

* *Poha:* arroz achatado cozido no vapor com cebola, especiarias e ervas.

** *Bhaji:* fritura condimentada de legumes.

*** *Nan:* pão achatado feito com iogurte.

† *Kofta:* salgado redondo feito de farinha de grão-de-bico ou carne.

†† *Sitar:* instrumento de cordas.

— Fico feliz de ver você tão bem, *choti behen*. Fiquei chateado quando soube de Pierre. Eu sempre gostei dele — diz Malik, jogando outra bala para mim.

— Eu também. — Sorrio, tiro a bala do papel e a enfio na boca. — Acho que isso já vinha se preparando há um bom tempo, mas eu não sabia. Ficava achando que as coisas iam mudar. — Sorrio outra vez. — Eu estou bem. Pierre está bem. As meninas estão bem. Vai ficar tudo bem.

— Você contou para as meninas sobre Niki? — Malik pergunta.

Balanço a cabeça. Essa é a única coisa que ainda não tive coragem de fazer. Se eu contar a Shanti e Asha que Niki é seu irmão, elas vão fazer um milhão de perguntas. *Você só tinha treze anos quando teve um bebê? Quantos anos o papai tinha?* Imagino a cara delas quando eu lhes disser que Pierre não é pai de Niki. Isso levará a mais perguntas. *Por que o Niki não morava com a gente? Você largou o Niki lá quando ele nasceu? Quem cuidou dele? Por que você não contou para a gente antes? O Niki sabe que nós somos irmãs dele?* Será que elas têm idade suficiente para entender minha vida quando menina na Índia? Se ficarem sabendo que segui tão impulsivamente meu coração, será que vão querer fazer o mesmo? Agora que sou mãe, me arrepio de pensar nelas caindo na conversa de um menino que prometa ouro e entregue latão. Não invejo estar no lugar de Lakshmi todos esses anos atrás, quando ela teve que me explicar por que Ravi nunca ia admitir que era o pai do meu bebê.

Pelo canto do olho, vejo Lakshmi levantar o queixo para Malik. Eles muitas vezes se comunicam assim, sem palavras. Ele se levanta e vem até nosso *charpoy*. Senta-se ao meu lado e vira gentilmente meu queixo, para que eu fique de frente para ele. Seus olhos, do mesmo marrom-escuro do fundo do poço de onde eu tirava água em Ajar, são cheios de compaixão. Ele me encara por um momento antes de encostar a testa na minha. É como se estivesse me dando uma bênção. Meu doce Malik.

— *Choti behen* — diz ele. — Você vai encontrar um caminho.

Meus olhos se enchem de lágrimas. Ficamos sentados assim por um tempo em silêncio, as batidas rítmicas dos pés das cortesãs no chão no andar de baixo o único som.

Depois ele se levanta e volta a se sentar junto à parede.

Lakshmi tira a grinalda de jasmim do cabelo. Ela a amarra em meu pulso. Eu cheiro. Imediatamente, meu corpo relaxa. Jiji aperta minhas mãos nas dela.

— Estas flores liberam seu perfume mais potente depois do pôr do sol. Um capítulo da sua vida está se pondo, e você está se tornando sua forma mais forte.

Mas não estou ouvindo as palavras dela. Estou olhando para o bracelete de flores que ela amarrou em meu pulso. É como a cerimônia de *Raksha Bandhan* na Índia, em que irmãs amarram um amuleto no pulso de seus irmãos. Como eu amarrava no pulso de Malik. É uma maneira de reconhecer que o irmão — ou a figura de irmão — de uma menina vai protegê-la até o fim de seus dias.

Endireito o corpo e olho de Malik para Lakshmi.

— Jiji, podemos ir ao mercado noturno hoje?

Ela parece surpresa.

— Por quê?

— Para comprar *rakhi*.*

Malik aperta os olhos.

— Acho que eles só vendem em agosto, quando começa o festival.

Agora, Lakshmi sorri. Ela sabe no que estou pensando.

— Mas *tem* uma pessoa que talvez possa fazer alguns para nós. Bonitos, com contas, latão e lantejoulas.

Mais uma vez, nós nos dirigimos à barraca de Hari.

---

* *Rakhi:* amuleto.

> Massagear a cabeça com óleo de coco é uma tradição familiar muito antiga na Índia, que teria o efeito de ativar o chakra da coroa e acalmar a mente.

Paris
Agosto de 1975

Niki chega a Paris amanhã para se instalar antes de começar seu primeiro ano na École daqui a duas semanas. Florence vai levar as meninas e eu em seu Peugeot para pegá-lo no aeroporto. Durante toda a semana, Shanti e Asha estiveram desenhando as coisas que mais gostaram de fazer com ele em sua primeira visita a Paris. Depois juntaram os desenhos, fizeram furos nas bordas e passaram uma fita verde brilhante por eles para criar um "livro" para Niki.

Esta é minha semana com Shanti e Asha no apartamento. Tudo ali tem o cheiro do óleo de coco que passei no cabelo delas de manhã. Nós os lavamos no começo da noite com xampu e elas ainda estão com o cabelo um pouco molhado. Querem que eu faça tranças antes de dormirem, para que, de manhã, seu cabelo esteja ondulado como o da atriz Isabelle Adjani. Cartazes de seu filme mais recente, *A história de Adèle H*, estão pregados por toda Paris.

Minhas mãos estão suadas. Adiei o máximo possível contar a elas sobre Niki, e isso não é justo nem para elas nem para ele. Ele sabe que elas são suas irmãs; com certeza elas merecem saber que têm um irmão.

Sento na cama de Shanti para trançar seu cabelo. Já terminei o de Asha. Com as duas tranças no cabelo, Asha não parece ter mais que uns cinco anos. Ela está nos observando, sentada na cama de pijama, com as pernas cruzadas.

Meu pulso acelera. *É agora ou nunca.* Não consigo olhar para nenhuma de minhas filhas, então me concentro na trança de Shanti.

— Vocês deviam perguntar para Niki sobre todas as festas indianas que ele vai perder enquanto estiver aqui.

— Que festas? — Asha quer saber.

— Ah, são muitas. Tem o Dia da Independência, em 15 de agosto. E tem o Nascimento de Krishna. Tem uma festa só para mulheres chamada Teej. Para comemorar o início das chuvas de monções. A tia Lakshmi e eu íamos às casas das mulheres decorar as mãos delas com henna na véspera.

— Eu não gosto quando chove. Por que comemorar isso? — pergunta Shanti.

— As monções significam que haverá água para as plantações, que elas vão crescer e alimentar muitas pessoas. As flores vão desabrochar. Tudo ficará verde. E o ar terá o cheiro de chuva. É aquele aroma que eu trouxe de Agra, vocês lembram? — As meninas tiveram a oportunidade de cheirar o frasco de *mitti attar* que eu trouxe de Agra em maio.

Asha faz que sim com a cabeça.

— Eu gostei. — Ela perdoou Pierre e eu por virarmos seu mundo de cabeça para baixo. Disse para mim algumas semanas atrás que havia decidido que não houve tanta mudança, afinal. "É só que eu tenho saudade de você quando é para o papai ficar com a gente, e tenho saudade do papai quando ele não está aqui", ela me falou.

Eu prossigo:

— Tem uma festa que eu sempre ficava ansiosa para comemorar com o seu tio Malik.

— Qual? — indaga Shanti. Malik é uma das pessoas de quem ela mais gosta no mundo.

— Chama-se *Raksha Bandhan.*

As meninas tentam pronunciar as palavras em hindi, sorrisos se transformando em risadas quando não conseguem.

— Essa festa é só para irmãos e irmãs. Cada menina amarra uma pulseira feita de cordão no pulso de seu irmão.

Asha franze o nariz.

— Uma pulseira para meninos?

— Na verdade, o nome é *rakhi.* Quando uma menina o amarra no pulso de seu irmão, isso significa que o irmão vai protegê-la pelo resto da vida.

— Para sempre? — diz Shanti.

— Para sempre. — Termino as tranças. Ela se inclina para trás até sua cabeça pousar em meu colo. — Vocês querem ver como é um *rakhi*?

Shanti senta-se depressa.

— *Oui!*

Asha bate palmas.

Corro para o meu quarto, com as meninas em meus calcanhares. De minha bolsa, tiro um saquinho de papel com os amuletos que a fábrica de Hari fez para mim (costumam fabricá-los apenas em julho, para o festival, mas ele mandou fazer dois especialmente para mim em maio). O cordão grosso é tecido em fios verdes e vermelhos. No centro há uma grande estrela redonda feita de latão dourado. Contas de cristal decoram o meio da estrela.

As meninas examinam os amuletos como se estivessem olhando para joias preciosas.

— Uau! É caro, *maman*?

— *Non.* Mas é muito importante.

Shanti coça o rosto.

— E se a gente não tiver um irmão para dar a pulseira?

Meu coração acelera. *Conte para elas! Do que está com tanto medo?*

— Aí você amarra em um primo, ou o mais perto que tiver de um irmão. Como eu fazia com Malik.

As meninas refletem sobre isso. Elas olham uma para a outra, como se estivessem decidindo silenciosamente para qual de seus colegas deveriam dar um *rakhi*. Shanti diz:

— Como Niki?

— Sim. Como Niki. Só que... — *Fale!*

Agora as meninas se viram para mim, com as sobrancelhas erguidas, esperando. *Faça de uma vez!* Estou com tontura. *Ah, não pare agora!* Minha garganta está tão seca.

— Shanti, você se lembra do dia em que me perguntou se podia ser uma irmã para Niki? Porque ele não tinha nenhuma irmã?

Shanti faz que sim com a cabeça.

— Pois ele tem. — Engulo em seco. — *Vocês* são irmãs dele. *Ele* é seu irmão. — Meu coração está batendo tão alto que imagino se as meninas o escutam.

Asha aperta os olhos, como se aquilo fosse uma pegadinha.

— Não é, não.

Minhas pernas estão tremendo. Eu me sento na cama para não cair.

— Venham aqui. Sentem comigo.

As meninas se entreolham. Elas se aproximam da cama devagar, me olhando como se eu tivesse virado um bicho estranho.

Quando as duas se acomodam confortavelmente na cama que Pierre e eu costumávamos compartilhar, eu seguro a mão delas. São quentes. São macias. São confiantes. Eu me sinto mais calma agora. Começo a história.

— Quando eu tinha treze anos, tive um menininho.

Elas fizeram mesmo um monte de perguntas. Houve coisas que não pude explicar, porque elas não têm idade suficiente. Mas elas entenderam a parte importante. O que as conquistou foi o fato de que Niki, um rapaz que elas adoram, é seu irmão de verdade. E seu irmão vai estar aqui amanhã.

No aeroporto, Shanti e Asha dão gritinhos de alegria quando Niki sai do terminal. Elas correm para abraçá-lo. Ele ri e deixa as duas se enroscarem nele. Seus olhos procuram os meus. Estou de pé ao lado de Florence. Ele sorri. Beija Florence nas duas faces, depois faz o mesmo comigo.

Sussurro em seu ouvido:

— Pergunte às meninas o que elas trouxeram para você.

Ele pergunta.

Shanti fica vermelha. Ela olha para mim e eu a incentivo com a cabeça. Asha não perde tempo. Ela tira seu amuleto do bolso do casaco.

— Nós temos que amarrar isso em você, *mon frère*. — Ela sorri e amarra seu *rakhi* no pulso direito dele.

Shanti olha para Niki solenemente e amarra seu amuleto no pulso esquerdo. Depois segura a mão dele e lhe fala, muito séria:

— Estou feliz que, se eu tinha que ter um irmão, é você.

A boca de Niki forma um O. Ele olha para mim, em uma pergunta: *Elas sabem?*

Inclino a cabeça de um lado para o outro, no estilo indiano.

Até esse dia, eu nunca tinha visto um rapaz chorar.

E, simples assim, Niki não é mais um segredo.

> Usado com frequência como nota de fundo, o óleo de canela é adicionado a ingredientes como café e toranja para criar uma fragrância intensamente masculina.

Paris
Junho de 1980

Os anos 70 se foram. Os cabelos longos e desarrumados também. O estilo agora é um corte um pouco mais curto nas laterais, mais longo no alto, tanto para homens como para mulheres. Os casacos são mais quadrados, feitos mais intimidantes com as ombreiras enormes. Os brincos femininos são grandes também. Calças com pregas na frente são a última moda.

Hoje Niki se forma na École des Beaux-Arts. Ninguém sabe ainda, mas é o dia da minha graduação também. Meu compromisso de permanecer em Paris e completar a linha de fragrâncias de Sheela termina aqui. Concluímos as fórmulas e as extensões dos produtos — *eau de cologne*, *eau de parfum*, *eau fraîche*, loção corporal, talco corporal — para a quinta e última fragrância.

Daqui a um mês, parto para Shimla. Decidirei mais tarde onde quero me estabelecer. Agora, vou levar as meninas comigo para passar o verão. Pierre aprova. Ele e sua nova namorada vão para Chipre nas férias de agosto e a vida profissional dele está maluca, então ele terá pouco tempo para passar com Shanti e Asha neste mês e no próximo.

Mal posso acreditar que Shanti tem quase quinze anos. Seu cabelo castanho está mais escuro do que quando ela era pequena. Ela tem a minha altura e o mesmo corpo magro. Ainda é séria como no tempo de criança, porém mais fácil de lidar agora que se tornou mais autoconfiante. Ela gosta de me acompanhar em minhas viagens a trabalho e eu gosto de tê-la comigo. Tantas lembranças de minha infância voltam quando estou na Índia, e gosto de compartilhá-las com Shanti, que adora a Índia tanto quanto eu. Quando vamos aos mercados, conto a ela sobre o *behl*, a fruta-do-conde, de que tanto gosto, mas não encontro na França. Procuramos um *rajai* bonito para substituir o que Lakshmi me deu anos atrás. (Aquele está esgarçando e encolhendo de tantas lavagens; hoje mal cobre a cama inteira.) Mostro a Shanti como determinar a qualidade dos xales de lã bordados à mão feitos pelos povos do Himalaia. Não há dois com desenhos iguais. Nessas visitas, ela faz muitas perguntas sobre a história, a política e o povo da Índia. Aproveita para treinar seu hindi rudimentar, encantando Hazi e Nasreen e as outras cortesãs quando me acompanha a Agra.

Quando vem para a Índia conosco, Asha prefere ficar em Shimla, onde pode brincar com sua prima Rekha. Minha filha mais nova adora Madho Singh, o dr. Jay, as ovelhas nas colinas e o cavalo de Lakshmi. Costumo mandá-la para lá para passar parte do verão.

Hoje, porém, estamos todos reunidos em Paris para a formatura de Niki na École des Beaux-Arts. Lakshmi, dr. Jay, Malik, Nimmi, Rekha e Chullu planejaram um tour pela França. As meninas e eu vamos viajar com eles.

A recepção de formatura está sendo realizada no pequeno pátio interno da escola secular. Kanta e Manu estão aqui. Assim como Florence e Pierre.

Florence mandou fazer um terno azul-marinho para o grande dia de Niki, e devo dizer que ele está deslumbrante. Faz vinte e quatro anos em setembro. Tem a altura de Ravi quando o conheci. Ele se deu bem em Paris. Tem amizades francesas, argelinas, nigerianas, e muitas são meninas. E, morando com Florence nos últimos cinco anos, ele comeu bem e se adaptou à comida francesa melhor que eu. Claro que Florence está aqui; ela não perderia a formatura de Niki nem se sua casa estivesse pegando fogo. Agora ela conta com orgulho para todo mundo que tem *três* netos.

Cinco anos atrás, eu finalmente telefonei para Kanta. Queria lhe contar sobre Sheela e a oportunidade para Niki na École des Beaux-Arts. Foi um pouco estranho para mim, mas não para ela. Também queria agradecer a ela e Manu por terem aceitado criar Niki. Isso me deu a oportunidade de estudar e de ter um futuro mais ousado. Ela, por outro lado, via Niki como um presente precioso que nós duas compartilhávamos.

— Ele tem duas mães, Radha — disse ela. — Eu nunca me esqueci disso.

Ela hesitou quando lhe falei sobre a ideia de Niki seguir uma carreira em artes.

— Mas como ele vai ganhar a vida? Como vamos encontrar uma noiva adequada? Que família vai aceitar um genro que não consiga sustentar a esposa?

— Tia Kanta, toda família quer um genro bem-educado e com experiência do mundo. Niki é assim. Ele precisa seguir os velhos modos de pensar quando o mundo não os segue mais? Eu não segui. Lakshmi também não. E estamos vivendo bem. Com todos os contatos que tem agora, ele vai poder trabalhar em galerias de arte, representar outros artistas ou fazer alguma outra coisa com o seu talento. E se ele acabar arrumando uma esposa que ganhe todo o dinheiro e o deixe pintar o dia inteiro? — brinquei.

Kanta gemeu. Eu sei o que ela estava pensando: *Mas você não mora na Índia, Radha. Nós moramos. E as pessoas vão falar. As pessoas vão julgar.*

— Deixe-o ser quem ele quer ser, tia — pedi.

Quem pode saber se Niki vai ou não voltar para a Índia? Ele produziu alguns trabalhos espetaculares aqui na Beaux-Arts, que estão expostos para todos verem. Os formandos exibem suas melhores obras, e as pessoas presentes podem fazer propostas para adquirir as peças de que gostarem. A maior parte dos trabalhos será comprada pela família do aluno e pendurada na parede da sala de estar como uma declaração orgulhosa do talento de sua prole.

Mas eu vi várias pessoas parando para admirar os quadros de Niki esta tarde. Eles têm o estilo da falecida pintora indiano-húngara Amrita Sher-Gil, ex-aluna desta escola. Em um semestre de inverno, Niki viajou para o sul da Índia, onde eu mesma nunca estive, para ver a paisagem e as pessoas que ela pintava. Voltou com energia renovada e produziu dez telas em um mês. Ele falava sobre cor, luz, composição, ecos daquela mesma conversa com Gérard que ouvi cinco anos atrás. (Gérard está aqui hoje também, conversando com alguns dos professores que foram seus colegas de classe anos atrás.) O brilho nos olhos de Niki quando fala sobre arte é semelhante ao de Lakshmi falando de suas plantas medicinais. E imagino que seja semelhante ao brilho de meus olhos quando falo de fragrâncias com meus clientes.

É um dia quente de junho, um pouco úmido. Testas reluzem de suor. Os homens estão de terno, mexendo o tempo todo na gravata. O sol do meio-dia leva muitos a se abanarem com o programa da cerimônia.

Asha bate em meu ombro. Ela é alguns centímetros mais baixa que eu. Seus olhos leoninos brilham contrastando com a pele dourada. Seu cabelo é mais claro que o de Shanti (Florence me contou que o cabelo de Pierre era muito mais claro quando ele era criança). O efeito é o de uma leoa meiga. Shanti é atraente, mas Asha é exótica. Ela tem apenas treze anos. Quando está comigo, minha vontade é protegê-la dos olhares de meninos mais velhos.

— *Chérie?* — Arrumo sua franja, tão parecida com a de Mathilde.

— Aquelas pessoas estão olhando para o retrato que Niki pintou de mim.

Ela aponta com o queixo para um pequeno grupo reunido em torno de uma das telas maiores de Niki. A imagem é Asha, mas também não é ela. É a mistura do retrato dela com algo da imaginação de Niki que o faz diferente. No quadro, a modelo está de pé perto do observador, seus braços apoiados sobre a grade de pedra de uma das *ponts* de Paris, o corpo virado de modo que ela é vista de perfil. Parece pensativa. A vista além é da água verde-acinzentada do Sena, um *bateau-mouche* e alguns prédios Haussmann borrados a distância. Niki joga com cores discretas e simples, mas consegue fazer seus modelos ganharem vida mesmo sem as pinceladas dos impressionistas. É um dos meus quadros favoritos, e eu queria comprá-lo para o aniversário de Asha.

Tento identificar quem mais está interessado no retrato. Uma mulher esguia em um vestido reto de linho sem mangas. Grandes óculos escuros. Cabelo preto preso em um rabo de cavalo baixo.

É Sheela.

Ela está com duas meninas. A mais nova parece ter uns dez anos. A mais velha é talvez da mesma idade de Shanti. Ambas as filhas de Sheela têm o cabelo escuro e a pele morena clara da mãe. E, imagino, de Ravi também.

Nunca assinamos um contrato legal para a educação de Niki, do tipo que a firma de advocacia britânica havia proposto. Mas Sheela manteve sua parte do compromisso e pagou todas as anuidades em dia.

Ela sabia que, para me manter trabalhando como mestre perfumista em sua linha de produtos, não poderia se desviar de nosso acordo informal. O primeiro aroma que criei, cujo nome mudamos para Victorine — por sugestão de Niki —, teve muito sucesso, principalmente com mulheres de classe média e média alta. A segunda, terceira e quarta fragrâncias, em anos sucessivos, chegaram ao mercado internacional em um momento em que o excesso estava entrando na moda, e mulheres compraram a linha inteira por preços exorbitantes. A quinta e última fragrância será lançada no próximo outono. Michel desenvolveu os produtos para cada linha. Eu e ele passamos a gostar de trabalhar juntos. Ele é menos formal agora e eu não tenho mais um pé atrás com ele. Michel me deu uma ajuda enorme com minhas lições de química e passou muitas horas me preparando para os exames.

A empresa de Sheela, *Lembre-se de mim*, inspirou uma campanha publicitária elegante e memorável. Os anúncios para cada "mulher esquecida" trouxeram uma atriz saindo do quadro famoso e entrando na vida que tinha valor para ela. Músicas expressivas de cantores internacionais foram usadas para cada comercial de televisão. Todos os produtos da linha *Lembre-se de mim* foram bem-sucedidos, o que reflete positivamente para a House of Yves. Recebemos mais contratos, e mais lucrativos, a cada ano. Yves contratou um novo mestre perfumista para a equipe.

Delphine vai se aposentar este ano e se mudar para a Espanha com sua companheira de longa data, Solange. (Quem sabia que Delphine tinha uma companheira? Nenhum de nós, nem mesmo Celeste.) Como presente de despedida, ela me deixou seu órgão de perfumes antigo. Eu o aceitei com reverência e um abraço emocionado. Se ele me transmitir uma fração que seja do talento profissional que proporcionou a Delphine todos esses anos, serei uma perfumista de sorte! Ela também disse a Yves para me promover a mestre perfumista, algo com que ele não concordou. Ele prefere contratar um homem. Mas, tendo ou não o título, eu tenho a experiência. E sou conhecida no setor. Posso ir para qualquer lugar com minha competência.

Agora, eu me aproximo de Sheela. Ela tira os óculos escuros e sorri para mim, os cantos de seus olhos se apertando.

— Você veio — digo.

Ela indica com um gesto o retrato de Asha.

— Ele tem um dom. Você reconheceu isso muito tempo atrás.

Olho para a mulher que antes eu considerava minha adversária. Nos últimos cinco anos, fomos parceiras em lançar luz sobre mulheres que merecem ser lembradas e em educar o rapaz que nos aproximou. Ainda que não exatamente amigas, somos aliadas contra os Singh.

— Vejo que você recebeu minha carta — falo, voltando a atenção para as duas meninas, uma das quais se parece com Sheela, a outra mais com Ravi.

— Fiquei na dúvida, a princípio, se deveria trazê-las. Mas depois pareceu a coisa mais natural a fazer. — Sheela se posiciona entre as filhas. — Meninas, esta é Radha. Ela é a perfumista que criou as minhas fragrâncias. Esta é Rita. Esta é Leila. — As meninas sorriem timidamente para mim e murmuram um "oi". Estão ambas usando vestidos de linho marfim, elegantes como o de sua mãe. Eu lhes digo que estão bonitas.

Respiro fundo e pergunto a Sheela:

— Pronta?

Ela parece nervosa. Seguro sua mão. Ela a aperta e faz que sim com a cabeça.

Olho em volta à procura de Niki. Avisto-o com um grupo de amigos e o chamo.

Meu primogênito se aproxima de nós com um sorriso radiante. Sheela faz um som de espanto. É a primeira vez que se encontra pessoalmente com ele. Imagino que esteja vendo o mesmo que eu: o jovem Ravi Singh, um jogador de polo que sonhava se tornar ator, em um tempo em que tinha toda a vida pela frente.

Niki olha para nós, curioso, seus olhos de pavão luminosos. Meu menino bonito.

— Niki, quero lhe apresentar Sheela Sharma, a sua benfeitora.

Ele não consegue disfarçar a surpresa, nem o prazer de descobrir quem financiou sua educação na École; faz cinco anos que vem me perguntando isso. Niki aperta a mão de Sheela calorosamente, agradecendo-lhe pela bolsa de estudos.

Sei o que vem em seguida, e prefiro dar alguma privacidade a Sheela e Niki. Dou um passo para trás, depois outro. Viro-me e me afasto.

Enquanto caminho lentamente em direção às três mulheres que estiveram nos observando — Lakshmi, Kanta e Florence —, escuto Sheela perguntar:

— Você prefere Niki em vez de Nikhil?

Ouço Niki responder:

— Sim, Niki, por favor.

— Bem, Niki, quero lhe apresentar suas irmãs Rita e Leila.

Epílogo

Shimla
Maio de 1981

Não existe maneira fácil de justificar uma vida tirada. O cervo-almiscarado do Himalaia dá sua vida para a criação do almíscar, o aroma usado em tantas fragrâncias no mundo todo. O óleo de sândalo, uma nota de fundo popular que usávamos na House of Yves, é produzido abatendo florestas inteiras que levam até sessenta anos para crescer. As florestas não estão sendo replantadas. Até começar a trabalhar com aromas, eu nunca tinha pensado muito na origem dos *agarbatti*, os palitos de incenso. O pau-de-águila, também conhecido como madeira de ágar, é uma árvore infectada por um fungo de ocorrência natural que produz uma resina aromática usada em perfumes. Na Índia, sempre que passávamos por um templo, ou mesquita, ou loja com um pequeno *puja*, eu me sentia tranquilizada pelo cheiro de incenso, sem pensar uma vez sequer no custo desse luxo. Os paus-de-águila estão desaparecendo. O mesmo acontece com o capim de vetiver da Índia, o aroma que me deu tanta dor de cabeça na fórmula de Delphine anos atrás e que levou a meu trabalho no projeto Olympia.

Durante meus primeiros cinco anos na House of Yves, eu só me preocupava em misturar as fórmulas certas. Mas, nos últimos cinco, desde que Pierre começou a ficar com as meninas em semanas alternadas, pude usar as noites para terminar minha graduação em química. Foi quando a ideia me ocorreu: empresas estavam criando moléculas em laboratório que podiam simular os aromas naturais de almíscar, pau-de-águila, vetiver, para produção em massa, mas por que tínhamos que fazer uso de sintéticos para produção em pequena escala? Será que eu poderia emular a fragrância inebriante do almíscar usando plantas encontradas no Himalaia? Ou encontrar um método orgânico para criar a essência de uma matéria-prima aromática? Eu adorava observar os trabalhadores na fábrica de Hazi produzindo *mitti attar*, fazendo tudo à mão. Sem máquinas envolvidas. Eu queria trabalhar assim também.

A empresa de Jiji, Malik e Nimmi me permitiu realizar esse sonho. Com as plantas que eles vêm cultivando em sua estufa para produzir os cremes de lavanda para a pele, água refrescante de vetiver e óleo curativo de Lakshmi para os cabelos, encontrei uma arca do tesouro de novos ingredientes para meu trabalho.

Então, voltei para Shimla. Para viver e trabalhar. A cidade cresceu desde a época que morei aqui, porém as majestosas florestas de pinheiros e os picos com seus cumes nevados a distância nunca falham.

Comprei um chalé não muito longe de Lakshmi com o dinheiro que Pierre me pagou pela compra da minha parte do apartamento de Paris. Há três quartos aqui, um para mim, um para as meninas quando elas vêm me visitar e um quarto de hóspedes para Florence ou quem mais quiser vir e ficar por um tempo. Shanti agora tem dezesseis anos. Ela escolheu fazer seus últimos anos do ensino médio na Auckland House School em Shimla. Eu lhe falei tanto sobre minha escola interna ao longo dos anos que ela quis ter a experiência de ir para lá também. Sua colega de quarto é de Dubai, e Shanti a considera fascinante. *Maman, você sabia que Dubai está planejando construir o maior jardim de flores no deserto? Maman, a família de Kayla queima incenso usando carvão em vez de acender agarbatti!* Fico feliz de saber que ela tem uma amiga próxima, alguém com quem pode conversar sobre coisas que prefere não dividir com sua mãe.

Mathilde era esse tipo de amiga para mim. Apesar da traição, sinto sua falta. Tenho uma sensação de perda quando penso nela, mas Mathilde não respondeu a meus convites para fazermos as pazes e eu não insisti. Acho agora que algumas pessoas vêm para ficar em nossa vida por um certo tempo, e nem um momento a mais. Mathilde pode ter sido uma delas.

Meu relacionamento com Pierre é assim, mas, como temos filhas, jamais poderemos estar completamente divorciados no sentido emocional da palavra.

Pelo bem das meninas, fazemos o possível para manter um bom relacionamento. Se estamos todos em Paris, jantamos com Pierre e sua namorada.

Asha decidiu terminar seus estudos em Paris. *Todos os meus amigos estão aqui, maman.* Sinto falta dela e lhe envio pacotes uma vez por semana com coisas de que sei que ela vai gostar da Índia: um pente de madeira de sândalo, balas amanteigadas, uma blusa bordada à mão em musselina. Ela fica com Florence agora que Pierre e sua namorada se mudaram para o apartamento de Saint-Germain. Shanti e eu telefonamos para ela e Florence todos os domingos no horário em que as tarifas são mais baixas. Depois que as meninas terminam sua conversa, eu com frequência fico na linha com Florence. É engraçado que penso mais nela como minha *saas* agora do que quando eu estava casada. Ela sempre quer saber de minhas novas experiências e faz perguntas perspicazes que me levam a pensar em novas direções para explorar.

Niki está morando no chalé da família de Kanta em Shimla. Quando está em nossa casa para o jantar de domingo, ele quer falar com Florence também. Foi só por causa de Florence e dos cinco anos que morou com ela enquanto frequentava a École des Beaux-Arts que ele conseguiu acompanhar o curso em francês. Ela foi uma professora excelente — e exigente —, que não o deixava desenhar ou pintar até que terminassem suas aulas de francês. O conselho de administração da École não só comprou o quadro que Niki pintou de Asha (que ela adora exibir para seus amigos em Paris!) como ele recebeu o *Prix de Dessin*, um prêmio em dinheiro que lhe permitiu uma pausa de um ano para decidir o que fazer em seguida. Kanta e Manu querem que a decisão seja dele. Eles vêm para Shimla sempre que podem para visitar todos nós.

Florence vai trazer Asha para Shimla nas férias de verão. Será a primeira vez de minha *saas* na Índia, um país em que ela nunca quis pôr os pés antes. Mas, como ela diz agora: "Tenho três netos que são indianos. O que uma *grand-mère* pode fazer?". Sinto um nó na garganta quando a ouço incluir Niki no grupo, e lhe sou grata. Acho que ela está entusiasmada com a ideia de conhecer os prédios aqui em Shimla que foram deixados pelos britânicos: Christ Church e Viceregal Lodge, o hotel Oberoi Cecil, a Biblioteca Pública, o Teatro Gaiety. Prometi levá-las a uma apresentação no Gaiety, a não ser que as obras de restauração, que de tempos em tempos a cidade ameaça iniciar, estejam em andamento. Também disse a elas para se prepararem para ver uma equipe de filmagem cinematográfica em ação enquanto estiverem aqui; inúmeros filmes indianos são ambientados nas áreas montanhosas de Shimla.

Outra visita que estou esperando neste verão é de Michel. Nem acredito no tanto que o julguei mal. Ele foi tão generoso com seu tempo e paciente em suas aulas quando me ajudou a obter meu diploma em química. Às vezes ele saía comigo, as meninas e Niki nos fins de semana. Descobri que ele é divorciado há anos. Não tem filhos. Minhas filhas gostam dele. Ele diz que vem para dar uma olhada em meu laboratório de aromas aqui em Shimla, mas tenho a sensação de que talvez queira dar uma olhada em algo mais. Não tenho certeza se já estou pronta, mas, atualmente, estou aberta para todo tipo de possibilidade.

Claro que vejo sempre minha irmã e o dr. Jay. E Malik e Nimmi. Em suas visitas, Asha adora ficar com seus primos (como nós todos os chamamos) Rekha e Chullu. Os três amam o cavalo de Lakshmi e se revezam em montá-lo.

Juntas, Jiji e Nimmi organizam a Horta Medicinal e a estufa: selecionam as plantas, cuidam delas, cultivam o solo. Malik se encarrega da parte comercial: vendas, distribuição, coordenação da agenda de alunos que querem vir para aprender. Eu sou a química. Manipulo o material. Principalmente no papel, com diferentes fórmulas. Depois que aprendo sobre um novo aroma na Horta Medicinal, meu nariz se lembra dele e posso recriá-lo na cabeça enquanto projeto uma fragrância para os produtos. Mandei trazer o órgão de perfumes antigos de Delphine para cá. Se encostar o nariz no mogno, ainda posso sentir o cheiro de seus Gitanes. Enquanto crio, imagino ouvir o som dos saltos de seus sapatos, sua voz rouca e seus *bien faits*. Eu sorrio.

No mês passado, Niki estava circulando pela Horta Medicinal (muito maior do que era antes), fazendo esboços, e me mostrou seu lindo desenho a lápis de um crisântemo. Eu o mostrei para Jiji e ela perguntou se ele queria criar rótulos para seus produtos, com as plantas e flores usadas em cada um. Ele ficou tão animado que começou a trabalhar de imediato. Acho que já criou rótulos para nove produtos.

Mesmo tão ocupada, Lakshmi sempre encontra tempo para mim. Nós caminhamos várias manhãs por semana, com a respiração formando nuvens de vapor no ar e as árvores salpicando seu orvalho sobre nossa cabeça. Andamos depressa para aquecer, depois diminuímos o passo para admirar o horizonte lilás, a fumaça dos fogos de cozinha matinais que dão ao céu uma camada de tom pastel adicional.

Hoje, em nosso passeio, Lakshmi me conta:

— Jay falou ontem à noite de arranjar mais um cavalo para as crianças.

— Um pouco extravagante, não acha?

Ela balança a mão na frente do rosto.

— *Koi baat nahee*.* Jay descobriu a causa de uma infecção crônica de um de seus pacientes e o cavalheiro ficou tão satisfeito que quer lhe dar um cavalo. Claro que Jay não vai aceitar o presente. Ele vai comprar o cavalo e pedir para o homem doar o dinheiro para a Clínica Comunitária.

— E viva o dr. Jay! Todos saem ganhando.

— Inclusive o cavalo! O paciente de Jay pesa quase cento e cinquenta quilos. Imagino que o cavalo ficará aliviado.

Eu rio, imaginando um homem excessivamente obeso sobre um cavalo magro. Dou o braço para Jiji.

— Hazi me telefonou outro dia.

— *Accha?*

— Ela disse que sua fábrica acabou de assinar com mais dois clientes. Grandes empresas de Nova York. Eles querem comprar o *mitti* e outros *attars* que a fábrica está produzindo. Parece que a linha de fragrâncias *Lembre-se de mim* catapultou a fábrica para a categoria das grandes empresas. E adivinhe quem vai administrar a operação expandida.

Lakshmi se vira para mim com um sorriso.

— Binu?

Sorrio também.

— *Hahn.* — Aquela menina é ainda mais capaz do que eu havia imaginado. Um dia ela vai acabar administrando a fábrica inteira. — Binu tem sustentado a família toda com o que ganha e até mandou seus irmãos e irmãs mais novos para a escola.

— *Shabash, choti behen.* — Ela aperta meu braço.

A princípio os homens da fábrica ficaram ressabiados com as meninas, com medo de que elas tirassem seu emprego. Afinal, todos eles tinham família para alimentar, filhos para mandar para a escola. Quando começaram a ver cada vez mais fornos sendo acrescentados à fábrica para produzir diferentes tipos de *attars*, eles perceberam que de fato precisavam das mãos extras. Jovens e cheias de energia, as moças assumiram as tarefas adicionais. Mesmo com relutância, os homens tiveram que reconhecer o valor do trabalho que elas ofereciam. As meninas eram alegres, brincavam e faziam piadas entre si e com os homens o dia inteiro.

---

* *Koi baat nahee:* Que nada.

Conto a Jiji:

— Hazi disse que, se pegar algum dos homens pedindo às meninas para lhe fazer chai ou ir comprar *beedis*, vai reduzir o salário dele.

Lakshmi ri.

— Eu já lhe contei qual é o apelido de Hazi?

— Qual é?

— Quando eu cheguei à *kotha*, elas a chamavam de Begum Hazi na frente dela, mas, pelas costas, a chamavam de Begum *Hathi*.

— Madame Elefante?

Ela levanta uma sobrancelha.

— *Hahn*. E não estavam falando do tamanho dela.

Eu rio.

— *Arré!*

Nós paramos e vemos Malik correndo colina acima atrás de nós, acenando. Ele tem uma passada fácil, atlética. Quando nos alcança, está ofegando um pouco. Nesta altitude, até o mais leve exercício pode elevar os batimentos cardíacos.

— Niki está procurando vocês! — ele diz, entre arfadas. — Grandes novidades! Ele foi selecionado para o projeto de restauração artística na Itália!

Jiji e eu nos entreolhamos.

— Ele nem me contou que estava se candidatando — digo. — Ele contou para você?

— Não — responde Jiji.

— Que importa para quem ele contou? Ele quer aprender a restaurar afrescos e pinturas. Depois da Itália, o plano dele é voltar à Índia para fazer restaurações de arte nos sítios históricos. — Malik tem um ar triunfante. — Sabem o que isso quer dizer?

— Que ele não vai para os Estados Unidos! — E assim eu fico sabendo que fiz a coisa certa para meu primogênito. Não pude criá-lo, mas pude direcioná-lo para sua paixão. Primeiro, um diploma da École. Depois, convencer Kanta a deixá-lo fazer o que ele gosta. Nunca vou ouvir Niki me chamar de mamãe, porque esse título é de Kanta, mas, em meu coração, sempre serei sua *outra* mãe. E ele sempre será o *meu* príncipe herdeiro. Meu coração está inchado de orgulho. *Eu trouxe essa criatura maravilhosa para o mundo. Eu fiz isso.* Acaricio o amuleto no bolso de meu casaco. É hora de dá-lo para Niki.

Lakshmi bate palmas.

— Queria ver a cara dos Singh quando descobrirem!

Malik dá um braço para Lakshmi e outro para mim. Começamos a caminhar outra vez.

— Mas *chup-chup*.* Vocês não ouviram nada de mim. Deixem Niki contar para vocês no jantar. Nimmi está preparando um banquete. Madho Singh não para de gritar *rabri*, então ela está fazendo essa sobremesa. Kanta e Manu também vêm. — Ele dá um sorriso travesso para Jiji. — Você não é mais a única artista da família, Tia Chefe!

Jiji ergue uma sobrancelha.

— Mas sou a *única* Tia Chefe.

— E vai ser Tia Chefe de mais um — diz Malik, com uma expressão radiante.

Lakshmi para. Como nossos braços continuam ligados, Malik e eu também paramos abruptamente.

O rosto de minha irmã está maravilhado.

— É por isso que Nimmi está fazendo tanto *rabri* nos últimos tempos? Eu achei que fosse por causa de Madho Singh.

Malik ri.

— Aquele periquito soube antes de nós! Talvez ele saiba se é menino ou menina.

Puxo a orelha dele com carinho.

— Se for menina, Malik, espero que dê a ela o nome de Radha.

— Quer dizer que agora nós temos *duas* Tias Chefes? — Ele balança a cabeça. — *Um homem sábio para o resto do mundo é um ninguém em casa.*

— Você ouviu alguém falando, Radha? — Lakshmi me pergunta.

— Só o vento, Jiji. Só o vento — respondo.

A risada de Malik ecoa pelo vale azulado enquanto ele nos acompanha colina abaixo para casa.

---

* *Chup-chup:* bico calado.

Agradecimentos

Muitas vezes digo aos leitores que é preciso toda uma aldeia para trazer um livro à vida. Minha aldeia encantada inclui a sempre solícita e sagaz agente Margaret Sutherland Brown, da Folio Literary, minhas perspicazes editoras Kathy Sagan, Nicole Brebner e April Osborn, da MIRA Books, bem como a vice-presidente Margaret Marbury, as editoras independentes Ronit Wagman e Sandra Scofield, a talentosa designer de capas Mary Luna e a diretora de criação Erin Craig, da Harlequin, e a empenhada equipe de promoção da HarperCollins: a vice-presidente de publicidade Heather Connor, a gerente de publicidade Laura Gianino, a gerente internacional de marketing Shannon McCain e Christine Tsai, da Subsidiary Rights.

Um dos meus objetivos é mergulhar os leitores no mundo que meus personagens vivem, o que significa que eu também preciso mergulhar nele. Minha instrução sobre fragrâncias começou com a renomada desenvolvedora de fragrâncias Ann Gottlieb em Nova York, que me foi indicada pelo notável produtor executivo Michael Edelstein. Ann generosamente me abriu as portas da IFF com os mestres perfumistas Carlos Benaim e Luc Dong em Nova York, e Celine Barel em Paris, junto com a gerente de criação de aromas Orlane Duchesne. Ann também me apresentou à encantadora Linda Levy, da Fragrance Foundation. Enquanto estava em Paris, também me encontrei com: Sylvie Jourdet, da Creassence; Coralie Spicher, Berenice Watteau e Marine Merce, da Firmenich (cortesia de Jerry Vittoria); e Thomas Fontaine, da Pallida. A perfumista-chefe da Firmenich, Sophie Labbe, me presenteou com o relato de sua incrível jornada profissional durante um chá da tarde no elegante Hotel Bristol (que faz uma aparição neste romance!).

A etapa seguinte de minha pesquisa me levou a Grasse, no sudeste da França. A diretora de criação Florence Dussuyer teve a gentileza de me receber no incrivelmente chique IFF Atelier, onde os mestres perfumistas recebem carta branca para criar. Também em Grasse, Olivier Maure e Sylvie Armando, da Accords et Parfums, me mostraram como o processo de produção de sua empresa possibilita que perfumistas independentes se desenvolvam. Uma dessas perfumistas independentes é Jessica Buchanan, da @1000flowersperfumer, que reservou um tempo para mim em seu charmoso estúdio em Grasse.

Em Lisboa, tive o prazer de passar um dia com o cativante Yves de Chiris, um perfumista francês de sétima geração. Em sua homenagem, chamei a empresa de fragrâncias em que Radha trabalha de House of Yves, embora monsieur De Chiris não seja nem um pouco como o simplório — e imaginário — Yves du Bois. Também em Lisboa, a perfumista independente Jahnvi Dameron Nandan trocou ideias comigo sobre aspectos importantes de sua experiência no setor e o futuro da indústria de perfumes.

Em Istambul, caminhei pelo Grande Bazar, onde milhares de *attars*, frascos de *oud* e incensos perfumados inebriaram meus sentidos.

Agradeço imensamente a Paul Austin por ter me conectado a Yves de Chiris e a Anita Lal, formadora de opinião global e fundadora da LilaNur Parfums, a primeira marca internacional de fragrâncias da Índia. Também quero agradecer à renomada perfumista Honorine Blanc, Chandler Burr, autor de *The Perfect Scent*, Sheba Grobstein, William Hunt e Lynda Lieb, por compartilharem comigo seu conhecimento sobre aromas, e a minha boa amiga e superfã Bhavini Ruparell, que me apresentou à perfumista Sonya de Castelbajac, que, por sua vez, me pôs em contato com Sylvie Jourdet em Paris.

Se deixei de mencionar alguém que passa suas horas de vigília tornando este mundo um pouco mais deliciosamente perfumado e que me acompanhou nesta jornada, *mea culpa*.

Consultei livros excelentes, como *Perfumes: The A to Z Guide* de Turin e Sanchez, assisti a muitos vídeos no YouTube sobre a fabricação de perfumes na França e em Kannauj para entender as diferenças nos processos e vi filmes sobre *parfum*, como *Nose* (2021).

Era importante para mim ser sensível à questão dos adotados, pais biológicos e pais adotivos ao escrever sobre Radha e Niki. Para esse fim, ninguém me ajudou mais do que Cameron Lee Small, fundador da Therapy Redeemed e uma alma espiritual. Também agradeço a Therese Allaire e Teresa Drosselmeyer por suas contribuições.

Os agradecimentos não estariam completos sem um muito obrigada a meus primeiros revisores: meu pai, Ramesh Chandra Joshi (sempre meu primeiro leitor); meu irmão, dr. Madhup Joshi, uma das pessoas mais bondosas que conheço; Sara Oliver; Gratia Plante Trout; Rita Goel; Ritika Kumar; Barb Boyer; Elyse Bragdon; e Jaspreet Dhillon. E obrigada a Sandy Kaushal, Lisa Niver e Amy Ulmer, porque sim. Também a Cheri e Don Cline.

Milhares de leitores do mundo inteiro — homens e mulheres de todas as nacionalidades e culturas — escreveram para me contar sobre a força, a inspiração e as curiosidades culturais que colheram de meus romances, e eu agradeço muitíssimo a todos vocês por terem dedicado seu tempo e sua energia nisso.

Por fim, mas não menos importante, meu marido, meu leitor, meu amigo, Bradley Jay Owens, merece enorme crédito por ter me incentivado a escrever e por servir de modelo para o incrível Jay Kumar!

Como sempre, você pode me escrever no Instagram @thealkajoshi, no meu site, alkajoshi.com, e por e-mail: alka@alkajoshi.com.

Curry de grão-de-bico
(Chole)

Seja você vegano, vegetariano ou carnívoro, o grão-de-bico sempre agrada. É um alimento substancial, saboroso e, quando combinado com condimentos indianos, vale como uma refeição por si só. Você também pode, claro, despejá-lo sobre o arroz, como minha mãe fazia, ou rechear uma tortilla mole com curry e se deliciar.

Minha mãe deixava os grãos-de-bico de molho durante a noite para amolecê-los, mas eu sigo o caminho mais fácil: latas de grão-de-bico da prateleira do supermercado! Você pode usar água ou mesmo caldo de galinha no lugar do leite de coco se quiser um curry mais leve.

Ingredientes:
3 colheres (sopa) de óleo de canola ou de coco
2 colheres (chá) de cominho em grãos
1 cebola amarela ou branca bem picada
4 dentes de alho triturados
1 colher (chá) de gengibre triturado
1 colher (chá) de chili-vermelho em pó ou pimenta-vermelha em flocos
    (ou a gosto)
2 colheres (chá) de cominho em pó

2 colheres (sopa) de cúrcuma em pó
2 colheres (chá) de *garam masala*
2 colheres (sopa) de coentro em pó (se não tiver, usar mais folhas de coentro)
1 colher (chá) de pimenta-do-reino
2 a 3 colheres (chá) de sal (ou a gosto)
1 lata de tomate em polpa ou em pedaços
1,5 xícara de água, ou leite de coco, ou caldo de galinha
2 latas de grão-de-bico escorridas
1 xícara de folhas de coentro picadas

Modo de preparo:
1. Aqueça o óleo em fogo médio em uma frigideira funda ou uma panela grande com fundo pesado. Acrescente o cominho em grãos até eles começarem a fritar.
2. Junte a cebola, o alho, o gengibre e o chili-vermelho em pó ou a pimenta-vermelha em flocos e refogue até a cebola ficar transparente.
3. Acrescente o cominho, a cúrcuma, o *garam masala*, o coentro em pó, a pimenta-do-reino e o sal, e misture até formar uma pasta de condimentos. Se a pasta ficar muito seca, adicione um pouco de água.
4. Acrescente o tomate à pasta de condimentos. Misture.
5. Acrescente o leite de coco/água/caldo de galinha e o grão-de-bico. Mexa e reduza o fogo para baixo. Deixe cozinhar por cerca de 15 minutos até os grãos-de-bico ficarem macios.
6. Decore com folhas de coentro. Pronto!

Geleia de pétalas de rosa
(Gulkand)

Rosas não são apenas um ingrediente importante em fragrâncias. Na Índia, elas são usadas na culinária, especialmente em sobremesas. Água de rosas, xarope de rosas, *falooda* e sorvete de rosas derivam seu sabor inebriante das pétalas de rosas-vermelhas e cor-de-rosa. Assim como uma determinada geleia de pétalas de rosa que minha mãe costumava fazer. Seu nome é *gulkand*, que deriva da palavra hindi para rosa, *gulab*.

Cada família tem sua própria receita de geleia de pétalas de rosa. Eu trouxe para cá a versão de minha mãe. Era tão boa que nós a devorávamos assim que ficava pronta, nunca sequer parando para pensar onde ela pegava as pétalas (será que cresciam no nosso jardim?), quando ela as colhia (de manhã cedo quando estavam cobertas de orvalho?) ou como ela preparava o condimento. Simplesmente chegávamos um dia em casa da escola e estava lá, como mágica.

E o sabor? Celestial.

Como a maioria das comidas indianas, o *gulkand* tem benefícios que vão além de seu aroma e sabor deliciosos. Ele auxilia a reduzir a acidez do corpo, aumenta a energia e ajuda a curar irritações de pele como bolhas, acne e rugas (por favor, sim!).

Ingredientes:

1 frasco de geleia limpo com tampa hermeticamente fechada

2 xícaras de pétalas de rosas, vermelhas ou cor-de-rosa, lavadas, secas e despedaçadas (tenha o cuidado de usar apenas pétalas de rosas que não tenham sido tratadas com inseticidas)

1 xícara de açúcar branco (ou cristal)

½ colher (chá) de sementes de cardamomo trituradas (opcional)

Modo de preparo:

1. Coloque uma camada de pétalas secas e esmigalhadas no fundo do frasco.
2. Acrescente uma camada de açúcar.
3. Repita o processo até ter usado todas as pétalas e o açúcar. Nesse ponto, você pode acrescentar as sementes de cardamomo, se quiser.
4. Feche o frasco firmemente com a tampa.
5. Coloque o frasco no sol por 7 a 10 dias.
6. Todos os dias, use uma colher limpa para misturar o conteúdo, que começará a ficar úmido.
7. No último dia, misture o conteúdo e guarde o frasco na geladeira. Deve durar até um ano.
8. Coma com torradas, no sorvete, no leite ou simplesmente direto do pote! Algumas pessoas acrescentam a geleia ao *paan*, um petisco indiano popular e purificador do hálito feito com folhas de betel e recheado com noz de areca, pasta de limão, cardamomo, coco, funcho e outras especiarias.

Uma introdução sobre perfumes

Perfume. A própria palavra conjura uma imagem de Cleópatra seduzindo Marco Antônio em uma banheira cheia de pétalas de rosas. De fato, egípcios, árabes, indianos, gregos e chineses já vinham usando aromas naturais para seduzir, embelezar e realçar seu corpo e seu ambiente milhares de anos antes que os mercadores europeus descobrissem a arte da fragrância. Na verdade, quando tiveram contato com os europeus, que estavam seguindo as rotas da seda e das especiarias em busca do que o mundo "oriental" tinha a oferecer, os habitantes do Oriente Médio e da Ásia consideraram os ocidentais povos bárbaros, porque eles cheiravam mal; raramente se banhavam ou limpavam os dentes.

Evidências do uso de aromas em cerimônias religiosas, palácios e mesquitas, bem como descrições do processo de produção de fragrâncias, existem em textos antigos de Chipre, Índia, Mesopotâmia e do mundo islâmico. Foi só no século XIV que os europeus começaram a usar aromas na vida cotidiana — principalmente para mascarar odores corporais derivados de hábitos sanitários ruins.

Mas o processo de produzir aromas era trabalhoso, e as matérias-primas de terras distantes eram tão caras que apenas as cortes reais, como as de Catarina de Médici e Luís XIV, podiam arcar com essa extravagância. (Os franceses criaram a palavra *parfum*. Originado do latim *per* e *fumus*, significando "pelo fumo", a palavra *perfume* na verdade descreve apenas um dos muitos processos pelos quais o aroma é extraído de plantas e flores.)

A demanda por fragrâncias cresceu. Não tardou para que plantas como jasmim, tuberosa, flores de laranjeira e lavanda fossem trazidas do Oriente Médio, da Índia e do Mediterrâneo e plantadas no sul da França, na cidade de Grasse, por causa do clima temperado do local. Isso possibilitou produzir fragrâncias com preços mais acessíveis. Grasse rapidamente se tornou o novo epicentro da produção de perfumes. Luvas perfumadas, geralmente usadas por damas da classe abastada, cobriam o cheiro pungente de couros curtidos, que antes eram o principal produto de Grasse.

A maioria dos perfumes contém de setenta e cinco a oitenta por cento de álcool desnaturado, que dilui a intensidade dos óleos aromáticos. Via de regra, os ocidentais preferem esses aromas mais suaves. No subcontinente indiano e no Oriente Médio, o óleo fragrante derivado de matérias-primas é misturado com um óleo de base como sândalo e aplicado diretamente no corpo; álcool nunca é usado. O resultado concentrado e intenso é chamado *attar*, preferido pelas culturais orientais.

Kannauj, no estado de Uttar Pradesh, é considerada a capital do *attar* na Índia. Por serem extraídos diretamente de um pequeno número de plantas, flores, raízes e outros materiais naturais, os *attars* são considerados mais puros, mais próximos da fonte, por aqueles que os utilizam. (Em contraste, os perfumes ocidentais atuais podem conter mais de cem ingredientes.) O pouco é mais que suficiente, e os *attars* podem ser menos caros de usar do que perfumes de marca. Muitas casas de fragrâncias europeias e americanas compram óleos essenciais puros de Kannauj para suas fórmulas.

O mestre perfumista

Antes de conhecer perfumistas nos Estados Unidos e na Europa, eu achava que mestre perfumista fosse um título concedido depois de se obter um certificado, como um doutorado ou mestrado.

Não é isso. É uma promoção que é alcançada dentro de uma casa de fragrâncias. Depois de obter o sucesso comercial de várias criações de aromas, um diploma na área de química (ou pelo menos um conhecimento profundo desse campo de estudo) e habilidade para ajudar clientes a concretizarem suas ideias, uma perfumista pode ser reconhecida como mestre perfumista por sua equipe executiva. Isso pode levar de sete a dez anos. Ela passa, então, a ser conhecida como *Le Nez*, termo que, segundo me falaram na França, é preferível a traduções como O Nariz.

Em reuniões com perfumistas franceses, fiquei sabendo que, em valores de 2021, o salário de um mestre perfumista podia ser dez vezes mais alto que o de um perfumista.

Por que os mestres perfumistas são tão valorizados? Porque precisam aprender a discernir mais de três mil aromas e armazená-los em seu banco de memória. *Les Nez* criam fórmulas para um briefing de projeto puramente da memória. Essas fórmulas são, então, enviadas a assistentes de laboratório, que preparam as misturas dos ingredientes especificados e devolvem amostras para o *Le Nez* avaliar. Esse processo pode ser repetido várias vezes até o *Le Nez* considerar que as amostras estão prontas para serem apresentadas para avaliação do cliente.

Podem ser necessários centenas de testes e alguns anos até encontrar a nota perfeita.

Quando o cliente escolhe uma das fórmulas apresentadas, ela é enviada para produção em quantidades maiores. Frascos — uma parte essencial da identidade de marca — e rótulos serão criados e enviados a um serviço de envase onde o perfume é colocado na embalagem.

Casas como Fragonard, Guerlain e Houbigant eram os principais fornecedores de perfumes. Depois, *fashion houses* como Donna Karan, Halston e Givenchy, que queriam comercializar sua própria marca de aroma, encarregaram as casas estabelecidas de criar uma fragrância para elas. Não tardou para que celebridades entrassem na arena. Hoje, três grandes empresas produzem a maior parte das fragrâncias no mundo: IFF (International Flavors and Fragrances), Givaudan e Firmenich.

Em 1970, a primeira escola de perfumes foi fundada em Versalhes pelo perfumista Jean-Jacques Guerlain. Ela se chama ISIPCA, e hoje é uma instituição de destaque mundial. Sua missão é ensinar princípios técnicos, científicos, comerciais e de marketing do mundo do perfume. Um diploma em química é *de rigueur*.

De acordo com a Fortune Business Insights, em 2020 o mercado mundial de perfumes era de quase trinta bilhões de dólares. O que significa que sempre há espaço para casas de fragrâncias de nicho, e muitos jovens perfumistas em todo o mundo fundaram pequenas empresas para construir um nome para si nesse setor empolgante, sedutor e extremamente competitivo.

Impresso no Brasil pelo Sistema Cameron da Divisão Gráfica da
DISTRIBUIDORA RECORD DE SERVIÇOS DE IMPRENSA S.A.